Pawlows Hunde

Dankwart Rost

Pawlows Hunde

Die Legende von der beliebigen Manipulierbarkeit
des Menschen

Deutsche Verlags-Anstalt · Stuttgart

Die Deutsche Bibliothek – CIP-Einheitsaufnahme

Rost, Dankwart:
Pawlows Hunde : die Legende von der beliebigen
Manipulierbarkeit des Menschen / Dankwart Rost. –
Stuttgart : Deutsche Verlags-Anstalt, 1993
ISBN 3-421-06650-7

Lektorat: Margot Adrion
Typographische Gestaltung: Christine Wegener
Satz: Fotosatz Dorner GmbH, Aichwald
Druck und Bindearbeit:
Druckwerkstätten Stollberg GmbH, Stollberg
Printed in Germany

Inhalt

Für Susi

Einleitung: Der Manipulationswahn

In den letzten Monaten des Jahres 1989 scheiterte wie in einer Kettenreaktion einer der umfangreichsten Manipulationsversuche der Menschheit. Nach rund 40 Jahren kommunistischer Indoktrinierung sagten sich die 112 Millionen Einwohner von sechs osteuropäischen Ländern in nur zwölf Wochen vom Sozialismus los. Zunächst die Polen, dann die Ungarn. Eine Fluchtwelle aus der DDR über Ungarn in die Bundesrepublik verschärfte die Krise des Regimes in Ostdeutschland. Dies infizierte die Tschechoslowakei. In Bulgarien wurde der kommunistische Diktator von der eigenen Partei geopfert, was den Stein erst ins Rollen brachte. Und kurz vor Weihnachten schließlich brach eine blutige Revolution in Rumänien dem Diktator das Genick.

Ganz Osteuropa gab Gorbatschow eine europäische Antwort, was unter »Perestrojka« zu verstehen sei. Der Wende von oben, wie sie nach den Jahrhunderten zentralistischer Herrschaftssysteme in Rußland offensichtlich nur möglich erschien, setzten die europäischen Länder und Völker nun eine Erneuerung von unten entgegen. Demokratie war hier gefragt, nach dem Scheitern der Diktatur des Proletariats. Marktwirtschaft und Privateigentum statt Zentralismus und Vergesellschaftung. Und das, nachdem die kommunistischen Parteien 40 Jahre lang mit allen Mittel der staatlichen Einflußnahme und der Repression versucht hatten, den »Massen der Werktätigen« ihr System aufzuzwingen. Fast die ganze Generation der jungen DDR-Bürger, die kein anderes System in der Praxis kennengelernt hatte, sah keine Perspektive für die Zukunft im Sozialismus. Eine Generation übrigens, die von der zehnten Lebenswoche an in der Kinderkrippe, dann im Kindergarten, in der Schule, dem Polytechnikum, in der Berufsausbildung oder auf der Hochschule und nebenbei noch bei den

Jungen Pionieren pausenlos der Agitation ausgesetzt war. »Die ideologische Erziehung«, sagte die Bildungsministerin Margot Honecker, gehöre »in das Zentrum der Erziehung der jungen Generation« (*Spiegel* 7/1990).

Woran ist dieser Versuch einer Massenmanipulation gescheitert? Ist er nur die Ausnahme von der Regel, daß Manipulation funktioniert? Hat Hitler nicht in viel kürzerer Zeit das Gegenbeispiel geliefert? Denn er und sein Propagandaminister Joseph Goebbels hatten es anscheinend verstanden, die Mehrheit des deutschen Volkes in einen Zustand der Massenhysterie zu versetzen, bis hin zur frenetischen Zustimmung zum »totalen Krieg«, von dessen Ausgang man im vierten Kriegsjahr schon eine konkrete Vorstellung hätte haben sollen. Nur so mußte vor allem im Ausland der Eindruck entstehen, daß 80 Millionen Deutsche den Krieg mit all seinen Folgen und die systematische Ermordung von sechs Millionen Juden wollten. Natürlich wollten die Deutschen in ihrer überwiegenden Mehrheit das nicht; aber es war nur eine Minderheit, die etwas gegen den Diktator unternahm. Zu wenige, um vor der Weltgeschichte bestehen zu können.

Ist es da nicht sogar tröstlich für die ältere deutsche Generation, zu wissen, daß man manipuliert worden ist? Daß man eigentlich gegen seinen eigenen Willen durch dunkle Machenschaften gezwungen worden ist, mitzumachen. Ein Volk, das neben dem »Befehlsnotstand« auch noch den »Manipulationsnotstand« kollektiv geltend macht? Die Annahme scheint nicht unberechtigt. Sind doch ähnliche Töne nach dem Ende der DDR auch aus ostdeutschen Kreisen zu hören. Wäre demnach sogar das Aufbegehren gegen das SED-Regime auch auf Manipulation zurückzuführen? So könnte man sich nach den ersten Enttäuschungen über das westliche System berechtigterweise wieder als Opfer fühlen?

Vielleicht liegt hier einer der Gründe dafür, daß Manipulation als existent angesehen wird. Reinhold Bergler schreibt: »Es klingt plausibel, unter Manipulation alle Maßnahmen zur einseitigen und unerwünschten Beeinflussung menschlichen Verhaltens zu verstehen und dann bestimmte Massenmedien oder auch die

Werbung als manipulative Instrumente zu etikettieren« (1976, S.201). Es werden in der Öffentlichkeit sogar Gegenmittel angeboten, und ein ständiges Mißtrauen gegen die typischen Manipulateure, also Politiker, Journalisten, Werbeleute ist latent vorhanden. Ja, diese Gruppen verstärken selbst die Furcht vor Manipulation, indem sie ihre Kommunikationsinstrumente in aller Öffentlichkeit und Unbekümmertheit dieser Technik bezichtigen. So vergeht im parteipolitischen Wahlkampf fast keine Woche, in der nicht ein Politiker der Partei A dem Fernsehsender X nachweist, um wieviel Minuten Sendezeit die Konkurrenzpartei B länger im Programm war als A. Ebensowenig scheuen sich Journalisten, in Glossen oder Kommentaren den Stimmungsjournalismus ihrer Kollegen von der Boulevardpresse anzuprangern. Stillschweigende Übereinkunft und geistige Basis dieser Gefechte in aller Öffentlichkeit ist die Annahme, daß die Massen der Verbraucher, Leser und Wähler durch manipulative Techniken der Kommunikation zu einem bestimmten Verhalten gebracht werden können.

Nicht nur das: Der Spätmarxismus der Frankfurter Schule, vor allem Herbert Marcuse, formulierte eine doppelte Manipulation: das bürgerlich-industrielle System manipuliere nicht nur das Bewußtsein der Massen, um stetige Zustimmung zu erhalten, durch die Massenkommunikation würden auch ständig die Bedürfnisse der Menschen verfälscht. So entstünden durch Manipulation jene »falschen« Bedürfnisse, die dann durch die Erzeugnisse desselben industriellen Systems befriedigt würden. Aber auch ideologisch nicht so festgelegte Wissenschaftler haben zur Manipulation eine klare Meinung. Nehmen wir einen für viele: Konrad Lorenz schrieb 1973 in seinem kulturkritischen Essay »Die acht Todsünden der zivilisierten Menschheit«: »Wie sehr wir angeblich freien westlichen Kulturmenschen von den kommerziellen Beschlüssen der Großproduzenten manipuliert werden, ist uns gar nicht mehr bewußt.« Weiter sagte er: »Entsprechend der grundsätzlichen Gleichheit der Zielsetzung sind auch auf der ganzen Welt die Methoden gleich, mittels deren die verschiedenen ›Establishments‹ ihre Untertanen zu idealen Repräsentanten des American Way of Life, idealen Funktionären und Sowjetmenschen oder sonstwas Idealem machen wollen« (S. 95). Lorenz hat damals sicher vielen Intellektuellen aus dem Herzen gesprochen.

Das Synonym und zugleich Symbol für manipulative Dressur hatte der russische Wissenschaftler Iwan Pawlow schon im Jahre 1905 mit seinen Experimenten an Hunden geliefert: Er verband die Fütterung der Hunde stets mit einem Glockenzeichen. Nach einer gewissen Zeit konnte er feststellen, daß der Speichelfluß der Hunde, also ein natürlicher Reflex, auch erfolgte, wenn nur das Glockenzeichen allein ertönte und es kein Futter gab. Pawlow nannte diese Reaktion einen bedingten Reflex und die Methode der Dressur die »Konditionierung«. Dieses klassische Experiment galt als Beweis für die Möglichkeiten der Verhaltenssteuerung unter Zuhilfenahme der angeborenen Reflexe. Sie wurde später von den Behavioristen auf Menschen übertragen. Spätestens von nun an wurde noch fester daran geglaubt, daß Menschen gegen ihren Willen zu bestimmten Meinungen und Handlungen gebracht werden könnten.

Welche Blüten der Manipulationswahn noch in unseren Tagen treibt, konnte 1991 an einem Prozeß in San Remo in Nevada abgelesen werden. Da wurde eine Rock-Band angeklagt, an dem Freitod zweier junger Menschen schuld zu sein, weil in ihrer Musikkonserve »subliminale«, also unterschwellige Suizidbefehle eingebaut gewesen seien. So finden wir ständig in den Medien Hinweise auf die verbreitete Annahme real existierender Manipulation. Neben den Massenmedien, den Politikern und den Behörden wird vor allem den Verkäufern und Werbeleuten der Manipulationsvorwurf gemacht, denen seit Vance Packards Buch mit dem ins Deutsche falsch übersetzten Titel »Die geheimen Verführer« ohnehin der Wind der öffentlichen Kritik ins Gesicht bläst.

Wie die Ergebnisse einer repräsentativen Umfrage bei 2443 erwachsenen Bundesbürgern im September und Oktober 1992 durch die GfK, Gesellschaft für Konsum-, Markt- und Absatzforschung, ergab, kennen 83 Prozent der Bevölkerung aller Altersklassen den Begriff »Manipulation«. Er wird von zwei Dritteln, die den Begriff kennen, rein negativ bewertet. Positive Vorstellungen verbindet kaum jemand damit. Allerdings werden von 30 Prozent sowohl negative als auch positive Vorstellungen mit dem Begriff Manipulation verknüpft. Man versteht darunter bestimmte Beeinflussungsmethoden, mit denen man Menschen zu etwas bewegen kann, was sie freiwillig nicht tun würden. Die Motive der Manipulation werden deshalb überwiegend negativ gesehen. Wer manipuliert, handelt nicht uneigennützig, ist im Normalfall eher egoistisch und rücksichtslos und führt andere hinters Licht.

Manipulation wird in nahezu allen Bereichen der Gesellschaft und des täglichen Lebens angenommen, vor allem jedoch in der Politik und in der Werbung, ferner auch durch die Massenmedien und durch Großunternehmen. Als wesentlich schwächer wird die Manipulation durch Eltern und Lehrer eingestuft.

Den Politikern wird nicht nur die stärkste Manipulationsabsicht unterstellt, sondern hier wird sie auch als besonders unmoralisch empfunden. Das liegt vor allem an einem Gefühl der Machtlosigkeit und an der Undurchschaubarkeit der Motive. Man kann sich besonders der Manipulation durch die Politik kaum entziehen, und es wird allgemein daran gezweifelt, ob bei den Politikern das Wohl der Bürger im Vordergrund steht oder überhaupt eine Rolle spielt. Die Hilflosigkeit gegenüber der Manipulation durch die Politiker scheint gegenwärtig die Gemüter am stärksten zu bewegen.

Demgegenüber wird zwar auch der Werbung eine starke Manipulationsabsicht zugeordnet. Trotzdem halten die Befragten dies bei weitem nicht für so unmoralisch wie in der Politik; vor allem deshalb, weil die Absicht meist erkennbar ist. Werbung wird zwar manchmal als störend (»nervend«) empfunden, aber nicht als schlimm. Allerdings werden ihr auch keine positiven Aspekte wie Verantwortungsbewußtsein oder Hilfe bei Entscheidungen zugeordnet. Personen mit höherem Bildungsniveau sehen die Erscheinungen der Werbung differenzierter und kritischer.

Mit deutlichem Abstand von der Politik und der Werbung wird die Manipulation durch die Medien erlebt. Hier wird vor allem die mögliche Zurückhaltung von Informationen negativ bewertet. Auch die Manipulation durch die Kirche spielt bei weitem keine so entscheidende Rolle wie die durch die Politiker; aber in diesem Bereich wird sie auch als ähnlich unmoralisch eingestuft wie in der Politik.

Die einzigen positiven Aspekte des Phänomens Manipulation werden im Bereich der Erziehung durch Eltern und Lehrer gesehen. Man gesteht vor allem diesem Bereich zu, daß Manipulation manchmal nicht zu vermeiden sei. Den Eltern und Lehrern wird auch Verantwortungsgefühl attestiert, und man meint, daß dabei Manipulation auch hilfreich für eigene Entscheidungen sei.

Eine große Mehrheit der Bevölkerung in der Bundesrepublik glaubt also fest an die Existenz manipulativer Kommunikationstechniken, mit deren Hilfe es möglich ist, Menschen so zu beeinflussen, daß sie Handlungen ausführen oder Meinungen äußern, die ihren ursprünglichen Überzeugungen entgegenstehen. Die Vorstellungen über die Verwerflichkeit der manipulativen Beeinflussung hängen davon ab, wie weit man sich als hilfloses Objekt den undurchschaubaren Beeinflussungsversuchen anderer nicht entziehen kann. Sobald man die Absicht erkennt, wird Manipulation schon als nicht mehr so schlimm empfunden.

Andererseits muß man den Eindruck haben, daß die professionellen Beeinflusser keinerlei Skrupel über ihre Tätigkeit empfinden und von der Berechtigung und den Wirkungsgesetzen der Beeinflussung zutiefst überzeugt sind. Der Politiker, der sich in Deutschland fast permanent im Wahkampf befindet und daher seine Äußerungen immer auch im Hinblick auf die Wählerstimmung formuliert, ist meistens davon überzeugt, daß Beeinflussung durch ständiges, gebetsmühlenhaftes Wiederholen derselben Argumente zustande kommt. Wenn er also lange und laut genug seine Thesen oder Programme verkündet hat, glaubt er, müsse sich der Kommunikationserfolg in seinem Sinne von selbst einstellen. Nur damit sind die zum Teil horrenden Werbekampagnen der Parteien und der Politiker im Wahlkampf zu erklären.

Ebenso glauben Journalisten, Lehrer, Pfarrer, Werbeleute und Public-Relations-Fachleute an die Wirksamkeit ihrer Aktivitäten und Instrumente. Ja, sie müssen sogar in gewisser Weise daran glauben, sonst wäre die Grundlage ihrer Tätigkeit in Frage gestellt. Denn soviel Zynismus kann wohl kein Mensch aufbringen, um ohne positive Einstellung zur Wirkung seines Tuns einfach roboterhaft weiterzumachen.

Bei denen also, die aktiv und professionell kommunizieren, können wir eine relativ hohe Einschätzung der Möglichkeiten der Beeinflussung im durchaus positiven Sinne feststellen. Und da die Zwecke, denen die Beeinflussung dient, von ihnen als positiv angesehen werden, kennt man meist auch keine Skrupel gegenüber dem eigenen Tun: Es dient ja einem guten Zweck (vgl. W. Donsbach).

Spätestens hier ist der Einwand zu erwarten, daß Manipulation und Beeinflussung nicht dasselbe seien. So wird von den Fachleuten auf diesem Gebiet häufig vorgebracht, Beeinflussung erfolge quasi bei eingeschaltetem Bewußtsein, während es gerade das Kennzeichen der Manipulation sei, daß man sie nicht bemerke. Ein Mensch darf nach herrschender Meinung offenbar durch vernünftige Argumente dazu gebracht werden, anders als bisher zu denken, zu meinen und zu handeln. Anscheinend besteht darüber ein gesellschaftlicher Konsens, daß dies nicht verwerflich sei. Nur wenn bestimmte Techniken angewendet werden, um ein Beeinflussungsergebnis zu erzielen, so ist das nach allgemeiner Auffassung »Manipulation« und mit der Würde des Menschen nicht zu vereinbaren.

So käme es also auf die Definition dieser Techniken an, um festlegen zu können, wo die gesellschaftlich akzeptierte Beeinflussung aufhört und die Manipulation beginnt. Ist Hypnose Manipulation? Ist es Manipulation, wenn in amerikanischen Gangsterfilmen die Bösewichter immer deutsche Autos fahren? Wird man schon manipuliert, wenn man im Supermarkt die teureren Produkte in Sicht- und Griffhöhe findet, die billigeren jedoch auf schwer zugänglichen Regalflächen? Wie wirkt überhaupt die Verbindung von schönen bunten Bildern, von stets erfolgreichen, pfiffigen und fröhlichen Menschen, die uns in der Werbung das wünschenswerte Leben vorspielen? Ist die Whiskyflasche mit dem eindeutigen Profil, die in einer lebensechten Krimiszene im Fernsehspiel erscheint, schon Manipulation?

Fragen über Fragen, die alle um einen Manipulationsbegriff

kreisen, der im Alltag flott verwendet wird, aber in der Wissenschaft mit unterschiedlichen Bedeutungen belegt ist. Allein an der unterschiedlichen Anwendung dieses so bildungstümlichen Wortes kann man verzweifeln: »Denn eben, wo Begriffe fehlen, da stellt ein Wort zur rechten Zeit sich ein«, heißt es in Goethes »Faust I«. Manipulation wird heute synonym mit Verfälschung, Betrug und Verbrechen verwendet. Nicht umsonst spricht man in der Öffentlichkeit von »Gen-Manipulation« und bewertet die Veränderung von Erbanlagen eines Organismus negativ als einen unerlaubten Eingriff in die Natur. Zu den emotionalen Reizwörtern unserer Stimmungsgesellschaft gehört die »Manipulation« schon seit langem.

So scheint es dringend an der Zeit, sich intensiver mit der Manipulation und ihren theoretischen und geistesgeschichtlichen Grundlagen zu beschäftigen. Die Ideologie der Manipulation ist im wesentlichen unter psychologischen und soziologischen Vorzeichen und mit der Entwicklung der Massenmedien entstanden und gewachsen. Ihr haftet auch eine Spur der medientheoretischen Euphorie der sechziger Jahre an, als man überall versuchte, die »magischen Kanäle« (McLuhan) und ihren Siegeszug theoretisch aufzuarbeiten. Die Zeit hat einiges von den früheren Erwartungen und Befürchtungen relativiert. Neue Erkenntnisse aus anderen Quellen als den psychologischen Experimentierlabors oder der soziologischen Theoriebildung legen es nahe, Begriffe und Inhalte rund um Beeinflussung und Manipulation auf ihre wissenschaftliche Haltbarkeit hin zu überprüfen. Wer sich heute ernsthaft mit dem weiten Feld der beeinflussenden Kommunikation auseinandersetzen will, kann an den neueren Erkenntnissen biologischer, ethologischer und neurologischer Forschungen nicht vorbeigehen. Er wird auch die Spuren des Phänomens in Philosophie und Literatur suchen und erwägen müssen, will er nicht pragmatischen Einzelergebnissen aufsitzen, die uns allenthalben angeboten werden und die kaum oder selten allgemeine Schlüsse zulassen. Wir werden sehen, daß Manipulation vielfach zwischen Legende und Wahn anzusiedeln ist und daß Beeinflussung zur Natur und Kultur des Menschen gehört.

I

Beeinflussung und Manipulation

1

Die Legende von der beliebigen Machbarkeit des Menschen

Higgins: I shall make a duchess
of this draggletailed guttersnipe.
(Ich werde eine Herzogin aus
dieser schlampigen Straßengöre machen.)
George Bernard Shaw, »Pygmalion«

Die Annahme, der Mensch könne mit Hilfe entsprechender Methoden manipuliert werden, gehört zu den wirksamsten Utopien der Moderne. Der »neue Mensch«, ein reines Kulturprodukt, weit über die Niederungen des natürlichen Lebens hinausgewachsen, somit eine »Krone der Schöpfung«, hat als Axiom die Wissenschaften und als Zielvorstellung die geistigen Strömungen der letzten beiden Jahrhunderte beherrscht. Seit John Locke die Annahme formulierte, der Mensch käme als Tabula rasa auf die Welt, als ein unbeschriebenes Blatt Papier, auf das nun die Umwelt, die Erziehung und Bildung den individuellen Charakter, die ein Leben lang gültigen Verhaltensmuster eintrügen, hat die Machbarkeit des Menschen als sicher gegolten. Sie hat weitgehend den Erziehungsroman seit Rousseaus »Emile« ebenso bestimmt wie die Erziehungswissenschaften. Sie spielte in der Entwicklung der politischen und gesellschaftlichen Systeme oder ihrer Ideologien eine entscheidende Rolle. Und sie führte schließlich in der behavioristischen Psychologie zu einem Höhepunkt, der gleichzeitig auch das Ende dieser Utopie einleitete.

Befestigt wurde diese Denkrichtung durch das mechanistische Weltbild des 19. Jahrhunderts, das durch die Darwinsche Evolutionstheorie zunächst mehr bestätigt als modifiziert schien. Das »Überleben des Tüchtigsten« schien ihm voll und ganz zu entsprechen. Der Zufall bei der Mutation konnte je nach Standort als eines der noch ungelösten Rätsel oder als fortdauernder Schöpfungsakt interpretiert werden. So fand das Kausalprinzip generell Eingang in die Psychologie, die Medizin, das Rechtswesen und in die Sozialwissenschaften. Schöpfung und Schicksal kamen aus der Mode. Auf nahezu allen wissenschaftlichen Gebieten wollte und konnte man sich vermeintlich auf rationale Denk- und Forschungsweisen verlassen. Daß es auch – und ganz wesentliche – irrationale Denkbereiche und Denkbedürfnisse gibt, schien endgültig vergessen.

Oswald Spengler macht das im Kapitel »Schicksalsidee und Kausalitätsprinzip« in seinem großen Werk über den »Untergang des Abendlandes« deutlich: »... das ganze 19. Jahrhundert war bemüht, die Grenze von Natur und Geschichte zugunsten der ersten zu verwischen. Je historischer man denken wollte, desto mehr vergaß man, wie hier *nicht* gedacht werden durfte. Indem man das starre Schema einer räumlichen und zeitfeindlichen Beziehung, Ursache und Wirkung, gewaltsam auf Lebendiges anwandte, trug man in das sinnliche Oberflächenbild des Geschehens die konstruktiven Linien des physikalischen Naturbildes ein, und niemand fühlte – inmitten später, städtischer, an kausalen Denkzwang gewöhnter Geister – die tiefe Absurdität einer Wissenschaft, welche ein organisches Werden durch methodisches Mißverstehen als den Mechanismus eines Gewordenen begreifen wollte. Aber der Tag ist nicht die Ursache der Nacht, die Jugend nicht die des Alters, die Blüte nicht die der Frucht. Alles was wir geistig erfassen, hat eine *Ursache:* alles was wir organisch mit innerer Gewißheit erleben, hat eine *Vergangenheit*...« (Spengler, a. a. O., S. 198).

Der Mensch stellte im rein rationalistischen Denken dieses Jahrhunderts die Brücke her zwischen der Natur mit ihren ewigen Gesetzen und der Kultur, die alles zu ermöglichen schien: auch den neuen Menschen, der sich selbst verwirklichen und nicht mehr dumpf seinem Schicksal ergeben wollte. »Was kann der modernen Cultur etwas anhaben? Wo ist der Blitz, der diesen babylonischen Turm zerschmettert? Man schwindelt bei dem Gedanken, wohin die gegenwärtige Entwicklung in hundert, in tausend, in zehntausend, in hunderttausend und immer noch mehr Jahren die Menschheit führen werde. Was kann ihr unerreichbar sein?« So formulierte es der Physiologe und Sekretär der Preußischen Akademie der Wissenschaften, Emil Du Bois-Reymond vor rund 100 Jahren (zitiert bei W. Lepenies, in Peisl/Mohler, Geschichte und Natur, S. 285). Der Begriff der »Selbstverwirklichung« war bei Hegel noch auf den Weltgeist bezogen. Es blieb Feuerbach und Marx vorbehalten, den Menschen ins Zentrum des Denkens zu stellen, »Entfremdung« und »Selbstverwirklichung« auf seine Lebensverhältnisse zu projizieren und damit zu säkularisieren. Die Utopie vom neuen Menschen wurde an die Aufhebung der kapitalistischen Produktionsverhältnisse geknüpft; denn »es ist nicht das Bewußtsein der Menschen, das ihr Sein, sondern umgekehrt, ihr gesellschaftliches Sein, das ihr Bewußtsein bestimmt«. So erwartet der Sozialismus das Heil des Menschen in einer Änderung der gesellschaftlichen Verhältnisse und in einer pausenlosen Erziehung der Massen hin zum sozialistischen Ideal.

Nicht wenige Wissenschaftler aus den verschiedensten Gebieten haben auf die Ähnlichkeit des Weltbildes der marxistisch-leninistischen Sozialisten und der Begründer der behavioristischen Psychologie verwiesen (z. B. Hofstätter, 1984, S. 61). Eysenck hat darüber hinaus die materialistische Wurzel des Behaviorismus, den er »Verhaltenspsychologie« nennt, bloßgelegt: Er schildert die Gedanken und Vorstellungen des Autors von »L'homme machine«, J. O. de Lamettrie, der bereits in den Diensten Friedrichs des Großen verhaltenspsychologische Theorien Thorndikes und Skinners vorwegnahm. »Damit weisen diese frühen Autoren bereits auf die philosophischen und physiologischen Theorien der modernen Verhaltenspsychologie hin: auf die ausschließliche mechanistische Vorstellung vom Verhalten, auf die Motivationstheorie mit der Betonung auf Verstärkung und auf die Reiz-Reaktionstheorie...« (Eysenck, 1973, S. 295 ff.).

Hier sei der Hinweis gestattet, welche Einschnürung des Denkens sich im Materialismus ausdrückt. Von Hegel, der sich als Universalphilosoph verstand und ein geschlossenes Weltbild vorzulegen trachtete, und Goethe, der ein ebenso universales, wenn auch weltoffenes Denken praktizierte, scheinen die begrenzten Fokussierungen auf gesellschaftliche und psychologische Betrachtungsweisen Welten entfernt zu sein. Als habe sich der menschliche Geist in Goethes Anschauung der Urphänomene und Hegels Begreifen des Absoluten die Flügel verbrannt, verfiel er ins Graben in den säkularen Parzellen des Beweisbaren oder der Utopie (s. a. Löwith, S. 17 ff.).

Die behavioristische Psychologie bezieht ihr Denk- und Forschungsmodell von John Locke, der die menschliche Identität im wesentlichen in beobachtbaren Erlebnissen dokumentiert sah. So kommt es, daß Behavioristen, wenn sie auch nicht das Vorhandensein eines Bewußtseins generell leugnen, es aber doch für irrelevant für ihre Forschungen halten. Für sie ist ausschließlich das Verhalten des Menschen beobachtbar und damit allein wissenschaftlich relevant. Ob und welche emotionalen oder kognitiven Prozesse sich vor einem konkreten Verhalten im Menschen abspielen, ist nicht Gegenstand der behavioristischen Verhaltenspsychologie.

Neben dem Verzicht auf »Introspektion«, also die Selbstbeobachtung psychischer Vorgänge, ist am Behaviorismus die Ablehnung der Verhaltenssteuerung durch Erbfaktoren bemerkenswert. Daraus entsteht schon bei den Begründern der Schule eine gewisse Hybris, was die Formbarkeit des Menschen anbelangt. J. B. Watson hat 1929 in einem Gespräch die wahrhaft prometheischen Worte gebraucht: »Ich brauche keinen Gott, ich brauche nur die Fähigkeit, meinen Lehmklumpen so zu formen wie der Töpfer den seinen.« Er glaubte herausgefunden zu haben, daß er jedes »Stück Menschenmaterial durch Training in jede beliebige Richtung entwickeln oder auch auf das Niveau der Idiotie abbauen kann, um den entstandenen Schaden dann allmählich wieder zu reparieren« (Hofstätter 1984, S. 51 f.). Es blieb nicht bei Worten. Watson hatte bereits 1920 mit dem neun Monate alten »Albert B.« experimentiert und ihm zunächst mit der Methode der Konditionierung Ängste vor Ratten beigebracht und dann wieder abgewöhnt.

Auch B. F. Skinner bekennt sich in seinem Schlüsselroman »Walden Two« zur Verhaltenssteuerung als dem Ziel seiner wissenschaftlichen Arbeit. In seinem Werk mit dem programmatischen Titel »Jenseits von Freiheit und Würde« bezeichnet er es als Fortschritt, daß der autonome innere Mensch nun »abgeschafft« sei. Das menschliche Verhalten werde immer von außen gesteuert, nämlich durch seine Konsequenzen, durch zu erwartende Belohnung oder Tadel.

Die beliebige Machbarkeit des Menschen wurde durch zahllose Experimente der Behavioristen zu beweisen versucht. Waren es zunächst nur Ratten und Tauben, die man zu einem bestimmten Verhalten konditionierte, so wurden die Experimente bald auch auf Menschen ausgedehnt. Das Labor-Experiment wurde ein derart bezeichnendes Kennzeichen der Behavioristen, daß ein akademischer Lehrer einer völlig anderen Fachrichtung, um diesen Experimentierzwang zu karikieren, seine apodiktischen Aussagen stets mit dem Vorsatz zu beginnen pflegte: »Wie Experimente mit Ratten bewiesen haben ...«.

Eines der umstrittensten ist das »Milgram«-Experiment, mit dem sich mehrere Wissenschaftler auseinandergesetzt haben. Es hatte zum Ziel, die Autoritätsgläubigkeit verschiedener Versuchspersonen aus unterschiedlichen Nationen zu untersuchen. Zu diesem Zweck wurden in einer Laboranordnung Lerntests simuliert. Die Versuchspersonen sollten als »Lehrer« fungieren und einem »Schüler« bestimmte Testaufgaben stellen. Bei Fehlern des Schülers wurde der Lehrer vom Versuchsleiter verpflichtet, dem Schüler Elektroschocks wachsender Stärke zu geben. Diese wurden nur vorgetäuscht. Der Schüler war meistens ein Schauspieler, der die zunehmenden Schmerzen simulierte, die der Lehrer ihm zufügte, und der im Verlauf des Experiments den Lehrer geradezu anflehte, die Schocks zu unterlassen. Wenn der Lehrer dem nachkommen wollte und sich weigerte, die Versuche fortzusetzen, wurde er mit vorher festgelegten Argumenten vom Versuchsleiter umgestimmt. Die Schlußfolgerung Milgrams, nachdem etwa zwei Drittel der Versuchspersonen das Experiment bis zur höchsten Stufe der möglichen Schocks mitgemacht hatten: »Der Akt der

Schockverabreichung entspringt nicht destruktiven Trieben, sondern der Tatsache, daß die Versuchspersonen in eine Sozialstruktur integriert wurden und unfähig sind, aus ihr auszubrechen« (Koestler, a. a. O., S. 100 ff.).

Großen Einfluß gewannen die Behavioristen auf die Bildungspolitik. Die zunächst erstaunlichen Resultate ihrer Entdeckung, wie stark die positive Verstärkung (Belohnung) für gute Leistungen die Lernmotivation erhöht, hat vor allem Skinner zu ganzen Lehrsystemen ausgebaut. Wer selbst einmal einen Hund erziehen mußte und zur Methode der positiven Verstärkung fand, die sehr bald Tadel oder Strafe fast überflüssig macht, der kann die Euphorie der Pädagogen und Betriebspsychologen nachempfinden.

Nicht nur im angelsächsischen Raum, auch in Mitteleuropa wurden die aus der Konditionierungsmethode abgeleiteten programmierten Lehrsysteme angewendet. Sie führten zu hohen Investitionen nicht nur in Lernautomaten, sondern auch zu einer besonderen Literaturgattung, der programmierten Unterweisung. Sicher haben sie dazu beigetragen, bestimmte Fertigkeiten schnell und häufig außerhalb der offiziellen Institutionen zu lehren und damit die Diskrepanz zwischen Bildungsnachfrage und ausgebildeten Pädagogen in den sechziger und siebziger Jahren zu mildern.

Darüber hinaus hat der Behaviorismus überall geistige Spuren hinterlassen. Odo Marquard hat es auf die schlüssige Formel gebracht: »... die herrschende Meinung ist diese: Alles ist machbar, alles steht zur Disposition, alles kann und muß verändert werden, und Veränderung ist immer Verbesserung« (Marquard, 1977, S. 9). Deutlicher als in anderen Bereichen ist dem Menschen dadurch im Rechtswesen eine andere Beurteilung zuteil geworden. Strafmaß und Strafvollzug stehen heute in allen westlich-demokratischen Ländern unter der Ideologie einer milieubedingt verminderten Verantwortlichkeit. Ein Beispiel aus der jüngsten Vergangenheit mag für viele stehen. Da wird über einen des Mordes schuldig Befundenen in einem liberalen Medium wie folgt berichtet: »Joseph Giarratano, aufgewachsen in einer zerrütteten Familie, erzogen mit Drogen und Gewalt, geriet als Vierzehnjähriger

›auf die schiefe Bahn‹. Auch in den Erziehungsanstalten des Staates wurde er geschlagen. Seine Reaktion auf eine Gesellschaft, die ihm keine Chance auf ein menschenwürdiges Leben zu geben schien, war zuerst ein mißlungener Selbstmordversuch, dann die erfolgreiche Flucht in die Drogen ...« (Elisabeth Wehrmann in der *Zeit* vom 8. Februar 1991).

Nach Eysenck (1977) hat auch die Psychoanalyse die persönliche Verantwortlichkeit gemindert, indem sie den erwachsenen Menschen als ein Produkt aus angeborenen Trieben und frühkindlichen Erfahrungen darstellt. Freud war ja der Meinung, daß »in den ersten fünf Kinderjahren die entscheidenden Fundamente für das Leben des Erwachsenen gelegt werden« (Knapp in Eicke, 1982, S. 268). Dieter E. Zimmer meint, die Psychoanalyse habe »die Überzeugung aufrechterhalten, daß alles seelische Geschehen, auch das scheinbar irrationale, eine natürliche, mit rationalen Mitteln aufspürbare Ursache haben muß« (Zimmer, 1986, S. 369). Damit wurde der vermeintlich rationalen Erklärbarkeit menschlichen Verhaltens und auch seiner Planbarkeit Tür und Tor geöffnet.

Psychoanalyse und Behaviorismus haben gemeinsam das ihre dazu beigetragen, daß noch heute von den Medien in aller Welt in einer übrigens gigantischen Konformität Menschen als Produkte ihrer Umwelt nicht nur beschrieben, sondern gleichzeitig erklärt und entschuldigt werden. Millionen von Kindern erfuhren in den sechziger und siebziger Jahren die Segnungen der »antiautoritären« oder »freien Erziehung«, die moderne Erziehungswissenschaftler den Eltern nahelegten und die später dann den Sozialisationsprozeß erschwerte. Der Strafvollzug versuchte sich ebenfalls an größeren Freiheitsspielräumen, obwohl davon Bedrohungen für die Mehrheit der nicht Kriminellen ausgehen mußten. Wenngleich die rein permissive Erziehung inzwischen einer vernünftigeren, weniger ideologisierten Form gewichen ist, so stellt sich das Menschenbild in den Massenmedien aber immer noch als überwiegend umweltgeprägt dar.

Der Mensch erscheint danach als reines »Erzeugnis« seiner Umwelt, auch als reines »Kulturprodukt«, das sich von seiner naturgegebenen Basis immer mehr entfernt. Das zeigt besonders eindrucksvoll ein ARD-Bericht von Anfang März 1991, in dem von der standesamtlichen Hochzeit eines Homosexuellenpaares in Dänemark berichtet wurde. Einer der Ehe-Partner ist evangelischer Pastor, der andere ist Schulpsychologe. Daß dabei auch die Provokation der Umwelt beabsichtigt war, kann man annehmen. Aber das menschliche Selbstverständnis und das Verständnis von überkommenen sozialen Institutionen wie der Ehe ist inzwischen selbst bei Intellektuellen weit von seinen erprobten Traditionen entfernt. Oder vielleicht gerade bei Intellektuellen?

Nach dem Bilde der radikalen Behavioristen sind die Menschen arm dran. Sie sind reine Produkte ihrer Reaktionen auf die Reize der Umwelt. Selbst ihre Kreativität wird aus dem Muster des Reiz-Reaktions-Modells erklärt (Hofstätter, 1984). Danach entsteht Neues nur aus dem Experimentieren aufs Geratewohl mit Farben, Formen und Worten und durch die Belohnung der Anerkennung. Also Kreativität als ein reiner Prozeß aus Versuch und Irrtum und als Produkt des Zufalls. Die Menschen nach diesem Bilde sind in jeder Phase ihres Lebens reaktiv. Und sie können wegen ihrer verminderten persönlichen Verantwortung kaum je die »Gnade des Gewissens« und der Vergebung erfahren.

Die christliche Auffassung von der menschlichen Freiheit hatte besonders die persönliche Verantwortung des einzelnen, seine Wahlfreiheit zwischen Gut und Böse, betont. Das ist selten besser als von Johann Gottfried Herder in seinen »Ideen zur Philosophie der Geschichte der Menschheit« ausgedrückt worden: »Der Mensch ist der erste Freigelassene der Schöpfung; er steht aufrecht. Die Waage des Guten und Bösen, des Falschen und Wahren hängt in ihm: er kann forschen, er soll wählen. Wie die Natur ihm zwei freie Hände zu Werkzeugen gab und ein überblickendes Auge, seinen Gang zu leiten: so hat er auch in sich die Macht, nicht nur die Gewichte zu stellen, sondern auch selbst Gewicht zu sein auf der Waage...« (Herder, a. a. O., S. 145 f.). Nicht zuletzt die Orientierung auf das Jenseits, auf die durch Christus verbürgte Erlösung, verleiht dem Menschen die Unabhängigkeit von den Mächten des Diesseits und von den in ihm wirksamen Kräften der

Natur. Dieses traditionelle Bild menschlicher Freiheit hat nichts mehr mit dem Menschenbild der Behavioristen gemein.

Kein Zweifel, daß die christliche Auffassung von der Freiheit des Menschen einen großen Einfluß auf die politische Ideologie genommen hat; denn die westliche Demokratie geht vom autonomen Menschen aus, der sich frei entscheiden kann, der »mündig« ist und sein Votum für Parteien oder Politiker vernünftig überlegt und entscheidet. Im Lichte des Behaviorismus sind Wille und Autonomie des Menschen aber zumindest stark eingeschränkt. Die ideologische Basis der westlichen Demokratien ist damit, aus der Sicht des Behaviorismus, fragwürdig geworden.

Für die gesellschaftlichen Verhältnisse in den Vereinigten Staaten hat David Riesman das Aufkommen eines neuen Menschentyps, des »Außengeleiteten«, schon Ende der fünfziger Jahre ausgemacht. In seinem Bestseller »Die einsame Masse« schildert er, wie sich der neue Mittelstand orientiert und mangels traditioneller Werte oder eines eigenen, verinnerlichten Wertsystems sich nur noch an den Zeitgenossen ausrichtet. Entweder direkt, indem man versucht, von der Schule bis ins hohe Alter immer möglichst »beliebt« zu sein, oder indirekt, indem man tut, was Massenmedien an jeweils neuesten Verhaltensweisen modellhaft darstellen. Konformität als höchstes Ziel der persönlichen Entwicklung kennzeichnet diesen neuen Menschentyp. Die Politik ist für ihn ein Feld der Hobbies und der Unterhaltung, in dem man nette, interessante Leute kennenlernen und vielleicht auch Geschäfte anbahnen kann. Demgegenüber hält es der innengeleitete »Moralist« für seine Pflicht als Staatsbürger, sich sozial zu betätigen, und so beurteilt er auch mit hohem moralischem Anspruch die ihn vertretenden Politiker. Ohne Zweifel ist der außengeleitete Staatsbürger durch die sozialen Verhältnisse geprägt. Er konditioniert sich stets selbst durch die Belohnungen der gesellschaftlichen Beliebtheit und ist damit geistig ein typisches Produkt behavioristischer Anthropologie.

So hat sich der neue Mensch in den westlichen Demokratien nach und nach von der Vorstellung, die die Gründerväter einst vom autonomen, verantwortungsbewußten Staatsbürger hatten, entfernt. Kein Wunder, daß von innengeleiteten, über die realen Verhältnisse »Entrüsteten« (Riesman) die Demokratie heute an hohen Maßstäben gemessen und für zu leicht befunden wird. Was schließlich auch in den Lehren und Veröffentlichungen der Frankfurter Schule deutlich zum Ausdruck kommt. Marcuses »eindimensionaler Mensch« wird nicht nur aus den Maßstäben marxistischen Philosophierens heraus entwickelt, sondern auch von einer Warte höchster, ja utopischer, Ansprüche an die menschliche Gesellschaft. »Die Kontrolle des Produktionsapparates durch die ›unmittelbaren Produzenten‹ soll eine Entwicklung einleiten, die die Geschichte freier Menschen von der Vorgeschichte der Menschen unterscheidet. Das ist eine Gesellschaft, bei der die seitherigen Objekte der Produktivität zum erstenmal menschliche Individuen werden, die die Produktionsinstrumente zur Verwirklichung ihrer eigenen, humanen Bedürfnisse und Anlagen planen und benutzen« (H. Marcuse, a. a. O., S. 62).

Für die Behavioristen konnte der Mensch durch entsprechende Erziehung oder Konditionierung verändert werden, für Marxisten durch die Veränderung seiner gesellschaftlichen Umwelt. Die Machbarkeit des Menschen macht Manipulation legitim, wie die Aussagen Watsons und Skinners und zahllose Experimente beweisen. Vielleicht ist es mehr als ein ironisches Detail, daß Watson seine wissenschaftliche Laufbahn nach einem gesellschaftlichen Skandal verließ und in eine Werbeagentur eintrat.

An der behavioristischen Psychologie ist in den letzten zwanzig Jahren von vielen Seiten Kritik geübt worden. Zunächst kamen einige Psychologen aus der eigenen Schule bei der Überprüfung des Verhaltens früh und erfolgreich konditionierter Zirkustiere auf einige Verhaltenserscheinungen, die sie sich nur mit dem Durchbruch angeborener Verhaltensweisen erklären konnten. Des weiteren wurden vor allem durch Jensen und Eysenck Studien über die Intelligenz mit dem Ziel vorangetrieben, ein Messen des »Intelligenzquotienten« (IQ) unter Ausschaltung kultureller, also umweltbedingter Einflüsse zu ermöglichen. Daraus ergab sich, daß Intelligenz in höherem Maße vererbt wird, als man bisher angenommen hatte. Eysenck schätzte nach seinen Tests den

Anteil der genetisch bedingten Anlage auf 80 Prozent, den der erworbenen Intelligenz auf 20 Prozent. Als man sich in allgemeinen Studien mit den ererbten Intelligenzunterschieden zwischen weißer und schwarzer Bevölkerung in den USA beschäftigte, wurden diese Experimente genauer analysiert und widerlegt. Man muß diese Diskussion in den USA unter dem Aspekt einer schon älteren Bewegung sehen, die sich Anfang dieses Jahrhunderts in der »Human Betterment Foundation« organisierte und einen Kampf gegen den erblichen Schwachsinn führte. In Kalifornien wurde 1917 sogar eine gesetzliche Grundlage für die Sterilisation Schwachsinniger aufgrund von IQ-Messungen geschaffen und im Laufe der folgenden Jahre über 6000 eugenische Sterilisationen durchgeführt (Chorover, 1982, S. 74 ff.). In späteren Jahren hat man in den USA auch Einwanderer zurückgewiesen, wenn aufgrund eines IQ-Tests der Verdacht erblichen Schwachsinns bestand. Man wollte »biologisch minderwertige« Einwanderer aus Osteuropa um jeden Preis von den Vereinigten Staaten fernhalten (ebd. S. 101 f.).

Diese Wurzel des Intelligenzquotienten hat in Europa zu ohnehin sehr viel größerer Skepsis gegenüber der »objektiven Messung« der Intelligenz geführt. Es ist Bernhard Hassenstein zu verdanken, daß dem »IQ« heute nicht mehr die Bedeutung zuteil wird wie noch vor einigen Jahren. Denn er ist kein absoluter Meßwert, sondern ergibt sich aus der Abweichung vom Durchschnittswert aller getesteten Personen. Noch wesentlicher ist aber Hassensteins Feststellung, daß die statistischen Schlußfolgerungen Eysencks nicht haltbar sind (Hassenstein, 1988, S. 132 ff.). Die natürliche Veranlagung dürfte sich auf 67 Prozent, die durch Umwelteinflüsse vermittelte Intelligenz auf 33 Prozent belaufen. Aber auch diese Feststellung entbehrt der Praktikabilität, weil Intelligenz immer der Entwicklung durch die Umwelt bedarf, so daß eine rechnerische Anteilsangabe des Erbfaktors illusorisch ist. Jedoch sind in diesem Zusammenhang nicht so sehr die vererbten Anteile der Intelligenz so wesentlich, sondern die Tatsache, daß im allgemeinen menschlichen Verhalten sich vererbte, oder besser, angeborene Muster manifestieren, die durch

Umwelteinflüsse weiterentwickelt oder modifiziert werden. Sie sind jedenfalls aus dem menschlichen Verhalten nicht zu eliminieren.

Eine ähnlich radikale Annahme der Beeinflußbarkeit des Menschen wie die Behavioristen vertritt in Deutschland Kroeber-Riel, der in seinem grundlegenden Werk »Konsumentenverhalten« zum Schluß kommt: »Wenn sich der Kosument in bezug auf manche Verhaltensweisen konditionieren läßt wie ein Hund, so helfen dagegen keine Appelle an seine Vernunft, kein besseres Informationsangebot« (Kroeber-Riel, a. a. O., S. 399). Im Gegensatz zu den Behavioristen leitet Kroeber-Riel seine Position direkt aus dem tierischen Erbe des Menschen ab, aus angeborenen Instinkten. In einer Reihe von Laborexperimenten weist er nach, daß der elektrische Hautwiderstand von Personen, denen visuell erotische Reize dargeboten werden, ansteigt. Abgeleitet davon wird über erfolgreiche Versuche berichtet, den Erinnerungswert von neuen Markennamen deutlich zu erhöhen, indem man gezielt emotionale Reize damit verbindet. Auch Kroeber-Riel sieht die Konsumenten-Souveränität wie die des Staatsbürgers durch die alltägliche Manipulation des Verbrauchers unterhöhlt, beziehungsweise hält er sie für eine fast utopische Zielvorstellung, von der die realen Verhältnisse weit entfernt seien.

Unabhängig von den heute so unterschiedlichen Richtungen und Methoden der Psychologie bleibt der Empirismus der behavioristischen Schule in zwei Beziehungen hinter dem Erkenntnisstand anderer Disziplinen zurück und kann trotz aller Verdienste um die Lernpsychologie nicht mehr ernsthaft aufrechterhalten werden.

Zum einen hat die Ableugnung aller Einflüsse aus der Erbmasse zu geradezu kühnen Konstrukten geführt, die verschiedene Erscheinungen besonders aus der Zwillingsforschung nicht zu erklären vermochten. Verschiedene Beobachtungen an eineiigen Zwillingen, die in frühem Alter getrennt wurden und weit voneinander entfernt aufwuchsen, zeigten zum Teil überraschende Übereinstimmungen in der Wahl des Ehepartners, des Berufes und anderer Verhaltensweisen.

Zum anderen haben Forscher und Forschungsrichtungen, die sich nicht mit dem Verhalten als einzig relevantem Ergebnis von externen Reizen zufriedengaben, erheblich mehr zur Erklärung menschlichen Verhaltens beitragen können. Das klassische behavioristische Reiz-Reaktions-Modell hat seine Beschränkung auf Funktionen des Stammhirns erwiesen. Die Behavioristen, die das menschliche Bewußtsein wenn nicht geleugnet, so doch als nahezu uninteressante »Black Box« verstanden wissen wollten, werden nun durch immer neue Erkenntnisse aus der Verhaltensbiologie, der Neurophysiologie, ja sogar der Philosophie dahingehend korrigiert, daß zwischen Reiz (Stimulus) und Reaktion eine hochkomplizierte Aktionskette abläuft, die keineswegs immer berechenbares Verhalten auslöst. Die heutige einschlägige Wissenschaft sagt viel bescheidener, als es Behavioristen je waren, daß Verhalten immer ein Ergebnis der individuellen Verarbeitung von Informationen ist und bei den zahllosen Einflußfaktoren auf diesen kommunikativen Vorgang keineswegs exakt vorhersehbar.

Eine auf diesen Erkenntnissen basierende neue Anthropologie existiert gegenwärtig zwar noch nicht; sie zu beginnen ist vielleicht auch noch verfrüht. Die Utopie vom machbaren Neuen Menschen, die sich ja vornehmlich auf die Möglichkeiten, oder besser: Verheißungen marxistischer und behavioristischer Ansätze berief, ist weitgehend entlarvt. Sie ist zwar immer noch lebendig in der stillschweigenden Übereinstimmung der öffentlichen Meinung. Aber sie schwebt nicht erst seit dem Scheitern des Sozialismus ohne Bodenberührung als reine Fiktion in der Luft.

2

Manipulation – eine besondere Form kommunikativer Beeinflussung

Königin: So laß mich glauben,
was mich hält und tröstet.
Der Mauren Volk und all, was ihnen ähnlich,
Geheime Künste üben sie, verruchte,
Mit Bildern, Zeichen, Sprüchen, bösen Tränken,
Die in der Brust des Menschen Herz verkehren
Und seinen Willen machen untertan.
Franz Grillparzer, »Die Jüdin von Toledo«

Im Gegensatz zur behavioristischen Schule wird menschliches Verhalten heute übereinstimmend nicht als einseitige Reaktion auf externe Reize aufgefaßt, sondern als Ergebnis von vererbten Antrieben und Motivationen und vor allem von aktiven kommunikativen oder kognitiven Prozessen. Hierbei spielt das Bewußtsein als Grundstruktur und als Verarbeitungszentrum eine entscheidende Rolle. Die einseitige mechanistische Auffassung der Behavioristen erkennt sozusagen nur das Stammhirn und seine Funktionen an, also den aus den frühen Phasen der Evolution stammenden Teil des menschlichen Gehirns, und nicht den etwa erst seit 40 000 Jahren ausentwickelten Neocortex, der in seiner Ausdehnung im wesentlichen den Menschen vom Tier unterscheidet.

Schon Rousseau befindet: »Die Natur befiehlt jedem Lebewesen, und das Tier gehorcht. Der Mensch empfindet den gleichen Eindruck, aber er erkennt sich frei, nachzugeben oder zu widerstreben, und vor allem im Bewußtsein dieser Freiheit zeigt sich die Geistigkeit seiner Seele: denn die Physik erklärt in gewisser Weise den Mechanismus der Sinne und die Bildung der Vorstellungen, aber in dem Vermögen zu wollen, oder vielmehr zu wählen, und im Gefühl dieses Vermögens stößt man nur auf rein geistige Akte, bei denen man mit den Gesetzen der Mechanik nichts erklärt« (Rousseau, a. a. O., S. 101 f.).

Die Aktivierung der Instinkte und der Triebe, die ihren Sitz im Stammhirn und im Limbischen sowie Thalamischen System haben, wird nach den Erkenntnissen der Neurophysiologie beim Menschen durch meßbare Aktivitäten in der Hirnrinde, also im Neocortex, begleitet. Wenn diese Gehirnteile durch Krankheit ausfallen, kann der Mensch seine Emotionen kaum noch kontrollieren und steuern. Seine Triebe sind dann sozusagen schutzlos den Reizen (Stimuli) von außen ausgeliefert. Allein dieser Tatbestand beweist, daß Verhalten nicht eindimensional und kein rein mechanistischer Reflex ist. Verhalten wird aus den unterschiedlichsten Quellen gespeist, sicherlich emotionalen ebenso wie rationalen. Wer auf ein bestimmtes Verhalten bei Menschen hinauswill, muß mit ihnen kommunizieren. Er kann sich nicht darauf beschränken, lediglich bestimmte Reize auszusenden, die Instinkte oder Triebe ansprechen und dadurch ein bestimmtes Verhalten quasi automatisch auslösen.

Mensch und Kommunikation

Fassen wir den Menschen als ein durch sein Gehirn und sein Bewußtsein besonders ausgestattetes Lebewesen auf, so kommt der Kommunikation eine entscheidende Bedeutung zu. Sind doch die Inhalte des Bewußtseins weitgehend durch Kommunikation gewonnene, »gespeicherte« Informationen. Kommunikation wird dabei als ein gegenseitiger Austausch von Informationen verstanden, der auf Verständigung abzielt. Ob es sich dabei um die Zeichensprache primitiver Urwaldmenschen handelt oder um die doppelbödige Unterhaltung in einer Hochsprache, ob um die symbolträchtigen Ornamente an den Tempeln früher Kulturen oder die Video-Konferenz zwischen mehreren Kontinenten, ist für die primäre Absicht, die dahinter steht, nicht von Bedeutung: Zunächst soll der Austausch von Informationen zum rein semantischen gegenseitigen Verstehen führen.

Voraussetzung für das gegenseitige Verstehen ist eine Übereinstimmung darüber, was die Zeichen und Signale bedeuten, die Menschen in ihrer sozialen Interaktion von sich geben. Sprache ist das am meisten verbreitete Zeichenrepertoire der Menschheit und damit als Kommunikationsinstrument am wichtigsten. Eine erworbene Technik, deren Potential jedoch evolutionär entstanden ist. Die Sprachfähigkeit des Menschen hat sich im Verlauf der Evolution herausentwickelt, ist heute angeboren und gehört zu den Besonderheiten der menschlichen Existenz (siehe auch Kapitel 8). Eibl-Eibesfeldt hat durch seine eindruckvollen Filme aus der Inselwelt der Südsee und von den Begegnungen mit den Ureinwohnern die ursprünglichen Verständigungsmöglichkeiten dargestellt, die auch dann wirken, wenn keine sprachliche Kommunikation möglich ist, so zum Beispiel das freundschaftliche, von einem Lächeln begleitete Hochziehen der Augenbrauen. Dieser Augengruß wirkt übrigens nicht nur im Urwald Neuguineas, sondern auch beim »Anbandeln« zweier Menschen aus Kulturnationen, die nicht dieselbe Sprache sprechen. Eine angeborene Verhaltensweise also, die Verständigung zwischen Menschen unterschiedlichster Kulturkreise ermöglicht (Eibl-Eibesfeldt, 1987, S. 693 ff.).

Zwar unterscheidet die Kommunikation, also der Austausch von Informationen, nicht grundsätzlich den Menschen vom Tier. »Wollte man Leben definieren, so würde man sicher die Leistung des Gewinnens und Speicherns von Information in die Definition einbeziehen, ebenso wie die strukturellen Mechanismen, die beides vollbringen« (Lorenz, 1977, S. 217). Obwohl es zum Teil außerordentlich schwierig ist, den Einfluß eines Tieres auf andere exakt festzustellen, so ist sich die Wissenschaft heute dennoch einig, daß Kommunikation zwischen Tieren zum Zwecke der Verhaltensbeeinflussung stattfindet. Wie selbstverständlich dabei auch höhere Tiere die gelernten Zeichen zur Kommunikation heranziehen, bewies der Versuch Ende der sechziger Jahre mit der Schimpansin Washoe, die im Laufe ihres Lebens 300 Zeichen der amerikanischen Taubstummen-Zeichensprache lernte und sie sogar syntaktisch richtig anzuwenden wußte (Halliday/Slater,

a. a. O., S. 5). Eibl-Eibesfeldt berichtet von weiteren Versuchen dieser Art, 1977 sogar mit einen Gorillamädchen, das in 30 Monaten immerhin 100 Zeichen lernte und einen Dialog mit dem Pfleger führen konnte (Eibl-Eibesfeldt, 1987, S. 216 ff.).

Diese Extrembeispiele der Lernfähigkeit von Menschenaffen deuten auf die langsame Entfaltung und Weiterentwicklung der Sprachfähigkeit der Hominiden hin. Allerdings sind bis jetzt alle Versuche, Schimpansen menschliche Sprachlaute anzudressieren, fehlgeschlagen. Offensichtlich ist die menschliche organische Fähigkeit zur Lautsprache eine Folge jener Mutation, die zur Trennung der Hominiden von den Pongiden (Menschenaffen) führte und die neben dem aufrechten Gang auch die physischen Voraussetzungen zur Sprachfähigkeit brachte.

Die Struktur der tierischen Kommunikation scheint ähnlich wie die des Menschen zu sein. Sie enthält als »Rohstoff« Information in Form von Signalen optischer, akustischer und olfaktorischer (geruchlicher) Art, die von Empfängern entschlüsselt (dekodiert) werden. Diese stereotyp erscheinenden Signale sind in ihrer Bedeutung erheblich von der jeweiligen Situation des Senders und Empfängers abhängig. Zum anderen ist die Kommunikation sehr viel mehr »öffentlich«: das heißt, sie ist meist nicht nur auf einen Partner gerichtet. Häufig beziehen sich die ausgestrahlten Botschaften auf den Zustand des Senders (z. B. paarungsfähiges Weibchen), aber auch auf den Zustand der Umwelt (Feind in Sicht) oder wie bei dem berühmten Schwänzeltanz der Bienen auf die genaue Lage einer neuentdeckten Futterquelle.

Auch bei der Kommunikation der Tiere hat es wissenschaftliche Kontroversen über den Nutzen gegeben. So haben manche Wissenschaftler (Dawkins und Krebs) hervorgehoben, daß die Kommunikation mehr eine Angelegenheit der »Manipulation« eines Tieres durch ein anderes sei als der Übermittlung von Informationen. Dabei ist jedoch kaum berücksichtigt worden, daß zahlreiche Signale auch im Tierreich zwischen den Angehörigen von Partnerschaften oder Gruppen ausgetauscht werden, die das Zusammenleben erleichtern, die rollenspezifische Tätigkeiten (Brutpflege) unterstützen und also allen Partnern nutzen.

Allzu altruistisch geht es aber auch im Tierreich nicht zu. Die Falschinformation zum eigenen Nutzen ist gang und gäbe. So pflegen Amseln gerade dann einen schrillen Alarmruf auszustoßen, der die Artgenossen ins Unterholz treibt, wenn sie einen besonders fetten Wurm entdeckt haben, den sie gern allein verzehren wollen. Die Täuschung im Tierreich beginnt ja bereits bei der Tarnung, die vor dem Entdecktwerden durch den Freßfeind schützt. Aber auch ganz gezielte Aktionen können zum gewünschten Erfolg führen. Daß der Kuckuck seine Eier in fremde Nester legt und seinen Nachwuchs unter Ausnutzung des Brutpflegetriebs der Gastvögel zu Lasten der eigenen Brut aufziehen läßt, gehört in diese Kategorie. Viele Tiere ahmen in Notsituationen die Feinde ihrer Freßfeinde nach und verbreiten damit Schrecken (Mimikry). Oder andere erbeuten um so leichter andere Tiere, indem sie deren Reize oder Signale nachahmen oder benutzen. Auch bei der Begattung können häufig schwächere und daher verdrängte Männchen durch Falschinformation doch noch zur Kopulation kommen und damit ihren Nachwuchs gegenüber einem stärkeren Wettbewerber durchsetzen.

Dennoch ist der gezielten Falschinformation schon ein »systemimmanenter« Riegel vorgeschoben; denn allzu häufig kann die Täuschung nicht angewendet werden, weil sie sonst von den Opfern durchschaut wird (Wiley in Halliday/Slater, S. 168). Aber die Täuschung bringt, solange sie Erfolg hat, dem Manipulator Vorteile im Wettbewerb ums Überleben. So scheint neben der Kommunikation, die allen Partnern zum Vorteil gereicht, die gezielte Falschinformation eine verbreitete Strategie im Tierreich zu sein, und zwar nicht nur außerartlich, sondern auch zur Täuschung von Artgenossen (siehe hierzu auch Kapitel 7).

Diese Schlußfolgerung der »Natürlichkeit« von Falschinformation liegt schon deswegen nahe, weil in der Evolution der Vorgang der Mutation überwiegend auf »Flüchtigkeitsfehlern« in der Übermittlung der genetischen Information beruht. Denn nach Darwins Gesetz entstehen Mutationen durch zufällige Veränderungen der Erbsubstanz. Nichts spricht nach gegenwärtigem Wissensstand dafür, daß sie durch eine apriorische Gesetzmäßigkeit entstehen und damit teleologisch vorprogrammiert wären. So wären denn Falschinformation und Manipulation die natürlichen Nachbarn der Information und Kommunikation seit dem Entstehen des organischen Lebens.

Für den Menschen ist Kommunikation lebenswichtig. Vom Staufenkaiser Friedrich II. wird berichtet, er habe, um die Ursprache der Menschheit zu ermitteln, einige Säuglinge versuchsweise zwar hervorragend ernähren und versorgen lassen, ihnen aber jede Art von Kommunikation verwehrt. Sie sollen alle im frühkindlichen Alter gestorben sein. Andere Experimente oder Vorfälle haben ähnliche Resultate erbracht. So ist bei Kindern, denen vor dem dritten Lebensjahr wenig kommunikative Zuwendung zuteil wurde, die Auffassungsgabe und die Lernmotivation deutlich eingeschränkt. Gewisse geistige Mangelerscheinungen lassen sich bis ins Erwachsenenalter nicht wieder ausgleichen. Nach dem berühmten Fall Kaspar Hauser im 19. Jahrhundert sind auch in unseren Tagen besonders vom indischen Subkontinent glaubhafte Berichte über Kinder veröffentlicht worden, die von Affen geraubt und aufgezogen wurden. Ihre Kommunikationsfähigkeit war nach ihrem Auffinden stark gestört, die Sprachfähigkeit fast nicht mehr vorhanden.

Auch die altgriechischen Philosophen erkannten früh die Bedeutung der Kommunikation, die sie noch mit der Rhetorik gleichsetzten. Platon hielt die Sprache für ein Mittel, sich durch Abreaktion wieder ein seelisches Gleichgewicht zu verschaffen. Vor allem hat Aristoteles in der wohlgesetzten Rede eine Möglichkeit gesehen, in den Zuhörern einen Wandel ihrer Meinungen herbeizuführen. Die Lehre von der Kommunikation als Mittel der Beeinflussung ist also schon in der Antike zu finden.

Formen der Beeinflussung

Im Jahre 1981 erschien aus Anlaß der Lehrmittelausstellung in Basel in einer pädagogischen Zeitschrift ein Beitrag aus der Feder mehrerer junger Lehrer:

»Spätestens im Jahr 2222 werden Kinder, Jugendliche und Erwachsene jeder Mühe enthoben sein, zu lernen und zu üben. Einmal im Jahr wird sich jedermann in einer ›Bildungsklinik‹ einzufinden haben, die Kenntnisse und Fertigkeiten des neuen Jahrgangs in die Gehirne eingibt. Zugleich hat dort die Bevölkerung alles an Wissen wieder abzuliefern, was mittlerweile überholt ist. Die Hirnkliniker werden bei dieser – selbstverständlich schmerzlosen – Behandlung die Plomben an den beiden winzigen Kopfelektroden lösen, die im Jahre 2222 jedermann mit sich herumtragen wird. Die Elektroden werden am Jahrgangscomputer angeschlossen. In wenigen Sekunden wird die Informationsübertragung ins menschliche Großhirn beendet sein. Die Speisung aus dem allgemeinen Wissenstrunk hat viele Vorteile: das Hirn wird nur mit dem Wissen belastet, das man tatsächlich braucht; es ist zugleich immer auf den neuesten Stand gebracht. Die Kommunikation ist perfekt; denn alle verfügen über das gleiche Wissen. Der ›Nürnberger Trichter‹ ist Wirklichkeit geworden.«

Diese utopische Darstellung ist zwar aus der Sorge der Lehrer um ihre Arbeitsplätze angesichts der sich weiter entwickelnden neuen Lehrtechniken entstanden. Sie macht aber deutlich, daß eine wesentliche Wirkung jeder Kommunikation die Beeinflussung ist. Und so kann man aus der Informationstheorie die schlichte Tatsache ableiten, daß der Zugewinn auch nur eines Bits an Information eine Beeinflussung darstellt, weil sie eine bessere Entscheidung ermöglicht. Darauf hat übrigens Steinbuch seine optimistische Prognose aufgebaut, daß durch die Entwicklung der Informationstechnik die Menschheit eine neue Qualität des sozialen Lebens gewinnen könnte. Wenn Entscheidungen nicht wie bisher durch blinde Gewohnheiten und tradierte Verhaltensweisen bestimmt würden, sondern aufgrund einer viel größeren Anzahl relevanter Informationen, müßten die Ergebnisse fundierter und sicherer sein (Steinbuch, 1966, S. 327 ff.).

Dabei wurde allerdings vorausgesetzt, daß die größere Verfügbarkeit von Informationen auch zu einer höheren Kapazität der Verarbeitung führt und daß der Mensch in seinem täglichen Leben diese Art von rationaler Entscheidungsfindung bevorzugt.

Das ist im wesentlichen aber eine Frage an die langfristigen Änderungsmöglichkeiten der menschlichen Verhaltensweisen.

Im täglichen Sprachgebrauch wird Beeinflussung heute als eine gezielte Kommunikationsmethode angesehen, mit der Einstellungen, Meinungen, Stimmungen, Entscheidungen oder aber auch Handlungen und das gesamte Verhalten des oder der Adressaten geändert werden. Die wichtigsten Assoziationen zum Begriff »Beeinflussung« sind Verben wie beraten, überzeugen, überreden, argumentieren, suggerieren und manipulieren. Sie gehen alle davon aus, daß in der Botschaft des Senders (Kommunikators) ein Wille zur Veränderung beim Empfänger (Rezipienten) offen oder verdeckt vorhanden ist.

Setzt Beeinflussung also immer eine Absicht voraus? Diese Auffassung berücksichtigt nicht die vielfältigen Formen der unbeabsichtigten Einflußnahmen von Kommunikationsakten auf Nichtgemeinte. So kann die an einen bestimmten Menschen gerichtete Aufforderung eines Polizisten im Straßenverkehr einen zufällig Zuhörenden genauso veranlassen, sich entsprechend zu verhalten. Überall wo Kommunikation öffentlich ist, können auch Nichtgemeinte zu einer Verhaltensänderung gebracht werden. Darüber hinaus kann auch die rein informative Nachricht, die nicht als Beeinflussung gedacht ist, bei gewissen Rezipienten jederzeit Änderungen ihrer Meinungen, Einstellungen oder gar des Verhaltens hervorrufen. Wenn ich heute die Nachricht höre oder lese, daß der Dollarkurs fällt, kann ich daraus den Schluß ziehen, daß bei anhaltendem Trend vermutlich das Heizöl billiger wird und ich meine Vorräte auffüllen sollte. Noch deutlicher ist das Beispiel der täglichen Wetterprognose: Sie wird keineswegs in der Absicht veröffentlicht, ein bestimmtes Verhalten zu erzeugen, dennoch beeinflußt sie das Verhalten vieler Menschen, allerdings häufig in verschiedener Weise. Beeinflussung kann also auch eintreten, wenn einer Nachricht keine Absicht und keine Zielsetzung in eine bestimmte Richtung zugrunde liegt.

Man sollte also unter Beeinflussung – zumindest aus der Sicht des Empfängers – alle Vorgänge verstehen, die zu einer Änderung der Bewußtseinsinhalte oder des Handelns von Individuen oder

Gruppen führen, ohne daß im Einzelfalle immer eine Absicht zugrunde lag. Wichtig ist, daß hierunter auch Vorgänge zu verstehen sind, die direkt zu einer Verhaltensänderung führen, wie im Tierreich die Triebauslöser zur Triebbefriedigung, und nicht nur die auf Informationsverarbeitung beruhenden Änderungen von Bewußtseinsinhalten, also zum Beispiel von Einstellungen. Dabei muß besonders erwähnt werden, daß schon eine Verfestigung einer bereits bestehenden Meinung durch einen Kommunikationsvorgang eine Beeinflussung darstellt, weil sie meist zu einer noch sichereren Entscheidung führt. Was übrigens bei zahlreichen sehr differenzierten Kommunikationsakten im politischen Wahlkampf häufig vorkommt.

Änderungen der Einstellungen von Menschen kommen nach allgemeinem Sprachgebrauch entweder durch argumentative Überzeugung zustande oder durch persuasive oder suggestive Überredung, deren höchste Stufe dann die Manipulation ist. Die argumentative Beeinflussung gilt als durchaus ehrenhafte Methode. Man assoziiert hier die »sachliche« Auseinandersetzung, die »vernünftige« Argumentation und die »nicht-emotionale« Ansprache. »Die Kunst des Überzeugens«, sagt Harry Pross (a. a. O., S. 106), »beruht auf der Fähigkeit, einem sozialen Wesen ... eine Denk oder andere Tätigkeit so zugänglich zu machen, daß er sie als seine eigene erkennt und das Zeugnis in die Autorität der Selbstbestimmung übersetzt. Überzeugung verdrängt Angst und ermöglicht Entschluß.« Allgemein ist auch üblich, die Frage der Beeinflußbarkeit des einzelnen oder von Gruppen ins Kalkül zu ziehen. Es gibt dabei sicher personelle Dispositionen oder Anfälligkeiten für die Beeinflussung, aber auch situative Variable. So schildert Lay (1980, S. 66 ff.) allein drei Obergruppen von Menschentypen mit jeweils zahlreichen verschiedenen typischen Verhaltensmustern als besonders leicht zu manipulieren. Allerdings stellen andere Wissenschaftler (z. B. Gheorghiu) fest, daß auch der Begriff »Suggestion« bisher kaum oder unzureichend definiert sei. Offensichtlich gehen die Meinungen hier weit auseinander, welche individuellen Dispositionen und welche situativen Variablen die Beeinflußbarkeit bestimmen. Zahlreiche Einzelaspekte und Experimente sind in dem Sammelwerk »Suggestion and Suggestibility« veröffentlicht worden, ohne daß eine gemeinsame theoretische Basis erkennbar wäre (Gheorghiu/Netter/Eysenck/Rosenthal, Hrsg., 1989). »Wir können in der Tat Allport (1968) zustimmen, daß die meisten, wenn nicht alle, Ansichten über Suggestion/Suggestibilität etwas Wahrheit enthalten« (S.37).

Dieses offene Bekenntnis kann nicht darüber hinwegtäuschen, daß mit einer extremen Form der Suggestion, der Hypnose, in der Therapie Erfolge zu erzielen sind, wie einige der genannten Berichte zeigen. Auch die Erscheinung der Autosuggestion ist allgemein bekannt, auf der die Verabreichung von Placebos durch Ärzte beruht. Diese Technik ist aber auch nicht neu. In einem in meiner Familie bis 1945 erhaltenen alten Rezeptbuch eines Vorfahren aus dem 17. Jahrhundert, der neben Vieh auch Menschen behandelt hatte, stand stereotyp unter jeder noch so kuriosen Rezeptur der Satz: »Glaube daran; denn das hilft gewiß!« Dies war sicher nur eine eigene Variante des berühmten Satzes, den Jesus zum Blinden sprach: »Gehe hin, dein Glaube hat dir geholfen!« (Markus X, 52).

Schließlich sollte nicht unerwähnt bleiben, daß der gesamte Erziehungsprozeß unter den Oberbegriff Beeinflussung fällt. Selbst wenn man das Lernen von bloßem Wissen ausklammern würde, wäre doch die Aneignung von Fertigkeiten aller Art mit auf Beeinflussungsvorgänge zurückzuführen. Und besonders im kindlichen Alter spielt die Nachahmung eines Vorbildes, zumeist der Mutter oder des Vaters, eine entscheidende Rolle. Hier kann der Lernerfolg sehr stark von persuasiven oder suggestiven Einflüssen abhängen, wenn die Eltern ehrgeizig sind und sich intensiv und mit Liebe der Entwicklung ihres Nachwuchses hingeben.

Wenn also der Begriff Beeinflussung derartig weit ist, daß er auch die Fälle mit einbezieht, in denen man von anderen beeinflußt wird, ohne daß von den anderen eine Absicht dazu bestanden hätte, dann bedarf es eines Begriffs für die beabsichtigte Beeinflussung. Hier bieten sich zwei Fremdworte an, die in der englischen Literatur Verwendung finden, die Persuasion und die Suggestion. Der Unterschied liegt im wesentlichen in der Unterscheidung von Überredung und Überzeugung. Wenn jemand von etwas überzeugt wird, so ist ihm nach unserem Sprachempfinden die Möglichkeit zum rationalen Verarbeiten von Argumenten oder Anregungen gegeben worden. Dagegen wird jemand zu etwas überredet, von dem er nicht immer überzeugt ist. Bedenken muß man im übrigen, daß in der Fachliteratur die Suggestion als Technik bezeichnet wird, um unter Anwendung besonders von emotionalen Mitteln zu einem Beeinflussungsergebnis zu kommen (lat. subgere = unterschieben). Suggestibilität wird vor allem auch als Grad der Hypnotisierbarkeit verstanden. Gheorghiu weist mit Recht darauf hin, daß der Mangel an rationaler Verarbeitung von suggestiven Stimuli noch keine hinreichende Definition für die Suggestion sei. Suggestion ist also, selbst wenn immer wieder neue Definitionsversuche unternommen werden, bis heute das, was jeder einzelne dafür hält.

Dagegen wird der Begriff Persuasion (lat. persuadere = überzeugen, überreden) in der Psychologie und in den Kommunikationswissenschaften heute schon relativ einheitlich für jede Form der beabsichtigten Beeinflussung, die zur Veränderung von Einstellungen oder Verhaltensweisen führt, verwendet (Brockhaus-Enzyklopädie, 1991, Bd. 16). Sie kann sowohl die Überzeugung als auch die Überredung beinhalten, in der personalen Kommunikation wie in der medialen angewendet werden und immer auch rationale wie emotionale Aspekte enthalten. Es bietet sich daher an, in Zukunft jede Art von gezielter, geplanter oder beabsichtigter Beeinflussung mit Persuasion zu bezeichnen. Hierunter würden also alle Kommunikationsformen der politischen Propaganda, der Werbung und der Public Relations gehören, weil sie alle eine mehr oder weniger offene Absicht der Beeinflussung von Adressaten haben. Aber Persuasion wird auch in der Erziehung und überall angewendet, wo man Menschen absichtlich und bewußt beeinflussen will. Für die Verwendung des Begriffs Persuasion spricht auch die Tatsache, daß die in der Psychiatrie übliche »Persuasionstherapie« das Beeinflussen des Kranken mit logischen Argumenten und kognitiven Erkenntnissen über seine Krankheit beinhaltet. Wie steht es aber mit der Manipulation?

Das Verwirrspiel mit der Manipulation

Der heute ebenso ausgiebig wie unterschiedlich benutzte Begriff Manipulation hatte ursprünglich eine konkrete und eingeschränkte Bedeutung. Bis ins 19. Jahrhundert hinein wurde damit entsprechend der lateinischen Urbedeutung die geschickte Handhabung, das gekonnte Umgehen mit seinen Händen und das Anwenden von Kunstgriffen (z. B. auch in der medizinischen Therapie) bezeichnet. In der Politik hat Carlyle 1864 im Zusammenhang mit einer Wahlbeeinflussung erstmalig von Manipulation gesprochen. Aber erst nach 1945 hat der Begriff eine eindeutig negative Wendung erfahren. In den Massenmedien wird er heute mit Trick, Finesse, Masche, Dreh oder Täuschung gleichgesetzt (Brockhaus Enzyklopädie, 1991, Bd. 14). Im wertneutralen Sinne spricht man nur noch in der Technik von Manipulation, zum Beispiel bei der Verwendung von Manipulatoren im Umgang mit radioaktivem Material in »Heißen Zellen«.

Im heutigen allgemeinen Sprachgebrauch ist Manipulation so überwiegend negativ besetzt, daß damit ein ernstgemeinter Vorwurf an Personen oder Gruppen verbunden ist. Bei näherer Betrachtung sind aber mindestens drei unterschiedliche Bedeutungen auszumachen, die sich jedoch kaum im Grad der Negation unterscheiden.

Zunächst wird der Begriff im Zusammenhang mit der Kommunikation verwendet und bezeichnet im wesentlichen einen Vorgang der gezielten Beeinflussung von Menschen unter Zuhilfenahme besonderer Techniken und zu einseitigem Nutzen.

Darüber hinaus wird der Begriff auch von Wissenschaftlern dann benutzt, wenn eine direkte Verhaltenssteuerung durch »subliminale« (unterschwellige) Reize, die nicht bewußt erlebt werden, gemeint ist.

Und eine weitere Verwendung des Begriffes hat ihren Ursprung in der marxistischen Gesellschaftstheorie, wurde von der »kritischen Theorie« aufgegriffen und kennzeichnet im wesentlichen den Vorgang der Beeinflussung des gesellschaftlichen Bewußtseins durch den »Monopolkapitalismus«.

Beschäftigen wir uns zunächst mit der ersten Version, der Beeinflussung mit Hilfe besonderer Techniken und zu einseitigem Nutzen. Hier werden wiederum verschiedene Definitionen angeboten. Rupert Lay hat die vermutlich kürzeste aller Formeln gefunden. Er bezeichnet als Manipulation die »Verhaltensbeeinflussung zu fremdem Nutzen« (Lay, a. a. O., S. 17). Damit ist eine sehr weite Anwendungsskala des Begriffes eröffnet. Diese Definition umfaßt auch den Fall, in dem der Manipulierte selbst einen Nutzen aus der Beeinflussung zieht, wenn nur ein Fremder ebenfalls Nutzen daran hat. Die nicht seltene Situation, in der ein Pfarrer von der Kanzel um Spenden für Misereor oder Caritas bittet, fällt ebenso unter diesen Begriff der Manipulation. Denn der Nutzen des vom Pfarrer intendierten Verhaltens liegt nicht beim Beeinflußten. Kein Wunder also, wenn Lay auch alle Führungstechniken in Betrieben in seinem Manipulationsbegriff erfaßt; denn für ihn hat das angestrebte Verhalten aller Mitarbeiter eines Unternehmens nur einen Nutznießer, den Inhaber.

Weil dieser überaus weite Rahmen auch bei der Erziehung junger Menschen anwendbar wäre, grenzt Lay in diesem Bereich die »Edukation« ab, da sie dem höheren Zweck der Bildung und Sozialisation des jungen Menschen diene. Diese Differenzierung nimmt dagegen Adolf Portmann nicht vor. Für ihn ist auch die Beeinflussung der Kinder im Erziehungsprozeß Manipulation (A. Portmann, 1970, S. 215 f.). Dieses Verständnis von Manipulation geht zweifellos am weitesten, jedenfalls noch weiter als das von Lay, der zwar die »Edukation« ausklammert, sonst aber Kommunikation überwiegend als Manipulation ansieht: »Mehr als 90 Prozent aller verbalen Kommunikation dient dazu, das Verhalten des Hörenden zugunsten des Sprechenden zu beeinflussen.« Und Lay zitiert Kirschner, »Manipulieren – aber richtig«: »Wenn ein Mensch den Mund aufmacht, um mit einem anderen zu reden, dann hat er nur eins im Sinn: Er will ihn manipulieren.«

Habermas definiert Manipulation als eine Abart des »strategischen Handelns«, das auf die Durchsetzung eigener Ziele gerichtet ist. Manipulation ist danach verdecktes strategisches Handeln unter Anwendung bewußter Täuschung (1988, S. 446 f.). Benesch/

Schmandt, die ein Begleitbuch zu einer ZDF-Fernsehserie »Manipulation – und wie man ihr entkommt« geschrieben haben, vervollständigen die Definition von Meyers Enzyklopädischem Lexikon von 1977 (a.a.O., S. 8 ff.). Sie betonen vor allem nicht wie Lay allein den Nutzen, sondern die besonderen Techniken. Sie führen insgesamt zwölf Kennzeichen an, die von der Einschränkung auf psychische Beeinflussung über die verdeckte Zielsetzung und die suggestive Methodik bis zur Unterschätzung der Wirkung von Manipulation reichen. Der Schwerpunkt ihrer Argumentation liegt also auf den Einzelphänomenen manipulativer Techniken und auf Rezepten, wie man sich deren Wirkung entziehen kann. Ebenso betont W. Kirsch mehr die besonderen Techniken der Manipulation, die von der Drohung über Sanktionen und Kompensationen bis zur Überredung und Überzeugung reichen (Kirsch, 1988, S. 107 ff.). A. Portmann schließlich hält besonders auch die Erziehung für eine Form der Manipulation, die dadurch zu einer Schicksalsfrage des Menschen wird (A. Portmann, 1970, S. 214 ff.).

Von anderen Autoren wird der Begriff Manipulation jedoch häufig so verwendet, als ob er bereits eindeutig definiert sei. Selbst ein so kenntnisreicher und sorgfältiger Autor wie Herbert W. Franke geht in seinem 1964 erschienenen Buch »Der manipulierte Mensch« davon aus, daß die Anwendung von psychologischen Forschungsergebnissen, vor allem der Motivanalyse, in Massenmedien und Werbung mit Manipulation gleichzusetzen sei. Allerdings gibt er dem Begriff keinen negativen Beigeschmack, sondern handelt ihn wertneutral ab. Leider hat sich seine Interpretation nicht durchgesetzt. Die meisten späteren Autoren setzen den Begriff Manipulation auch in Gegensatz zu »Information«, wobei darunter die fast neutrale, absichtslose Übermittlung von Nachrichten verstanden wird (so z. B. Hoppenkamps). Häufig vermischen sich die unterschiedlichen Bedeutungen jedoch zu einem undurchdringlichen Knäuel.

Die zweite Verwendungsmöglichkeit des Begriffs Manipulation bezieht sich meist auf den durch Vance Packards »Die geheimen Verführer« bekanntgemachten Vorgang einer angeblich praktizierten »subliminalen«, also unterschwelligen, Beeinflussung. Das von Packard beschriebene Ereignis fand angeblich im Jahre 1957 in einem New Yorker Vorortkino statt. Jedenfalls berichtet das *Wall Street Journal* über eine Pressekonferenz am 12. September, bei der Mr. James M. Vicary, Inhaber einer »Subliminal Projection Company« eine völlig neue Art der Werbung vorgestellt hatte. In einem Kino hätte man in vielen Vorstellungen mit insgesamt fast 46 000 Besuchern in die Filme sehr kurze und deshalb bewußt nicht bemerk- und erkennbare Werbungen für Coca Cola und Popcorn eingeblendet. Das Ergebnis sei gewesen, daß der Umsatz von Coca Cola in diesem Kino um 18 Prozent, der von Popcorn gar um 57 Prozent gestiegen sei. Man habe das Verfahren zum Patent angemeldet; daher könne gegenwärtig noch nichts weiteres darüber gesagt werden. Packard erwähnt noch ein ähnliches Experiment mit Eiscreme, das bereits ein Jahr früher stattgefunden haben soll und über das die *Sunday Times* berichtet hatte.

Die Aufmerksamkeit, die die Öffentlichkeit dem Experiment durch die Packardsche Publikation zollte, führte zu Diskussionen in den Regionalparlamenten und schließlich 1958 zur Verabschiedung eines Gesetzes durch den Bundesstaat New York, das unterschwellige Werbung verbot. Die in diesem Zusammenhang verwendeten Vokabeln, wie »brainwashers«, »invisible monsters« und »most hidden persuaders«, zeigen deutlich, welche Antipathien und Befürchtungen durch diesen Vorgang geweckt worden waren. Seit dieser Zeit wird in immer anderen Zusammenhängen die Möglichkeit der unterschwelligen Beeinflussung diskutiert und mit dem Begriff der Manipulation belegt. Unabhängig davon, daß damals weder nähere Angaben zu den Experimenten zu bekommen waren noch spätere Versuche, die damaligen Bedingungen nachzustellen, gelungen sind (siehe auch Kapitel 5). Gemeint ist mit dieser Variante des Begriffes Manipulation die direkte und automatische Steuerung des Verhaltens, ohne daß dieser Vorgang dem Opfer in irgendeiner Phase bewußt würde oder kognitiv verarbeitet werden könnte.

Die dritte erwähnte Bedeutung von Manipulation ergibt sich

aus der marxistischen Philosophie und wird zwar auch im Zusammenhang mit Kommunikation verwendet, aber nicht als Kennzeichnung besonderer Praktiken. »Manipulation = Herrschaftstechnik der imperialistischen Bourgeoisie zur Steuerung des Verhaltens großer Massen des Volkes, indem mit Hilfe moderner wissenschaftlicher Erkenntnisse und technischer Methoden die Bewußtseins- und Meinungsbildung soweit wie möglich von der Erkenntnis und dem Wissen getrennt und somit das Bewußtsein des Menschen deformiert wird. Ohne daß sich die Volksmassen dessen bewußt sind, werden sie in ihrer Weltanschauung, in ihren Denkgewohnheiten, ihren Gefühlsregungen und ästhetischen Urteilen, in ihrer gesamten Lebensweise den Klasseninteressen der imperialistischen Bourgeoisie untergeordnet. Manipulierung ist die völlige Gleichschaltung des Bewußtseins der Menschen mit der imperialistischen Ideologie. Sie degradiert das Volk auch in der geistigen Sphäre zum vollständigen Objekt der Monopole« (Marxistisch-Leninistisches Wörterbuch der Philosophie, 1976, S. 671).

Deutlicher auf die Massenmedien in der Bundesrepublik bezogen wird dieser Begriff der Manipulation in verschiedenen Aspekten in dem Sammelwerk »Kritik, Manipulation der Meinungsbildung« dargestellt. Horst Holzer, der darin die Abhängigkeit der Massenmedien von den Werbeeinnahmen schildert, definiert den Begriff Manipulation so: »Im Umgang der Massenmedien mit ihrem Publikum zeigt sich so keineswegs eine von böswilligen Journalisten absichtlich vorgenommene Manipulation; die Manipulation liegt vielmehr darin, daß die Institutionen der Massenkommunikation auf das herrschende kapitalistische System verpflichtet sind: Aufgrund ihrer polit-ökonomischen Lage und der Entfremdungssituation des Publikums *müssen* die Medien jene Techniken anwenden, die das Denken der Mehrheit der Bevölkerung so regulieren, daß es den profit- und wahlstimmenorientierten Interessen der Machtgruppen in Wirtschaft und Politik entspricht«. Dies ist eine den Verhältnissen in der Bundesrepublik angepaßte Interpretation der marxistisch-leninistischen Lehrmeinung (vgl. dazu auch R. Geißler, 1973, S. 63 ff.).

Diese Definition erklärt jede öffentliche Kommunikation in einem kapitalistischen System als Manipulation. Davon wird zwar die einfache zwischenmenschliche Kommunikation nicht berührt; aber als Gegenstand einer ernsthaften Untersuchung fällt dieser rein ideologische Manipulationsbegriff aus. Er ist hier der Vollständigkeit halber aufgeführt worden, weil in unzähligen Zusammenhängen diese Bedeutung des Manipulationsbegriffes benutzt wird, ohne daß sofort durchschaut werden kann, um welchen Bedeutungsinhalt es sich dabei handelt. Da aber die manipulative Technik des gezielten Bedeutungswandels eines allgemein verwendeten und eindeutig wertenden Begriffs den Linken gewiß nicht unbekannt ist, kann dies auch als eine Taktik im Umgang mit Gegnern angesehen werden. Das Paradoxon dieser Definition besteht darin, daß es in sozialistischen Systemen prinzipiell keine Manipulation geben kann.

Zu den Unterarten dieses Manipulationsbegriffes gehört das zeitweise weit verbreitete Dokumentieren angeblicher Manipulation durch Klassenfeinde in der Bundesrepublik, wie etwa den Axel Springer Verlag. Das geschieht durch ausführliche Texte und Zitate aus der Bild-Zeitung und anderen Organen und vor allem durch eine fast unverständliche, pseudowissenschaftliche Sprache. Eine Probe: »Dieses Schema funktionaler Dependenzen, das für den manipulativen Prozeß der Massenkommunikation eine einseitige Wirkrichtung von den Instanzen politischer Herrschaft (als Konstante) zu manipulierenden Kommunikatoren und manipulierten Rezipienten (als abhängigen Variablen) behauptet, übersieht, daß auch der manipulierte Rezipient ›von sich aus selektiv, akzentuierend und projizierend den Prozeß der Massenkommunikation mitbestimmt, und daß dieses aktive Eingreifen zu einem wesentlichen Teil durch die Funktionen gesteuert wird, welche die Aussagen für den Rezipienten haben‹« (Arens, a. a. O., S. 18, Teilzitat aus Maletzke, »Psychologie der Massenkommunikation«, 1978).

Es ist zweckmäßig, für die folgenden Darlegungen den Bedeutungsgehalt der Manipulation wenigstens einigermaßen zu fixieren. Angesichts seiner negativen Bewertung kann die Version Rupert Lays nicht verwendet werden, weil damit auch ganz altruistische Kommunikationsformen wie Missionierung oder Erziehung abgedeckt wären. Fremder Nutzen scheint mir also eine zutreffende, aber keine hinreichende Bedingung für Manipulation zu sein. Ich schlage daher vor, zumindest für meine weiteren Darlegungen den Begriff Manipulation nur noch zu verwenden, wenn folgende Bedingungen erfüllt sind:

1. eine beabsichtigte Kommunikation mit dem Ziel der Einstellungs- oder Verhaltensänderung, also eine Persuasion,
2. zum alleinigen Nutzen des Kommunikators (Senders),
3. unter bewußter Inkaufnahme, daß für den Adressaten ein Schaden entstehen kann,
4. unter Anwendung von Beeinflussungstechniken, die autonome kognitive Prozesse beim Adressaten be- oder verhindern, also der Suggestion, häufig in Ausnutzung einer personellen oder situativen Schwäche des Adressaten.

Warum diese Einschränkungen?

Im Hinblick auf die bereits erwähnte negative Bewertung des Begriffes scheint es mir sinnvoll, Manipulation von anderen Arten der Beeinflussung abzugrenzen. Im Sinne einer normativen Beschreibung eines Phänomens muß daher der Versuch gemacht werden, eindeutige Tatbestände zu finden, auf die diese Negativbewertung zutrifft.

Im einzelnen ist zur Begründung der obigen Parameter zu bemerken: Man kann Gheorghiu nur zustimmen, daß das Kennzeichen schon jeder Suggestion der »Aufforderungscharakter«, also die Absicht ist, zu einer Veränderung beim Adressaten zu kommen (Gheorghiu, a. a. O., S. 105). Ohne diese Intention könnten auch unbeabsichtigte Einflußnahmen unter dem Begriff Manipulation subsumiert werden.

Ein weiteres Kennzeichen muß die Einschränkung auf den Nutzen des Senders sein. Es ist bereits darauf hingewiesen worden, daß ohne diese Festlegung auch unbestritten altruistische Beeinflussungsaktivitäten unter den Begriff Manipulation fallen würden. Darunter wären nicht nur die Missionierung, sondern auch alle ehrenamtlichen Aktivitäten von Bürgern für Vereine, politische Parteien und freie Wohlfahrtseinrichtungen zu nennen, die dem Adressaten von Beeinflussungsbriefen oder -appellen meist keinen Nutzen bringen, den Aktivisten aber häufig viel Ärger. Wenn man diesen Leuten jegliche Motivation nehmen würde, indem man sie auch noch zu Manipulatoren macht, würde dies ihre Tätigkeiten gewiß nicht fördern. Damit wird auch die Möglichkeit ausgeschlossen, die Arbeit von Lehrern, Ärzten oder Rechtsanwälten generell unter Manipulation fallen zu lassen, was ja nach dem Denkmodell von Lay unter dem alleinigen Aspekt »fremder Nutzen« möglich wäre.

Weiterhin plädiere ich dafür, auch das bewußte Inkaufnehmen von Nachteilen für den Adressaten als Kennzeichen zu verwenden. In vielen Fällen, auch in der Kommunikation der Tiere, ist ein Akt der Beeinflussung vorteilhaft sowohl für den Sender wie für den Adressaten. Das trifft auch auf viele Kaufvorgänge zu. Erst wenn der Sender ganz bewußt einen Adressaten übervorteilt, so daß sich aus der Beeinflussung ein Schaden oder zumindest kein Nutzen für ihn ergibt, kann man mit Fug und Recht von einer Manipulation ausgehen. Das Märchen vom »Hans im Glück« zeigt dabei deutlich die Grenzen der Beurteilung auf: Bei jedem Tausch ist Hans der subjektiven Meinung, daß seine Erwerbung einen großen Vorteil habe. So wird man sich wohl überhaupt nur auf die Fälle beschränken müssen, in denen eindeutig auch subjektiv ein Schaden für den Beeinflußten entstanden ist.

Als viertes Kriterium der Manipulation schlage ich die Behinderung oder Vereitelung kognitiver Prozesse vor. Der Tatbestand einer Manipulation kann nur gelten, wenn eine kognitive Verarbeitung der Argumente des Senders gar nicht stattfinden kann oder deutlich behindert wird. Hierunter sind die meisten Arten von Suggestionen zu verstehen, die weitgehend unter Vermeidung rationaler Argumente versucht werden. Sigmund Freud nennt das Wesen der Suggestion die »Bedingungen, unter denen sich Beeinflussungen ohne zureichende logische Begründung herstellen« lassen (Massenpsychologie und Ich-Analyse, S. 29). Darunter fallen dann die typischen Massensuggestionen wie die berühmte Goebbels-Rede im Berliner Sportpalast, in der geschickt die Trotzreaktionen einer ohnehin ideologisch vorbehandelten Menge aufgeputscht wurden. Aber zu dieser Kategorie muß man wohl auch alle rein emotionalen Appelle an Instinkte zählen, sofern sie nicht durch Argumente ergänzt werden. Man denke an die Fernsehwerbung für manche Produkte, bei denen Bilder und Musik allein ein Erzeugnis verkaufen, zu dem nichts mehr an sachlich-stofflichen Nutzenaussagen beizubringen ist. Diese Produkte lassen sich kaum anders als durch Emotionen kommunizieren, weil sie ja auch – wie zum Beispiel Kosmetika – Emotionen wecken sollen. Nur: auch der rein emotionale Appell allein ist kein hinreichendes Merkmal der Manipulation. Es müssen schon die anderen Kennzeichen dazukommen.

Schließlich ist auch die Ausnutzung einer personalen oder situativen Schwäche des Adressaten als Kennzeichen der Manipulation anzuführen. Hierunter sind nicht nur die mentalen oder psychischen Schwächen von nicht oder fast nicht geschäftsfähigen Personen zu verstehen, sondern auch die Zustände einer verminderten Erkenntnisfähigkeit, also etwa im Streß, unter Termindruck oder bei großen Anstrengungen, in Notfallsituationen, in Abwesenheit des gewöhnlich mitentscheidenden Partners usw.

Die genannten Merkmale und Bedingungen sollen in der folgenden Darstellung kommunikativer Prozesse als Basis dienen. Darüber hinaus sollte es nicht mehr möglich sein, so leichtfertig wie bisher mit dem negativen Begriff Manipulation umzugehen. Marxistische Ideologen werden es künftig ohnehin schwerer haben, ihre Taktiken des gezielten Bedeutungswandels zur Verwirrung der Öffentlichkeit durchzusetzen. Und wissenschaftliche Veröffentlichungen sollten sich erst recht nicht mehr mit vereinfachten, undifferenzierten Definitionen wie der von Lay zufriedengeben. Es ist zu hoffen, daß die vorgeschlagene Definition in den öffentlichen Diskurs eingeht, zumal sie sich weitgehend mit der von L. von Rosenstiel und P. Neumann deckt (v. Rosenstiel/Neumann, 1991, S. 34 f.).

Hier könnte der Einwand gemacht werden, daß bei einer derartig engen Auslegung der Manipulationsbegriff praktisch auf fast kein Verhalten mehr zutreffen würde. Dem ist entgegenzuhalten, daß einer der berühmtesten literarischen Stoffe, Goethes »Faust«, ein klassisches Beispiel gelungener Manipulation bietet. Faust bemüht sich um Gretchen mit persuasiven und suggestiven Mitteln zum alleinigen eigenen Vorteil und ohne Skrupel, daß dem Mädchen damit ein Schaden zugefügt wird, der in diesem Falle sogar zu seiner Vernichtung führt. Das literarische Muster ist sogar noch älter: In der griechischen Mythologie täuscht Zeus Götter und Menschen zu seinem Vorteil und mit den Mitteln der Persuasion und Suggestion, indem er in der Gestalt eines Stieres oder anderer Lebewesen erscheint und seine Ziele durchsetzt. Die Suggestion schließlich ist auch literarisch mehrfach belegt, sie ist im Minnesang des Mittelalters zu einer eigenständigen Kunstform entwickelt worden. In der »Odyssee« finden wir die Gefährlichkeit der Suggestion außerordentlich plastisch dargestellt, wenn Odysseus seinen Genossen die Ohren verstopft und sich selbst an den Mast fesseln läßt, um dem Gesang der Sirenen zu widerstehen. Schon die Fülle der literarischen Zeugnisse läßt es nicht zu, den Begriff Manipulation allein auf die Erscheinungen der modernen Massenmedien zu beschränken. Und das Faust-Motiv ist schließlich so eindeutig aus dem Leben gegriffen und so zeitlos, daß man es kaum als irreal bezeichnen kann.

In den folgenden Ausführungen wird das Gesamtgebiet der Beeinflussung einschließlich manipulativer Zielsetzungen und Techniken behandelt. Daß dabei die marxistische Definition von Manipulation außer acht gelassen wird, ist bereits angedeutet worden. Ist sie doch keineswegs geeignet, einen brauchbaren Beitrag zur Beantwortung der Frage nach den Bedingungen individueller menschlicher Beeinflussung zu liefern. Ohne Verarbeitung von Informationen, gleich ob sie aus externen Stimuli oder aus eigenen Reflexionen stammen, ist Beeinflussung nicht möglich. Die Vorgänge der Informationsverarbeitung durch den Menschen sind jedoch nicht zu verstehen, wenn die Befindlichkeit der Sender (Kommunikatoren) und Empfänger (Rezipienten) unbeachtet bleibt.

Jede Information, die vom Empfänger durch seinen Wahrnehmungsapparat aufgenommen wird, trifft ja auf eine bereits vorhandene und höchst komplexe Landschaft von Instinkten, Trieben und Antrieben, von Empfindungen, Vorstellungen, Erfahrungen und Erwartungen. Je nach der Struktur dieser vorhandenen und mehr oder weniger stark ausgeprägten Inhalte des Bewußtseins und des Unbewußten wird die Information verstanden, zugeordnet und gespeichert, führt sie zu Handlungen oder Verhaltensweisen, auch zu Verweigerungen. Im Idealfall einer verständnisvollen Kommunikation zwischen Menschen ist die gegenseitige Offenheit für den Austausch von Informationen durch keine Barrieren behindert. Die weiteren Ausführungen werden zeigen, daß in der täglichen Praxis zwischenmenschlicher Kommunikation mit solchen idealen Bedingungen nicht immer gerechnet werden kann.

II

Die Befindlichkeit der Rezipienten

3

Kategorien des Bewußtseins

> Hamlet: ... Welch ein Meisterwerk ist der Mensch! Wie edel durch Vernunft! Wie unbegrenzt an Fähigkeiten! In Gestalt und Bewegung wie bedeutend und wunderwürdig! Im Handeln wie ähnlich einem Engel! Im Begreifen wie ähnlich einem Gott! Die Zierde der Welt! Das Vorbild der Lebendigen ...
>
> *William Shakespeare, »Hamlet«*

Wann in der Evolution des Menschen das Bewußtsein in seiner heutigen Leistungsfähigkeit erstmalig aufgetreten ist, wird wohl immer ein Rätsel bleiben. Hat schon der Australopithecus africanus über ein Bewußtsein in der Ausprägung des Homo sapiens sapiens, also des heutigen Menschen, wenn auch nicht in allen Dimensionen, verfügt? Man wird es aus den Funden versteinerter Knochen nicht ablesen können, und auch nicht aus seinen Fußspuren, die sich in der anfangs wohl noch heißen Asche eines Vulkanausbruches rund 3,6 Millionen Jahre erhalten haben. Die bei Laetoli in Tansania entdeckten Fußspuren dieses Vorläufers des heutigen Menschen zeigen aber deutlich, daß er bereits aufrecht ging und ein kleineres Exemplar seiner Rasse neben sich an der Hand geführt hat, vielleicht ein Kind. Ein drittes Wesen ist hinter dem größeren einhergeschritten, und zwar genau in dessen Fußspuren. Fast kann man daraus schließen, hier habe man es mit den Millionen Jahre alten Spuren eines Familienausfluges zu tun. Wobei besonders die Bewegungen des dritten Individuums, das genau in die Fußspuren des Vorangehenden trat, auf sehr genaue Steuerungsvorgänge der Bewegungsabläufe durch das Gehirn schließen lassen (Eccles, 1989, S. 109 f.).

Was man aus diesen Spuren eines der möglichen menschlichen

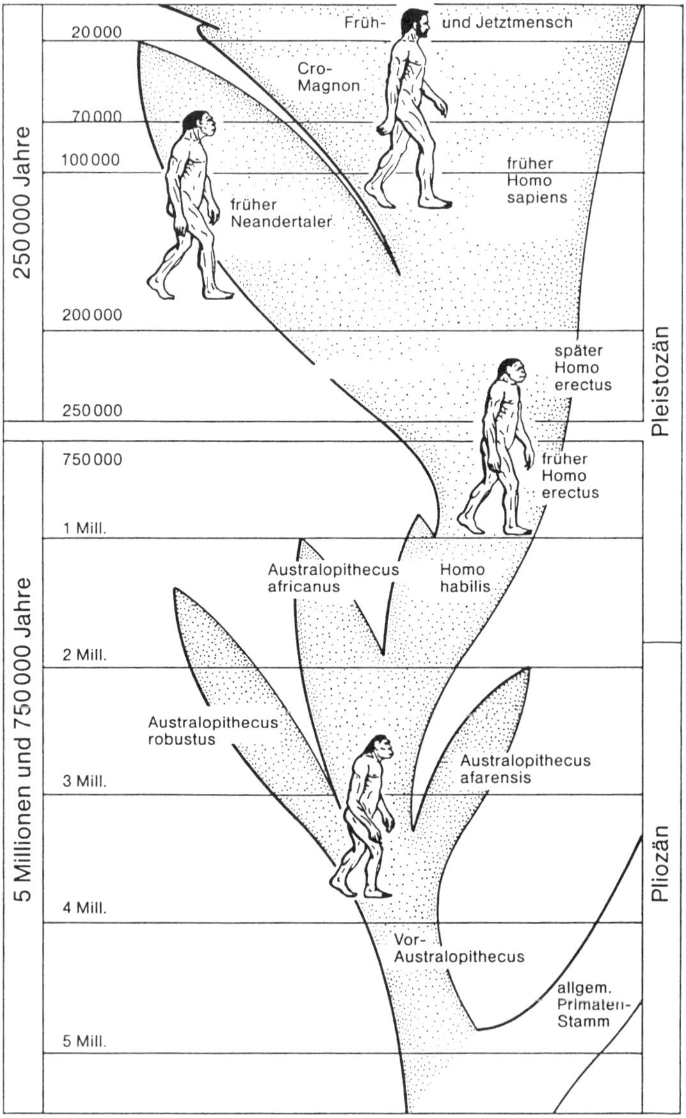

Abbildung 1: Entwicklung der Hominiden (nach Josef H. Reichholf: »Das Rätsel der Menschwerdung«).

Vorfahren nicht ermitteln kann, läßt sich aber aus den Funden von Schädelüberresten rekonstruieren. Vervollständigt man die Hirnschalen dieser Hominiden und gießt sie aus, so kann man nicht nur das Hirnvolumen, sondern auch die Größe und Form des Neocortex abschätzen. So scheint dieser wahrscheinliche menschliche Urahn etwa das gleiche Hirnvolumen (450 ccm) wie ein Schimpanse und nur ein Drittel des Hirnvolumens des heutigen Menschen (etwa 1400 ccm) gehabt zu haben, und er hat damit noch nicht über eine unserem Bewußtsein ähnliche Gehirnleistung verfügt. Erst der Homo habilis, dessen erste Überreste aus einer Zeit von 2 Millionen Jahren vor unserer Zeit datiert werden, hat ein deutlich ausgeprägtes Sprachzentrum und damit wohl schon das nötige Gehirnvolumen (ca. 650 ccm) und die Gehirnorganisation für ein rudimentäres menschliches Bewußtsein.

Doch was war als Voraussetzung dafür alles geschehen! Nicht nur das Gehirnvolumen mußte sich durch Mutationen erhöhen. Auch der aufrechte Gang hatte eine wesentliche Folge, weil die Hände nunmehr frei wurden zum Greifen der Beute und Bearbeiten der Nahrung. Das entlastete die gesamte Mundpartie von mechanischen Tätigkeiten bei der Nahrungsaufnahme und konnte die primitiven Laute, die zur gegenseitigen Verständigung innerhalb der sozialen Verbände dienten, langsam durch mehr differenzierte Sprachlaute verdrängen. Dies zog zweifellos höhere Gehirnleistungen nach sich und die Ausbildung der beiden Sprachzentren. Der Neocortex vergrößerte sich, der Schädel wölbte sich nach vorn. Die Hand konnte sich stärker ausdifferenzieren und schließlich Werkzeuge fertigen, die die Überlegenheit des Homo gegenüber seiner tierischen Umwelt manifestierte. Die Evolution der Hand war Voraussetzung für die Entwicklung der Sprache, und die Sprache machte die Leistungen des Gedächtnisses und der Erinnerung notwendig, die für die Ausbildung eines individuellen Bewußtseins erforderlich sind (siehe auch Leroi-Gourhan, 1984).

Obgleich diese »höhere Hirnfunktion« ein Ergebnis der Evolution ist, darf diese unbezweifelbare Erkenntnis nicht darüber hinwegtäuschen, daß hierin der wesentliche Graben, der »Hiatus«, wie der Philosoph Nikolai Hartmann sagt, zwischen Tierwelt und Mensch besteht. Und der ist so tief und breit, daß selbst Naturforscher für die Entstehung des Bewußtseins ein besonderes Ereignis annehmen. Konrad Lorenz spricht von einer »Fulguration« in Anlehnung an mittelalterliche Mystiker (Lorenz, 1977, S. 47 ff.). Er verwendet diese Metapher, die im Lateinischen Blitzschlag bedeutet, für einen Vorgang, bei dem bisher völlig eigenständige Systeme miteinander integriert werden, wodurch zwar das entstandene Neue alle Eigenschaften der bisherigen Einzelsysteme besitzt, zusätzlich aber völlig neue Eigenschaften, die bisher nicht vorhanden waren.

Man könnte geneigt sein, die Lorenzsche »Fulguration« in der Plötzlichkeit ihres Auftretens mit der Schöpfung gleichzusetzen. Anscheinend hat Lorenz hier aber nur einen besonderen Begriff für evolutionäre Sprünge gesucht, die bisher nicht ausreichend aufgeklärt sind. Eccles dagegen nimmt für jeden einzelnen Menschen einen Schöpfungsakt an, bei dem sich über sein Bewußtsein das »Selbst-Bewußtsein« als selbständige Einheit legt und die eigene Einzigartigkeit begründet (Eccles in Dürr/Zimmerli, 1989, S. 86 ff.). Erst seit etwa 40 000 Jahren, im Homo sapiens sapiens, scheint die menschliche Evolution, jedenfalls was die Gehirnkapazität anbelangt, zu einem gewissen Abschluß gekommen zu sein. Seit dieser Zeit besteht das, was wir heute als Bewußtsein bezeichnen und woran die Menschheit stets herumgerätselt hat.

Doch was verstehen wir unter Bewußtsein?

Zunächst definieren wir damit einen *Zustand* des Denkens und Handelns, der sich im Sprachverständnis deutlich absetzt von seinem Gegenteil, dem Unbewußten, Unterbewußten und seinen Grenzbereichen. Wer etwas bewußt tut, handelt in einem geistigen Zustand des vollkommenen Wachseins, des Gefühls äußerster Aktivität seines Denk- und Empfindungsapparates. Er ist sich der Konsequenzen und Folgen seines Tuns bewußt, das heißt, er kennt konkret das Ziel seines Handelns, hat es in Einzelheiten vorausbedacht und sich vorgestellt, auch wenn er im einzelnen alle möglichen Konsequenzen nicht abschätzen kann.

Weiterhin bezeichnet das Bewußtsein auch *Grundstrukturen* der Wahrnehmung und der Erkenntnis, die das Orientieren in der Umwelt erst ermöglichen. Dazu zählen vor allem das Erlebnis seiner Selbst als etwas von der Umwelt Abgesetztes, also die Subjekt-Objekt-Beziehung, die Grunderfahrung der Zeit und des Raumes, in denen sich das Leben abspielt, die Kausalität von Ereignissen und schließlich die Abstraktion des Denkens, die Losgelöstheit der Begriffe von den sie bezeichnenden Gegenständen. Ohne diese Grundstrukturen des Bewußtseins wären die »natürlichen« Verhaltensweisen des Homo sapiens nicht sehr weit von denen der Primaten entfernt. Hier wird die Bedeutung der Sprache offensichtlich. Nicht nur die Struktur der Abstraktion, auch die menschliche Fähigkeit der Speicherung von abstrakten Begriffen und ihren assoziativen Zusammenhängen ist an die Sprache gebunden und macht einen der Unterschiede zur Tierwelt aus, obwohl wir über das Speicherungsvermögen der Tiere noch nicht allzuviel wissen.

Schließlich kennzeichnet das Bewußtsein auch *Potentiale* oder *Kapazitäten*. Oeser nennt sie die »artspezifische Hirnleistungspotenz« (Oeser/Seitelberger, S. 168). Damit sind die Möglichkeiten des Empfindens und Fühlens, die Speicher des Gedächtnisses, die Fähigkeiten der Intelligenz, der Vorausschau und Planung und nicht zuletzt des Willens gemeint. Diese Potentiale machen es dem Menschen möglich, Sinneswahrnehmungen mit vorhandenen Bewußtseinsinhalten, seien sie angeboren oder erworben, zu verbinden und zu Ergebnissen zu verarbeiten. Hierher gehört auch das Wissen um die Endlichkeit jeder individuell lebenden Existenz, und damit das Wissen vom eigenen Tod.

Soweit die Begriffsinhalte des individuellen Bewußtseins. Nicht erst seit der Entdeckung der Massenpsyche spricht man darüber hinaus vom *kollektiven Bewußtsein,* das die Verhaltensweisen des Individuums in unterschiedlicher Intensität beeinflußt. Seit Marx ist das gesellschaftliche Bewußtsein in den Vordergrund mancher Welt- und Lebenserklärungsversuche gerückt. Und in der Tat ist ein großer Teil unserer Welterfahrung von sozialen Einflüssen geprägt. Was wir lernen in den ersten Lebensjahren, ist durch die Konventionen der meist familiären Kultur, in die wir hineingeboren wurden, weitgehend bestimmt. Was man tut und was man unterläßt, wird auch durch die Erziehung in uns einprogrammiert. Eine kritische, »bewußte« Auseinandersetzung damit kann erst viel später, wenn man rationales Denken gelernt hat, zu einer Korrektur führen.

Bewußtsein und Informationsverarbeitung

Für unser Betrachtungsfeld der kommunikativen Beeinflussung sind die Bewußtseinszustände und die Grundstrukturen des Bewußtseins von großer Bedeutung im Prozeß der Informationsverarbeitung. In welcher Weise die Umwelt wahrgenommen wird, ist weitgehend durch die a priori gegebenen Grundstrukturen des Bewußtseins geprägt. Daß wir etwas als Einheit erfassen, zum Beispiel einen Baum in einem Wald, und daß wir in der Lage sind, sein Alter als etwas Gewordenes zu begreifen, liegt an den uns angeborenen Fähigkeiten des Gehirns.

Besonders die Struktur des zeitlichen Erlebens ist in den letzten Jahrzehnten intensiv erforscht worden. Ernst Pöppel hat verschiedentlich über entsprechende Experimente berichtet. So kennt man heute den zeitlichen Grundrhythmus, sozusagen die innere Uhr, nach der unser zeitliches Erleben abläuft. Wenn man im Experiment nachweisen kann, daß Zeitabschnitte von dreißig bis vierzig tausendstel Sekunden (0,03–0,04 sec.) sowohl bei optischen als auch bei akustischen Eindrücken differenziert werden können, dann dürfte es sich dabei um das zeitliche »Atom« unseres Bewußtseins handeln. Darüber hinaus werden Ereignisse bis zu drei Sekunden zu Erlebnisgestalten zusammengefaßt, womit die Empfindung der Gegenwart für uns definiert ist. Während wir also das Gefühl haben, was übrigens auch Isaak Newton annahm, daß die Zeit gleichmäßig dahinfließt, lehren die neuesten Experimente, daß die Unterteilung in kleinste Einheiten uns erst das bewußte Erleben des Zeitlichen ermöglicht. Zeitliche Strukturen des Gehirns sind also angeboren wie der natürliche Rhythmus

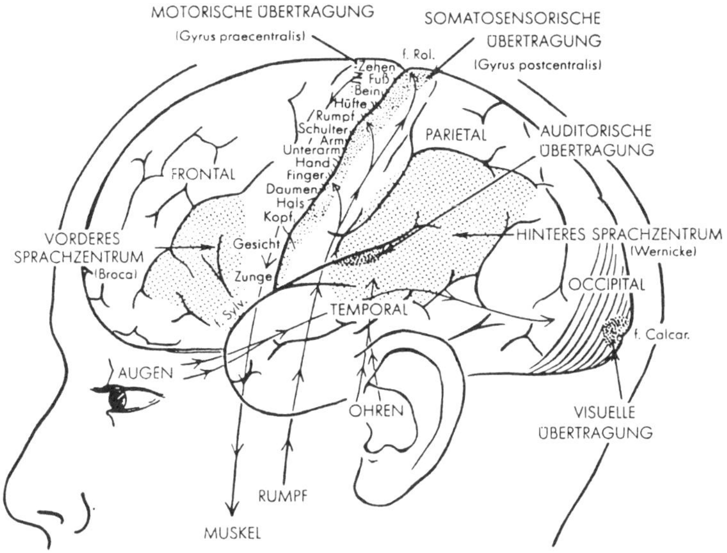

Abbildung 2: Die Felder der Großhirnrinde (nach Karl R. Popper und John C. Eccles: »Das Ich und sein Gehirn«).

der Körpertemperatur, der Schlaf- und Wachrhythmus und andere Erscheinungen, die durch das autonome oder vegetative Nervensystem gesteuert werden und sich normalerweise unserem Bewußtsein entziehen.

Im phylogenetischen (d. h. stammesgeschichtlichen) Vergleich kommt der Mensch ja als ein recht unreifes Wesen auf die Welt. Während das Tier bereits bei der Geburt weitgehend über ein bestimmtes Verhaltensrepertoire verfügt, braucht der Mensch noch Jahre, um sich ontogenetisch (individuell) auszuentwickeln. Im menschlichen Gehirn werden die Zellstrukturen erst im Kleinkindalter durch die Vermehrung der Zellfortsätze (Dendriten) und durch eine Vielzahl von Synapsen miteinander verschaltet, entsprechend den Einflüssen und Anregungen, dem ersten Lernen des Kleinkindes aus seiner Umwelt. So entsteht aus den angeborenen Kapazitäten der Intelligenz, der Emotionen, des Willens durch Reifung, Nachahmung und Lernen die individuelle Persönlichkeitsstruktur, die eigentliche Identität des Menschen.

Was beim Tier also schon fertiges Verhaltensmuster ist, das durch entsprechend passende Reize abgerufen werden kann, ist beim Menschen neben einigen angeborenen Reflexen (z. B. Saugen) die Anlage des Lernens. Bleiben die Einflüsse aus der Umwelt aus, werden die veranlagten Potentiale also in einem bestimmten Zeitraum nicht durch entsprechende Lernreize aufgefüllt, so können sie auch durch spätere erzieherische Maßnahmen nicht mehr angeregt werden. Es bleibt ein dauerndes Defizit zurück.

Ebenso bedeutsam für die Informationsverarbeitung sind die unterschiedlichen Zustände des Bewußtseins. Eine weit verbreitete Annahme, daß etwas entweder bewußt oder nicht bewußt verarbeitet werden kann, ist definitiv falsch. Hirnforscher und Psychologen unterscheiden differenzierte Arten von Bewußtseinszuständen und auch verschiedene Grade von Bewußtheit.

Daß wir im Schlaf ohne waches Bewußtsein sind, können wir an uns selbst beobachten. Dennoch werden weiterhin von den Sinnen Reize aus der Umwelt wahrgenommen, die wie das Geräusch des Weckers uns bei entsprechender Intensität wieder in den Zustand des bewußten Erlebens unserer Umwelt zurückholen. Hypnose erzeugt einen ähnlichen Zustand des Unbewußten, die Trance. Und wir bemerken oft, sprachlich völlig richtig, daß wir dieses oder jenes »ganz unbewußt« getan hätten, oder daß uns ein Vorgang gar nicht bewußt geworden ist.

Bewußtseinszustände sind meßbar. Sie zeichnen sich in Veränderungen der Hirnstromaktivität, des Energiestoffwechsels, des Blutflusses und anderer Vorgänge ab. Sie sind also objektivierbar, obwohl sie zu den Erscheinungen gehören, die wir meist nicht bewußt erleben, die also nicht vom zentralen Nervensystem, sondern vom vegetativen gesteuert werden. Hierin liegt einer der Beweise, daß Bewußtsein eine Gehirntätigkeit ist. Dennoch kann man bisher den Ort nicht genau lokalisieren, an dem sich im Gehirn die Funktionen des Bewußtseins abspielen, wie man das beispielsweise für die Verarbeitung von akustischen Sprachsignalen kann. Während auch für die einzelnen Glieder des menschlichen Körpers mehr oder minder genaue Positionsbeschreibungen der zugehörigen Hirnpartien vorliegen, ist dies für die allgemeinen Funktionen des Bewußtseins nicht möglich. Allerdings läßt sich nachweisen, daß sich einzelne, mit dem bewußten Denken zusammenhängende Funktionen offenbar mehr in der dominanten Hirnhälfte (meist der linken) befinden.

Die Hirnforschung verdankt solche Erkenntnisse vor allem den »Split-Brain-Patienten«, denen, meist um lebensbedrohliche Epilepsieanfälle zu mildern, das Corpus callosum, die Brücke zwischen beiden Gehirnhälften, durchtrennt wurde. Danach zeigt sich, daß zwar die nichtdominante Hälfte alle objektiven Anzeichen von Bewußtsein aufweist und sinnvolle Handlungen zuläßt, daß aber nur die Handlungen, die mit der dominanten Hälfte gesteuert wurden, in das Bewußtsein eingehen, also bewußt erlebt werden. Da auch die Sprachfähigkeit, ein bedeutsames Potential des menschlichen Bewußtseins, in der dominanten Hirnhälfte angesiedelt ist, nimmt man an, daß das Bewußtsein zumindest überwiegend in dieser Hirnhälfte liegt, vermutlich aber eher ein bestimmter elektrischer Erregungszustand größerer Gehirnpartien ist.

Die alte Frage, ob der menschliche Geist (oder die Seele) unmittelbar aus Gehirnfunktionen ableitbar ist, kann mit solchen Forschungsergebnissen nicht abschließend beantwortet werden. So stehen sich noch heute die dualistische These der Unabhängigkeit des »Ich und seines Gehirns« (Popper/Eccles) und die Auffassung der materialistischen oder der physiologischen Monisten (Pöppel) gegenüber. Für die Zustände des bewußten Erlebens und der angespannten Aufmerksamkeit aber gibt es genügend signifikante und diagnostizierbare Signale aus dem Gehirn.

In die Kategorie der Zustände verminderter Bewußtheit gehört das automatisch-mechanische Verhalten in einer »reizüberfluteten« Umwelt. Der routinierte Autofahrer schaltet ohne klares Bewußtsein von jeder Einzelheit seines Tuns die notwendigen Gänge je nach Erfordernis der Verkehrslage, der benötigten Beschleunigung oder anderer Parameter. Gewohnheitsmäßiges, habituelles Handeln, wie wir es in zahllosen Situationen des Alltags praktizieren, ist ein solches unbewußtes oder gedämpft-bewußtes Verhalten. (»maschinenmäßiges Verhalten« nennt es Leroi-Gourhan, a. a. O., S. 289 ff.).

Für die Aufnahme und Verarbeitung von Informationen sind diese Bewußtseinszustände sehr bedeutungsvoll. Sie führen, ohne das klare und wache Bewußtsein voll einzuschalten, zu richtigen, zumindest aber zu häufig geübten und damit eingeprägten Reaktionen. Der schon erwähnte erfahrene Autofahrer wird, ohne ein Verkehrsschild bewußt registriert zu haben, sich in seiner Fahrweise einer unübersichtlichen Verkehrssituation anpassen, besonders wenn er sich in einer vertrauten Umgebung befindet. Er wird jedoch, wenn er mit seinem Wagen den Ärmelkanal überquert und sich in England nun den Regeln des Linksverkehrs anpassen muß, plötzlich in einer viel höheren Bewußtseinslage als zu Hause dieselbe Tätigkeit ausüben. Gewohnheitsmäßiges Handeln »entlastet« uns, wie Arnold Gehlen sagt, in der täglichen Arbeit und führt so zu einer rationelleren Arbeitsweise, weil nicht immer alle Handlungen allen jeweils notwendigen Parametern der Entscheidungsfindung unterworfen werden müssen.

Konrad Lorenz macht mit Recht darauf aufmerksam, daß die »liebe Gewohnheit« keine jener automatischen Handlungsweisen ist, die wir im Tierreich als Reflexe auf Schlüsselreize finden und die sodann zwanghaft zur Triebbefriedigung führen. Sie ist im Gegenteil das Ergebnis eines Lernvorgangs, bei dem das Prinzip »Versuch – Erfolg« wirksam wurde (K. Lorenz, 1977, S. 133 ff.). Und den einmaligen Erfolg sucht der Mensch zu vervielfachen, indem er in gleichen Situationen das gleiche Handeln wiederholt. So wird er von Mal zu Mal sicherer und selbstbewußter in seinen Fähigkeiten der routinierten Problembewältigung.

Gewohnheitsmäßiges Handeln ist somit nicht nur der Versuch, den Unsicherheiten des Lebens zu begegnen, es findet auch in einem Zustand der verminderten Problembewußtheit statt. Die Einsortierung einer neuen Situation in das Muster einer bekannten und bereits mehrfach bewältigten Problematik führt dann im zweiten Schritt zum gedanklichen Griff in das Repertoire der adäquaten Verhaltensweisen. Dadurch sinkt das aktuelle Interesse an dem ganzen Vorgang ab, der Grad der Bewußtheit wird auf das notwendige Maß routinierter Handlungen gesenkt. Für die Bewältigung solcher Probleme, die der Mensch als Alltagsaufgaben einschätzt, ist dazu das Einschalten seiner Bewußtseinsmaschinerie auf hohen Touren nicht notwendig. Auch habituelles Handeln führt so zu »richtigen« Ergebnissen, auch wenn der Mensch später darüber reflektiert.

Gewohnheitsmäßiges Handeln bringt darüber hinaus auch eine Art Bewußtseinsspaltung zustande, die recht kreativ wirken kann. Jeder Mensch kennt die Routinetätigkeiten am Morgen nach dem Aufstehen und den Zustand des erwachenden Bewußtseins von den Pflichten des kommenden Tages. Wie oft werden dann buchstäblich »beim Rasieren« die Probleme bewußt, die man am Abend zuvor vergessen oder verdrängt hatte. Und wie oft fällt dem Menschen dann am Morgen wie von selbst eine Lösung ein, an die er selbst bei angestrengtem Nachdenken am Vorabend nicht gedacht hatte. Viele geistig-schöpferisch Tätige suchen geradezu solche Routinetätigkeiten, um den Denkapparat vom angestrengten Problemlösen in eine andere Bewußtseinsebene zu versetzen, in der die Einfälle manchmal nur so sprudeln. Das kann auch das routinierte Spazierengehen mit dem Hund sein, wobei man völlig »in Gedanken versunken« hinterher kaum mehr weiß, welchen Weg man gegangen ist. Womit wir bei den altgriechischen Peripatetikern wären, deren Gedankenfluß durch das Umhergehen angeregt wurde (vgl. auch Pöppel, 1985, S. 158 ff.).

In diesem Zusammenhang ist ein Experiment bemerkenswert, das jeder selbst machen kann. Man beobachte einmal an einer Verkehrsampel die bei Rot wartenden Autofahrer. Sehr viele der Alleinfahrenden nutzen die Zeit der niedrigeren Bewußtseinsstufe beim Warten für ein deutliches Selbstgespräch. Ein nicht zu übersehendes Zeichen der Beschäftigung mit Gedanken, die mit dem Warten auf grünes Licht absolut nichts zu tun haben. Ob es nun das morgendliche Rasieren ist, das Saubermachen der Wohnung oder ein Spaziergang in gewohnter Umgebung, die routinierte Handlung nimmt so wenig Aufmerksamkeit in Anspruch, daß die Gedanken dabei recht kreativ spazierengehen können. Wir finden gewohnheitsmäßige Handlungen weit verbreitet im Alltagsleben. Unter anderem bei Einkaufsentscheidungen über verhältnismäßig einfache und unproblematische Produkte und Leistungen. Es handelt sich also hierbei um eine Entlastung des Gehirns von unwirtschaftlicher Höchstaktivität und nicht um ein untrügliches Zeichen erfolgreicher Manipulation oder Beeinflussung. Treffend reiht Konrad Lorenz die habituellen Verhaltensweisen unter die Faktoren ein, die die Invarianz einer Kultur ausmachen (Lorenz, 1977, S. 246 ff.). Und in der Tat kennt jeder Angehörige einer traditionsreichen Gruppe die beiden stereotypen Möglichkeiten, auf Neuerungen zu reagieren. Entweder wird gesagt: »Das haben wir noch nie so gemacht!« Oder es heißt: »Das haben wir schon immer so gemacht.« Die Gewohnheit wird zum ritualisierten Wert. Habituelles Handeln kann so im menschlichen Bewußtsein als Bollwerk gegen jede Neuerung wirken.

Im Licht dieser überall feststellbaren habituellen Verhaltensweisen erscheint das Problem der Willensfreiheit als ein höchst fragwürdiges menschliches Potential. Seit den alten Philosophen wird über den Grad der Determiniertheit des Menschen gestritten. Je nach dem Standort des Betrachters in der Geschichte des abendländischen Denkens wird einmal mehr die Vorbestimmtheit des menschlichen Handelns aus seinen tierischen Wurzeln betont, ein andermal die Losgelöstheit aus den Fesseln der Triebe und Instinkte. Besonders das menschliche Bewußtsein, das Sichselbst-Erleben, das Resultat eigenen Wollens und Planens verschaffte dem Menschen immer wieder den Eindruck wahrhaft prometheischer Kräfte.

Selbst wenn wir an dieser Stelle die Abhängigkeiten menschlichen Handelns von seiner Triebausstattung noch außer Betracht lassen wollen, bleibt auch bei der kritischen Analyse des bewußten Handelns im Hinblick auf die Willensfreiheit ein Vorbehalt. Wer sich selbst »freiwillig« einer Hypnose unterwirft, in der er seinen freien Willen gänzlich dem Hypnotiseur unterordnet, hat damit einer »Außensteuerung« seines Verhaltens zugestimmt. Wer von Drogen abhängig wird, begibt sich ständig in einen Zustand außerhalb des wachen Bewußtseins. In einem sehr viel gemäßigteren Grad paßt sich der Mensch aus Bequemlichkeit anderen Einflüssen an, die aus der Gesellschaft auf ihn einströmen, nur um nicht ständig bei vollem Bewußtsein aktuell entscheiden zu müssen. Man denke an die Mode, an das Freizeitverhalten und an die jeweils aktuellen, öffentlich behandelten Themen. Offenbar ist es anstrengend, ständig mit hochgespanntem Bewußtsein, im Grade höchster Wachheit und Aufmerksamkeit seinem freien Willen jeweils zum Ausdruck zu verhelfen. Ist volles Bewußtsein vielleicht nur ein menschlicher Ausnahmezustand?

Bewußtsein und Wirklichkeit

Der Philosoph Arthur Schopenhauer beginnt sein 1818 erstmals veröffentlichtes Hauptwerk »Die Welt als Wille und Vorstellung« mit dem Satz »Die Welt ist meine Vorstellung«. Und er fährt fort: »dies ist eine Wahrheit, welche in Beziehung auf jedes lebende und erkennende Wesen gilt; wiewohl der Mensch allein sie in das reflektierte, abstrakte Bewußtsein bringen kann...« Hinter dieser Aussage steht die jahrtausendealte Skepsis der Philosophen, ob dem Menschen die objektive Wirklichkeit überhaupt zugänglich sei oder ob er immer nur das von seinen Sinnen vermittelte Abbild als Basis für seine Welterfahrung habe.

Diese Skepsis in der abendländischen Geisteswelt hat auch fortbestanden, als die Naturwissenschaften in einem jahrhundertelangen Siegeszug der Entdeckungen immer mehr eherne Naturgesetze fanden, die die objektive Welt erklärten. Und die Kluft zwischen den exakten Erkenntnissen der Naturwissenschaften und den nicht-exakten, reflektierenden Geisteswissenschaften schien unüberbrückbar. Nicht nur C. P. Snow in Cambridge hat diese Erscheinung analysiert, aber nur er hat sie 1959 in das sehr eingängige Schlagwort von den »Zwei Kulturen« komprimiert. Die weltweiten Diskussionen darüber dauerten an, bis 1981 an der Stanford University in Kalifornien ein Symposium stattfand, an dem unter dem Eindruck neuerer Erkenntnisse besonders in der Physik und der Astronomie die angeblich objektive Ordnung der naturwissenschaftlichen Welt in Frage gestellt wurde. Auch naturwissenschaftliche Teilnehmer formulierten eine gewisse Bestätigung der Skepsis über das Erkenntnisvermögen des Menschen, wie sie in den »Humanwissenschaften« stets vorhanden war. Man bezog sich dabei auch auf die Heisenbergsche »Unschärferelation« in der Quantenmechanik, die Heisenberg schon in den zwanziger Jahren entdeckt hatte.

Im radikalen Konstruktivismus unserer Tage findet so etwas wie ein Brückenschlag statt. Die These, daß der Mensch die Wirklichkeit nicht findet, sondern erfindet, setzt voraus, daß ihm die absolute, objektive Wahrheit nicht zugänglich ist, sondern immer nur ein subjektives Abbild, eine Konstruktion. Auch der Naturforscher von heute kann sich dem anschließen, arbeitet er doch mehr und mehr mit Modellen einer Teilwirklichkeit, die er verwirft, sobald sie nicht mehr neueren Erkenntnissen entsprechen.

Nun soll hier noch keine kritische Würdigung des Konstruktivismus gegeben werden. Für unseren Zusammenhang ist lediglich wichtig, daß es den Anschein hat, als gebe es Überbrückungen der früher unversöhnlich scheinenden Gegensätze zwischen naturwissenschaftlicher Erkenntnis und philosophischen Denkansätzen. Dennoch finden wir in der Praxis des täglichen Lebens, häufig sogar in einer Person, beide Auffassungen wieder, vor allem in der Beziehung zur Wirklichkeit. Zweifellos geht der Mensch im Alltagsleben ohne kritische Reflexion davon aus, daß es eine real existierende Welt gibt, die ihm durch seine Sinne mehr oder minder »richtig« wiedergegeben wird. So beurteilt er zum Beispiel als Verkehrsteilnehmer und Zeuge ein Ereignis mit der festen Überzeugung, im Besitz der Wahrheit zu sein, und er wundert sich gleichzeitig darüber, daß andere Zeugen des gleichen Ereignisses etwas anderes gesehen haben, weil sie wortwörtlich einen anderen Standpunkt eingenommen haben.

Die Wirklichkeit, die uns umgibt, verliert, je älter und erfahrener wir werden, mehr und mehr ihre scheinbare Objektivität. Sie wird das subjektive Erzeugnis unserer Lebenserfahrung. Wir beginnen als Kind zu lernen, was heiß und kalt ist, was man darf und was nicht. Wir lernen, uns selbst als das Mitglied einer Gemeinschaft von anderen Individuen zu begreifen, die ebenfalls eine Bedeutung für die Gemeinschaft haben. Wir stoßen an die Grenzen, die diese Gemeinschaft unseren individuellen Wünschen setzt. Schließlich lernen wir außerhalb dieser Gemeinschaft andere soziale Gruppen und Institutionen kennen. Dieser Vorgang, der gleichzeitig unsere Selbsterfahrung auslöst und damit die eigene Identität ausformuliert, wird als Sozialisation treffend beschrieben.

Die Wirklichkeit baut sich dem menschlichen Bewußtsein langsam aus seinen Erfahrungen und aus dem Lernen auf. Entscheidendes Kennzeichen dieses Vorgangs ist die Verbindung des subjektiven Abbilds der Wirklichkeit mit (semantischen) Bedeutungsgehalten. Die Wirklichkeit ist nicht nur da, sie ist auch so da, sie hat qualitative Merkmale. Besonders die semantischen Merkmale werden zunächst weniger individuell als vielmehr sozial erfahren. Denn zuerst sind es die Eltern, Geschwister oder andere Personen, »signifikante Andere«, wie sie George H. Mead genannt hat, die die Wirklichkeit interpretieren und Bedeutungen vermitteln. Das Mittel dazu ist die Sprache. Sie entwickelt sich parallel zur Erschaffung der subjektiven Wirklichkeit. Die Begriffe und Bedeutungen, die Kausalitäten und Beziehungen wachsen und vermehren sich mit dem sprachlichen Ausdrucksvermögen.

Schon das Kind erfährt die Welt als eine Gemeinschaft. Arnold Gehlen hat einmal gesagt, *ein* Mensch sei *kein* Mensch. In der Tat ist der Mensch, wie das schon erwähnte Beispiel Kaspar Hauser zeigt, auf die Gemeinschaft angewiesen. So hilft diese menschliche Gemeinschaft dem Kind nicht nur, sich in der Umwelt zurechtzufinden, sie liefert auch die Werkzeuge, sich individuell selbst zu erfahren und über die Sprache ein wirkliches soziales Wesen, nämlich fähig zur Kommunikation mit anderen zu werden. Aufgrund dieser engen Bindung an die Gesellschaft ist das Bewußtsein, besonders des jungen Menschen, ein Konstrukt der Gesellschaft (Berger/Luckmann, 1990). Im doppelten Sinne: Erfährt er doch nicht nur seine subjektive Wirklichkeit durch Vermittlung anderer, sondern auch die objektive Wirklichkeit als weitgehend von Menschen, also von der Gesellschaft gemacht.

Man muß Berger/Luckmann nicht in allen Aussagen folgen, wie der, daß keine Gesellschaftsordnung aus der Natur ableitbar sei. Besonders die Familienstrukturen haben sich doch wohl aus der natürlichen Aufgabe der Sorge für die Nachkommenschaft entwickelt. Kein Zweifel kann aber über die Tatsache bestehen, daß unsere Wirklichkeit nicht aus einer für alle Menschen gleichen objektiven Wirklichkeit besteht, sondern aus zahlreichen individuellen, überwiegend gesellschaftlich vermittelten und dann »internalisierten« (verinnerlichten) Wirklichkeiten. Der Erfolg der Sozialisation des Menschen spiegelt sich darin wider, wie weit er die gesellschaftlich vermittelten Bedeutungen und Werte sich zu eigen macht und sie als objektive Erfordernisse des gesellschaftlichen Zusammenlebens anerkennt.

Wären alle vermittelten Werte und Bedeutungen der Wirklichkeit nur Konstruktionen der Gesellschaft, so wäre kommunikative Verständigung einfach, denn alle Menschen eines Kulturkreises besäßen dieselbe internalisierte Wirklichkeit als Basis. Aber selbst wenn die Sprache keine Barriere ist, wie etwa zwischen den US-Soldaten im Zweiten Weltkrieg in England und den englischen Mädchen, so war, wie Watzlawick berichtet, der Zeitpunkt, wann man sich küßte, häufig Grund zu Mißverständnissen. Die Bedeutung eines Kusses war für die GIs nach amerikanischer Norm noch der Vorphase einer erotischen Beziehung zuzuordnen, während englische Mädchen dies als die Einleitung zum intimen Verkehr verstanden. Kein Wunder, daß man sich gegenseitig des Mangels an erotischem Taktgefühl bezichtigte (Watzlawick, a. a. O., S. 74 f.). Schon bei den Angehörigen zweier so naher Kulturkreise kann man also nicht von der gleichen Basis für eine Verständigung ausgehen. Hinzu kommen schichtenspezifische Anschauungen der Wirklichkeit, die sicher zwischen einem Londoner der Oberklasse und einer Cockney-Marktfrau nicht nur wegen der sprachlichen Besonderheiten Irritationen und Verständigungsschwierigkeiten hervorrufen können.

Schließlich führt die individuelle Entwicklung jedes einzelnen zu besonderen Ausprägungen der von ihm erlebten Wirklichkeiten und zu deren Weiterentwicklung im Laufe seines Lebens. Wir sind bei selbstkritischer Betrachtung mit 60 Jahren ein deutlich anderer Mensch als mit 20, trotz der von anderen und selbst erlebter Identität. »Du hast dich aber überhaupt nicht verändert«, ein häufig eher höflicher Ausspruch alter Freunde, die sich über Jahre nicht gesehen haben, kann nicht darüber hinwegtäuschen, daß wir uns immer wieder einmal ein anderes Bild der Wirklichkeit machen und auch die Werte anpassen an neuere Erfahrungen, Ansprüche der sozialen Umwelt und schlichte Veränderungen in der als objektiv erlebten Umwelt. Könnten oder täten wir das nicht, verfielen wir der Starrheit des Nichtlebendigen. Wenn aber Bewußtsein als höhere Hirnfunktion ein differenzierendes Kennzeichen des Menschen ist, dann ist der ständige Zuwachs an Erfahrung und damit die permanente Veränderung der Inhalte des Bewußtseins vorprogrammiert.

Die Kommunikation des Menschen mit anderen Menschen dient geradezu der ständigen »Feinabstimmung« der eigenen Identität. »Das Alltagsleben des Menschen ist wie das Rattern einer Konversationsmaschine, die ihm unentwegt seine subjektive Wirklichkeit garantiert, modifiziert und rekonstruiert« (Berger/Luckmann, S. 163). Die Kommunikation ist also geradezu darauf angelegt, nicht nur die schon vorhandene Wirklichkeit zu bestätigen, sondern neue Gesichtspunkte zu liefern, die eine Modifikation des Weltbildes bewirken. Beeinflußtwerden ist im Lichte dieser Erkenntnis also ein natürliches Bedürfnis des Menschen, um seine subjektive Wirklichkeit jederzeit zu aktualisieren und anzupassen. Sie ist keineswegs nur ein von außen kommender unwillkommener Einbruch in die individuelle Wirklichkeit, sondern durchaus gewünscht, um die Orientierung in der realen Umwelt auch fernerhin zu ermöglichen.

Die Inhalte des Bewußtseins

Menschliche Kommunikation findet zwischen Teilnehmern statt, die niemals unbeschriebene Speicher wie im Computer sind. Sie befinden sich in unterschiedlichen Bewußtseinszuständen. Ihre

Kapazitäten zum Informationsaustausch können höchst unterschiedlich ausgebildet sein, und die Inhalte ihres Bewußtseins stellen eine sozial und individuell ausgeprägte Wirklichkeit dar, die die Verständigung erleichtert oder erschwert. Es macht einen großen Unterschied, ob zwei Menschen miteinander sprechen, die sich in ihrer Ansicht von ihrer Umwelt gleichen, oder ob sie grundsätzlich verschiedene Anschauungen haben. Klassische Beispiele solcher Verständigungsschwierigkeiten aus unterschiedlichem Bewußtsein sind die zwischen den Angehörigen verschiedener ideologischer Gruppen. Selbst wenn das Begriffsrepertoire noch eine übereinstimmende semantische Basis hat, ist doch zwischen einem Marxisten-Leninisten und einem Jesuiten eine gegenseitige Bestätigung ihres Weltbildes kaum wahrscheinlich. Der Meinungsaustausch wird in diesem Falle sich mehr in einer Bestätigung der gegenseitigen Einschätzungen und Vorurteile erschöpfen.

Worin bestehen die so verhaltenswirksamen Inhalte des menschlichen Bewußtseins?

Sicher sind die langfristig wirksamen Faktoren vor allem die schon in der frühen Jugend gelernten und wirklich »internalisierten« *Normen und ethischen Sollvorstellungen.* Werden sie zunächst auch ohne Begründung einfach als Imperative eingeprägt, also mit den einfachen Formeln »Du sollst« und »Du darfst nicht«, so werden sie in späteren Phasen der Sozialisation mit Tradition und Kausalität gefüllt. Man lernt zuerst Mein und Dein unterscheiden, bevor durch die Zehn Gebote und den Unterricht über die Gesellschaftsordnung die Begründung für die schon verinnerlichte Norm nachgeliefert wird. Ein »anständiger Mensch«, der sich sozial vorbildlich verhält, hat zwar seine Prägung in der Kindheit durch die familiäre Umwelt erfahren, aber sicher mehrfach die ethischen Normen seines Verhaltens durch kognitive Vorgänge »festgeschrieben«. So entstehen die »festen« Charaktere, die sich auch durch noch so attraktive Verlockungen nicht von dem Pfad der einmal als Tugend angesehenen Werte abbringen lassen.

Ein weiter Bereich des bewußten Erlebens ist nicht möglich ohne die Basis der *Erfahrungen,* die man gemacht hat und die mehr noch als das Gelernte das Handeln bestimmen. Sie bestehen nicht nur aus den bloßen Erinnerungen, die sich assoziativ mit Personen, Zeiten, Situationen, Orten oder auch Emotionen verbinden. Erinnerungen, die nach dem Sprichwort das einzige Paradies sind, aus dem man nicht vertrieben wird. Was auch darauf hinweist, wie individuell die vergangene Wirklichkeit geprägt ist. Erfahrungen sind komplexe Gebilde, denen kognitive Prozesse mit Erkenntnissen, Schlußfolgerungen und konkreten Handlungsanweisungen zugrunde liegen. Sie basieren häufig auf »Wenn-dann«-Beziehungen. Wenn die Berge vor meinem Fenster morgens schon blau erscheinen, gibt es sicher schlechtes Wetter... Wenn ich eine längere Reise antrete, sollte ich vorher den Ölstand meines Autos kontrollieren. Erfahrungen dieser Art erleichtern das tägliche Leben, sofern man sie auch in entsprechende Handlungen umsetzt.

Erfahrungen sind aber auch jene Selbsterfahrungen, die im Bewußtsein die Selbsterkenntnis dokumentieren und einen Kernbereich der Identität ausmachen. Wer sich bewußt in Situationen als ein Wesen mit besonderen Charakterausprägungen erfährt oder als anfällig für spezielle Reize, der hat damit eine höhere Bewußtseinsstufe seiner individuellen Persönlichkeit erreicht. »Ich kenne mich«, sagt mancher, der damit ausdrücken will, daß er durchaus auch seine Trieb- oder Instinktstruktur als zu sich gehörig erlebt und bejaht. Sobald diese kognitiv bewußt werden, ist bereits die Möglichkeit implizit gegeben, sie bei konkreten Handlungen zu steuern oder zu zügeln. Selbsterfahrung ist somit ein wesentliches Element jeglichen rationalen oder auch altruistischen Verhaltens.

Eine mehr auf die Zukunft gerichtete Kategorie des Bewußtseins sind die *Vorstellungen,* von Psychologen als Einstellungen oder noch deutlicher als Vorurteile bezeichnet. Der mehr philosophische Begriff der Vorstellung schließt auch die kreative Kapazität des Sich-vorstellen-Könnens, also die Phantasie, mit ein. Wenn man im alltäglichen Sprachgebrauch die Redewendung »Stell dir mal vor...« benutzt, meint man nicht nur dieses konkrete, vor allem räumliche oder bildliche Vorstellungsvermögen, sondern im übertragenen Sinne einen Appell an das abstrakte Denkvermögen. Wie unterschiedlich schon das räumliche Vorstellungsvermögen ausgeprägt ist, erleben wir täglich im Straßenverkehr. Auch erfahrene Autofahrer können sich häufig die Entwicklung der Verkehrssituationen, die sie durch eigenes Verhalten auslösen, nicht vorstellen. Aus einem Mangel an Phantasie über die Wirkung eines eigenen Überholvorgangs auf Nachfolgende entstehen die gefährlichsten Situationen.

Im wesentlichen bestehen die Vorstellungen aus einem Gesamt an Erfahrungen und Erwartungen in bezug auf eine Person, einen Gegenstand, eine Situation, eine Landschaft, kurz auf die reale Umwelt. »Das habe ich mir aber ganz anders vorgestellt ...«, ist eine stereotype Aussage, die häufig die Enttäuschung über die Differenz zwischen der erlebten Wirklichkeit und der erwarteten zum Ausdruck bringt. In die Vorstellung über einen Menschen geht zum Beispiel alles ein, was uns zu seiner Person bekannt wird, also neben den eigenen Kenntnissen und Erfahrungen auch die Meinungen anderer Menschen und Einschätzungen, die auf logischen Schlüssen, aber auch auf Emotionen oder Voreingenommenheiten beruhen. Dabei werden geistige Vereinfachungen vorgenommen, die Stereotype, die den vorgestellten Menschen in geistige Kategorien einreihen, ohne ihn zu kennen. Das findet schon bei den unterschiedlichen Berufssparten statt, setzt sich über die Einordnung der Altersgruppen fort und endet schließlich bei der Zugehörigkeit zu einer ideologischen Richtung. Seinen Höhepunkt findet dieses Denken in vorgefaßten Urteilen in jenen scherzhaft gemeinten Aussprüchen wie »Er war Apotheker, und sie soff auch ...« oder »Wer nichts wird, wird Volkswirt.« Hierin dokumentiert sich eine, wenn auch satirische, menschliche Eigenschaft, die wie eine Naturgewalt funktioniert: die Sucht zur vereinfachenden Kategorisierung. Sie ist im übrigen schon sehr alt: In der Bibel finden sich Stellen, an denen feste Vorurteile dokumentiert sind: So wird der Zöllner stets als Bösewicht dargestellt.

Vorstellungen haben im täglichen Leben die gleiche Funktion

wie in der Wissenschaft die Hypothesen. Konrad Lorenz beschreibt das höchst lebendig: »Die hypothetische Annahme, daß gewisse Dinge einfach *wahr* seien, gehört also zu den unentbehrlichen Verfahren menschlichen Erkenntnisstrebens. Ebenso gehört es zu der motivationsmäßigen Voraussetzung menschlichen Forschens, daß man *hofft,* die Annahme sei wahr, die Hypothese sei richtig. Es gibt nur verhältnismäßig wenige Naturforscher, die es vorziehen, 'per exclusionem' vorzuschreiten, indem sie eine Erklärungsmöglichkeit nach der anderen experimentell ausschließen, bis die allein übrigbleibende die Wahrheit enthalten muß. Die meisten von uns – dessen müssen wir uns bewußt sein – *lieben* ihre Hypothesen ...« (Lorenz, 1973, S. 88).

Sozialpsychologen haben einen großen Teil ihrer wissenschaftlichen Aktivitäten der vereinfachenden Kategorisierung der Wirklichkeit gewidmet und dabei die Vorstellungen unterschiedlichster Gruppen zu den verschiedensten Aspekten unserer Welt erforscht. Vorstellungen, auch Images genannt, sind ein Faktum. Sie stellen eine der wirksamsten Kategorien des menschlichen Bewußtseins dar. Wirksam besonders in der modernen Welt, weil bei angeblich ständiger Reizüberflutung der Mensch trotzdem das Empfinden hat, nicht über genügend Informationen zu verfügen. So kann man bei Werbemitteltests immer wieder die gleiche Beobachtung machen: Die Befragten kritisieren spontan die Fülle des Textes, an anderer Stelle des Interviews beklagen sie den »Mangel an Information«. In der Tat hat der Mensch, wie auch Steinbuch richtig diagnostiziert hat, ständig zu wenig Informationen, um Entscheidungen zu treffen, die heute zum Teil von größerer Tragweite für ihn selbst und für die Gesellschaft sind als früher. Der Entscheidungszwang trotz des subjektiven Empfindens mangelnder Information ist die typische Situation des modernen Menschen. So findet er sich subjektiv auch oft im Zustand fehlender Orientierung, vor allem, wenn ihm seine eigenen Erfahrungen oder sein individuelles Normenrepertoire keine Anhaltspunkte mehr liefern (siehe auch Bergler, 1976, S. 80 ff.).

Vorstellungen leisten in solchen Situationen erste Hilfe, indem sie die erlebten Leerräume, also den Mangel an Information, auffüllen. Selbst wenn sie nur ein Surrogat der an sich benötigten Informationen sind, wirken sie, als ob sie Orientierung stifteten. Und tatsächlich ist es dem Menschen möglich, mit Hilfe seiner Vorstellungen zu entscheiden und zu handeln. Man beobachte sich selbst, wie oft sich vor Entscheidungen ein Unwohlsein einstellt, das auf mangelnde Informationen zurückzuführen ist. Wenn man trotzdem entscheiden muß, tut man das unwillkürlich unter Zuhilfenahme der bewußt nicht als solche erlebten Vorstellungen. Wir verwenden bei unseren Entscheidungen die Vorstellungen, als wären sie konkretes Wissen, das auf Wahrheit beruht. Zweifellos halten einige dieser Beschlüsse der später erlebten Wirklichkeit nicht stand. Dennoch ist in der Summe der täglichen Entscheidungen die Trefferquote gegenüber den Irrtümern relativ hoch. Kein Wunder, daß Menschen sich so lange hartnäckig an ihre Vorstellungen von Menschen und Dingen klammern, daß sie ihre Vorurteile »lieben«, so formuliert es Bergler, wie Lorenz es von den Hypothesen sagt. Ehe sie durch außergewöhnliche Erlebnisse oder Lernvorgänge zu einer Korrektur gezwungen werden.

Die Sozialpsychologie hat mit ihren Methoden viel zur Aufklärung nicht nur der allgemeinen Zusammenhänge zwischen Vorstellungen (Einstellungen) und Verhalten beigetragen, sondern auch zu konkreten Schlußfolgerungen in Einzelfällen. In der Wirtschaft ist die Imageforschung zu einem wichtigen Instrumentarium im Vorfeld von Kommunikationsstrategien geworden (siehe hierzu besonders Bergler, 1963). Nur wer weiß, wie er von seiner Zielgruppe, also seinen Mitarbeitern oder seinen Kunden, eingeschätzt wird, kann die Ziele seiner Informationspolitik kompetent festlegen. So werden heute vielfach die formulierten Unternehmensziele als Soll-Image angesehen und mit der ermittelten Einstellung der Zielgruppen verglichen. Aus der Differenz ergeben sich dann die Schwerpunkte einer gezielten Kommunikationsstrategie. Und so, wie man von der individuellen Identität als dem Selbsterlebnis eines Menschen spricht, so wird die »Corporate Identity« als das Selbstverständnis und Selbstbewußtsein einer sozialen Gruppe oder Institution bezeichnet. Das scheint schon deswegen berechtigt, weil der Mensch sich von Natur aus zumeist als ein Glied der Gesellschaft empfindet, und zwar einer konkreten gesellschaftlichen Gruppe. Das kann der Sportklub genauso sein wie die religiöse Gemeinschaft oder die Berufsgruppe, und ebenso natürlich der Betrieb, in dem man eine lange Zeit seines Lebens verbringt. Arbeit kann in einem Betrieb mit ausgeprägter Corporate Identity zu einem durchaus befriedigenden individuellen Selbsterlebnis führen. Fremdheit entsteht nur dort, wo den eigenen persönlichen Vorstellungen von einer beruflichen Selbstverwirklichung keinerlei Anhaltspunkte geboten werden. Unter psychologischen Aspekten ist der Betrieb mit seinen täglichen Kommunikationsakten jener »Konversationsmaschine« gleichzusetzen, die zur ständigen Aktualisierung der bewußten Lebenswirklichkeit notwendig ist. Auch der Arbeitsplatz kann erheblich dazu beitragen, daß die Vorstellungen der Menschen mehr von eigener Anschauung, vom Wissen, als von bloßen Vermutungen und damit von Vorurteilen geprägt werden.

So ist das Bewußtsein oder besser: bewußtes Erleben, Denken und Handeln, ein facettenreiches aktives Geschehen und eine dynamische Erscheinung des menschlichen Lebens. Sicher ist es im evolutionären Vergleich ein Höhepunkt der organischen Entwicklung. Freilich: für den einzelnen Menschen ist sein bewußtes Leben nicht unbedingt das angenehmste. Vernunft anwenden und intensiv denken kann zu unbequemen Schlußfolgerungen führen. Daraus entstehen heute auch, besonders bei den Opfern permissiver Erziehungsexperimente, die Versuche, sich selbst durch »Ausflippen« aus dem bewußten Leben zu belohnen. Die Hingabe an die weiten Dimensionen des Halb- oder Unbewußten kann befriedigender sein, als sich rational seinen eigenen Unzulänglichkeiten und den Unbequemlichkeiten des täglichen Lebens zu stellen.

Diese andere Seite des Menschen, das Nichtbewußte, auch Unter-, Vor-, Neben- oder auch Unbewußte, wie es die Tiefenpsychologie und die Psychiatrie nennen, greift in alle Vorgänge der Beeinflussung ein und stellt damit eine weitere Basis unserer Betrachtung dar.

4

Die Kräfte des Unbewußten

> Thoas: So kehr zurück! Tu, was dein Herz dich heißt,
> und höre nicht die Stimme guten Rats und der
> Vernunft! Sei ganz ein Weib und gib dich hin dem
> Triebe, der dich zügellos ergreift und dahin oder
> dorthin reißt! . . .
>
> *Johann Wolfgang von Goethe, »Iphigenie auf Tauris«*

Sigmund Freud hat das Unbewußte nicht erfunden oder entdeckt. Im deutschen Sprachraum war es vor allem die Romantik, die sich auf die schöpferischen Kräfte der Seele besann. Jener Kräfte also, die ohne Mitwirkung des Bewußtseins auskommen. Entgegen der Überbetonung des Rationalen seit der Aufklärung suchten romantische Dichter und Philosophen das eigentlich Bestimmende der menschlichen Persönlichkeit in den Vorgängen des seelischen Lebens. Auch Schopenhauer und Nietzsche können als Vorläufer oder geistige Nachbarn Freuds gelten, der sich jedoch immer eher als Arzt und Nichtphilosoph verstand. Schopenhauers Weltwille ist ein durchaus irrationales Prinzip, das als Wille zum Leben, aber auch zur Macht, alles Lebendige durchströmt. Und auch Nietzsches mehr dionysischer Lebens- und Machttrieb hat eine enge Affinität zum Unbewußten Freuds, wenngleich dieser von einer ganz anderen Seite, von der neurologischen Therapie herkam.

Auf eine noch ältere Parallelität zur Psychoanalyse, die etwas skurril anmutet, macht Peter R. Hofstätter aufmerksam. Er berichtet, daß die Mäeutik des Sokrates, also dessen Methode, durch bohrendes Fragen den Partner zur Erkenntnis zu bringen, bereits zu seinen Lebzeiten Gegenstand literarischen Spotts war. So gesehen waren die Psychoanalyse und die Psychotherapie lange vor Freud in ähnlichen Ansätzen vorhanden und offensichtlich umstritten. Sie wurden, wie Hofstätter darlegt, in dem 423 v. Chr. in Athen aufgeführten Stück »Die Wolken« von Aristophanes bereits kräftig persifliert. Und die Botschaft an den Patienten am Ende ist die Rezeptur der Enthemmung, wie sie zumindest von Freud-Schülern zeitweise praktiziert wurde (Hofstätter, 1984, S. 142 ff.).

Freud war allerdings unmittelbar nur von dem der Romantik zuzurechnenden Universalgenie Carl Gustav Carus beeinflußt, der das unbewußte Seelenleben, das dem Menschen nur in der Gefühlswelt und im Traum zugänglich würde, definiert hat. Das Vorhandensein eines Unbewußten hat Freud dann merkwürdigerweise auch mit den sogenannten Fehlhandlungen zu beweisen versucht (»Das Unbewußte«, 1915). Fehlhandlungen etwa der Art, daß jemand in bester Absicht einen Toast ausbringen will und die Aufforderung ausspricht, auf das Wohl einer Person »*auf*zustoßen«, statt anzustoßen. Dieser oder ähnliche Lapsus linguae seien darauf zurückzuführen, daß etwas aus dem Unbewußten ständig ins Bewußtsein zu dringen versuche, aber durch bestimmte Kräfte zurückgedrängt würde, was im Falle der Fehlhandlung kurzzeitig mißlinge. Verdrängung ist also nach Freud auch ein Kennzeichen des Unbewußten. Dabei ist ihm das Paradoxon des Unbewußten durchaus bewußt, daß man nämlich bewußt über etwas reflektiert, das sich gerade per definitionem dadurch auszeichnet, überhaupt nicht oder nur rudimentär ins Bewußtsein dringen zu können.

Der primäre Quell der Erkenntnis über das Unbewußte lag für Freud in seinen Erfahrungen mit der Behandlung von Hysterien. Das etwas diffuse Krankheitsbild der Hysteriker konnte mit den medizinischen Anschauungen der damaligen Zeit nicht gedeutet werden, zumal man keine organische Ursache für die sporadisch auftretenden Lähmungserscheinungen fand. Freud entdeckte, daß die Symptome mit Vorstellungen, Wünschen und Ängsten zusammenhingen, die den Kranken in keiner Weise bewußt waren. Sobald es Freud gelang, aus Erinnerungen des Patienten die für die psychische Verletzung entscheidenden Ereignisse bewußtzumachen, verschwanden die Krankheitssymptome. Entscheidend war dabei die sprachliche Aufarbeitung der Ereignisse durch den Patienten selbst. Daraus schloß Freud auf die Existenz eines Zustandes, der nur an seinen Wirkungen zu erkennen war, auf das Unbewußte.

Trotz der phänomenalen Ausbreitung der Psychotherapie, vor allem auch in den USA, ist der Begriff des Unbewußten immer noch schillernd. Der psychologische Begriffsinhalt deckt sich nicht mit dem physiologischen und dem metaphysischen, wie ihn zum Beispiel Schopenhauer verwendet. Nicht zuletzt darum macht Pöppel auch den Vorschlag, Unterbewußtes, Neben-, Mit- und Vorbewußtes usw. mit in die Betrachtung einzubeziehen (Pöppel, 1985, S. 163 ff.). Demnach ist analog der zeitlichen Struktur des Bewußtseins das jeweils Bewußte vorher vielleicht vorbewußt gewesen. Bewußtseinsinhalte der Gegenwart können schon schnell wieder aus dem Bewußtsein verschwinden. Dagegen umfaßt das Unbewußte nach Freud jene Vorgänge und Vorstellungen, die permanent wirksam sind, sich aber der bewußten Steuerung und Erkenntnis verschließen. Pöppel verweist darauf, daß nach dieser Definition die Wirkung des Unbewußten auf bewußtes Handeln nicht beweisbar ist und daher der individuellen Beurteilung durch den einzelnen unterliegt. Er bezeichnet denn auch das Unbewußte als die »Grauzone« des Bewußtseins.

Wie weit auch immer Skepsis gegenüber dem Begriff und der Definition des Unbewußten nach Freudscher Auffassung angebracht ist, durch Selbstbeobachtung und Vergleiche mit anderen Lebewesen kann man feststellen, daß die Annahme von Trieben und Instinkten, von Emotionen und Stimmungen gerechtfertigt ist. Es kann auch keine Zweifel darüber geben, daß diese Erscheinungen eine eigene Dynamik haben, die nicht bewußt steuerbar erscheint.

So ist durch die verschiedensten Forschungsrichtungen im Verlauf unseres Jahrhunderts eine immer konkretere, wenn auch unterschiedliche Definition des Unbewußten erfolgt:

Neurophysiologisch ist durch Experimente die Lokalisation der Triebe, Instinkte und Emotionen im Limbischen System und im Hypothalamus nachgewiesen worden. Die Ansteuerung der betreffenden, älteren Gehirnpartien geschieht sowohl über das autonome, vegetative Nervensystem als auch über den Neocortex.

In der Psychologie geht man immer noch davon aus, daß es sich um Kräfte, Vorgänge und Zustände handelt, die zwar erlebbar, aber bewußt nicht steuerbar sind.

Ethologisch gesehen handelt es sich um phylogenetische Potentiale, die also stammesgeschichtlich angelegt sind und vererbt werden. Sie sind mit ähnlichen Ausprägungen zumindest bei Primaten vergleichbar.

Für die Kommunikation des Menschen spielen sie eine entscheidende Rolle; denn sie prägen die Befindlichkeit eines Kommunikationspartners in vielfältiger Weise. Gefühle, Stimmungen und Instinkte liegen allen kommunikativen Vorgängen zugrunde. Sie können durch kommunikative Akte direkt ausgelöst werden. Aber sie werden auch indirekt mit jeder primär kognitiv beabsichtigten Information vermittelt. Schließlich wirken sie bei jeder Informationsaufnahme und -verarbeitung als wichtiger Parameter für die Bewertung des Inhalts. Kroeber-Riel zählt sie zu den »intervenierenden Variablen« des Verhaltens (Kroeber-Riel, 1975, S. 45 ff.).

In erster Linie wird das Unbewußte aber in jenen Zuständen wirksam, in denen bewußtes Denken und Handeln nicht stattfinden. Von den verschiedensten Zuständen dieser Art sollen hier der Traum und die Hypnose herausgegriffen werden.

Traum und Hypnose – Grenzgebiete der menschlichen Existenz

Der Traum ist an den Schlaf gebunden. Wachträume oder Halluzinationen können wegen ihrer Kürze und geringen Tiefe hier unberücksichtigt bleiben. Der Schlaf ist die Voraussetzung des intensiven Träumens, das offenbar auch ein phylogenetisch schon altes Verhaltensmuster ist. Das kann jeder bestätigen, der schon einmal die offensichtlichen Träume von Hunden beobachtet hat. Auch in der Hypnose ist der Mensch in einen dem träumenden Schläfer ähnlichen Zustand versetzt. Beiden gemeinsam ist das völlige Ausgeschaltetsein des wachen Bewußtseins und damit der rationalen Kontrolle des Denkens und Tuns. Ein Zustand also, in dem allen Einflüssen von außen Tür und Tor geöffnet sind.

Sigmund Freud hat den Traum als den Königsweg (via regia) zum Unbewußten bezeichnet. Er unterscheidet zwischen dem manifesten Traum, an den sich viele Menschen nach dem Erwachen leicht erinnern, und dem latenten Trauminhalt, der sich hinter dem vordergründig Geträumten verbirgt. Daher muß der Traum nach seiner Auffassung gedeutet werden. Damit befindet er sich in voller Übereinstimmung mit alten Quellen. Schon in den ältesten Zeugnissen alter Kulturen wird dem Traum und seiner Deutung eine große, ja schicksalhafte Rolle zuerkannt. Joseph deutete dem Pharao in Ägypten den Traum von den sieben fetten und den sieben mageren Kühen, die die sieben fetten und die sieben mageren Jahresernten symbolisierten. Der kultisch-magischen Traumdeutung folgte bei Aristoteles die erste systematische Aufarbeitung des Traumes als ein Weiterarbeiten der Seele im Schlafe. Von Alexander dem Großen, seinem Schüler, wird berichtet, daß er die geplante Aufgabe der Belagerung von Tyros aufgrund eines Traumes verschob. Er träumte von einem Satyr, was Aristandros, sein Traumdeuter, als »Sa Tyros« (Tyros ist dein) auslegte. Alexander blieb und eroberte die Stadt.

Jeder Traum ist nach Freud der Versuch einer Wunscherfüllung. In den meisten Fällen bleibt der eigentliche Wunsch im manifesten Traum verborgen. In ihm mischen sich auch die sogenannten Tagesreste, nicht aufgearbeitete Gedanken, mit Sinnesreizen des vergangenen Tages und uralten Erinnerungsfetzen, die irgendwie assoziativ in den Traum verwoben sind. Unterschiedliche Quellen also, die den Weg zur Deutung des latenten Trauminhalts verstellen. Daher nimmt Freud denn auch verschiedene Mechanismen an, die im Traum zur Verschlüsselung des eigentlichen Trauminhalts führen. Es sind dies unter anderem die Verdichtung, die Verschiebung und vor allem die Symbolisierung. Symbole sind indirekte Botschaften, die das »Es«, die Triebstruktur, wählt, um sich gegenüber dem »Ich« und dem »Über-Ich«, den ethischen Normen, zu artikulieren. Selbst im Traum findet also der Trieb keinen unmittelbaren Ausdruck.

W. Kemper stellt dagegen fest, daß im Traum nicht nur alle Naturgesetze außer Kraft gesetzt sind, sondern auch die normalen Sitten und Gebräuche, die moralischen Gesetze, denen man sich im Wachzustand unterwirft (Kemper, 1955, S. 11). Und daß eine Reihe berühmter Forscher ihren Träumen entscheidende Durchbrüche bei der Lösung von Problemen verdanken, zum Beispiel der Chemiker Friedrich August Kekulé die Idee des Benzolrings durch einen Traum von einer Schlange, die sich in den Schwanz biß, oder auch Carl Friedrich Gauß und Niels Bohr (Kemper, S. 120). Träume scheinen also eine außergewöhnliche Aktivität des menschlichen Gehirns darzustellen, Phasen außerordentlicher Kreativität, Pöppel nennt sie den »programmierten Aufruhr der Psyche« (Pöppel, 1985, S. 101 ff.). Etwa ein Fünftel unserer Schlafzeit, genau alle 90 Minuten jeweils etwa für 15 *bis 30* Minuten, ist mit Träumen angefüllt, auch wenn wir uns später nicht mehr an sie erinnern. Man kann sie heute in Schlaflabors beobachten und genau registrieren. Sie heißen REM-Phasen (Rapid Eye Movement), weil sie sich durch schnelle Bewegungen der Augen bei geschlossenen Lidern auszeichnen. Im Elektro-Enzephalogramm (EEG), mit dem die Gehirnströme gemessen werden, sehen die Traumphasen genauso aus wie intensive Wachzeiten. Allerdings ist im Gegensatz zu Wachzeiten der Körper völlig entspannt. Träume sind jedoch von intensiven erotischen Empfindungen begleitet, was sich beim Mann in Erektionen des Penis, vor allem in den späteren Traumphasen einer Nacht, auswirkt.

Durch die Experimente der Schlaflabors wird also bestätigt, was Freud schon beobachtet hatte, daß sich im Traum vor allem die Libido zu artikulieren sucht. Aber auch Angstträume sind ebenso natürlich. Sie zeigen, daß die Kräfte des Unbewußten, die Triebe, Gefühle und Stimmungen sich während des Schlafes ein Stelldichein geben und mit Hilfe von Gedächtnisleistungen und dem Vorstellungsvermögen eine eigene intensive Aktivität entfalten. Zu welchem Zweck, fragen die Schlafforscher mit Recht. Pöppel bringt einen überraschenden neuen Ansatz in die Diskussion, indem er den Traum als ein Überbleibsel aus der pränatalen Phase des Menschen bezeichnet. Während die werdende Mutter die Muskelübungen des Fötus deutlich spürt, muß sich zur Einübung seiner Gehirnzellen ähnliches abspielen, das ihr aber nicht bewußt wird. Schließlich müssen nach Pöppel auch die angeborenen Reflexe, also das Saugen, vor der Geburt eingeübt werden. REM-Phasen hat man auch schon am Fötus feststellen können. Pöppel meint, daß während dieser Phasen das Gehirn des neuen Menschen bereits »eingefahren« würde. Nach der Geburt sei diese Einübung des Gehirns aber eigentlich überflüssig. Das Träumen sei beim Erwachsenen also völlig zwecklos, eine Traumdeutung sinnlos, weil es nichts zu deuten gäbe. Denn der Traum sei gekennzeichnet durch Irrealität und Irrationalität, weil die Sinneswahrnehmungen ihn nicht steuern könnten. Das Gehirn sei sich sozusagen selbst überlassen und produziere eine nutzlose Scheinaktivität (Pöppel, 1985, S. 112 ff.).

Somit wäre beim ausgewachsenen Menschen der Traum zwecklos, sein Inhalt rein zufällig und ohne jede Bedeutung? Dennoch: er findet statt. Und er bindet alle Teile des Gehirns in seine Aktivität mit ein. Wenn moralische Normen, Naturgesetze und zeitliche Maßstäbe in Träumen außer Kraft gesetzt sind, so wirkt sich diese Gehirntätigkeit wie ein Training des gesamten vorhandenen Apparates aus. Er führt ja offenbar auch zu kognitiven Ergebnissen, sofern man sich an den Trauminhalt erinnert. Das Aufarbeiten der im Laufe eines Tages abgebrochenen Gedanken oder Assoziationen dürfte dabei ohnehin ein Akt der Gehirnhygiene sein. Eine Art Hausputz der Seele. Die Ausweitung der Aktivitäten in unmögliche Situationen, völlig unwahrscheinliche Handlungen und unvorstellbare Erlebnisse ist aber ein Vorgang, der vielleicht auch seinen Sinn im Erwachsenenalter hat. Ist der Traum doch damit ein ständiges Durchtrainieren aller, also auch der im bewußten Zustand nicht oder nur unzureichend benutzten Funktionen. Wird durch das Träumen nicht gerade die volle Kapazität des persönlichen Erlebens und Lebens immer wieder durchgespielt und damit als eine Option offengehalten? Würde, wenn es den Traum nicht gäbe, unser Gehirn in seinen Strukturen sich zu frühzeitig verfestigen und damit zu einer Anpassung des menschlichen Verhaltens an seine ihm im bewußten Zustand gewohnten Bedingungen führen? Das würde ja die typische Unangepaßtheit des Menschen geradezu aufheben.

Wenn andererseits im Traum nicht immer wieder Libido und Aggression geübt würden, und zwar in Verbindung mit durchaus realen Personen, Situationen oder Erlebnissen, so würde vielleicht das tägliche Kommunizieren die emotionalen Qualitäten völlig verlieren. Der Mensch, in seinem Denken und Handeln durch Assoziationen entscheidend geprägt, würde vielleicht einen integrierten Teil seiner Persönlichkeit aufgeben, die Gefühlswelt, die ihm den Zugang zu Lustempfindungen ermöglicht, aber auch soziale Bindungen fördert. Daß Träume nach der Geburt zwecklos wie ein Wurmfortsatz sein sollen, kann man sich angesichts der reichhaltigen Trieb- und Emotionsverarbeitung in diesem Zustand kaum vorstellen.

Im Zustand der Hypnose ist der Mensch ähnlich bewußtlos wie im Traum. Aber er ist durch den äußeren Einfluß eines anderen in diesen Zustand versetzt worden. Somit stellt die Hypnotisierung eine der stärksten Formen der Beeinflussung dar. Darum ist immer wieder auch von Wissenschaftlern der Zusammenhang zwischen Beeinflußbarkeit (Suggestibilität) und Hypnose untersucht worden. Suggestive Techniken werden ja zur Auslösung der hypnotischen Zustände angewandt. Durch ständige Wiederholung gleicher Redewendungen und durch entsprechend ruhigen Redefluß, ja auch durch die Stimmlage des Hypnotiseurs wird ein entspannter, schlafähnlicher Zustand herbeigeführt. Er entspricht physiologisch (Pulsfrequenz, Gehirnaktivität) allerdings mehr einem partiellen Wachsein. Die Steuerbarkeit der Gedanken und der Handlungen ist ganz auf den Hypnotiseur übertragen; andere Außenreize werden weitgehend abgeschaltet. Man unterscheidet unterschiedliche Tiefen der Hypnose. Im wesentlichen sind aber für die Auslösung der hypnotischen Zustände mehr die Bereitschaft und Haltung des zu Hypnotisierenden

(Suggestibilität) als die Fähigkeiten des Hypnotiseurs entscheidend. Man schätzt, daß nur etwa 20 Prozent der erwachsenen Bevölkerung nur schwer oder gar nicht hypnotisierbar sind.

Für die Psychotherapie war an der Hypnose zunächst die Tatsache interessant, daß in diesem Zustand längst vergessene Ereignisse aus der Jugend und andere Erinnerungen freigesetzt wurden. Das ermöglichte dem Therapeuten, die Verdrängungen zu entriegeln. Dennoch hat Freud die Hypnose nach relativ kurzer Anwendungszeit wieder aufgegeben. Vermutlich weil er auf ihre Mithilfe bei der Aktivierung von Erinnerungen verzichten konnte. Besonders in Wien hatte man die hypnotischen Techniken des Franz Anton Mesmer am Ende des 18. Jahrhunderts, der diese allerdings auf den »animalischen Magnetismus« zurückführte, noch lange bis ins 19. Jahrundert hinein praktiziert. So war in Wien eine gewisse Aufgeschlossenheit für Hypnose sicherlich vorhanden. Ebenso natürlich in Frankreich, wo Mesmer ebenfalls gewirkt hatte und wo Freud von den hypnotischen Heilversuchen Charcots an der Salpêtrière in Paris sehr beeindruckt war. Heute ist die Hypnose im wesentlichen ein Instrument medizinischer Therapien, zum Beispiel bei der Behandlung von Suchtkrankheiten oder nervösen Störungen. Und dabei wird sie weitgehend als ein nur unterstützendes Mittel für die Autosuggestion der Kranken angesehen.

Was physiologisch bei der Hypnose geschieht, ist auch heute noch nicht vollkommen geklärt. Der Zustand der Hypnose ist symptomatisch gekennzeichnet durch körperliche Entspannung, durch spontane Amnesie (Gedächtnisverlust), durch den Verlust der Selbstbestimmung und durch erhöhte Beeinflußbarkeit (Hypersuggestibilität). Untersucht man meßbare Werte des menschlichen Körpers während solcher Entspannungszustände, so ergibt sich eine Reihe von Veränderungen gegenüber dem wachen Zustand, vor allem bei Pulsfrequenz, Atemfrequenz, Blutdruck und elektrischer Leitfähigkeit der Haut. In biochemischen Untersuchungen fand man heraus, daß bei Menschen, die regelmäßig die transzendentale Meditation ausüben, einige Substanzen verstärkt auftreten, die auf eine verminderte Aktivität des Cortex schließen lassen. W. E. Edmonston hat darauf hingewiesen, daß schon Pawlow die Theorie aufgestellt habe, Hypnose sei durch eine cortikale Hemmung gekennzeichnet (Edmonston in Gheorghiu/Netter/Eysenck/Rosenthal, a. a. O., S. 69 ff.). Die gesteigerte Beeinflußbarkeit drückt sich auch in der Sensibilität für Suggestionen aus: Während diese für Menschen in wachem Zustand möglichst verschleiert dargeboten werden müßten, könnten sie für Hypnotisierte ganz offen sein. ... »the more direct and open they are the better« (Zitat James nach Edmonston, a. a. O., S. 71).

Die »Hypersuggestibilität« der Hypnose kann zu der Schlußfolgerung führen, daß dieser Zustand vielleicht auch erreichbar wäre, ohne die Menschen erst zu hypnotisieren. Der theoretische Ansatz der Massenpsychologie (Le Bon, »Psychologie der Massen«, 1895) ging ja von einer ähnlichen Annahme aus. Danach ist der Mensch als Glied einer Masse, so Le Bon, Teilhaber einer Massenseele, die sich deutlich von der individuellen Seele unterscheidet. Die Menschen als Teile einer Masse empfinden, denken und verhalten sich anders, als sich jeder einzelne für sich verhalten würde. Dafür gibt es verschiedene Ursachen. Ein überhöhtes Machtgefühl ist die erste, die Ansteckung von Gefühlen und Handlungen die zweite und schließlich eine erhöhte Suggestibilität die dritte und wichtigste Ursache. So kann es geschehen, daß der Mensch als Teil einer anonymen Masse zu Gefühlen und Handlungen fähig ist, die er als einzelner nie haben und begehen würde. Massen sind impulsiv und reizbar, sie werden ausschließlich vom Unbewußten geleitet. Und sie ordnen sich widerstandslos einer Führerpersönlichkeit unter, was Freud zu Vergleichen mit der Situation der Hypnose veranlaßt (Freud, »Massenpsychologie und Ich-Analyse«, 1912). Übringens nimmt auch Le Bon eine Intelligenzhemmung in der Massensituation an, wie sie für die Hypnose festgestellt wurde.

Wenn man die »Hypersuggestibilität« der Hypnose auch in einem anderen psychischen Aggregatzustand, also in dem der Massenseele erreichen kann, so scheint eine verbreitete Schlußfolgerung zu sein, müßte sie gewiß auch noch durch andere Mittel zu erzielen sein. Das würde allen Versuchen der direkten und gezielten Beeinflussung, also Suggestionen von Politikern, Journalisten und Werbern die Tür zu größerer Wirksamkeit öffnen.

In der Tat erhalten die theoretischen Annahmen der Massenpsychologie nachträglich eine makabre Bestätigung in der Wirkung Hitlers auf deutsche Massen. Die Beeinflußbarkeit der deutschen Bevölkerung war erheblich gesteigert, das individuelle kritische Urteilsvermögen weitgehend ausgeschaltet. Allerdings wurde die suggestive Wirkung Hitlers fast ausschließlich bei seinen Reden, primär bei der Teilnahme an großen Massenaufmärschen spürbar. Sie wurde nach einer solchen infektiösen Faszination dann auf die Reden übertragen, die man nur im Rundfunk verfolgte. Zweifellos hat das erste elektronische Massenmedium viel zur ständigen Wiederherstellung solcher suggestiven Massensituationen beigetragen; deren ursprüngliche Quelle waren aber die persönlichen Auftritte Hitlers.

Was mag es denn sein, was den einzelnen Menschen in den Zustand des Massenmenschen mit erhöhter Sensibilität für Beeinflussungen aller Art bei gedämpftem kritischen Bewußtsein versetzt? Erich Fromm hat »*die Furcht vor der Freiheit*«, eine masochistische Tendenz, sich zu unterwerfen, als Ursache ausgemacht. Aber auch gewisse Massenpsychosen, also allgemeine, starke psychische Erregungs- oder Angstzustände, spielen sicherlich eine ähnliche Rolle wie das Charisma einer einzelnen Führerpersönlichkeit und seine Techniken der Suggestion. Mit anderen Worten: Die Wirkung Hitlers ist nicht allein aus seinen rhetorischen Techniken zu begründen, sondern auch mit den vorangegangenen Verunsicherungen durch Inflation und Weltwirtschaftskrise. Daß zugleich auch der äußere und innere Druck auf die junge deutsche Demokratie einherging mit einer inneren Umwertung tradierter Vorstellungen, hat dazu beigetragen, sich Hitler und seinen Wirkungsmöglichkeiten überhaupt zu öffnen. Daß Angst und Ausweglosigkeit Aggressionen auslösen, kann jeder Verhaltensforscher schon am einzelnen Tier experimentell nachweisen. Um wieviel mehr gilt das für die großen Menschenballungen in den wachsenden Großstädten der zwanziger und dreißiger Jahre. Kann man ähnliche Beobachtungen nicht auch gegenwärtig in den Ballungszentren machen, gleich ob sie den reichen Kulturnationen angehören oder den Elendsregionen in der dritten Welt?

Die gesteigerte Suggestibilität großer Menschenmengen und ihre Auswirkungen sind heute auch anläßlich von Rock-Konzerten und Fußballspielen zu beobachten. Und das heute bedenklich zunehmende freiwillige Ausscheren aus dem bewußten Erleben der Wirklichkeit durch Drogenkonsum deutet darauf hin, daß diese Zustände verminderter Bewußtheit ihre eigene Attraktivität besitzen. Dafür spricht auch die Tatsache, daß in fast allen Kulturen Erlebnisse am Rande des Bewußtseins vorkommen und oft sogar Kultbedeutung gewinnen. Das Bedürfnis, in Zustände des Unbewußten einzutauchen, ist vorhanden und sicher noch nicht so ausreichend erforscht, wie es angesichts der individuellen und sozialen Gefahren, die es birgt, sein sollte. In diesem Zusammenhang ist immer noch die Studie von Ernst Jünger, »Annäherungen«, in der er über Selbsterfahrungen mit Drogen berichtet, von wohltuender Sensibilität.

Angeborene Triebe – und wie sie sich äußern

Konrad Lorenz hat das treffende Bild von dem »Großen Parlament der Instinkte« gefunden. Damit hat er die monistische Position der Psychoanalyse angegriffen, die ja schließlich fast alle unbewußten Kräfte auf die Libido, den Sexualtrieb, zurückführte. Der Todestrieb, den Freud postulierte, ist später kaum weiter verfolgt worden. Er spielt auch in der psychoanalytischen Praxis keine Rolle mehr. Die vergleichende Verhaltensforschung hat das Vorhandensein und die Erscheinungsformen der Triebe und Instinkte bestätigt und vor allem ihren stammesgeschichtlichen Ursprung offenbart. Was übrigens in der Auseinandersetzung mit den Behavioristen eine der längsten wissenschaftlichen Kontroversen ausgelöst hat. Zumindest was den Charakter des angeborenen Verhaltens beim Menschen anbelangte, haben die Lernpsychologen lange Zeit mit den gewagtesten Konstruktionen versucht, dem Lernen, also dem Erwerb von Wissen zuzuschieben, was sich schon eindeutig als stammesgeschichtliches Erbteil erwiesen hatte.

Anstelle des einen großen Antriebs der Psychoanalyse, des Sexualtriebs, haben Lorenz und seine Schüler die »vier großen« Triebe nach Ernährung, Fortpflanzung, Flucht und Aggression in den ererbten Instinkthandlungen von Mensch und Tier nachgewiesen. Sie haben sodann die Ritualisierung von Verhaltensweisen als Ursprung neuer autonomer Instinkte ausgemacht. So ist zu verstehen, daß Lorenz von einer Vielzahl von Instinkten, vom »großen Parlament«, sprechen kann, die sich ständig gegenseitig Konkurrenz machen. Mit einiger Übung kann man am Gesicht eines Hundes diesen Triebkonflikt zwischen Flucht und Aggression, den Lorenz auch bildlich dokumentiert, ablesen und sich selbst mit seinem Verhalten darauf einstellen.

Für den Menschen haben im Laufe der Evolution zweifellos der Fortpflanzungstrieb und der Aggressionstrieb Modifikationen erfahren, die mit den geänderten Umweltbedingungen zusammenhängen. Als die in Gruppen jagenden Vorfahren ihre Umwelt von den gefährlichsten ihrer Freßfeinde (Bär, Wolf) gesäubert hatten, kehrte sich der Aggressionstrieb, der sich bis dahin leicht nach außen entladen konnte, nach innen um. In dieser Zeit müssen schwere Kämpfe zwischen den Menschengruppen um die Territorien stattgefunden haben. Der Aggressionstrieb verlor seinen Sinn im außerartlichen Wettbewerb, dagegen wirkte er sich voll im innerartlichen Konkurrenzkampf aus. Neben dem Kampf um Territorien spielt er eine entscheidende Rolle für die Erhaltung der Art bei der Rivalität um die Frauen und bei der Verteidigung des Nachwuchses. Darüber hinaus ist manches tierische und menschliche Verhalten, was die sozialen Bindungen anbelangt, durch Ritualisation aus ursprünglich aggressiven Verhaltensweisen entstanden.

Eine der wichtigsten Folgen aggressiven Verhaltens innerhalb von sozialen Verbänden ist die Entstehung einer allgemeinverbindlichen Rangfolge unter den Mitgliedern. Auch auf dem Hühnerhof kämpfen die einzelnen Individuen so lange, bis die »Hackordnung« sich herausgebildet und stabilisiert hat. Dann herrschen Ordnung und Friedfertigkeit einer gegliederten Gesellschaft (siehe auch Eibl-Eibesfeldt, 1972, S. 101). Rangordnungen kennt auch jede menschliche Gemeinschaft, und zwar nicht nur die geschlossenen Strukturen der Vergangenheit, sondern auch unsere offene demokratische Gesellschaft. Wenn man die Bürger der Bundesrepublik nach dem Ansehen einzelner Berufsgruppen fragt, erhält man sehr sichere Zuweisungen und damit Rangunterschiede. Seit Jahren steht der Universitätsprofessor an der Spitze der Skala, und der Werbefachmann ist das Schlußlicht. Auf diese allgemein verbreiteten Differenzierungen setzt auch das Nachahmungsverhalten auf, das ja häufig von Journalismus und Werbung aktiviert wird. Man möchte sich genauso kleiden wie Gunter Sachs oder so frisiert sein wie Prinzessin Stephanie von Monaco. Ganze Publikationsorgane und Industriezweige leben von der Nachahmung der höherrangigen Gesellschaftsschicht.

Neben den arterhaltenden Wirkungen des Aggressionstriebes und weiteren ritualisierten Verhaltensweisen besteht nach wie vor eine latente Aggressionsbereitschaft in fast allen Kulturen. Nur mit äußerster Besorgnis kann man die gegenwärtig sich aus neuen nationalistischen Emotionen ergebenden Kämpfe und Kriege betrachten. Sie sind in mehrfacher Beziehung Anachronismen, vor allem auch archaische Relikte. Daß intelligente Menschen in zunehmendem Maße jeden Krieg verdammen und von der aggressionsfreien Gesellschaft träumen, ist nur zu verständlich. Allerdings sind alle bisherigen Versuche, junge Menschen durch extrem permissive Erziehung von Aggressionen frei zu halten, an den Realitäten der Triebentwicklung gescheitert. Wem in der Jugend das freie Ausleben seiner Aggressionen gestattet wird, der übt damit eher noch dieses Verhalten ein, als daß er sein angeblich angeborenes Lebensmaß damit erschöpft (Eibl-Eibesfeldt, 1972, S. 98).

Die stärkste stammesgeschichtliche Veränderung hat sicher der Fortpflanzungstrieb erfahren. Daß sexuelle Vereinigung nur Mittel zum Zwecke der Fortpflanzung und damit Naturgesetz sei, ist noch heute das Dogma der katholischen Kirche. Jedoch gibt es auch in der Tierwelt schon Beweise für eine Verselbständigung des Sexualverhaltens. Beim Menschen zeigt sich, anders als bei den meisten Säugetieren, eine ständige Kopulationsbereitschaft der Frau, also auch außerhalb der Tage der Empfängnisbereitschaft. Auch der Mann kennt keine Zyklen der sexuellen Erregbarkeit. Dadurch erhält die Sexualität über die Fortpflanzung hinaus eine zusätzliche Funktion. Sie ist eines der entscheidenden Instrumente der Partnerbindung. Dementsprechend ist sie im evolutionären Prozeß zu einer gewissen »Hypersexualisierung« weiterentwickelt worden, verbunden mit gesteigerter Sensibilisierung. Dennoch handelt es sich, wie Eibl-Eibesfeldt darlegt, nicht um eine pathologische Erscheinung, sondern um ein arterhaltendes normales Verhalten, weil es eine Voraussetzung für partnerschaftliche Verhältnisse ist.

Betrachten wir unter dem Aspekt der »real existierenden« Triebe und Instinkte unsere kommunikative Umwelt, so werden wir ständig auf Impulse stoßen, die unsere natürliche Triebausstattung ansprechen. Ein Blick in die Zeitung zeigt oft schon auf der ersten Seite, vielleicht sogar im Bild, eine Dokumentation der Aggressionsbereitschaft der Menschen. Auf den Seiten der Kultur- und Modeberichterstattung werden überdeutlich der Nachahmungstrieb (aus der Aggression abgeleitet) und der Sexualtrieb angesprochen. Diese Erscheinung könnte man an allen Informationen, die sich uns im täglichen Leben anbieten, weiterverfolgen. Wir würden unter anderem feststellen, daß es Informationen ohne einen Bezug zu unserem Triebsystem nicht gibt. Gewiß sind da graduelle Unterschiede zu vermerken, und sicher ist die Sensibilität verschiedener Rezipienten der gleichen Nachricht unterschiedlich. Dennoch kann, da menschliche Kommunikation zwischen triebhaften Menschen stattfindet, der triebhafte Sektor des Menschen nicht ausgeklammert werden, auch nicht von denen, die die Nachrichten für uns aufbereiten und sie in Massenmedien veröffentlichen.

Es ist ein fundamentaler Irrtum besonders der Neuaufklärer unserer Zeit, daß Instinkte, Triebe und Emotionen nur von der politischen Propaganda und der Werbung für ihre suggestiven Zwecke verwendet würden. Der emotionalen Werbung wollen die Verbraucherverbände die sachlich aufklärende Information der Verbraucherinstitutionen gegenüberstellen, damit dem Konsumenten auch eine neutrale, nicht interessengebundene Informationsquelle im Kommunikationswettbewerb zur Verfügung steht. Dabei wird übersehen, daß der Verbraucher stets auch emotional gestimmt ist und daß dies die Aufnahme und Verarbeitung von noch so sachlichen Informationen weitgehend bestimmt. Darüber hinaus enthält jede Information eine emotionale Charakteristik, oder wie der Nachrichtentechniker sagt: eine aufmodulierte Oberwelle, die beim besten Willen nicht zu unterdrücken ist. Ein Testbericht über ein Motorrad kann nicht so rational und gefühlsneutral formuliert werden, daß er einem Motorradfan nicht doch den Puls beschleunigt. Der Sinn solcher neutralen Vergleichsberichte, wie sie zum Beispiel von der Stiftung Warentest veröffentlicht werden, kann nur darin bestehen, vor Kaufentscheidungen – sofern das Produkt den Zeitaufwand dafür rechtfertigt – eine Überlegungsphase einzuschalten und rationale Gesichtspunkte ausreichend in Erwägung zu ziehen.

Aber nicht nur in der medialen Kommunikation findet eine ständige Darstellung und Ansprache von Trieben und Emotionen statt. Schon im alltäglichen Informationsaustausch mit Nachbarn und Berufskollegen ist die »Gestimmtheit«, die Laune, von entscheidender Bedeutung für das Ergebnis. Eibl-Eibesfeldt berichtet über die interkulturell gleiche Bedeutung der Gesichtsausdrücke (1986, S. 565 ff.). Den Augengruß als Zeichen der Bereitschaft zur Kontaktaufnahme haben wir schon erwähnt. Darüber hinaus gibt es ein ganzes Repertoire von mimischen Ausdrücken der eigenen Befindlichkeit und des Wollens, die leicht zu verstehen sind, gleich wer sie anwendet. Angst, Mißtrauen, Unsicherheit sind ebenso leicht mimisch darzustellen wie Freude, Interesse und Freundschaft, auch völlig unbewußt. Wie verständlich das Mienenspiel interkulturell ist, mag das Beispiel erläutern, daß man selbst zwischen der Mimik japanischer und europäischer Schulkinder nur geringfügige Unterschiede finden kann.

Außerdem bietet die Gestik weitere Ausdrucksmöglichkeiten für Emotionen oder Stimmungen. Die Körpersprache enthält uralte Reste ritualisierter Instinkthandlungen, die nicht erworben sind, sondern zum angeborenen Repertoire des Menschen gehören. Sie sind nur zum Teil kulturell »überbaut«. Dazu zählen auch das Lüften des Hutes oder das Händeschütteln bei der Begrüßung. Beides sind ursprünglich Beschwichtigungshandlungen, die vom Ablegen der Waffen vor der Ankunft in einem fremden Revier stammen.

Im Verlauf seiner Stammesgeschichte hat der Mensch eine Reihe von Verhaltensweisen ritualisiert und zu Signalen für seine Kommunikation ausgebildet. Sie sind besonders gut bei Säuglingen und Kleinkindern zu beobachten, die solche Verhaltensweisen noch nicht gelernt haben können. So benutzt das Baby seine Zunge, um seine Ablehnung der Nahrung zum Ausdruck zu bringen, indem es die Zunge herausstreckt. Die gleiche Bewegung bedeutet auch später im Kleinkindalter Ablehnung. Sie wird dann jedoch auch auf Menschen mit der Zusatzbedeutung des Spotts angewendet. Ein anderes Signal, das Eibl-Eibesfeldt ebenfalls in allen Erdteilen gefunden hat, ist das freundliche Züngeln. Menschen, die in friedfertiger Absicht in Blickkontakt mit anderen treten, machen häufig ganz unbewußt einen Wischer mit der Zunge über die Lippen. Wenn das auch noch mit dem Augengruß verbunden wird, ist das in allen Kulturen das Signal für freundliche Kontaktbereitschaft.

Auf ähnlich eindeutige Weise signalisieren Menschen Ablehnung oder Feindschaft, zumindest Mißtrauen, aber auch Scheu oder Schamhaftigkeit. Das Repertoire ist größer, als man gemeinhin annimmt. Lange bevor man sich mit sprachlichen Mitteln mit Fremden zu verständigen versucht, ist die grundsätzliche Kommunikationsbereitschaft durch Mimik und Gestik bereits zum Ausdruck gebracht worden. Allerdings ist dabei auch durch besondere Techniken eine Fehlinformation möglich, indem man zum Beispiel durch formal höfliche Gestik die innere Ablehnung übertüncht. Besonders Ostasiaten wird die Fähigkeit zu dieser Täuschung nachgesagt.

Eibl-Eibesfeldt unterscheidet grundsätzlich zwischen agonaler, das heißt wettbewerblicher, und synagonaler, also bindungstiftender Strategie bei den Signalen. So werden die emotionalen Grundstimmungen im Verhalten entsprechend diesen Strategien zum Ausdruck gebracht. Agonales Verhalten wird vom Menschen häufig eingesetzt, um eine Dominanz zu erwirken. Damit ist eine Situation gemeint, bei der die eigene Überlegenheit durch das Verhalten der anderen bestätigt wird. Generell sind Männer eher geneigt, Dominanz für sich zu beanspruchen, als Frauen. Das zeigt sich an den unterschiedlichen und geschlechtsspezifischen Inhalten der Spiele im jugendlichen Alter. Während Mädchen aller Kulturkreise in der Mehrzahl mit Puppen spielen und sich damit auf die Rolle als Mutter einstellen, pflegen die Jungen gleichen Alters ohne Beeinflussung durch Ältere mehr die Wettbewerbs- und Kampfspiele, bei denen es um Rangeinstufungen geht. Auch in der sozialen Interaktion zwischen Erwachsenen ist nach wie vor zu beobachten, daß agonale Strategien häufiger von Männern angewendet werden als von Frauen.

In der Kommunikation sind vielfach diese Strategien schon an der Wortwahl oder in der Anwendung bestimmter visueller Reize zu erkennen. Wenn man aufmerksam die Unterhaltung in einem Kreise von sich zunächst fremden Menschen beobachtet, zum Beispiel in einer zufällig gebildeten Reisegruppe, so wird man ohne Schwierigkeiten die Personen ausmachen können, die Dominanz anstreben. Sie versuchen, durch ihre Haltung und durch Äußerung von Kenntnissen zu einem Fachgebiet den Anschein von Kompetenz zu erwecken und damit einen hohen Rangplatz zu erreichen. Ähnlich geht es auch im Berufsleben zu, wo man sich in jeder Gruppe allein aus dem Ablauf von Sachdiskussionen einen Eindruck darüber verschaffen kann, welche Rangplätze bereits vergeben sind und um welche noch von welchen Personen gerungen wird.

In diesem Zusammenhang muß man fragen, welchen Charakter die beeinflussenden Kommunikationsformen haben. Die einfache Beeinflussung ist sicher noch kein eindeutiges Zeichen einer agonalen Strategie. Sie kann ja durch eine neutrale Nachricht und unbeabsichtigt erfolgen. Persuasive und suggestive Techniken sind aber in jedem Falle in die Kategorie der agonalen Strategien einzuordnen. Stellen sie doch den Versuch dar, einen Kommunikationspartner zu einem Verhalten zu bringen, das den Zielen des Kommunikators entspricht. Bei der Manipulation haben wir es ganz eindeutig mit einem Unterwerfungsversuch zu tun. In seinem grundlegenden Werk »Das Wort als Waffe« hat F. Kiener das Beeinflussen und das Lehren als ein menschliches Bedürfnis bezeichnet, das auch Streß- oder Aggressionsgefühle bei den Betroffenen hervorrufen kann (a. a. O., S. 30). Die häufige Empfindung der Adressaten von Werbung oder politischer Propaganda, sie seien einem Angriff ausgesetzt, ist unter diesem Aspekt nachvollziehbar. Dagegen entwickeln Menschen die sogenannte Reaktanz, mit der sie Widerstand gegen allzu aggressive Persuasion oder Suggestion praktizieren. Agonale Strategien entspringen nun einmal dem Aggressionstrieb. Sie werden in der Fachwelt auch häufig als »Kampagnen« oder als »aggressive Werbung« bezeichnet. Das ganze Vokabular des Marketing, das dem wirtschaftlichen Wettbewerb entspringt, spiegelt diese Wurzel ohnehin wider. Damit ist jedoch keine Wertung verbunden. Haben wir doch festgestellt, daß die Triebstrukturen des Menschen im Grunde der Arterhaltung dienen und damit ihren Sinn haben. Und was als Sozialtechnik in der zwischenmenschlichen Interaktion natürlich ist, kann als Instrument des Wettbewerbs zwischen gesellschaftlichen Gruppen oder zwischen Individuen nicht verdammt werden.

In der menschlichen Kommunikation spielt neben den erwähnten Trieben und ihren Ausprägungen die Neugier eine entscheidende Rolle. Sie stellt den entscheidenden Antrieb für den Wissens- und Erfahrungserwerb dar, also das, was bereits als typisch menschliche Disposition zum Lernen erwähnt wurde. Phylogenetisch scheint Neugier ein tierisches Erbe zu sein. Auch Ratten zeigen sich in einer fremden Umgebung zunächst bestrebt, sich zu orientieren, bevor sie sich um Nahrung kümmern. Und vor allem die Primaten haben ein ausgeprägtes Neugierverhalten. Ontogenetisch ist der Trieb schon in der frühesten Kindheit aktiv und bewirkt, daß das Baby sich mit seiner Umwelt aktiv auseinandersetzt und sie erfährt. Lorenz nennt den Menschen daher das

»weltoffene Neugierwesen«. Bei ihm bleibt im Gegensatz zum Tier bis ins hohe Alter die Lerndisposition erhalten und führt zu einem starken Konsum von Nachrichten und Wahrnehmungen aller Art. Nicht zuletzt dieser Wissensdrang hat in den letzten 500 Jahren zu der explosionsartigen Ausweitung der menschlichen Kenntnisse vom Universum und vom Menschen selbst geführt. In Verbindung mit den heutigen Dokumentationsmöglichkeiten dieses menschlichen Wissens spricht Lorenz mit Recht von der – den Naturgesetzen eigentlich widersprechenden – »Vererbung erworbener Fähigkeiten«.

Maßnehmen am Unbewußten?

Daß Antriebe, Instinkte, Emotionen im Limbischen System und im Hypothalamus, also in einem älteren Teil des Gehirns, angesiedelt sind und damit zum tierischen Erbe des Menschen gehören, wurde bereits erwähnt. In wie starkem Maße durch die Evolution des Menschen der Neocortex aber zusätzlich einbezogen wurde, zeigt sich bei Gehirnstrommessungen in stark emotionalen Zuständen. Ernst Pöppel erwähnt, daß bei höchster sexueller Erregung, also beim Orgasmus, geradezu ein Feuerwerk von elektrischen Impulsen, und zwar in der rechten Hemisphäre des Neocortex, festgestellt wurde (Pöppel, 1982, S. 257). Auch ein zunächst rätselhafter Vorgang findet dadurch seine Erklärung: Wenige Tage alte Babies verfügen über bestimmte Fähigkeiten, wie das Greifen nach Objekten und einen auslösbaren Schreitmechanismus, die ihnen dann abhanden kommen und erst nach 12 bis 16 Wochen wieder verfügbar werden. Man nimmt an, daß die angeborene Fähigkeit zunächst als reiner Reflex nur im Stammhirn lokalisiert ist und erst durch eine »Kortikalisierung« endgültig programmiert wird (Eibl-Eibesfeldt, 1986, S. 680). Der Neocortex spielt also auch für die Funktionen des Unbewußten eine entscheidende Rolle.

Physiologische Vorgänge, vor allem wenn sie gut meßbar sind, können also Aufschluß über den emotionalen Zustand eines

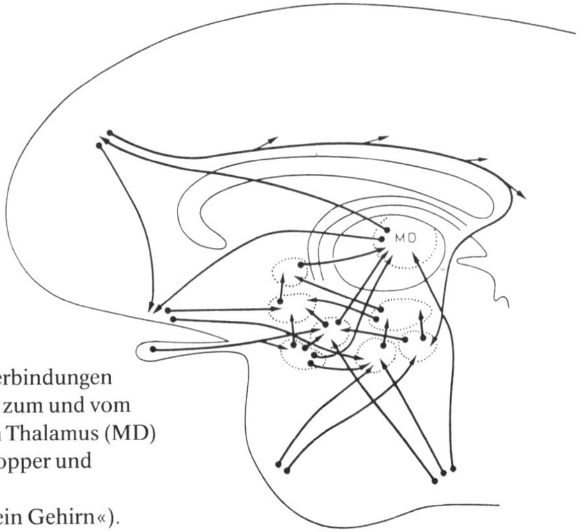

Abbildung 3: Verbindungen vom Neocortex zum und vom medio-dorsalen Thalamus (MD) (nach Karl R. Popper und John C. Eccles: »Das Ich und sein Gehirn«).

Menschen geben. Da, wie Pöppel betont, der Mensch auch in jeder Phase vollen Bewußtseins emotional gestimmt ist und diese Befindlichkeit sowohl die Aufnahme neuer Informationen wie deren Verarbeitung bestimmt, ist die Frage der emotionalen Qualität einer Information vielleicht für deren Wirkung von entscheidender Bedeutung. Dieser Zusammenhänge hat sich in den letzten Jahren besonders Werner Kroeber-Riel angenommen.

Ausgehend von der Theorie, daß emotionale Zustände unterschiedlicher Intensität die gesamte Leistungsfähigkeit des menschlichen Organismus beeinflussen, hat Kroeber-Riel Experimente zur physiologischen Messung von Emotionen durchgeführt. Dies geschah im wesentlichen durch das Elektroenzephalogramm (EEG), also die Gehirnstrommessung, und die hautgalvanische Reaktion (HGR), mit der die Veränderungen des elektrischen Hautwiderstandes ermittelt werden. Versuchspersonen wurden im Labor Reize mit emotionalem Gehalt, zum Beispiel Werbeanzeigen, vorgelegt. Die davon ausgelösten Emotionen zeigen sich in einer Veränderung des Hautwiderstandes, die man aufzeichnen kann. Diese physiologischen Vorgänge korrelieren mit unterschiedlichen Erregungsstufen durch Emotionen. Deren Wirkung auf die Leistungsfähigkeit des Organismus verläuft nach Kroeber-Riel nicht ständig analog der Stärke der Emotion, sondern in einer umgekehrten U-Kurve. Das bedeutet, daß nur zu Anfang die Aktivierung parallel mit der Stärke oder Intensität einer Emotion ansteigt, dann aber bei weiterem Ansteigen von Emotionen wieder zurückgeht. Aufgrund dieser Befunde schließt Kroeber-Riel, daß eine gemäßigte Emotionalität von werblichen Aussagen die Aufnahme des Inhaltes der Werbebotschaft positiv beeinflußt (S. 50 ff.).

In diesem Zusammenhang verweist Kroeber-Riel auch auf ältere Experimente amerikanischer Forscher, die mit der schrittweisen Verstärkung von angsterregenden Darstellungen, wie den Auswirkungen mangelnder Zahnhygiene, zunächst positive Beeinflussungserfolge zu verzeichnen hatten, aber einen Rückgang nach nochmaliger Verstärkung der Angstimpulse registrierten. Auf jeden Fall konnte aufgrund der Beobachtung der Versuchspersonen nach mehreren Tagen übereinstimmend ein gesteigertes Bewußtsein für die Bedeutung der Zahnhygiene festgestellt werden. Alle Teilnehmer zeigten in der Anfangsphase auch erhöhte Aufmerksamkeit gegenüber weniger angsterregenden Darstellungen. Offenbar gibt es unterschiedliche Auswirkungen von emotionalen Reizen auf das Interesse, das Gedächtnis und schließlich auf das Verhalten.

Da aber auf das resultierende Verhalten in der Praxis immer auch andere Einflüsse und kognitive Prozesse wirksam werden, schließt Kroeber-Riel, daß emotionale Werbeappelle eine notwendige, aber keine hinreichende Voraussetzung für den Werbeerfolg seien (Kroeber-Riel, S. 56). Allerdings nimmt er auch eine Wirkung von Emotionen auf die Motive und von diesen auf die Einstellungen und die Kaufabsichten an. So meint er, auch den affektiven Bereich von Einstellungen durch hautgalvanische Messungen, durch das EEG, die Pulsfrequenz und die periphere Durchblutung messen zu können. Obwohl er hierzu keine weiteren experimentellen Forschungsergebnisse anführt, kommt er am

Ende seines grundlegenden Werkes über das Verbraucherverhalten zu dem etwas überraschenden Schluß, schon durch die Emotionalisierung von Werbebotschaften seien die Verbraucher zu »konditionieren und wie die Pawlowschen Hunde« (S. 395).

Damit ist die Frage, in welchem Maße Emotionen auf kommunikative Vorgänge einwirken, noch keineswegs erschöpfend beantwortet. Daß emotional besetzte Reize in neutralen Situationen die Aufmerksamkeit auf sich ziehen und fesseln, kann man aus einfachen Beobachtungen schließen. Inwieweit sie die Motivation, also die Handlungsrichtung, ansprechen, dürfte durch physiologische Untersuchungen allein nicht zu ermitteln sein. Vor allem ist dabei zu berücksichtigen, daß die Messungen des Hautwiderstandes nur Aufschluß über die Stärke einer Emotion geben können, nicht aber über deren Qualität oder Richtung (siehe auch Kapitel 5). Denn die meßbaren Veränderungen des Hautwiderstandes sind undifferenziert; das heißt, sie können Furcht ebenso signalisieren wie Freude. Ebenso sind die zahllosen weiteren Einflüsse auf das Erfassen und die Verarbeitung von Informationen in der Praxis so komplex, daß die Rolle der Emotionen oder der Motive in keiner exakten Formel ausgedrückt werden kann.

Sicherlich wäre auch eine Konditionierung von Menschen in Laborsituationen, das heißt unter weitgehender Ausschaltung anderer Parameter des Denkens und Handelns, möglich. Aber diese Situation hat mit dem täglichen Leben und seinen Tausenden von kommunikativen Interaktionen nichts zu tun. Kroeber-Riel behandelt selbst das Phänomen der Reaktanz, des natürlichen Widerstandes von Menschen gegen starken Überzeugungsdruck. Die Beobachtung dieser Erscheinung deckt sich mit der Darstellung Eibl-Eibesfeldts, daß der Mensch in der Lage sei, sein Verhalten von seinen Antrieben abzukoppeln. Dazu hat ihm nicht nur die verstärkte Kortikalisierung, sondern auch die Lateralisation, das heißt die Spezialisierung der beiden Gehirnhälften, verholfen (Eibl-Eibesfeldt, 1986, S. 115 ff.).

Das Maßnehmen am Unbewußten hat dazu geführt, die Positionen unserer Triebe und Emotionen im Gehirn genauer zu bestimmen. Es hat auch überraschende physiologische Erscheinungen im Zusammenhang mit der Triebbefriedigung und den Erregungszuständen der Emotionen zutage gefördert. Die intensive Beteiligung des Neocortex an allen emotionalen Abläufen ist erwiesen (siehe Abb. 3). Der Mensch ist offensichtlich nicht wie viele Tiere in bestimmten Auslösesituationen zu automatischen Handlungsabläufen gezwungen. Seine Triebstruktur und die Möglichkeit der Abkoppelung davon ermöglichen ihm jederzeit, eine entspannte Atmosphäre zur Abwägung und zum Nachdenken herbeizuführen. Bestimmte Reize führen nicht automatisch zur Auslösung eines vorbestimmten Handlungsablaufes. Es gibt vom Unbewußten her keinen Schlüssel, um damit ein sicheres und vorbestimmbares menschliches Verhalten zu erwirken. Dennoch gehören die Triebe und Emotionen zu einem menschlichen Lebensrepertoire, das ohne sie nicht vollständig wäre und vor allem uns kaum lebenswert erschiene.

III

Informationsverarbeitung im menschlichen System

5

Die Filter des Wahrnehmungsapparates

Biron: ... it adds a precious seeing to the eye;
a lover's eyes will gaze an eagle blind;
a lover's ear will hear the lowest sound ...
(... die feinste Schärfe leiht sie dem Gesicht:
wer liebt, des Auge schaut den Adler blind;
wer liebt, des Ohr vernimmt den schwächsten
Laut ...)
William Shakespeare, »Eine ergötzliche Komödie genannt verlorene Liebesmüh«

»Das komplexeste informationsverarbeitende System ist ohne Zweifel der Mensch. Nimmt man alle Informationsabläufe im Menschen zusammen, das heißt bewußte (Sprache, Informationssteuerung der willentlichen motorischen Bewegungen) und unbewußte (informationsgesteuerte Funktionen der Organe, Hormonsystem), so werden täglich 10^{24} bit verarbeitet. Dieser astronomisch hohe Wert übertrifft das Gesamtwissen der Menschheit von 10^{18} bit, wie es in den Bibliotheken der Welt gespeichert ist, noch um den Faktor 1 000 000« (Gitt, 1989, S. 9).

Diese Verhältnisse geben einen – wenn auch abstrakten – Eindruck von der Vielzahl der gleichzeitig im menschlichen Körper ablaufenden informationsverarbeitenden Prozesse. Diese können rein endogen gespeist sein, das heißt keinen Input von außen benötigen. Vielfach sind aber die Prozesse durch äußere Einflüsse, also durch die über den Wahrnehmungsapparat aufgenommenen Informationen, ausgelöst. Beeinflussung bedarf ja der sinnlichen Wahrnehmung durch den Rezipienten. Nur was der Mensch wahrnimmt, kann im Erkenntnisprozeß so verarbeitet werden, daß es sich als eine Beeinflussung auswirkt. So ist die erste Hürde jeder beeinflussenden Information der menschliche Wahrnehmungsapparat mit seinen Filtern.

Die Filter der Wahrnehmung wirken sich sowohl quantitativ als auch qualitativ aus: Sie begrenzen die Zahl der bewußt aufgenommenen Informationen, und sie ordnen bestimmte Signale aus dem allgemeinen »Informationsrauschen« nach semantischen Gesichtspunkten. Wie sich das auswirkt, kann man mit sich selbst bei jeder Cocktailparty ausprobieren. Wenn man eintritt, hört man zunächst nur das allgemeine Geräusch der vielen Stimmen, die alle durcheinander sprechen. Tritt man näher und unterhält man sich in einer Gruppe, schälen sich die Stimmen einzelner Gesprächspartner heraus, denen man nun seine Aufmerksamkeit zuwendet, um sich sinnvoll an dem Gespräch beteiligen zu können. So werden aus dem allgemeinen »Rauschen«, wie der Nachrichtentechniker sagt, die semantisch relevanten Stimmen herausgefiltert, weil man sich zur Zeit nur mit ihnen zu befassen hat. Wenn man nun in der Nachbargruppe ein interessantes Stichwort hört, das gewisse Assoziationen weckt, so ist es den meisten Menschen ohne weiteres möglich, sozusagen umzuschalten und sich beim Zuhören nun ganz auf die Stimmen und das Gespräch von »nebenan« zu konzentrieren.

Diese Erfahrung zeigt bereits in Umrissen das Modell, nach dem die Filter des Wahrnehmungsapparates arbeiten. Sie werden aktiviert durch etwas, das wir Aufmerksamkeit, Interesse oder Neugier nennen und das durch unser Bewußtsein gesteuert wird. Jedoch schon bevor wir eine Information aus der Umwelt bewußt wahrnehmen, also etwa die Tatsache, daß es kühler geworden ist, hat die unbewußte Wahrnehmung über die Haut und das vegetative Nervensystem bereits die Pulsfrequenz, den Blutdruck und andere Körperfunktionen analog einer Thermostatregelung beeinflußt. Wir wollen uns mit diesem Beeinflussungsvorgang, der sich nur auf das vegetative (autonome) Nervensystem auswirkt, hier nicht näher befassen. Uns kommt es darauf an, die Arbeitsweise der bewußten Wahrnehmung und ihrer Grenzgebiete zu betrachten, soweit sie für Beeinflussungsvorgänge relevant sind.

Die Selektivität der Wahrnehmung

Der Mensch ist wie alle Primaten ein »Augentier« (siehe auch Eccles, 1989, S. 195 ff.). Über 85 Prozent seiner Informationen aus der Umwelt bezieht er über sein visuelles System, nur 10 Prozent über das Gehör. Geruch, Geschmack und taktiles Fühlen teilen sich in den Rest. Das Auge hat auch den schnellsten Datenkanal zum Gehirn mit zweimal 10^8 (100 Millionen) bit/sec. Insgesamt können 10^9 bis 10^{11}, also 1 bis 100 Milliarden bit/sec. über alle Sinnesorgane aufgenommen werden. Davon werden die weitaus meisten Informationen bewußt nicht wahrgenommen. Nur 15 bis 20 bit/sec. geraten in den Kurzzeitspeicher des Gedächtnisses, das in 10 bis 20 Sekunden entscheidet, welche Informationen in den mittelfristigen oder den langfristigen Speicher übernommen werden (Haken/Haken-Krell, S. 76). Das Gehirn reduziert also pausenlos die anfallende Informationsmenge auf das Quantum, das bewußt bearbeitet werden kann. »Das Gehirn selbst arbeitet ... primär als eine ungeheure Informationsvernichtungsmaschinerie, in der systemrelativ und systemrelevant nur ein Bruchteil von elementaren Informationen als mögliche Bestandteile von Nachrichten aus der ›Umwelt‹ des Gehirns, zu der auch der eigene Körper gehört, zugelassen werden. Dazu ist jedoch noch lange kein Bewußtsein nötig...« (Oeser/Seitelberger, S. 187 f.). Amerikanische Forscher von der University of California in Los Angeles fanden kürzlich im Gehirn von Rhesusaffen Neuronen, die für diese Filterung von optischen Informationen verantwortlich sein können. Sie scheinen darüber zu entscheiden, welche visuellen Informationen an das Bewußtsein weitergeleitet werden (*Süddeutsche Zeitung* vom 9. 1. 92, S. 37). Wir kennen auch aus eigener Beobachtung Parameter, nach denen die Informationen ausgewählt werden. Es sind dies die Aufmerksamkeit und das aktuelle Interesse. Schon Leibniz unterschied die »Perzeption« der Wahrnehmungsreize und die »Apperzeption«, die durch Aufmerksamkeit gesteuerte bewußte Aufnahme von Informationen. Offenbar wirkt sich das Kurzzeitgedächtnis, von manchen Wissenschaftlern auch als Ultrakurzzeitgedächnis bezeichnet, als Filter für solche Nachrichten aus der Umwelt aus, die für uns augenblicklich nicht interessant sind und die deshalb nicht in das Mittel- oder Langzeitgedächtnis abgespeichert werden.

Solange wir in einem Auto gefahren werden und nicht selbst am Steuer sitzen, ist unsere Aufmerksamkeit nicht primär auf Verkehrszeichen oder andere Signale der Verkehrssituation gerichtet. Es sei denn, der Fahrer macht einen so unsicheren Eindruck, daß wir uns genötigt fühlen, ihm zu helfen. Sobald wir jedoch selbst am Steuer sitzen, kann unsere Aufmerksamkeit zwar auch kurzzeitig durch andere Informationen abgelenkt werden, in erster Linie ist unser Bewußtsein aber ganz auf die Signale der Verkehrssituation gerichtet.

Die Selektivität der Aufmerksamkeit wird besonders deutlich bei Experimenten mit der Erkennung von Texturen. Gleichbleibende Muster in großer Ausdehnung werden vom menschlichen Wahrnehmungsapparat zunächst nur oberflächlich als gleiche Muster erkannt. Erst wenn die Aufmerksamkeit bewußt auf die Details gelenkt wird, ist man auch fähig, geringfügige Abweichungen zu identifizieren. Diese Fähigkeit des Menschen, die »Figur« vom »Grund« zu unterscheiden, beruht auf zwei unterschiedlichen Wahrnehmungsarten, die durch die selektive Aufmerksamkeit gesteuert werden. Wir können unsere Umwelt immer sowohl als »Grund« als auch als »Figur« sehen, jedoch immer nur eines auf einmal. Diese Fähigkeit ist übrigens nicht stärker ausgebildet als bei Raubtieren, die damit die Tarnung mancher Beutetiere durchkreuzen (Julesz, B., »Texturwahrnehmung«, in: »Wahrnehmung und visuelles System«, *Spektrum der Wissenschaft,* 1986). Dieses Vermögen, Figur und Grund zu unterscheiden, wirkt sich auch beim Erkennen von optischen Täuschungen aus.

Ebenso spielt das aktuelle Interesse eine entscheidende Rolle für die Informationsverarbeitung schon im Stadium der Wahrnehmung. In zahlreichen Untersuchungen zum Thema der bewußten Wahrnehmung ist ermittelt worden, daß häufig auch sehr starke Reize keine Beachtung finden, wenn sie als nicht relevant für die aktuelle Situation bewertet werden. Ja, sie werden sogar besonders heftig unterdrückt, wenn sie situativ stören. Wer sich als Autofahrer auf eine unübersichtliche Verkehrssituation konzentriert, verdrängt automatisch jede Ablenkung von dieser als existentiell wichtig empfundenen Lage. Alle Reize, die in solchen Situationen nichts mit dem Hauptinteresse zu tun haben, werden nicht beachtet. So werden auch große und farbige Anzeigen in Zeitungen und Zeitschriften nur bewußt wahrgenommen, wenn sie in irgendeiner Form als bedeutsam für die eigene Bedürfnislage angesehen werden. Wer nur einen Blumenkasten auf dem Balkon sein eigen nennt, interessiert sich meist nicht für Rasenmäher. So wird ihm auch das schönste Plakat mit einer lächelnd Rasen mähenden jungen Dame kein Interesse ablocken, zumindest nicht für den Rasenmäher.

Die alte AIDA-Formel (attention, interest, desire, action), mit der die Werbeleute jahrzehntelang theoretisch ihre Arbeit untermauert haben, betonte ja besonders die Aufmerksamkeit und das Interesse. Nicht zuletzt deshalb hielten ganze Generationen von Werbefachleuten den Anfangserfolg, also die bloße Beachtung einer Werbung, für steuerbar durch einen möglichst starken Aufmerksamkcitsreiz. Nur ist Aufmerksamkeit nicht einseitig von der Stärke des Reizes abhängig, sondern von der Situation des Rezipienten, von seiner Befindlichkeit, von seinen Interessen und auch von dem Grad und Zustand seines Bewußtseins. Insofern haben die Anhänger der starken Signale, die uns in der Presse zum Beispiel auch die fetten Balkenüberschriften bescheren und die immer spärlicher bekleideten Mädchen, die menschliche Fähigkeit zur Unterdrückung beziehungsweise zur Reduktion von Signalen schon im Wahrnehmungsprozeß ignoriert.

Wie aktuell auch noch in den neunziger Jahren die Praxis des Erregens von Aufmerksamkeit um jeden Preis ist, zeigt die internationale Anzeigenkampagne der italienischen Textilfirma Benetton im Herbst 1991. Durch einen renommierten Fotografen wurden einige äußerst provozierende Fotos in den Mittelpunkt der Gestaltung gestellt: Da wurde gleich nach dem Ende des Golfkrieges ein Gräberfeld mit Kreuzen gezeigt, kurze Zeit später einen Nonne und ein Mönch, die sich küßten und schließlich ein neugeborenes, noch nicht abgenabeltes, blutiges Baby. Zweifellos hat Benetton damit Aufsehen erregt; denn aufgrund des Einspruchs zahlreicher Leser mußten sich die nationalen Selbstkontrollorgane der Werbung in allen Ländern mit diesen Motiven befassen. Sie wurden in Deutschland vom Deutschen Werberat abgelehnt und gerügt, ebenfalls in Italien. Hier wurde als besonders verwerflich angesehen, daß zum Zwecke des kommerziellen Erfolges das Publikum in seinen religiösen und ethischen Gefühlen bewußt verletzt werde. Es ist zu vermuten, daß sich bei vielen Betrachtern der Benetton-Anzeigen der zweifellos vorhandene Goodwill für die Firma und ihre Produkte in Abscheu gewandelt hat. Eine Wirkung, die man hätte vorhersehen können. Selbst wenn es mit den schwersten Kalibern gelingt, Aufmerksamkeit zu erringen, wird dieses gewaltsame Eindringen in ihr Bewußtsein von den Rezipienten meist negativ bewertet. Aufmerksamkeit ist zwar eine notwendige, aber keine hinreichende Voraussetzung für das kommunikative Ergebnis.

Aber auch eine andere öffentlich weit verbreitete Meinung, die der heutigen, allgemein starken Informationsdichte eine äußerst negative Beeinflussungswirkung zuschreibt, kann man als nahezu grundlos ansehen; denn durch die vorbewußte Informationsreduktion im menschlichen Wahrnehmungsapparat wird die Vielzahl der Informationen auf die relevanten zurückgeführt. Besonders die säuerlichen Kulturkritiker, die ständig über die »Reizüberflutung« durch Massenkommunikationsmittel klagen, übersehen die einfache biologische Tatsache, daß der Mensch physiologisch durchaus fähig ist, die seiner jeweiligen Situation gemäßen Signale aus dem »Rauschen« des Angebotes herauszufiltern. Nun spricht zwar auch Arnold Gehlen von der »Reizüberflutung« des Menschen. Er meint damit aber die Eindrucksoffenheit gegenüber Wahrnehmungen, die keine angeborene Signalfunktion wie beim Tier haben (1974, S. 35 f.). Die Problematik scheint sogar eher gegenteilig zu sein; denn die Neugier und der Erkundungsdrang des Menschen machen ihn geradezu süchtig nach Umweltreizen. Experimente von Marvin Zuckerman in den USA mit »sensorischer Deprivation«, also künstlichem Reizentzug, in den sechziger Jahren führten zur Erkenntnis, daß der Mensch offenbar ein natürliches Bedürfnis nach Stimulierung habe. Er nannte es »sensation seeking« (Zimmer, 1982, S. 242 f.). Jedenfalls dürfte die »Reizüberflutung« und damit die Beeinflussung allein durch die große Menge von Signalen eine Illusion, wenn nicht gar eine Ideologie sein. Schon die mit Gewißheit eintretende Ermüdung wirkt ständig einer möglichen Reizüberflutung entgegen.

In wie starkem Maße aber die Wahrnehmung – vermutlich auch wegen der ständigen Reizreduktion – eine ermüdende Tätigkeit ist, kann jeder an sich selbst beobachten. Auch wenn er sich als Fahrgast einer Busrundreise körperlich fast nicht bewegt, wird er allein vom Sehen und Verarbeiten neuer Eindrücke müde und erschöpft. Dieser Effekt deutet schon darauf hin, daß Wahrnehmen kein passiver Vorgang des bloßen Aufnehmens von angebotenen Reizen aus der Umwelt ist, sondern ein dynamischer Prozeß.

Wie die Selektivität der Wahrnehmung wirkt, soll nun anhand des visuellen Systems des Menschen näher erläutert werden. Wir benötigen einige detaillierte Kenntnisse über die neuronalen Prozesse, um die Möglichkeiten der beeinflussenden Kommunikation später betrachten und bewerten zu können.

Im menschlichen Auge sind die etwa 120 Millionen Stäbchen und die etwa 6 Millionen Zäpfchen der Netzhaut die hochspezialisierten Empfänger von Hell-Dunkel- beziehungsweise Farbreizen. Ihre jeweiligen Zustände der Erregung oder Hemmung werden von den dahinterliegenden Ganglienzellen erstmals verarbeitet und über die Fasern des Sehnervs zunächst zum Chiasma opticum geleitet, wo die jeweils linken und rechten Gesichtsfeldhälften beider Augen gebündelt werden. Die Reize der beiden linken Gesichtsfelder werden sodann über die sogenannten Kniekörper (Corpus geniculatum laterale) in die rechte, die der beiden rechten in die linke Sehrinde weitergeleitet, die sich im Occipitallappen des Gehirns, also im Hinterkopf befinden.

Die selektive Wirkung der Aufmerksamkeit läßt sich schon beim Vorgang des Sehens, also bei der Aufnahme der Reize aus der Umwelt physiologisch nachweisen. Die Netzhaut ist nicht

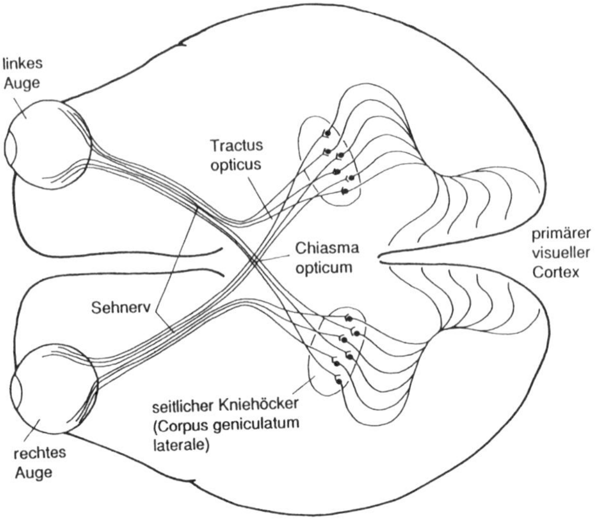

Abbildung 4: Schematische Darstellung der Sehbahn des Menschen (nach H. Haken/M. Haken-Krell: »Erfolgsgeheimnisse der Wahrnehmung«).

überall gleich empfindlich. Eine kleine Stelle in der Mitte des sogenannten Gelben Fleckes, die Fovea, ist mit lichtempfindlichen Zellen erheblich dichter bestückt als die anderen Partien der Netzhaut. Durch Signale aus dem Gehirn gesteuert, richtet sich der Blick immer so aus, daß die visuellen Reize, die vom Objekt unserer Aufmerksamkeit ausgehen, direkt mit der Fovea empfangen werden. Beim Lesen springt der Blick immer ruckartig von Wortgruppe zu Wortgruppe weiter, damit die Abbildung des interessanten Teiles des Textes stets genau die Fovea trifft. Diese ruckartigen Bewegungen werden Sakkaden genannt. Sie dauern nicht länger als 50 Millisekunden (0,05 sec.). In der Zeit zwischen den Sakkaden müssen also die relevanten Informationen aufgenommen werden. Im Durchschnitt macht das Auge eines nicht ermüdeten Menschen 2 Sakkaden pro Sekunde.

Wie nun im Gehirn die von der Retina empfangenen Licht- und Farbreize zu einem gesamten Bild zusammengesetzt werden, konnte auch in zahlreichen Tierexperimenten nur sehr rudimentär geklärt werden. Durch Untersuchungen nach partiellen Gehirnläsionen hat man festgestellt, daß zahlreiche Gehirnregionen in diesen Erkenntnisprozeß mit einbezogen sind. Die Aufmerksamkeit wird anscheinend sehr stark von einer Region im oberen Parietallappen beeinflußt. Schon bei der Wahrnehmung werden ständig Rückkoppelungen mit dem Gedächtnis vorgenommen. Während die primäre Sehrinde beim Menschen nur 4 Prozent des Cortex ausmacht, ist der gesamte visuelle Bereich, also alle Regionen, die an der Verarbeitung visueller Informationen beteiligt sind, mindestens 30 Prozent der Großhirnrinde. Auch dieses Zahlenverhältnis weist aus, daß der Wahrnehmungsprozeß eine intensive Gehirntätigkeit notwendig macht.

Man nimmt heute an, daß in bestimmten Regionen des rechten Temporallappens die empfangenen, relativ diffusen Reize daraufhin verglichen werden, ob sie in eines der abgespeicherten Gestaltmuster passen. Wird eine Übereinstimmung festgestellt, konstruieren andere Teile des Cortex die Reize offenbar in die exakte Form des Gestaltmusters. Das Gehirn setzt also aus dem Puzzle der eingehenden, relativ diffusen Reize und dem Vergleich mit schon erfahrenen Gestalten das Wahrgenommene zu einem künstlichen »Bild« zusammen. »Mustererkennung ist nichts anderes als Musterbildung«, sagt Hermann Haken (a. a. O., S. 156). Dabei tritt eine Tendenz auf, in dem Wahrgenommenen Regelmäßigkeiten oder Harmonien zu entdecken. Diese »Ordnungsliebe der Sinne«, wie sie von W. Metzger einmal genannt worden ist, wirkt sich so aus, daß auch in völlig diffusen Reizen Figuren oder Gestalten entdeckt werden oder daß unvollständige Gestalten komplettiert werden. Der »Prägnanzdruck« (Eibl-Eibesfeldt, 1986, S. 64 ff.) verstetigt und beschleunigt den Vorgang der Wahrnehmung. Durch Experimente mit Affen hat man ermittelt, daß Schäden am rechten Temporallappen häufig zu einer Beeinträchtigung der Gestalterkennung führen. Ähnliche Erfahrungen hat man bei hirnverletzten Menschen gemacht. So kann man zum Beispiel den Defekt, der zu Ausfällen bei der Wiedererkennung von Gesichtern führt, ziemlich genau lokalisieren. Darüber hinaus muß man schließen, daß außer dieser Funktion der Merkmalerkennung noch weitere »Checks« auf anderen Ebenen des Cortex stattfinden müssen, die das zeitliche und räumliche Einordnen und den Vergleich mit Gedächtnisinhalten möglich machen.

Wenn wir beim Wahrnehmen so abhängig vom Gelernten sind, von der bereits erfahrenen und abgespeicherten Grundstruktur der geometrischen oder organischen Formen, so nimmt es nicht wunder, daß der Mensch häufig nur das zu sehen scheint, was er sehen will. Die Erwartung spielt sicherlich für die bewußte Wahrnehmung eine ähnliche Rolle wie die Aufmerksamkeit. In den sechziger Jahren hat mir ein Schlüsselerlebnis zu dieser Erkenntnis verholfen. Wir hatten bei Siemens mit hohem finanziellen Aufwand im Fernsehen eine neuartige Waschmaschine vorgestellt, die so niedrig gebaut war, daß man sie unter Tische oder Waschbecken schieben konnte. Das traf die Bedürfnisse vieler Leute, die wenig Platz in ihrer Wohnung hatten, wie die Verkäufe zeigten. Wir mußten uns aber auch mit der Beschwerde einer Dame beschäftigen, die uns vorwarf, daß sie nirgends jenen kleinen Kühlschrank kaufen könnte, der seit Wochen im Fernsehen angeboten würde. Ihr Problem war offenbar, daß sie einen kleinen Kühlschrank benötigte und keine Waschmaschine; so hatte sie die Werbebotschaft analog ihrem Bedürfnis verstanden.

Die bei weitem noch nicht geklärten physiologischen Vorgänge bei der Wahrnehmung lassen aber bereits jetzt den Schluß zu, daß wir nicht ein objektives, detailgetreues Abbild der Wirklichkeit sehen, wie man allgemein annimmt. Die Tatsache, daß im Input der Reize bereits quantitativ und qualitativ eine starke Auslese stattfindet und die Rekonstruktion des Gesehenen eine höchst komplexe Gehirnleistung ist, die nur unter Zuhilfenahme des individuell Erfahrenen zustande kommt, macht die These von der objektiven Informationsaufnahme zweifelhaft. Wenn zwei Menschen objektiv dasselbe sehen, werden sie bei unterschiedlicher Biographie völlig unterschiedliche Wirklichkeiten sehen. Sie werden die Details bestimmter Gegenstände, die ihnen neu sind, aufgrund ihrer unterschiedlichen Erfahrungen jeweils schon anders sehen, bevor sie überhaupt anfangen, sie zu interpretieren.

Diese Erkenntnis macht die Theorie des radikalen Konstruktivismus so reizvoll, der ja annimmt, daß wir unsere Umwelt jeweils konstruieren und nicht etwa als reines Abbild erfahren.

Die Theorie des radikalen Konstruktivismus

Humberto Maturana, einer der Theoretiker des Konstruktivismus, hat bei Experimenten zur Farbwahrnehmung von Tauben eine ihn irritierende Erfahrung gemacht. Man hatte Tauben winzige Elektroden in die Ganglienzellen der Netzhaut eingepflanzt und dann ermittelt, ob sich eine Korrelation zwischen den physikalischen Werten der Farben, die den Tauben dargeboten wurden, und den chemo-elektrischen Reaktionen der Neuronen nachweisen ließ. Maturana fand heraus, daß den physikalischen Meßwerten der Farben (Wellenlängen) die meßbaren Reaktionen der Ganglienzellen nicht entsprachen. Eher war eine gewisse Übereinstimmung mit den allgemein üblichen Farbbezeichnungen (»grün«, »rosa«) festzustellen. Daraus hat Maturana den Schluß gezogen, daß das Nervensystem ein geschlossenes System ist, das in sich agiert, aber keine substantiellen Einflüsse von außen erfährt.

Die Konstruktivisten haben dann die von außen eingehenden Wahrnehmungsreize lediglich als »Perturbationen«, also Störungen, aufgefaßt, die keinerlei instruktive Einflüsse auf das in sich selbst reagierende Nervensystem hätten. Einen Beweis dafür sah Maturana vor allem auch in der Eindeutigkeit der Neuronen, die keine anderen Zwecke im Organismus haben, als Reize aufzunehmen und nach eigenem Code zu verarbeiten und weiterzuleiten. Das Verfahren, nach dem solche geschlossenen organischen Systeme arbeiten, nannte er »Autopoiese«, ständig sich selbst erzeugende und steuernde Netzwerke.

Aus dieser Theorie ergibt sich, daß der Mensch zwar Reize aus der Umwelt, dem »Milieu«, wie Maturana sagt, empfängt, daß aber die Reaktionen auf diese »Perturbationen« im Nervensystem aus diesem selbst (»rekursiv«) gesteuert werden und nicht etwa substantiell von den äußeren Reizen. Der Mensch hat nach dieser Anschauung keinen Zugang zur äußeren Wirklichkeit. Alles, was er als bewußte Wahrnehmung empfindet, ist eine höchst subjektive Konstruktion seines Nervensystems.

Das hat natürlich auch Folgen für die Möglichkeiten der gegenseitigen menschlichen Beeinflussung. In einem Gespräch mit V. Riegas und C. Vetter führt Maturana dazu folgendes aus: »Es ist nicht möglich, einen anderen Menschen zu beeinflussen oder das gezielt festzulegen, was mit einem anderen Menschen geschehen wird. Das einzige, was Sie tun können, ist, jemanden zu ›perturbieren‹. Was auch immer in dem anderen geschieht, resultiert aus seiner Struktur…« (Riegas/Vetter, 1990, S. 23). Selbst wenn eine gewisse Verhaltensänderung im Sinne eines Beeinflussers festzustellen wäre, ist das nach Maturana nicht auf eine Instruktion oder direkte Einflußnahme zurückzuführen, sondern auf eine Interaktion von Subjekten und ihre wachsende »Konsensualität« im Laufe längeren Zusammenlebens in einem gleichen Milieu.

Gegen die Geschlossenheit des Nervensystems macht Riegas geltend, daß bereits vor hundertdreißig Jahren die Psychophysiker Fechner und Weber mathematisch erfaßbare Übereinstimmungen der physikalischen Werte von Gegenständen mit den Empfindungen von Menschen festgestellt hätten. Dies wurde vor allem beim Abschätzen des Gewichtes von Gegenständen nachgewiesen (siehe auch Schwartz, 1991, S. 91 ff.). Und gegen die Verallgemeinerung von Befunden aus der Farbwahrnehmung spricht, daß bei diesen Reizen die Vorverarbeitung und Konzentration durch die Ganglienzellen besonders intensiv sei, so daß die Messung am Ausgang der Ganglienzellen schon eine starke Veränderung der ursprünglichen, von den Stäbchen und Zäpfchen aufgenommenen Reize mit erfasse. So sieht Riegas keine ausreichende Basis, das Nervensystem generell als geschlossen anzusehen. Die Übereinstimmungen zwischen subjektiven Empfindungen des Menschen, zum Beispiel bei Wärme und Kälte, und den objektiv meßbaren äußeren Verhältnissen lassen eher den Schluß zu, daß ein vielleicht begrenzter, dennoch direkter Einfluß aus der Umwelt auf das Nervensystem erfolgt und auch Eingang in das Bewußtsein findet. Dafür spricht auch die Fähigkeit des absoluten Gehörs, das heißt der aktiven Erzeugung oder des passiven Erkennens von Tonfrequenzen, die physikalisch definiert sind.

Würde man die Konsequenzen aus dem konstruktivistischen Denkansatz zu Ende denken, käme der modernen Massenkommunikation lediglich eine Nebenrolle im gesellschaftlichen Prozeß zu. Da dem Menschen die objektive Wirklichkeit und Wahrheit ohnehin nicht zugänglich ist, spielen die Inhalte aller Massenmedien auch keine entscheidende Rolle für den allgemeinen Meinungsbildungsprozeß. Dieser findet mehr oder weniger durch Interaktionsprozesse statt, wobei die Kommunikation nur die Rolle der »Perturbation« hat. Dies entspräche weitergehend einer radikalen Ausprägung der Diffusionstheorie, nach der die indirekte, diffundierende Ausbreitung der Kommunikationsinhalte wesentlich wirksamer ist als die direkte Beeinflussung (siehe auch Kapitel 9). Abgesehen davon würde das soziale Leben sich in einem vollständigen Relativismus selbst paralysieren. Denn da dem Menschen weder eine objektive Wirklichkeit noch absolute Wahrheiten zugänglich sind, kann es auch keine absoluten Werte und Normen geben, nach denen man sich richten kann. Maßstab ist sich jeder selbst. Durch »konsensuelle« Anpassung ergeben sich im sozialen Leben Übereinstimmungen mehr zufälliger Art, die nicht durch Prozesse der Informationsverarbeitung und Überzeugung zustande gekommen sind, sondern durch kaum durchschaubare und nicht wiederholbare Ergebnisse von Interaktionsprozessen.

Man kann wohl mit Riegas (a. a. O., S. 113 f.) Zweifel an der Verifizierbarkeit der Hypothese von der absoluten Geschlossenheit des Nervensystems haben. Dann ließe sich die Gesamtkonzeption der Erkenntnistheorie Maturanas und der Konstruktivisten nicht halten. Dennoch ist es jetzt schon ein bleibendes Verdienst der Konstruktivisten, die Rolle der neurophysiologischen Prozesse schon bei der Wahrnehmung betont zu haben. Danach haben subjektive Interpretations- und Konstruktionsvorgänge erheblichen Einfluß auf das, was wir als Wirklichkeit erleben. Und damit sind die gängigen Annahmen von der Wahrnehmung als »Abbildung« oder »Spiegelung« einer objektiven Wirklichkeit nun als überholt anzusehen. Um keinen Zweifel zu lassen: Die Forderung nach »objektiver« Information erweist sich im Licht dieser Erkenntnisse schlicht als Illusion. Jede menschliche Kommunikation unterliegt den Einflüssen der subjektiven Informationsverarbeitung. Alles, was wir wahrnehmen, ist unser individuelles Erleben, geprägt nicht nur von dem, was geschieht, sondern von unserer Aufmerksamkeit, unserem Interesse, unseren Erfahrungen und Erwartungen.

Diese Faktoren sind es aber nicht allein, die den Wahrnehmungsvorgang beeinflussen. Wie man an sich selbst beobachten kann, spielt auch die emotionale Färbung mit. Was wir sehen, hören, riechen, schmecken und fühlen, hat unterschiedliche emotionale Qualitäten und führt daher zu einer weiteren Subjektivierung des Wahrgenommenen.

Die emotionale Färbung der Wahrnehmung

Um die Mitwirkung der Emotionen beim Wahrnehmungsprozeß richtig beurteilen zu können, ist es notwendig, die neurophysiologischen Vorgänge des Hörens etwas genauer zu behandeln. Einerseits, weil offenbar Töne, vor allem die Musik, einen besonders wirksamen Kanal zu den Gefühlen haben, andererseits, weil das Hören für das Sprechen und das Sprachverstehen besonders bedeutsam ist. Alle Nuancen und Bedeutungen, die in einem geschriebenen Text vorhanden sind, können überwiegend nur durch verschiedene Sprechinterpretationen verdeutlicht werden.

Das menschliche Ohr ist technisch gesehen ein analoger Schalldruckempfänger, der die mechanischen Schallschwingungen verstärkt und damit die feinen Härchen der Hörsinneszellen reizt. Diese Reize werden vom Hörnerv über verschiedene Kerngebiete und Nervenbahnen zur akustischen Region des Neocortex geleitet. Das primäre Hörzentrum, auch »Heschlsche Windung« genannt, liegt im Gyrus temporalis superior, also jeweils seitlich etwa auf der Höhe des Scheitels. Auch dabei findet eine Überkreuzung der Sinnesreize statt: Die Informationen des linken Ohres werden überwiegend in das rechte Hörzentrum geleitet, die des rechten Ohres in das linke Zentrum. Von hier werden weitere Regionen des Cortex und des Stammhirns angesprochen, ähnlich wie bei der Verarbeitung von visuellen Informationen. Dabei wird nicht nur der Frontallappen aktiviert, sondern auch das Limbische System und der Hypothalamus, den Pöppel treffend als das »Vergnügungszentrum im Gehirn« bezeichnet (Pöppel, 1982, S. 194). Ob, wie und wo aus den kodierten Reizen des Hörnervs die akustische Information rekonstruiert wird, wie das im visuellen System geschieht, ist bei weitem nicht so gut erforscht wie beim Verarbeiten optischer Eindrücke. Sicher ist hingegen ebenfalls die Vielzahl der Hirnregionen, die bei akustischen Erlebnissen betroffen ist.

Durch die intensive Untersuchung von Epilepsie-Patienten, deren Krankheitszentrum im oder nahe dem Limbischen System liegt, konnte man feststellen, daß in der Eingangsphase von Anfällen eine große Vielfalt von emotionalen Affekten stattfindet. Das äußert sich in Hunger- oder Durstgefühlen, Übelkeit, Würgegefühl, Wärme- oder Kälteempfindungen und kann auch allgemeine Emotionen wie Angst, Traurigkeit, Depression und Zorn umfassen. Auch andere Untersuchungen führten zum Ergebnis, daß im Limbischen System und im Thalamus wohl die Quelle der Emotionen zu suchen sei. Von dort führen aber starke Nervenbahnen zum Präfrontallappen, dem Sitz der bewußten Verhaltenssteuerung. Eccles weist besonders darauf hin, daß diese starke neuronale Verbindung zwischen dem Limbischen System und dem Präfrontallappen die Erfahrung bestätige, nach der jede bewußte Wahrnehmung »weitgehend durch Emotionen, Gefühle und Verlangen modifiziert wird« (Popper/Eccles, a.a.O., S. 334). »Kein anderer Teil des Neocortex verfügt über diese enge Beziehung...«.

Hierbei ist zu berücksichtigen, daß die normale Wahrnehmung nicht entweder auf dem visuellen oder auf anderen Kanälen stattfindet, sondern zumeist gleichzeitig über mehrere Systeme. Zumindest bei der personalen Kommunikation wird gleichzeitig mit dem visuellen Eindruck auch durch die Sprache das auditive System beansprucht. Teilweise können auch der Geruchssinn oder taktile Reize bei Berührungen eine Rolle spielen. Das vervielfacht die Möglichkeiten der Generierung von Gefühlen und damit die Überlagerung der bewußten Wahrnehmung mit Motivationen verschiedenster Art. Bewußte Wahrnehmung erhält also in jedem Falle Inputs aus dem Limbischen System und dem Thalamus und damit eine emotionale Färbung, die offenbar zur Steuerung des der Situation angepaßten Verhaltens notwendig ist.

Das Limbische System hat aber zugleich auch noch eine Funktion im vegetativen Nervensystem. Elektrische Reizungen limbischer Strukturen führen zu verschiedenen Reaktionen im autonomen Nervensystem, wie Blutdruck- und Durchblutungseffekten. Dies erklärt bis zu einem gewissen Grade, warum sich beim Anhören von Musik häufig Erscheinungen wie Gänsehaut oder kalte Schauer auf dem Rücken einstellen, die ja vom autonomen Nervensystem gesteuert werden. Allerdings haben Experimente erwiesen, daß solche körperlichen Erregungszustände unspezifisch sind, das heißt bei unterschiedlichen Emotionen auftreten können (siehe auch Schwartz, a. a. O., S. 156 ff.). Es scheint also die Verbindung zum Neocortex zu sein, durch die, vermutlich auch unter Zuhilfenahme des Gedächtnisses, die Richtung der jeweiligen Emotionen bestimmt wird. Das würde die Erfahrung bestätigen, daß dieselbe Situation auf manche Menschen traurig, auf andere aber außerordentlich belustigend wirken kann. Auch abnorme Gefühlsprägungen wie der Sadismus können bis zu einem gewissen Grade dadurch erklärt werden.

Obwohl die neurophysiologischen Vorgänge bei weitem noch nicht vollständig erforscht sind, hat sich die Annahme gehalten, daß Musik eine positive emotionale Wirkung auf Menschen habe. George Steiner erinnert an uralte Erfahrungen, »daß Musik buchstäblich wahnsinnig machen kann, daß sie Gewalt aufwühlen kann, daß sie trösten, erheben, heilen kann, daß sie Lear aus schwarzem Irrsinn erwecken kann.« (a. a. O., S. 259). Nur so ist es zu erklären, daß Musik auch immer wieder zur Therapie geistig gestörter Menschen angewendet wird, und zwar sowohl das passive als auch das aktive Musikerlebnis. Man vermutet, daß über das Stammhirn auch tiefere emotionale Schichten angesprochen werden. Im wesentlichen beruht die Wirkung der Musik aber wohl auf einer allgemeinen psychischen Auflockerung. Auf diese Wirkung baut auch die keineswegs immer angenehme Erscheinung auf, daß wir in Restaurants oder Supermärkten heute ständig mit Musik (im Amerikanischen treffend mit »muzac« bezeichnet) berieselt werden. Wenn uns dann die musikalische Auflockerung sogar bis in die Waschräume dieser Etablissements verfolgt, ist die Grenze dieser Art von Kundenbetreuung überschritten. Denn in der Empfänglichkeit der Menschen für Musik sind große Unterschiede vorhanden. Selbst ausgesprochene Musikliebhaber sind auch situativ manchmal nicht auf Wagner oder Mahler gestimmt.

Der auditive Kanal stellt dem Menschen einmalige und zusätzliche Wirkungsmöglichkeiten zum Beispiel bei gemischter Kommunikation zur Verfügung. So bedeutet die geschriebene Sprache zunächst gegenüber dem gesprochenen Wort eine Verarmung der gestalterischen Mittel. Fehlt doch der akustische Ausdruck ganz, mit dem der Text erst seine volle Bedeutung erhält. Auch Interpunktion oder Satz- und Verständnishilfen, wie Unterstreichungen oder Sperrungen, vermögen nicht die Fülle der Interpretationsmöglichkeiten eines geübten Sprechers anzudeuten. Wir kennen alle aus der Schule die häufig geübte Praxis des Vorlesens von Dramen mit verteilten Rollen. Welche Mühe geben sich auch die Lehrer, wenigstens einigermaßen sinnvolle Betonungen, Tempi oder Tonlagen entsprechend der dramaturgischen Situation einzuüben. Und wie anders war und ist dann immer das Erlebnis, wenn man das gelesene Drama zum erstenmal auf der Bühne sieht. Im Laufe eines langen Lebens kann man dann in den verschiedenen Inszenierungen die Möglichkeiten der Interpretation desselben Textes studieren. Immer wieder anders, und nicht nur unter Bezugnahme auf andere aktuelle Verhältnisse, wird zum Beispiel das »Sire, geben Sie Gedankenfreiheit« geflüstert, geschnarrt, gefordert, gehöhnt oder was auch immer. Noch intensiver erleben wir im Musikdrama die Möglichkeiten der Interpreten, neue und zum Teil ungeahnte Nuancen von Gefühlen in uns zu wecken, selbst wenn wir eine Arie schon auswendig zu kennen glauben. Pöppel belegt das Phänomen mit den unterschiedlichen Bedeutungen, die nur durch verschiedene Betonungen des gleichen Dreiwörtersatzes »Ich liebe dich« zustande kommen (Pöppel, 1982, S. 60). Dem geschulten Hörer oder einem uns nahestehenden Menschen ist es auch durchaus möglich, aus unserer Stimmlage oder Stimmstärke den seelischen oder gar gesundheitlichen Zustand herauszuhören. Das geflügelte Wort »Sprich, damit ich dich sehe!« beruht auf sehr tiefer Erfahrung.

Die emotionale Färbung unserer Wahrnehmung ist neurophysiologisch durch die Verschaltung der Sinneszentren mit dem Hypothalamus und dem Limbischen System belegt. Dem Wahrnehmenden wird mit Hilfe dieses Filters ermöglicht, sich einem Ereignis oder einem Sachverhalt wegen seiner emotionalen Qualität zuzuwenden und andere aus dem Bewußtsein zu verdrängen. Gefühle sind sozusagen immer dabei. Sie verhelfen uns auch dazu, uns situativ angepaßt zu verhalten, also die jeweilige Grundstimmung einer Situation zu erfassen und Reize adäquat zu beantworten. Bewußte Wahrnehmung heißt also, die Wirklichkeit jeweils in einer individuell und sozial eingefärbten emotionalen Tönung zu erleben. Sonst wäre es gar nicht möglich, sich zum Beispiel von einer fröhlichen Stimmung, in die man zufällig hineingerät, anstecken zu lassen. Das soziale Leben würde ohne diese emotionale Einfärbung die Qualität eines Computerdialogs erhalten.

Wie subliminal kann Wahrnehmung sein?

Nicht nur außersinnliche Erlebnisse, sondern auch die »unterschwellige« Wahrnehmung und Beeinflussung werden in der Öffentlichkeit immer wieder diskutiert. Das hat zum Teil einen harten geschäftlichen Hintergrund. Denn wenn man liest, daß in den USA schon 1990 rund 250 Millionen »Subliminalkassetten« verkauft wurden, so ist dort anscheinend aus dem Phänomen unterschwelliger Beeinflussung schon ein kleiner Industriezweig entstanden. Die meisten dieser Audio-Kassetten sollen psychische Ausfallerscheinungen wie Antriebsschwäche, niedrigen Libidopegel oder schlicht die Freßsucht bekämpfen helfen. In ein meist elektronisches Klangprogramm werden auf diesen Bändern angeblich bewußt nicht wahrnehmbare, das heißt unhörbar gesprochene Botschaften eingeblendet, die einen Prozeß der Autosuggestion beim Hörer in Gang setzen oder verstärken sollen. So werden inzwischen auch »Subliminals« zur Entwöhnung vom Rauchen oder Alkohol eingesetzt, offenbar manchmal sogar mit psychotherapeutischer Begleitung und Steuerung, meistens jedoch ohne (Catherina Aanderud in der *Zeit* vom 16. März 1990).

Wie immer in solchen Fällen, wo ein nicht genau oder gar nicht erklärbares Phänomen geschäftlich eingesetzt wird, fehlt es auch nicht an den entsprechenden Erfolgsberichten. So soll ein Kaufhauskonzern nach dem Einfügen entsprechender subliminaler Botschaften in die Musikberieselung einen außergewöhnlichen Rückgang der Ladendiebstähle zu verzeichnen gehabt haben. Da konnte es nicht ausbleiben, daß zwei Elternpaare in Nevada die Heavy Metal Band Judas Priest auf Schadenersatz verklagten, weil diese angeblich mit subliminalen Botschaften auf ihren Schallplatten die beiden Söhne der Kläger in den Selbstmord getrieben hätten. Zwar ist die Klage abgewiesen worden; aber das Geschäft mit den »Subliminals« scheint zu blühen.

Die feste Annahme, daß es eine unterschwellige Beeinflussung gäbe, setzt auch die Annahme voraus, daß dazu eine unterschwellige Wahrnehmung vorausgegangen sein müßte. Nun schließt ja allein der Begriff »Wahrnehmung« aus, daß es sich um unbewußte Vorgänge handeln könnte. Wahrnehmung kann nach ihrer semantischen Bedeutung nur bewußte Wahrnehmung sein. Wenn es außer der bewußten »Wahrnehmung« eine andere, unterbewußte Art der Verarbeitung von Reizen geben sollte, könnte diese nicht »Wahrnehmung« sein. Werden Reize aus der Umwelt anders wirksam, wie zum Beispiel im vegetativen Nervensystem, brauchen sie nicht unbedingt zu bewußter Verarbeitung und damit zu Wahrnehmung zu werden. Auch H.W. Brand (a.a.O., S. 13) weist darauf hin, daß »subliminale Wahrnehmung« prinzipiell eine »contradictio in adjecto« sei. Meistens ist bei den zahlreichen Experimenten von Psychologen auch keine Wahrnehmungsschwelle gemeint, sondern die Schwelle, nach der eine Reaktion erfolgt. Dies ist zur Beurteilung solcher Experimente wichtig, weil häufig auch Hautwiderstandsmessungen mit Verabreichung von Reizen zur zusätzlichen Kontrolle der Reaktionen durchgeführt werden. Dabei kann natürlich der Effekt auftreten, daß der Hautwiderstand – durch das vegetative Nervensystem gesteuert – sich verändert, ohne daß eine (bewußte) Wahrnehmung registriert wurde. Wenn das dann als Beweis für das Vorhandensein eines subliminalen Reizes angesehen wird, ist man vielleicht nur einem Laboreffekt als Fehlerquelle aufgesessen.

Brand kommt durch die akribische Analyse aller veröffentlichten Experimente und nicht zuletzt aufgrund eigener Versuche zu dem Ergebnis, daß naturwissenschaftlich eindeutige Beweise für das Phänomen der unterschwelligen Beeinflussung bisher nicht vorlägen. Dabei ist er nicht einmal auf die letzten neurophysiologischen Erkenntnisse der Hirnforschung eingegangen, sondern hat sich im wesentlichen an das Repertoire der psychologischen Experimentatoren vor ihm gehalten. Er stellt aber auch fest, daß die Interpretation der Testergebnisse in starkem Maße mit der philosophischen Grundanschauung der jeweiligen Berichterstatter korreliert. So wird das Ausbleiben von Reaktionen auf subliminale Reize von Anhängern der Psychoanalyse fast immer mit der Heranziehung von Zusatzhypothesen beantwortet, »um nachträglich eine plausible Erklärung für die unvermutete Ineffizienz der subliminalen Stimulation beizubringen« (a. a. O., S. 220).

In diesem Zusammenhang fällt auch auf, daß lediglich in der psychologischen Literatur das Problem »subliminaler« Beeinflussung zu existieren scheint, übrigens bis heute mit einer zwar zurückhaltenden, aber im ganzen positiven Bewertung (z. B. Irle, 1975, S. 116 ff.; Gutjahr, 1974, S. 39; v. Rosenstiel/Neumann, 1991, S. 57 ff.). In den neueren Fachveröffentlichungen der Hirnforscher (Creutzfeldt, Eccles, Pöppel) findet sich kein Hinweis auf das Phänomen, wohl aber Untersuchungsergebnisse zur Wahrnehmungsschwelle allgemein. Dabei wäre subliminale Beeinflussung zumindest für Eccles eine erwähnenswerte, wenn nicht diskussionswürdige Erscheinung. Hier drängt sich der Eindruck auf, daß die Hirnforschung aus ihren medizinischen und biologischen Betrachtungsweisen und Methoden heraus die subliminalen Techniken für nicht erwähnenswert hält, vermutlich doch wohl, weil sie im streng naturwissenschaftlichen Sinne nicht haltbar sind.

Dafür spricht, daß die meisten dieser psychologischen Experimente von der kurzfristigen Einblendung von Worten in laufende Filme ausgingen. Worte, die entweder bedeutungslos waren oder emotional starke und zum Teil doppelte Bedeutungen aufwiesen. Jede unbewußte Reaktion auf kurzzeitig dargebotene Worte ist schon mit laienhaftem Wissen von den Vorgängen der Erkenntnis als äußerst unwahrscheinlich einzustufen. Hätte es sich bei den Einblendungen um Bilder gehandelt, könnte man wenigstens von einem relativ kurzen Erkennungs- und Reproduktionsvorgang im visuellen System allein ausgehen. Aber um eine Reaktion auf gedruckte Worte zu erzeugen, muß im Neocortex das Wort als geschriebene oder gedruckte Sprachc identifiziert und an die Sprachzentren zur Dekodierung weitergeleitet werden. Ein deutlich komplizierteres Verfahren als bei einem dargebotenen Bild, das im Umfeld eines Films sehr viel leichter zu verarbeiten ist.

Dabei spielen auch die normalen Zeiten der Informationsverarbeitung im Prozeß der Wahrnehmung eine entscheidende Rolle. Pöppel hat in seinen Experimenten zur zeitlichen Struktur des Bewußtseins festgestellt, daß ein Zeitabschnitt von 30 bis 40 tausendstel (also etwa 0,03) Sekunden genügt, um zwei optische oder akustische Ereignisse voneinander zu unterscheiden (siehe Kapitel 3). Bei einem in einen Film eingeblendeten Wort in Druckbuchstaben muß man davon ausgehen, daß das Auge zur Identifizierung dieser fremden Form sich nach kurzer Reaktionsverzögerung in einer Sakkade auf das Wort fokussiert. Das nimmt einschließlich des Erkennens als Wort mindestens 0,3 Sekunden in Anspruch. Die dokumentierten Experimente sollen jedoch auch Einblendungen von nur einer dreitausendstel Sekunde, also 0,00033.. Sekunden, verwendet haben. Diese kurze Zeit liegt also ohnehin unter der Identifizierungsgrenze des visuellen Systems. Wenn man bedenkt, daß bei einem Normalfilm mit 48 Bildern in der Sekunde die kürzeste mit Hilfe der Filmtechnik erreichbare Einblendung (ein Bild) ca. 0,02 Sekunden benötigt, erscheint eine so kurze Einblendung technisch nur sehr aufwendig realisierbar, völlig unnötig und weit von den physiologischen Möglichkeiten der optischen Wahrnehmung mit dem menschlichen Auge entfernt. Andere Experimente mit einer Einblenddauer von einer fünfzigstel (0,2) bis einer fünfundzwanzigstel (0,4) Sekunde erscheinen technisch schon sehr viel realistischer.

Dennoch bleiben die Zweifel an Versuchsanordnungen dieser Art allein unter technischen und physiologischen Aspekten bestehen. Die Einblendungen sind – wenn überhaupt möglich – entweder so kurz, daß sie mit Sicherheit weit unter der Identifizierungsgrenze des visuellen Systems liegen und damit garantiert nicht wahrgenommen werden können, dann sind sie sicher »subliminal«, oder sie sind so lang, daß sie über der physiologischen Identifizierungsgrenze liegen. Dann sind sie nicht »subliminal« und können von schnell reagierenden Probanden sogar gelesen werden. Was beweisen sie dann?

Man muß heute den Eindruck gewinnen, daß die »Manipulation des Menschen durch subliminale Botschaften« eine so fragwürdige wie erfolgreiche Erfindung einer Werbeagentur oder des Herrn Vicary im Jahre 1957 war, die sich dazu auch noch als medienwirksam erwies und nicht nur Politiker, sondern auch Psychologen jahrzehntelang beschäftigte. So realistisch sehen das offenbar auch die Profis der Werbebranche: Im Herbst 1991 schaltete die deutsche Werbeagentur Michael Schirner für eine Wurst mit dem ohnehin schon witzigen Namen »Zimbo« einen Fernsehspot ein, in dem sie subliminale Einblendungen ankündigte und dann auch kurze Bildeinblendungen brachte. Diese konnten, weil sie immer noch lang genug waren, von den Zuschauern erkannt werden. Die böse Reaktion einiger Beschwerdeführer beim Deutschen Werberat – unter anderem eines Professors – scheint symptomatisch für das Verhältnis breiter Kreise zum Manipulationswahn zu sein: Ohne tiefere Kenntnisse von den physiologischen Grundlagen der Wahrnehmung, fallen sie inzwischen auch auf jeden Spot herein.

Die Wahrnehmung als erster Schritt im Informationsverarbeitungssystem des Menschen ist heute durch die Untersuchungen der Hirnforscher zwar noch nicht völlig bekannt; dennoch kann man den alten abendländischen Konflikt zwischen Subjektivisten und Objektivisten schon etwas klarer beurteilen. Wenn man sich nicht gerade zu den radikalen Konstruktivisten bekennt, kann man davon ausgehen, daß sich die objektive Welt dem Menschen nur subjektiv erschließt. Der große Traum der Moderne, dem Menschen durch rationale Aneignung der objektiven Welt ein freieres Dasein zu ermöglichen, spielt ja auch heute eine Rolle in den subtilen Unterscheidungen zwischen objektiven Informationen und subjektiven, zweckgerichteten Beeinflussungsversuchen. Im Lichte der neueren biologischen und medizinischen Forschungsergebnisse ist es jedoch eine Illusion anzunehmen, der Mensch könnte die objektive Welt auch objektiv wahrnehmen und erleben.

Durch den Wahrnehmungsapparat erlebt der Mensch die Welt selektiv, subjektiv und emotional:

Die Selektivität bewirkt, daß durch Erwartung, Aufmerksamkeit oder Interesse gesteuert nur ein Bruchteil der Umweltreize bewußt wahrgenommen wird. Damit wird die »Reizüberflutung« konterkariert.

Die Subjektivität kommt dadurch zustande, daß sinnliche Primärsignale vom Neocortex unter Zuhilfenahme von Gedächtnis und abgespeicherten Mustern zu einem bewußten »Bild« rekonstruiert werden.

Die Emotionalität entsteht durch gleichzeitige Nervenimpulse, die von den primären Sinneszentren in das Limbische System und zum Hypothalamus sowie in den präfrontalen Cortex geleitet und damit direkt verhaltenswirksam werden.

So ist der Input an Informationen in das menschliche System schon bei weitem keine 1:1-Abbildung der Umwelt. Wir werden an den Vorgängen des Denkens und der Erkenntnis weiterverfolgen, wie der Mensch neue und alte Informationen verarbeitet.

6

Vom Denken zur Erkenntnis

> Mephisto: Gewöhnlich glaubt der Mensch,
> Wenn er nur Worte hört,
> Es müsse sich dabei doch auch
> Was denken lassen...
> *Johann Wolfgang von Goethe, »Faust I«*

»Sie wird also kommen, die Zeit, da die Sonne hienieden nur noch auf freie Menschen scheint, Menschen, die nichts über sich anerkennen als ihre Vernunft...« Dieses prophetische Bild entwarf Antoine Condorcet 1794 in seinem »Entwurf einer historischen Darstellung der Fortschritte des menschlichen Geistes«. Die darin ausgedrückte Euphorie der Aufklärung hat das abendländische Denken bis in unsere Zeit geprägt. Karl Jaspers führte in seiner 1931 erschienenen Schrift »Die geistige Situation der Zeit« das Zusammenwachsen der Menschheit auf die wirksame Umsetzung dreier Prinzipien zurück: eine nirgends haltmachende Rationalität, die sich mit der Subjektivität des Selbstseins verbindet und die Welt als faktische Wirklichkeit zu ihrem Betätigungsfeld erwählt. »Wirklichkeit besteht nicht als so seiende, sondern muß ergriffen werden durch ein Erkennen, das zugleich Eingreifen und Handeln ist« (Zitat nach Ludwig Marcuse, »Ein Panorama europäischen Geistes«, Bd. 3, S. 405).

Die Rationalität der Moderne

Der Primat der rationalen Vernunft hat in so vielfältigen Varianten das Bild der menschlichen Erkenntnisfähigkeit in den letzten beiden Jahrhunderten geprägt, daß für die kognitiven Prozesse des Menschen bis heute immer wieder die Vernunft als allein wirksame Kraft angesehen wurde. Allerdings hat es auch stets Zwischenphasen gegeben, in denen die Bedeutung der Vernunft zugunsten von Instinkten und Trieben zurückgedrängt wurde. Dennoch waren die deutsche Romantik und die Psychoanalyse in ihrer Wirkung auf die Gesellschaft eher Episoden. Meist beschäftigte das mehr kleine geistig-wissenschaftliche oder künstlerische Eliten, und die Auseinandersetzung verlief oft in ein Entweder – Oder, in eine tiefe Spaltung in den Auffassungen vom Menschen. Kaum gab es Ansätze, die Kluft zu überwinden.

Aus verschiedenen Quellen hat sich die Rationalität der Moderne entwickelt. Für unseren Zusammenhang sind zwei geistige Entwicklungslinien besonders interessant: die Ideologie des Sozialismus und anderer linker Gruppierungen sowie der Geist des technisch-industriellen Kapitalismus. Denn in der Figur des »mündigen Bürgers« treffen sich schließlich beide Geisteshaltungen mit einem Forderungskatalog an das Denken und Handeln des Menschen unter dem alleinigen Primat des Intellekts, aber auch in einer stillschweigenden Übereinstimmung seiner angeblich beliebigen Beeinflußbarkeit.

Karl Marx hat in der Vision seinen »Neuen Menschen« mit der Doppeleigenschaft des durchweg rationalen Handelns und seiner vollständigen Bildbarkeit versehen. Leo Trotzki sprach sogar von der »Umschmelzung des Menschen«. Nach A. v. Weiss (in A. Mohler, »Kursbuch der Weltanschauungen«) geht bei den meisten modernen Anhängern des Sozialismus der Zuwendung zu dieser Ideologie eine emotionale Phase voraus, in der das Elend der Welt und das »Chaos« der kapitalistischen Gesellschaft erlebt wird. Dann erscheint die strenge Rationalität und Wissenschaftlichkeit des Marxismus als ein geistiger Rettungsanker. So apodiktische Sätze wie der von Lenin: »Das menschliche Denken ist also seiner Natur nach fähig, uns die absolute Wahrheit, die sich aus der Summe der relativen Wahrheiten zusammensetzt, zu vermitteln, und es tut dies auch« (Lenin, S. 236), vermögen dazu einiges beizutragen. Die Geschlossenheit, mit der die Vorgänge in der erlebten Welt durch dialektische Prozesse erklärt werden, hat bisher eine große Anziehungskraft entwickelt. Alle monokausalen Welterklärungen erscheinen attraktiver als die differenzierenden Systeme. Hinzu kam beim Marxismus die Vision, daß durch Revolution etwas zu ändern sei, ja daß der Rationalität nur durch die Vernichtung des »irrationalen« Kapitalismus zum Durchbruch zu verhelfen sei. Diese Verheißung bildete auf der Basis der Gewißheit, im Besitz der absoluten Wahrheit zu sein, die Widerstandsfähigkeit gegen die Unbilden und inneren Widersprüche des »real existierenden« Sozialismus. Neo-Marxisten und Neue Linke, die man aus heutiger Sicht besser als »Spätmarxisten« bezeichnen sollte, haben die nur rationalen Aspekte in der Erkenntnistheorie weiter gepflegt.

Herbert Marcuse versucht in »Der eindimensionale Mensch«, den Rationalismus der Industriegesellschaft zu entlarven als Mittel der Herrschaft von Menschen über die Natur und andere Menschen. »Geschichte ist die Negation von Natur. Was bloß natürlich ist, wird durch die Macht der Vernunft überwunden und wiederhergestellt... Mit dem Aufstieg des Menschen als des animal rationale – befähigt, die Natur im Einklang mit den Vermögen des Geistes und den Potenzen der Materie umzugestalten – nimmt das bloß Natürliche als das unter der Vernunft Stehende einen negativen Status an. Es wird zu einem von der Vernunft zu begreifenden und zu organisierenden Reich« (S. 247 f.).

Allerdings sah auch Max Weber, der den Geist des Kapitalismus aus der protestantischen Ethik herleitete, die Rationalität als ein wichtiges Merkmal der kapitalistischen Gesellschaft an. Es ist fast ein Paradoxon, wie sich aus der Prädestinationslehre Calvins nicht eine passive Ergebenheit in das vorbestimmte Schicksal, sondern die puritanische Weltaktivität entwickelt hat. Wer sich der Gnade Gottes würdig erweisen will, muß sich asketisch lebend und rational planend der Arbeit in seinem Beruf hingeben. Er muß die Welt gestalten ad maiorem Dei gloriam und darf auch die Früchte seiner Arbeit ernten. Aber sein Reichtum und Besitz darf nicht zum Verbrauch herangezogen werden, sondern verpflichtet den Eigentümer zum weiteren Vermehren. So kann sich aus der Mischung von asketischem Lebensstil und rastloser Arbeit im Puritanismus angloamerikanischer Prägung nur die Anhäufung von riesigen Kapitalien ergeben. Wichtiger für die geistigen Entwicklungen war aber die Tendenz zu bürgerlicher, ökonomisch-rationaler Lebensführung und Berufsausübung. »Denn indem die Askese ... in das Berufsleben übertragen wurde und die innerweltliche Sittlichkeit zu beherrschen begann, half sie an ihrem Teile mit daran, jenen mächtigen Kosmos der modernen, an die technischen und ökonomischen Voraussetzungen mechanisch-maschineller Produktion gebundenen, Wirtschaftsordnung erbauen, der heute den Lebensstil aller einzelnen, die in dieses Triebwerk hineingeboren werden – nicht nur der direkt ökonomisch Erwerbstätigen –, mit überwältigendem Zwange bestimmt und vielleicht bestimmen wird, bis der letzte Zentner fossilen Brennstoffs verglüht ist.« Und etwas später sagt Weber: »Indem die Askese die Welt umzubauen und in der Welt sich auszuwirken unternahm, gewannen die äußeren Güter dieser Welt zunehmende und schließlich unentrinnbare Macht über den Menschen, wie niemals zuvor in der Geschichte. Heute ist ihr Geist – ob endgültig, wer weiß es – aus diesem Gehäuse entwichen« (Weber, 1920, S. 203 f.).

Wie kritisch man die abendländische Rationalität in ihren beiden gegensätzlichen Ausprägungen, im Kapitalismus und im Sozialismus, auch beurteilen mag, sie ist für die Lösung der Aufgaben, denen sich der Mensch an der Schwelle eines neuen Jahrtausends gegenüber sieht, unverzichtbar. So lautet auch die Schlußfolgerung Herbert Marcuses: »Reine wissenschaftliche Rationalität schließt die reale Möglichkeit ein, Mangel und Ungerechtigkeit in der ganzen Welt abzuschaffen« (H. Marcuse, 1970, S. 165). Die negativen Entwicklungen der Moderne können nur durch weitere Durchsetzung rationaler Denkmuster gemildert oder beseitigt werden. Begünstigt wird diese Einsicht durch das Faktum, daß die Auffassung von Rationalität unserer Tage nicht mehr dieselbe ist wie im 18. und 19. Jahrhundert.

Was hat sich geändert? Wie können wir vernunftgemäßes Denken und Handeln heute definieren?

Kognitive Prozesse

Zunächst ist noch eine Klarstellung notwendig: Die Abtrennung der Wahrnehmung vom eigentlichen Vorgang des Denkens und damit der Erkenntnis ist nach dem gegenwärtigen Stand der einschlägigen Wissenschaften unzulässig. Zwischen dem Wahrnehmen und den Akten der Erkenntnis gibt es weder physiologische noch biologische Schranken. Eines geht nahtlos in das andere über. In vielen Fällen folgt auch eine Handlung organisch dem ununterbrochenen Akt der Wahrnehmung, des Erkennens und Denkens, wie in einer dialogischen Unterhaltung die Antwort auf eine Frage. Die besondere Abgrenzung der Wahrnehmung vom Erkenntnisprozeß ergab sich bei der Behandlung des Stoffes allein aus der Notwendigkeit, die Bedeutung des Neocortex, also des Großhirns und seiner Aktivitäten schon in der ersten Stufe, also in der Wahrnehmung, zu verdeutlichen. Auch die kritische Auseinandersetzung mit der unterschwelligen (subliminalen) Beeinflussung kann ja nur aufgrund der physiologischen Wahrnehmungsvorgänge erfolgen. Wenn wir uns nun den kognitiven Prozessen zuwenden, so ist damit kein von der Wahrnehmung abgrenzbarer Vorgang gemeint. Es werden immer alle Stufen des Erkenntnisvorganges einbezogen, so wie sich das tatsächlich abspielt.

Am Beispiel der Emotionen ist leicht zu verdeutlichen, wie sich der Begriff des Rationalen gewandelt hat. Wir hatten festgestellt, daß Gefühle wie Instinkte ständig dabei sind, wenn wir etwas wahrnehmen. Sie geben dem Gesehenen und Gehörten die Qualität des Erlebens, sie helfen uns, neue Situationen zu bewerten und uns in ihnen zurechtzufinden. Sie sind, sofern sie bewußt werden, auch Teil des »Inputs« für kognitive Prozesse und bestimmen das Ergebnis mit. Diese Ergebnisse können rein geistiger Art sein, also Erkenntnisse. Sie können sich aber auch in Handlungen manifestieren, die sich unmittelbar an die Erkenntnis anschließen. In der Praxis werden ja dementsprechend auch die Handlungen des Menschen häufig als rational oder als emotional bezeichnet, was soviel heißen soll wie vom Verstand bestimmte Handlungen oder von Gefühlen beherrschte Akte.

Die traditionelle Auffassung vom Verhältnis des Verstandes zur Emotion war sehr einfach: Man nahm an, daß die Ratio die Passio ausschließe und umgekehrt. Entweder waren also die Handlungen eindeutig der Steuerung durch den Verstand zuzuordnen oder der Bestimmung durch Emotionen. Eine Mischung wurde nicht angenommen. So werden auch heute noch im allgemeinen Sprachgebrauch mit »irrational« meistens Handlungen bezeichnet, die man mit klarem Verstand und kritischer Vernunft nicht nachvollziehen kann.

Wir hatten nun bereits bei den Wahrnehmungsprozessen festgestellt, in wie starkem Umfang der Neocortex zur Auswertung und Transformation der relativ einfachen Signale aus dem auditiven oder visuellen System herangezogen wird. Und bei der Entstehung der Emotionen war bemerkenswert, daß die physiologischen Symptome von Emotionen neutral sind, das heißt, daß erst der Neocortex die Richtung der emotionalen Erregung bestimmt. Verstandesleistungen sind also bei der Entstehung von Gefühlen und Stimmungen beteiligt. Dies erscheint auch ganz natürlich, wenn man sich vor Augen hält, wie allein die Wiedersehensfreude nur durch den kognitiven Akt der Wiedererkennung eines Gesichtes, einer Bewegung oder anderer Muster zustande kommt.

Klaus R. Scherer hat in einem Aufsatz über die Rationalität der Emotionen noch auf andere Zusammenhänge aufmerksam gemacht. Auf dem Gebiet der Zweckrationalität, die Max Weber im wesentlichen beschreibt, wird ja besonders auf die verstandesmäßige, abgewogene Wahl von Mitteln zum Erreichen eines Zwekkes abgehoben. Nun kann man aber im Tierreich genügend Beispiele für funktionales, also zweckrationales Verhalten finden, das nicht auf kognitive Prozesse zurückzuführen ist, sondern einfaches Reflexverhalten ist. Beim Menschen scheinen bestimmte Emotionen ebenfalls auf ganz natürliche Weise die besten Mittel zum Zweck bereitzustellen. Dazu kann man zum Beispiel den Adrenalinstoß bei großer Angst zählen, der überhaupt erst körperliche Höchstleistungen zur Flucht oder zum Kampf ermöglicht. Es war sicher ein Irrtum, anzunehmen, daß beim Menschen im Laufe der Evolution an die Stelle der einfachen, vorprogrammierten Reflexhandlung die rein verstandesmäßige Verarbeitung von Informationen aus der Umwelt zu angepaßten Handlungen getreten sei. Dagegen spricht schon allein der Umstand, daß man für viele Entscheidungen, besonders für die, die schnell getroffen werden müssen, gar nicht über alle Informationen verfügt, die zu einem rationalen Abwägen aller Handlungsalternativen notwendig wären (siehe auch Kapitel 3). Scherer verweist auch auf das »Kostenproblem« in diesem Zusammenhang: Selbst wenn es möglich wäre, fehlende Informationen zu beschaffen, so wäre der Zeitaufwand dafür in vielen Fällen im Vergleich zur Bedeutung des Gesamtvorgangs zu hoch (K. R. Scherer, in: Rössner, 1986, S. 184). Zum Beispiel kann unter Zeitdruck spontanes Handeln, was normalerweise nicht als rational bezeichnet wird, situationsangepaßt und zweckrational sein. Auch darin zeigt sich nach Scherer die Rationalität der Emotionen.

Diese Erkenntnis spielt leider keine Rolle in politischen Auseinandersetzungen, wenn es um das Bild des Staatsbürgers und Verbrauchers aus der Sicht der Linken und der offiziellen Verbraucherschützer geht. Der Wirtschaft, vor allem dem Handel wird beispielsweise immer wieder vorgeworfen, durch entsprechende Werbung und durch die Plazierung bestimmter Waren direkt an der Kasse Spontankäufe zu initiieren, die bei möglichem planvollen Einkauf unter Abwägung aller Entscheidungsparameter nicht zustande gekommen wären. Dabei wird übersehen, daß Einkäufe oft unter Zeitdruck stehen und daß der Wert der an der Kasse angebotenen Produkte eine länger dauernde Informationsbeschaffung oder das Abwägen des Für und Wider nicht rechtfertigt. Hier treten dann neben die Emotionen auch die Erfahrungen mit dem Produkt und die Vorstellungen von seinem Nutzen in der Form des gewohnheitsmäßigen Handelns an die Stelle des rationalen Kalküls. Der Mensch verhält sich in der Praxis viel ökonomischer und zweckrationaler durch die gesunde Mischung von Vernunft und Gefühlen, als es die Theoretiker der rein rationalen Kognition wahrhaben wollen.

Wenn wir also heute kognitive Prozesse beschreiben, so kann die frühere absolute Ausschließlichkeit der Anwendung des Verstandes und der Vernunft nicht mehr aufrechterhalten werden. Denken geschieht zwar mit Hilfe des Verstandes, das Denkmaterial sind aber einerseits von Emotionen gefärbte Wahrnehmungen und andererseits die Erkenntnisse, die aus dem Gedächtnis assoziiert und abgerufen werden. Und eben die Inhalte unseres Gedächtnisses sind zweifellos keine emotionsfreien Daten und Fakten, sondern wie alles, was wir erleben, von Gefühlen durchwirkt. So kann das Ergebnis, also eine neue Erkenntnis, selbst wenn sich der Mensch bewußt um ein möglichst nüchternes Abwägen des Für und Wider, von Vorteilen und Nachteilen bemüht, kaum etwas anderes sein als ein Konglomerat von Daten, Fakten und anderen »objektiven« Inhalten und individuellen Gefühlen oder Vorstellungen, die keineswegs als rein rational angesehen werden können.

Diese Erkenntnis ist im Zusammenhang mit allen Formen der Beeinflussung wichtig. Es ist ein weit verbreitetes Vorurteil, daß Beschlüsse, die unter dem Einfluß von Emotionen zustande gekommen sind, irrational, das heißt weniger gültig, kaum von langer Dauer und damit korrekturbedürftig scien. Da nun bei fast allen gezielten Beeinflussungsversuchen, also Persuasionen, auch suggestive Techniken eingesetzt werden, mit denen beim Adressaten besonders die Gefühlsebene angesprochen wird, gelten Erkenntnisse oder Beschlüsse aufgrund von Beeinflussungen als weniger gültig oder wahrhaftig, also als irrational und anfechtbar, selbst wenn sie als durchaus zweckrational allen Überprüfungen auch durch Dritte standhalten.

Was verstehen wir heute von diesen kognitiven Prozessen, die beim Menschen zu neuer Erkenntnis, zum Handeln oder zu weiteren kognitiven Vorgängen führen?

Wir können leicht an uns selbst die Erfahrung machen, daß beim Denken mehrere Bereiche des Bewußtseins eine Rolle spielen und daß die gesamte Kognition aus mehreren Einzelfunktionen besteht, die zusammenwirken müssen. Zweifellos ist dabei die Intelligenz, also die Fähigkeit der Begriffsbildung, des Ordnens von Geistesinhalten und der Anpassung an wechselnde Aufgaben der Umwelt, eine wichtige Voraussetzung, aber nicht allein entscheidend. Bei der Wahrnehmung haben wir bereits festgestellt, in wie starkem Maße sie eine Funktion auch des Neocortex ist und wie aktiv beim Sehen oder Hören das Limbische System und der Neocortex kooperieren. Aus den primitiven Signalen der Augen und Ohren werden durch diese Zusammenarbeit erst die Bilder oder Geräusche rekonstruiert, wie sie vom Gehirn am besten weiterverarbeitet werden können.

Als nächste Stufe muß beim Denken dann das Gedächtnis aktiviert werden, mit dessen Inhalten das Wahrgenommene verglichen wird. Hier tritt der beim Menschen so ausgeprägte Vorgang des Assoziierens in Aktion. Dabei werden die Inhalte des bewußt mit den Sinnen Erfaßten mit den im Gedächtnis abgespeicherten Bildern, Begriffen, Situationen usw. daraufhin verglichen, ob sie, wie Aristoteles schon beschrieb, ähnlich oder gegensätzlich sind oder räumlich beziehungsweise zeitlich zusammengehören. Das bereits Bekannte, also das Wissen und das Können, dient als Maßstab dazu, wie das neu Wahrgenommene eingeordnet werden kann. Die Assoziation ist also ein aktiver Vorgang des Denkens, bei dem im Gedächtnis nach »Stichwörtern« oder früheren Lernvorgängen, aber auch nach Personenkennzeichen oder Situationen unter den geschilderten Aspekten gesucht wird. Kognitionspsychologen unterscheiden das ikonische und das symbolische Wissen, auf das wir je nach Situation ständig zurückgreifen. Im ikonischen Wissen haben wir räumlich-zeitlich strukturierte Bilder abgespeichert, im symbolischen die (Sprach-)Zeichen und ihre Bedeutung.

Wir alle kennen solche Situationen, wenn wir zum Beispiel am Skilift jemanden treffen, der uns zwar bekannt vorkommt, den wir aber in der sportlichen »Verkleidung« nicht sofort wiedererkennen. Wenn dieser Mensch uns dann zuerst erkennt und mit Namen anspricht, ist die Peinlichkeit groß. Die Assoziationen wollen einfach, wegen der ungewohnten Situation, nicht in die richtige Richtung laufen, obwohl wir uns das Gehirn zermartern. Erst wenn es uns gelingt, den Menschen gedanklich in den richtigen Zusammenhang, zum Beispiel mit dem Berufsleben, zu bringen, fällt uns der Name wieder ein. Allerdings kann es dabei auch zu Fehlleistungen kommen. Als ich eines Tages im Schlafwagen meinen Schlafgenossen zu kennen glaubte und spontan zu ihm bemerkte, wir hätten uns doch schon einmal gesehen, stellte sich heraus, daß er »nur« ein bekannter Schauspieler war, den ich schon einige Male auf der Bühne gesehen hatte. Er konnte sich natürlich an mich als Zuschauer nicht erinnern.

Die Assoziation mit den Gedächtnisinhalten gestattet es dem Menschen, das neu Wahrgenommene mit dem Bekannten in Beziehung zu setzen und es zu interpretieren. Bei diesem Vorgang ergibt sich von selbst die Einschätzung, wie neu das Neue wirklich ist. »Das Optimum der Informationserzeugung liegt vermutlich dort, wo so viel Erstmaligkeit wie möglich und so viel Bestätigung wie nötig vorhanden ist« (Küppers, a. a. O., S. 92). Darüber hinaus findet natürlich auch eine Überprüfung statt, welche Geltung davon ausgeht und ob mein Wissen oder mein Weltbild durch die neue Information bestätigt wird oder sich als korrekturbedürftig erweist.

Daraus wird dann die Bedeutung der neuen Information für den Empfänger generiert, das heißt zunächst die »lexikalische« Bedeutung, die den eigentlichen, sachlichen Kern der Information ausmacht. Dieser lexikalischen Bedeutung der Information wird noch die atmosphärische Zusatzbedeutung, wie bekannt oder fremd, wie freundlich oder feindlich, klar oder unklar usw., hinzugefügt und gegebenenfalls auch noch symbolhafte Bedeutungen oder Handlungssignale. Selbst wenn sich der lexikalische Kern der Bedeutung einer Information nicht sofort erschließt, ist es besonders bei sprachlicher Kommunikation leicht möglich, sich an Hand der atmosphärischen Zusatzbedeutung zu orientieren. Wenn sich zwei Angehörige unterschiedlicher Kulturkreise und verschiedener Sprachen überraschend begegnen, können sie sich anfangs meist nur über die Zusatzbedeutungen verständigen. Jedoch auch der lexikalische Kern einer Bedeutung ist keine objektive Größe, sie ist in starkem Maße durch den Zusammenhang beeinflußt, in dem sie sich befindet (Bateson, a. a. O., S. 25 ff.).

Die Belegung einer neuen Information mit Bedeutung macht erst die richtige Reaktion möglich. Zwei grundsätzlich verschiedene Wege sind möglich: Entweder die neue Information wird als Erkenntniszuwachs, also als neues oder modifiziertes Wissen, im Gedächtnis abgespeichert. Diesen Vorgang nennen die Gestaltpsychologen Internalisation, sie führt zu neuen kognitiven Strukturen oder Repräsentationen der Wirklichkeit. Bei Piaget heißt der Vorgang Assimilation (Furth, 1976). Oder die neue Erkenntnis leitet unmittelbar eine Handlung ein. Im Falle eines Gespräches folgt so auf die Frage eine Antwort, oder einer Feststellung des einen Partners wird vom anderen eine Bestätigung, ein Widerspruch oder eine Ergänzung zuteil.

Popper und Eccles nehmen in Übereinstimmung mit anderen Wissenschaftlern an, daß Wahrnehmung sowohl durch einen Willensakt gesteuert wird, der die Aufmerksamkeit auf das Objekt ausrichtet, als auch durch eine apriorische Hypothese geprägt ist. Diese hypothetische Erwartung stellt eine Grundannahme über das dar, was ich in einem bestimmten Umfeld (Kontext) an Informationen logischerweise erwarten darf. Die Hypothese erleichtert zum Beispiel das Erkennen eines Musters: Wenn ich spazierengehe, erkenne ich schneller den graubraunen, weghuschenden Schatten am Waldrand als Hasen. Sie bestimmt aber auch gleichzeitig die Abweichung einer neuen Information. Die Nachricht »Es schneit« ist im Februar in den Alpen eine verhältnismäßig häufig erwartete Information, nicht jedoch zum gleichen Zeitpunkt in Tel Aviv. Hier ist der Neuigkeitswert, also der Informationsgehalt, sehr viel höher.

Die dargestellten Vorgänge gelten zwar für jeden kognitiven Akt; dennoch ist die Aufnahme neuer Informationen davon abhängig, wie der Mensch gestimmt ist. Man kann dies am deutlichsten an sich selbst beobachten, wenn man die Zeitung liest. Da gibt es immer Nachrichten, die man sucht, und andere, die nicht erwartet werden. Wer Vermögen hat, wird sich unter anderem auch für den Kurszettel interessieren. Wer sportbegeistert ist, sucht im Sportteil der Zeitung vor allem am Montag nach den Berichten über die ihn besonders interessierenden Ereignisse. Andere Meldungen, Berichte oder Kommentare werden weniger erwartet und müssen sich daher durch die Überschrift, den Namen des Autors oder andere Elemente die Aufmerksamkeit des Lesers erringen. Die aktive Intentionalität steuert in den meisten Fällen also die Aufmerksamkeit und den gesamten kognitiven Prozeß. Vor den Parlamentswahlen sollte man als verantwortungsbewußter Staatsbürger nach den programmatischen Informationen der Parteien und Persönlichkeiten suchen, die sich bewerben. Das Abwägen der Argumente, die Bewertung der Aussagen im Hinblick auf die Kompetenz und Glaubwürdigkeit sind durch die Absicht und den Willen geprägt, am Wahltag eine wohlerwogene Entscheidung zu treffen. Vielmehr: sie sollten es. Oder noch besser: es ist möglich, sich auf diese Weise auf wichtige Entscheidungen vorzubereiten. Daß dann häufig sehr primitive Zuneigungen oder Aversionen einfließen, gehört zu den menschlichen Zügen, die keinem Wähler ganz fremd sind.

Die Idealvorstellung der intentionalen Kognition mit der aktiven Informationsbeschaffung gilt aber auch im Alltag bei wichtigeren Kaufentscheidungen. Wer sich mit der Frage beschäftigt, welches von vielen möglichen Modellen eines Elektrogerätes er anschaffen soll, muß zunächst eine Vorstellung davon erarbeiten, was sein eigentlicher Bedarf ist. Dann sucht er Informationen aller Art über die in Frage kommenden Geräte: Er liest Anzeigen, Kataloge, Testberichte und Prospekte. Vielfach läßt er sich von Freunden beraten, denen er eine gewisse Kompetenz zutraut, oder er holt sich Auskünfte beim Fachhandel. Unter Berücksichtigung vieler Einflußfaktoren bereitet er eine Entscheidung vor. Selbst wenn auch hier ein sympathischer Verkäufer den Ausschlag geben sollte, ist die aktive Suche nach Informationen doch prägend für den ganzen intentionalen Stil des Denkens und Entscheidens.

Ganz anders verläuft dagegen die Informationsaufnahme, wenn keine feste Absicht die Wahrnehmung und die nachfolgenden Prozesse steuert. Dann werden die aufgenommenen Informationen durchaus auch im Kurzzeitgedächtnis verarbeitet und interpretiert, ob oder wie neu sie sind. Aber sofern die dargebotenen Inhalte als nicht relevant für die eigene Situation angesehen werden, brauchen sie nicht im mittelfristigen oder Langzeitgedächtnis abgespeichert zu werden. Dieses Phänomen kann man heute sehr gut durch die Werbemittelforschung belegen: In bestimmten Haushalten werden die genauen Einschaltzeiten des Fernsehgeräts durch Kontrollgeräte aufgeschrieben. Am Ende eines bestimmten Zeitraumes wird zusätzlich bei den Mitgliedern des Haushalts eine Befragung vorgenommen, bei der die aktive Erinnerung an Fernsehspots ermittelt wird, die während des Kontrollzeitraums gesendet wurden. Obwohl zu der Zeit, als bestimmte Spots liefen, das Gerät eingeschaltet war, können sich oft nur wenige mögliche Zuschauer daran erinnern. Diese Werbungen sind also in ihrem Inhalt so wenig aktuell und in der Gestaltung so wenig unterhaltsam und pfiffig gewesen, daß kaum jemand sein Gedächtnis damit belasten mochte.

Wer also aktiv Informationen sucht (intentionale Kognition), orientiert sich in starkem Maße am semantischen Inhalt, also an der Bedeutung der Information. Er wird automatisch alles übersehen und verdrängen, also bewußt nicht abspeichern, was für ihn in seiner Situation keine Bedeutung hat, eben nicht relevant ist. Wer gerade Informationen über Grundstücke oder Wohnungen sucht, findet die Angaben über Hypothekenzinsen interessant, weil sie die Preise und Mieten beeinflussen. Wer sich dagegen nur beschäftigen will und aus diesem Grunde die Zeitung liest, ist in seiner Wahrnehmung eher unterhaltungsorientiert. Für ihn ist die Form, in der Informationen dargeboten werden, von größerer Wichtigkeit. In beiden Fällen ist aber die Aufnahme von Informationen wohl ein befriedigender, wenn nicht gar lustvoller Vorgang, unabhängig von der Befindlichkeit des Rezipienten. Liegt die Befriedigung beim intentionalen Denken darin, etwas Gesuchtes gefunden zu haben, so ist das bei der Unterhaltung vermutlich einerseits die Befriedigung der Neugier, vielleicht aber auch nur ein Gewöhnungseffekt. Dann wären die stundenlangen Fernsehsitzungen mancher Menschen nahe dem Drogenkonsum anzusiedeln (siehe hierzu auch Postman, 1985 und Kapitel 9).

Erkenntnisprozesse sind, wie bereits erläutert, denkbar komplex. Sie schließen immer, sofern nicht spontanes Handeln wegen Gefahrensituationen oder unter Zeitdruck notwendig ist, die

Einschaltung des Gedächtnisses mit ein und führen über die gedankliche Erkenntnis hinaus zu Handlungen. Es kann sicher bezweifelt werden, ob kognitive Prozesse immer durch Wahrnehmungen eingeleitet werden, was die Empiristen vertreten. Denn das rein reflexive Denken mit abstrakten Begriffen, also zum Beispiel das Philosophieren, ist ein völlig interner Vorgang und bedarf offenbar keines Anstoßes durch eine Wahrnehmung. Dennoch ist auch hier zur Weiterverfolgung eines Gedankenganges ein internes Signal des Kontrastes, des Zweifels oder der Bestätigung notwendig, also ein Impuls. Und auch das Ergebnis eines abstrakten Denkvorganges wird eine Erkenntnis und kann zu Handlungen führen, selbst wenn dies erst sehr viel später geschieht, wenn sich im praktischen Leben die Gelegenheit zur Anwendung der Erkenntnis in Handlungen ergibt. Kognitive Prozesse scheinen beim Menschen – wie übrigens auch beim höheren Tier – die natürliche evolutionäre Weiterentwicklung der instinktiven Reaktionen auf Reize aus der Umwelt zu sein. Wenn sie auch, wie wir durch das Beispiel von Scherer gesehen haben, diese nicht völlig verdrängen können.

Kognition und Beeinflussung

Alle Reize aus der Umwelt, auf die wir unsere bewußte Aufmerksamkeit richten, setzen Denk- und Erkenntnisprozesse, also Kognition, in Gang. In der Wahrnehmung werden aus den eher rudimentären Signalen der Sinnesorgane die Bilder und Zeichen rekonstruiert. Im Vorgang des Assoziierens werden Vorstellungen aus dem Gedächtnis aufgerufen und mit den neuen Signalen verglichen und schließlich mit Bedeutungsinhalten belegt. Mögen die Signale nun gezielt auf uns gerichtet oder aus dem allgemeinen öffentlichen Informationsrauschen von uns, weil sie interessant erscheinen, aktiv herausgefiltert worden sein. Das Ergebnis des Denkens, der Schluß, der Beschluß, die Erkenntnis, die zum Handeln führt, können immer auch als Resultate eines Beeinflussungsvorgangs interpretiert werden. Denn Kognition ist nichts anderes als das unablässige Verarbeiten von zusätzlichen Informationen zum Zwecke der Verbesserung des Handelns. Eines Handelns, das zwar nicht mehr wie im Tierreich unmittelbar dem Überleben dient und damit der evolutionären Anpassung, das aber den Erfolg oder Mißerfolg des Individuums bestimmt. Wenn wir Beeinflussung als einen kommunikativen Vorgang auffassen, bei dem durch Informationsverarbeitung beim Empfänger unmittelbar oder mittelbar eine bestimmte Einsicht und/oder ein bestimmtes Handeln erzeugt wird, so ist die Kognition ein notwendiger Bestandteil davon. Beeinflussung ist damit aus der Sicht des denkenden Menschen eine von vielen natürlichen Quellen für neue Informationen, die es gestatten, neue Erkenntnisse zu gewinnen oder alte zu bestätigen und sich richtiger, also rationaler zu verhalten. Kognition ist zwar ohne Beeinflussung möglich. Beeinflussung bedarf aber immer der Kognition.

Hier entsteht die Frage, ob und inwieweit Persuasion, also die beabsichtige Beeinflussung, den Kognitionsvorgang verändert. Zunächst sei hier erörtert, welche Rolle Emotionen in den einzelnen Vorgängen von Denk- und Erkenntnisprozessen spielen. Da bereits in der Wahrnehmung Gefühle nicht nur bewußt registriert werden, sondern auch Informationen liefern, scheinen sie ein natürlicher Teil der Informationsverarbeitung zu sein. Dafür spricht auch, daß durch Assoziationen nicht nur der lexikalische Bedeutungskern des Wissens abgerufen wird, sondern auch die gesamte atmosphärische Zusatzbedeutung, die sich mit Bildern, Begriffen und Situationen verbindet. Das bedeutet, daß die einmal in einem bestimmten Zusammenhang erzeugten Gefühle nicht verlorengehen, sondern in Vorgänge integriert abgespeichert und reaktiviert werden können. Jeder Mensch kann über die mit gewissen Erlebnissen verbundenen Emotionen in der Vergangenheit meist sehr lebendig berichten. Und es gibt bestimmte emotionale Prägungen, die man auch über längere Zeiträume nicht verliert. Klaustrophobien oder andere Angstzustände beruhen auf diesem Phänomen. Andererseits ist das Wiedersehen mit einem Menschen, dem man sich vor längerer Zeit einmal sehr verbunden gefühlt hat, immer noch mit zumindest einem Rest ursprünglicher

Gefühle belegt. Assoziationen bringen also auch immer die Emotionen, die sich mit dem Wissen und Können verbunden haben, ins Spiel. Bei dem Vorgang der Interpretation und der Bedeutungszuweisung können sie nicht eliminiert werden, sie sind im gesamten Kognitionsvorgang ein Teil der verarbeiteten Informationsinhalte.

Darüber hinaus sollen Emotionen sogar, wie Kroeber-Riel festgestellt hat, eine aktivierende Wirkung auf die Kognition ausüben: »Die emotionalen Reizelemente der Werbung lösen aber nicht nur spezifische Wirkungen der selektiven Aufmerksamkeit aus, sondern auch eine allgemeine Aktivierung, die auf den gesamten Prozeß der Informationsverarbeitung und -speicherung einwirkt« (Kroeber-Riel, a. a. O., S. 61). Dieser Vorgang wird durch empirische Befunde aus eigenen Experimenten zum Beispiel mit politischen Reizwörtern, die die Diskussionsbereitschaft von Befragten sichtlich förderten, belegt. Andere Experimente zeigten auch eine erhöhte Abspeicherungsrate von Informationen, wenn durch damit verbundene Emotionen eine stärkere Aktivierung erfolgte (siehe auch Kapitel 4). Kroeber-Riel definiert die Aktivierung als Einsatz der psychischen Energie, die den Vorgang der Informationsverarbeitung verstärkt oder dämpft. Die Aktivierung bestimmt demnach »Ausdehnung und Intensität« des Entscheidungsvorgangs (a. a. O., S. 164).

Die Wirkung einer Persuasion auf den Kognitionsvorgang beruht sicher auf dem Vorhandensein von mehreren Elementen. Es scheint sich abzuzeichnen, daß emotionale Reize in der menschlichen Kommunikation keineswegs fehlen dürfen. Sie spielen offenbar mindestens die Rolle eines Katalysators für die Intensität der Kognition, schon durch die Erregung der Aufmerksamkeit bei der Wahrnehmung, aber auch bei der weiteren Verarbeitung der Information. Darüber hinaus ist der Nachrichtenwert einer Information, das heißt der Grad ihrer Neuigkeit, von großer Bedeutung. Wird bei dem Interpretationsvorgang kein besonderer Neuigkeitswert festgestellt, so wendet sich der Mensch schnell anderen Informationen zu. Umgekehrt kann der Neuigkeitswert so stark sein, daß er die Information unglaubwürdig macht. Selbst wenn mit aller Skepsis eine darauf beruhende Erkenntnis abgespeichert wird, kommt es zu dem von Festinger zuerst beschriebenen Zustand der »kognitiven Dissonanz«. Man hat zwar eine Information, die ein bestimmtes Verhalten nahelegt, man ändert sein gewohnheitsmäßiges Verhalten jedoch (noch) nicht, weil dies ein sehr einschneidender Vorgang wäre. Leidenschaftliche Raucher können diese Erscheinung bestätigen. Sie verfügen fast immer über glaubwürdige Informationen, welche schädlichen Folgen das Rauchen haben kann. Sie haben die Einsicht, können sich doch häufig nicht zu einem radikalen Verzicht durchringen, ja sie meiden sogar weitere Informationen, die gegen ihre Sucht sprechen.

Schließlich muß noch ein anderer, empirisch ermittelter Vorgang in diesem Zusammenhang erwähnt werden, der die Wirkung besonders der suggestiven Techniken in der Kommunikation berührt. Fühlt sich ein Empfänger von persuasiven Informationen psychisch stark unter Druck gesetzt, so daß ihm ein zeitlich ausreichendes Nachvollziehen eines Kognitionsvorganges oder ein Abwägen von Argumenten unmöglich gemacht wird, so tritt der Zustand der »Reaktanz« ein, in dem der Mensch sich weigert, die gebotene Information überhaupt zu verarbeiten (siehe auch Kroeber-Riel, S. 118 ff.). Diese Verweigerungshaltung, bekannt auch unter der Bezeichnung »Bumerang-Effekt«, führt also zum einseitigen Abbruch der Kommunikation. Wer je einen vorderasiatischen Basar betreten hat, kann nach einer gewissen Zeit diese Reaktion auf die aggressiven Methoden der Verkäufer bei sich selbst beobachten.

Der Kognitionsvorgang kann also durch den Anteil von Emotionen oder Neuigkeiten an der persuasiven Information intensiviert oder gebremst werden. Es gibt jedoch keine Hinweise, daß die Bedeutungsinhalte einer Botschaft die Vorgänge der Assoziation und Interpretation ausschalten, abkürzen oder verändern. Die Verarbeitung der Information, der Vergleich mit dem Wissen und Können, die Zuweisung der semantischen Bedeutung sind in starkem Maße von den Intentionen und Plänen (auch Handlungsplänen) der Rezipienten abhängig und von deren bisherigen

Positionen. Eine deutliche Korrektur bisheriger Erkenntnisse wird nur stufenweise über Zustände der kognitiven Dissonanz nach mehrmaligen Anstößen eingeleitet und hängt zusätzlich von der Einschätzung der Glaubwürdigkeit und Kompetenz des Senders ab. Mit anderen Worten: Für die Wirkung einer gezielten Beeinflussungsmaßnahme ist der Inhalt einer Botschaft nur wichtig, wenn er auf Empfänger trifft, für die die Botschaft bedeutungsvoll, relevant ist. Und selbst dann ist der Inhalt noch abhängig von der Glaubwürdigkeit des Senders, also auch von einem stark emotional geprägten Faktor. Das trifft besonders auf die Werbeslogans zu, die von verschiedenen Firmen mit ihren Produkten verbunden werden: »Der gute Stern auf allen Straßen« von Mercedes-Benz oder »Aus Erfahrung gut = AEG«. Besonders ein Slogan wie der von BMW: »Aus Freude am Fahren« macht deutlich, daß er eine Bedeutung nur für eine bestimmte Zielgruppe hat, für die Autofahren überhaupt Freude bereitet. Nur diese Gruppe fühlt sich angesprochen und ist bereit, die Fahrzeuge darauf zu überprüfen, ob das Fahren mit ihnen eine besondere Freude macht. Wenn dies bestätigt wird oder plausibel erscheint, ist der Absender glaubwürdig. Dann wird eine positive Einstellung zu dieser Marke geschaffen oder gefestigt.

Fassen wir die Faktoren, die die Wirkung der Beeinflussung auf die Kognition ausmachen, zusammen. Auf der Seite des Senders sind es seine Glaubwürdigkeit und Kompetenz, die emotionale Verpackung und der Neuigkeitswert der Information. Beim Empfänger hängt die Wirkung in erster Linie von seinem eigenen Handlungsplan und seiner situativen Befindlichkeit ab und im weiteren Verlauf von den Inhalten seines abgespeicherten Wissens und Könnens (siehe auch Kapitel 10). Ein komplexer Vorgang also, der mit vereinfachten Bewertungen sicher nicht zu erklären ist. Monokausale Annahmen über die kognitiven Wirkungen von persuasiven Bemühungen gehören meist in den Bereich der Fabeln.

Kognition = »Informationswechsel«?

Physiologisch ist das Denken bisher durch jeweils erhöhte neuronale Aktivitäten in größeren Gehirnregionen lokalisiert worden. Klar erwiesen ist nur, daß beim Denken mit abstrakten Begriffen der Stirn-, der Scheitel- und der Hinterhauptslappen eine erhöhte, elektrisch meßbare Tätigkeit aufweisen. Es ist zu hoffen, daß die von Siemens und den Bell Laboratories entwickelte neue Technik der biomagnetischen Diagnostik, mit der es bisher schon möglich ist, Neuronen-Moduln von einigen tausend Zellen in ihrer Aktivität zu messen, weiteren Aufschluß über die Beteiligung einzelner Gehirnbereiche liefern wird. Einzelne kognitive Funktionen sind dagegen schon besser erforscht worden. So scheint der Hippocampus im Mittelhirn sowohl für das Abspeichern wie das Wiederauffinden der Informationen eine entscheidende Rolle zu spielen, obwohl er nicht der Ort der Speicherung selbst ist. Schon seit Mitte des vergangenen Jahrhunderts werden die nicht sensorischen und motorischen Felder des Neocortex als Assoziationscortex bezeichnet. Dies wird auch heute noch für berechtigt gehalten, da Läsionen dieser Gehirnteile zu Ausfallerscheinungen bei der Sprache, beim Erkennen und Denken sowie im sozialen Verhalten führen, die in dieser Ausprägung beim Tier nicht vorhanden sind (Creutzfeldt, 1983, S. 275). Besonders bei den höchsten Hirnfunktionen, also dem sehr innig mit der Sprache verbundenen Denken, macht sich die Lateralisierung des Neocortex bemerkbar, nämlich die Spezialisierung der beiden Hemisphären: Während in der dominanten, meist linken Hälfte die Sprachzentren zu finden sind, ist in der rechten Hälfte die Raumorientierung konzentriert. Diese Spezialisierung ist zwar angeboren, sie prägt sich aber erst in der Ontogenese voll aus. Sie hat die Kapazität des menschlichen Gehirns bei gleichem Volumen noch einmal erheblich erhöht.

In der Fachliteratur sind keine Hinweise auf irgendein Organ oder einen neurophysiologischen Prozeß zu finden, in dem Emotionen aus dem kognitiven Vorgang eliminiert oder herausgefiltert würden. Emotionen scheinen also »normales« Denkmaterial der Kognition zu sein. Ebenso ist auch kein Vorgang bekannt, mit dem persuasive oder suggestive Beeinflussung einer besonders kritischen Überprüfung oder gar Abwehr unterworfen würden. Auch das kühle Abwägen des Für und Wider oder die Versuche der kalten Rationalität, Gefühle auszuschalten, sind organisch nicht belegbar. Alle Erkenntnisse sprechen dafür, daß die Annahme einer emotionslosen und einflußfreien Informationsverarbeitung ein Konstrukt ist. Offenbar gehört es zu den natürlichen Leistungen des menschlichen Gehirns, starke Emotionen oder druckvolle Beeinflussungsversuche ebenso zu verarbeiten wie vernunftgeprägte Informationen. Ja, R. Penrose bringt Beispiele dafür, daß auch mathematisches Denken und Problemlösen keinen festen Algorithmen unterliegt (Penrose, a. a. O., S. 406 ff.).

Popper und Eccles unterstreichen in ihren Dialogen über das Ich und sein Gehirn ihre Auffassung, daß es für die differenzierenden Leistungen des Selbstbewußtseins keine Hinweise auf entsprechende Substrate im Gehirn gibt. Dennoch ist es nach ihrer Auffassung erwiesen, daß die diffusen Signale, die die Reize aus der Umwelt in den Sinnesorganen erzeugen, bei der Rekonstruktion im Neocortex stets zu Gestalteinheiten zusammengefügt werden und daß automatisch alle Erscheinungen der Wahrnehmung als außerhalb eines »Ichs« verstanden werden. Dies ist aus den normalen Leistungen des bewußten Denkens und Erkennens nicht abzuleiten. Deshalb schlagen sie vor, eine eigenständige Einheit, den »selbstbewußten Geist«, anzunehmen, der über »offene Moduln« des Assoziationscortex die Bewußtseinsleistungen des Gehirn permanent abfragt und steuert (Popper/Eccles, 1982). Sie nehmen damit in dem alten abendländischen Diskurs über das Verhältnis zwischen Leib und Seele die Position der Dualisten ein und haben mit diesem Bekenntnis die traditionelle Diskussion erneut angefacht.

Für unsere Fragestellung nach den Wirkungen der Beeinflussung ist die Leib-Seele-Diskussion sicher relevant. Die Anhänger des Monismus definieren ja die psychischen Erlebnisse als »materielle« Gehirnvorgänge und damit wie nahezu alles in der belebten Natur durch die Kausalgesetze determiniert. Dadurch sind sie geneigt, den Menschen in toto eher als ein determiniertes Wesen anzusehen, das den Naturgesetzen unterworfen ist. Sie nennen den Menschen häufig den »nackten Affen«, um seine Zugehörigkeit zur Tierwelt und damit seine Determiniertheit auszudrücken. Mehr oder weniger leugnen sie eine menschliche Entscheidungsfreiheit und damit letztlich auch eine Verantwortlichkeit für sein Handeln. Persuasive, also gezielte, Beeinflussung ist in ihrem eher mechanistischen Weltbild nicht nur möglich, sondern auch wirksam und berechenbar, sofern nur bestimmte Bedingungen erfüllt sind. Sie nehmen als selbstverständlich an, daß in der Massenkommunikation ein hoher Mitteleinsatz auch ein gutes Beeinflussungsergebnis bringen müßte. In dieser Überzeugung stimmen heute so unterschiedliche Gruppen wie Ingenieure und Naturwissenschaftler, Politiker, Journalisten und vor allem Manager und Marketingfachleute überein.

Dualisten dagegen nehmen neben oder über den meßbaren materiellen Gehirnaktivitäten ein nicht den Naturgesetzen unterworfenes »Ich« an, das daher nicht determiniert ist und letztlich das menschliche Verhalten steuert. Darin sehen sie den Grund für die erlebbare menschliche Entscheidungsfreiheit und das nicht vorausberechenbare Verhalten. Persuasive Beeinflussungsversuche sind in ihrer Wirkung für sie nicht im voraus plan- oder berechenbar. Deren Erfolgsaussichten stehen sie eher skeptisch gegenüber.

Diese, zugegeben sehr vereinfachte, Darstellung des Leib-Seele-Diskurses und seiner Relevanz für unser Thema soll uns nur den Blick dafür schärfen, welche Möglichkeiten der Ideologiebildung und der Vorurteile sich aus den Grundannahmen der philosophischen Hypothesen ergeben können.

Es waren auch meistens die Monisten, die seit den griechischen Philosophen immer wieder den Versuch gemacht haben, Denkgesetzlichkeiten zu finden und ganze Systeme zu entwerfen. Die traditionelle formale Logik, also die Lehre vom richtigen Schließen, hat seit Aristoteles die wissenschaftliche Methodik stark beeinflußt. Sie führte in der Scholastik des Mittelalters zu einer enormen Blüte. Wenn heute Parallelen zwischen der menschlichen und der »künstlichen Intelligenz« hergestellt werden und immer wieder ernsthaft über die Möglichkeiten nachgedacht wird, das Gehirn des Menschen durch Computersysteme zu ersetzen, so entspringt das ähnlichen Denkansätzen. Das mechanistische Modell der Denkmaschine spukt seit Norbert Wiener weiter in den Köpfen, obwohl die Molekularbiologie, die Genetik, die medizinische Gehirnforschung und andere Wissenschaftsgebiete sprunghafte Fortschritte in der Aufdeckung der Gehirnaktivitäten erzielen. So macht Günther Palm in seinen Untersuchungen über die Strukturen des assoziativen Gedächtnisses darauf aufmerksam, daß die Integrationsdichte des assoziativen Speichers im menschlichen Gehirn mit seinen etwa 10^{14} Synapsen außerordentlich hoch ist. Wollte man mit den Techniken der achtziger Jahre einen vergleichbaren Computerspeicher bauen, würde er immer noch 100 Kubikmeter hochintegrierte Elektronik benötigen (Palm, *Spektrum der Wissenschaft,* Juni 1988, S. 60).

Ein besonderes Merkmal des menschlichen Gehirns ist offenbar seine Plastizität. Zwar ist schon bei der Geburt die Grundstruktur der Neuronen und ihrer jeweils tausend- bis zigtausendfachen Synapsenverbindungen als Möglichkeit angelegt; aber erst im Laufe der Ontogenese werden die Synapsenverbindungen hergestellt. Dabei bilden die Dendriten eines Neurons dornenförmige Ausstülpungen, auf die sich die Synapsen eines anderen Neurons orientieren. Die »Verbindung« ist ein Spalt von ein vierzigtausendstel Millimeter (0,000025 mm), über den die chemischen Neurotransmitter wirksam werden. Diese Verbindungen sind jedoch nicht von Dauer. Sie können sich unter bestimmten Bedingungen lösen, wenn zum Beispiel die Dendritendornen schrumpfen. Und es können an anderen Stellen neue Verbindungen entstehen. Dieser Vorgang der Schaltung einer neuen Verbindung geht in Sekundenschnelle vor sich. Offenbar ist das menschliche Gehirn also nicht einem fest verdrahteten oder algorithmisch organisierten Computer ähnlich. Sein Kennzeichen ist vielmehr die dauernde Veränderung. Dies ist für Penrose eines der wesentlichen Merkmale der menschlichen Intelligenz und einer der Gründe, warum ihre Strukturen so wenig der der künstlichen Intelligenz ähneln (Penrose, a. a. O., S. 387 f.). So kommt auch er zum Schluß, daß das menschliche Bewußtsein nicht wie ein Computer funktionieren könne – und umgekehrt.

Die durch neurophysiologische Vorgänge belegte Plastizität des menschlichen Gehirns scheint dem Menschen auch einen Selektionsvorteil zu bringen. Die Weiterentwicklung des Neocortex vom Homo habilis zum Homo sapiens ging auf der Basis der auch schon bei den Menschenaffen (Pongiden) vorhandenen Gehirnleistungen vor sich. So ist an den kognitiven Prozessen des Menschen zwar der größte Teil des Neocortex beteiligt, aber auch der Hippocampus für das Gedächtnis und das Limbische System bei der Erzeugung von Emotionen. Insbesondere die Frontalregionen des Neocortex haben sich erst in jüngster Zeit entwickelt. In ihnen ist vor allem das Vorausplanen repräsentiert. Man vermutet, daß auch die Lateralisierung des Neocortex eine jüngere Errungenschaft des Homo sapiens ist, besonders die Konzentration der Sprachzentren in der linken Hemisphäre. Verglichen mit den Gehirnleistungen der niederen Tiere ist die »Tendenz der Evolution« offenbar die Lösung von den starren Reiz-Reaktions-Schemata und die Gewinnung von mehr Handlungsspielraum durch kognitive Leistungen. Wenn beim Menschen durch die Struktur des Gehirns die ständige Veränderung vorprogrammiert ist, so gewährt diese Eigenschaft nicht nur die Fähigkeit zum Lernen, sondern auch immer geringere Angepaßtheit an das natürliche Milieu und immer mehr Spielräume für das Handeln. Der Homo sapiens vermag sogar in stärkerem Umfang sich sein Milieu selbst zu gestalten und in vielen Situationen unterschiedliche Handlungsalternativen zu erwägen und sich dann für eine zu entscheiden. Die Instinkthandlung, das Erbe der tierischen Vorfahren, wird auf immer weniger Situationen, wie zum Beispiel in Gefahr oder unter Zeitdruck, begrenzt.

Bei dieser Entwicklung war es die »List der Evolution«, das vorhandene Informationssystem des Organismus, das zur Auslösung von Instinkthandlungen und zur Steuerung des autonomen Nervensystems diente, immer weiter auszubauen. So kann man den Neocortex und die kognitiven Prozesse auch als ein »Meta-

Instinktsystem« auffassen, das alte Potentiale noch einschließt, aber dennoch eine neue Qualität gewonnen hat. Sein besonderes Kennzeichen scheint neben der Plastizität die um Potenzen gewachsene Verarbeitungskapazität für Informationen zu sein. So konnte G. Tembrock 1980 den Begriff »Informationswechsel« analog zum bekannten Stoffwechsel einführen (Tembrock, a. a. O., S. 13 f.). In der Tat ist das menschliche Leben nicht nur reguliert durch den Energiehaushalt und den Stoffwechsel, sondern durch die pausenlose Verarbeitung von Informationen, von denen nur ein Bruchteil zur Steuerung der organischen Funktionen notwendig ist. Die Aufnahmekapazität des menschlichen Gehirns ist nicht nur durch das Volumen des Neocortex, sondern auch durch die beschriebene Plastizität anscheinend unbegrenzt, der ständige Wandel vorprogrammiert. So erscheint es völlig berechtigt, wenn Eccles fragt, woher es kommt, daß wir in all dem Wandel dennoch immer das Bewußtsein haben, noch wir selbst mit unserer einmaligen Identität zu sein (Eccles, 1989, S. 381).

Das Ergebnis des menschlichen Geistes ist etwas, was Popper die »Welt 3« nennt (Popper/Eccles, 1982): Eine Welt aus Informationen, an denen der Mensch durch Internalisierung teilhat und zu der er ständig durch eigene Verarbeitung und Dokumentation von Information beiträgt. Angesichts dieser Welt erscheint die beeinflussende Kommunikation als ein Vorgang, der der Natur des Homo sapiens angemessen ist. An zwei Erscheinungen wollen wir dieses natürliche Phänomen der menschlichen Existenz näher untersuchen, an der Sprache und an der Entstehung und dem Wandel des Verhaltensrepertoires.

7

Sprache – »Denkzeug« des Menschen

> Faust: Geschrieben steht: Im Anfang war das Wort!
> Hier stock ich schon! Wer hilft mir weiter fort?
> Ich kann das Wort so hoch unmöglich schätzen,
> Ich muß es anders übersetzen,
> Wenn ich vom Geiste recht erleuchtet bin.
> Geschrieben steht: im Anfang war der Sinn.
> *Johann Wolfgang von Goethe, »Faust I«*

»An der Spitze aller Kultur steht ein geistiges Wunder: die Sprachen, deren Ursprung, unabhängig vom Einzelvolke und seiner Einzelsprache, in der Seele liegt ... Dann aber sind die Sprachen die unmittelbarste, höchst spezifische Offenbarung des Geistes der Völker, das ideale Bild desselben, das dauerhafteste Material, in welches die Völker die Substanz ihres geistigen Lebens niederlegen, zumal in den Worten großer Dichter und Denker« (Jacob Burckhardt, 1978, S. 58).

Die Geschichte des Menschen vollzieht sich tatsächlich weitgehend in Sprechhandlungen. Dabei »geht es nicht nur darum, was Menschen einander sagen oder verschweigen, sondern wie sie, in sozialen Gruppen, in Staat und Volk, sprachlich agieren, sich verständigen, sich täuschen: mundartlich, traditionell und nach beruflicher und sozialer Rolle eingefärbt und unterschieden, abhängig von sozialer Schichtung, Herrschaftsstrukturen und Kulturen. Und die unterschiedlichen Sprechhandlungen sind ja keineswegs immer, eher selten, von rationaler Vernünftigkeit, sie sind auch emotional aufgeladen, leidenschaftlich, irrational oder kalt kalkulierend, die Worte wägend, Wahrheit verschleiernd bis zur zynisch berechnenden Lüge und dies auf allen sozialen Ebenen. So verweist Sprache immer zurück auf den sprechenden Menschen und auf den sozialen Partner, der das mit sprachlichen Zeichen Gemeinte versteht, mißversteht, mißdeutet oder überhaupt nicht begreift« (Rössner, 1981, S. 15). Man möchte im Hinblick auf die historischen Ereignisse im Anschluß an die »Emser Depesche« hinzufügen: Sprache wird durch den Menschen auch zum Werkzeug der Manipulation gemacht.

Sprache dient nicht nur zur Darstellung und Interpretation der vorgefundenen Wirklichkeit, sie schafft selbst ständig neue Wirklichkeit, was Hans Rössner an anderer Stelle (Peisl/Mohler, »Der Mensch und seine Sprache«, S. 348) durch ein Beispiel hervorhebt: Heinrich von Kleist erzählt in seinem berühmten Aufsatz »Über die allmähliche Verfertigung der Gedanken beim Reden« jene sprachliche Begebenheit, in der Mirabeau zu Beginn der Französischen Revolution den Zeremonienmeister des Königs zurechtweist: »Mir fällt jener ›Donnerkeil‹ des Mirabeau ein, mit welchem er den Zeremonienmeister abfertigte, der nach Aufhebung der letzten monarchischen Sitzung des Königs am 23. Juni, in welcher dieser den Ständen auseinanderzugehen anbefohlen hatte, in den Sitzungssaal, in welchem die Stände noch verweilten, zurückkehrte und sie befragte, ob sie den Befehl des Königs vernommen hätten? ›Ja‹, antwortete Mirabeau, ›wir haben des Königs Befehl vernommen‹ – ich bin gewiß, daß er bei diesem humanen Anfang noch nicht an die Bajonette dachte, mit welchen er schloß: ›Ja, mein Herr‹, wiederholte er, ›wir haben ihn vernommen‹ – man sieht, daß er noch gar nicht recht weiß, was er will. ›Doch was berechtigt Sie‹ – fuhr er fort, und nun plötzlich geht ihm ein Quell ungeheurer Vorstellungen auf – ›uns hier Befehle anzudeuten? Wir sind die Repräsentanten der Nation.‹ – Das war es, was er brauchte! ›Die Nation gibt Befehle und empfängt keine...‹« Das Wort von den »Repräsentanten der Nation« schuf neue Wirklichkeit, die später in einem neuen »Schlüsselwort der Geschichte« (wie K. D. Bracher es nennt) von der »Souveränität des Volkes« gerann. Der Mensch befindet sich in seiner Wirklichkeit durch Sprache, und er gestaltet ständig neue Wirklichkeit durch Sprache. Wie kam es zu dieser wunderbaren »Erfindung« der Natur?

Das Rätsel der Sprachentstehung

Das Wunder der Sprache ist zwischen 35 000 und 250 000 Jahre alt. Sie hat offenbar dem Homo sapiens jenen Selektionsvorteil gebracht, der ihm zu seiner Überlegenheit über andere Hominiden verhalf. Für die Entstehung der Sprachfähigkeit des Menschen waren anatomische und physiologische Voraussetzungen notwendig. Der aufrechte Gang der Hominiden schuf die Vorbedingung dafür, daß die Arme frei wurden zum Kämpfen, zur Vorbereitung der Nahrung oder zum Anfertigen von Werkzeugen. Dadurch konnte sich die Rachen-Mundpartie so verändern, daß der Kehlkopf tiefer rutschte, der Gaumen sich nach oben wölbte und die Zunge sich nach hinten rundete. Das ergab ein längeres Ansatzrohr für Sprachlaute und die für die Vokal- und Konsonantenbildung so notwendige Beweglichkeit der Zunge. Vermutlich hat sich gleichzeitig die Vorwölbung des Schädels ergeben, was zum Wachstum des Stirnlappens des Neocortex führte.

Ursprünglich muß die Sprachfähigkeit in beiden Hemisphären gleichermaßen lokalisiert gewesen sein. Das kann man daraus schließen, daß die Sprachfähigkeit sich regeneriert, wenn es bei Kleinkindern zu einer Läsion der beiden Sprachzentren in der linken Hemisphäre kommt. In diesem Falle übernehmen die Sprachregionen der rechten Hemisphäre deren Funktion. Werden dagegen bei einem Erwachsenen die linken Sprachzentren verletzt, verliert er häufig die Sprachfähigkeit. Dann sind die rechten Sprachregionen offensichtlich nicht mehr in der Lage, die Funktionen der linken Zentren zu ersetzen. Die Lateralisierung ist dann schon zu weit fortgeschritten. Die Sprachzentren in der linken Hemisphäre haben auch spezielle Funktionen: Das im Schläfenlappen gelegene Wernickesche Zentrum ist für die Spracherkennung und Begriffsbildung zuständig, das in der Stirnregion gelegene Brocasche Zentrum für die motorische Artikulation. Die parallelen Felder in der rechten Hemisphäre haben ab etwa dem 6. Lebensjahr eine Funktion, die das Verstehen und auch die Aufmodulation von Gefühlen in die Sprache enthält. Intonation, Lautstärke, Rhythmus, Melodie der Sprache fallen also in die Zuständigkeit der rechten Hemisphäre. Die reine Steuerung der etwa 100 einzelnen Muskeln im Mund- und Rachenraum, mit denen wir das Sprechen ausüben, sitzt nahe den sensomotorischen Regionen im Scheitelbereich.

Worauf im einzelnen zurückzuführen ist, daß der Homo sapiens sich gegenüber seinen zu gleicher Zeit lebenden »Vettern«, dem Homo erectus und dem Neandertaler, durchsetzte, während die beiden anderen Hominidenlinien ausstarben, ist nicht bekannt. Josef Reichholf vermutet, daß die Neandertaler mit ihren bevorzugten Nahrungsquellen, den Großsäugern der Eiszeiten, ausstarben. Gerade beim Neandertaler, der mit 1500 ccm ein größeres Gehirn, allerdings auch einen größeren Körper gehabt hat als der Homo sapiens, ist dies verwunderlich, zumal auch an seinen Grabstätten erkennbar ist, daß er schon eine Kultur besaß. Die Entwicklung der Sprache kann eine ebenso große Rolle gespielt haben wie die Verbesserung der Werkzeuge. Beide Entwicklungen laufen ja mindestens parallel, wenn sie sich nicht gegenseitig fördern. Schon der Homo erectus konnte Steinwerkzeuge herstellen. Der Faustkeil ist über Hunderttausende von Jahren kaum verbessert worden. Man ist auf Vermutungen über die Sprachentstehung angewiesen, zum Beispiel auf die, daß der Homo sapiens die Technik des kollektiven Jagens erheblich verbesserte, bei der ihm sowohl neue Werkzeuge als auch die Sprache zur Verständigung sehr zu Hilfe kamen. So wären dann das vergrößerte Gehirn und die Sprachfähigkeit ganz natürliche evolutionäre Anpassungsvorgänge gewesen? Diese Annahme deckt sich mit dem Modell, das Konrad Lorenz seiner wissenschaftlichen Erkenntnislehre zugrunde legt: »Das Leben betreibt höchst aktiv ein Unternehmen, das gleichzeitig auf den Gewinn eines Kapitals an Energie und auf den eines Schatzes von Wissen abzielt...« (Lorenz, 1973, S. 45).

Wir sind heute nicht in der Lage, die Lebensweisen der anderen Hominiden zum Vergleich heranzuziehen. An den Schädelfossilien ist bis zu einem gewissen Grade zu erkennen, daß der Homo erectus vielleicht schon das Brocasche Sprachzentrum gehabt hat. Allerdings wird er mit der Anatomie seines Rachenraumes kaum sehr differenzierte Laute hervorgebracht haben (s. a. Reichholf, S. 162 f.). So blieb der Wissenschaft nichts anderes, als mit Menschenaffen Versuche zu unternehmen, die Hinweise auf die Entwicklung der Sprache auch bei den ausgestorbenen Hominiden lieferten. Dabei stellte sich die der Lautsprache zugrunde liegende Intelligenz bei Schimpansen als so ausgeprägt heraus, daß jene berühmte Washoe mit Hilfe der amerikanischen Zeichensprache bis zu ihrer Pubertät etwa 130 »Worte« lernte und die Möglichkeiten, sie zu einer sinnvollen Dreiwörter-Syntax zu verbinden. Auch die anderen Intelligenztests, die Wolfgang Köhler auf Teneriffa schon 1914 durchführte, ergaben eine erstaunliche Fähigkeit von Schimpansen, Werkzeuge zu erfinden und damit Probleme zu lösen. Allerdings verliefen alle Versuche, Menschenaffen menschliche Sprachlaute anzudressieren, erfolglos, was anatomisch begründet ist: Dem Schimpansen fehlt das Brocasche Sprachzentrum, und sein Rachenraum ist sehr viel flacher als der der Hominiden. So ist die Entwicklung der Sprache ganz entscheidend von der Anatomie der Sprechwerkzeuge abhängig. George Steiner (a. a. O., S. 84) verweist mit Recht darauf, daß Hebräer wie Griechen den Menschen als »Sprachtier« bezeichneten.

Die Werkzeuge der ausgestorbenen Hominiden waren bereits verhältnismäßig weit entwickelt. Das Feuer besaß der Erectus schon seit mehreren hunderttausend Jahren. So läuft denn alles auf die Vermutung hinaus, daß die Hominiden sich im wesentlichen durch die Lautsprache unterschieden, die dem Homo sapiens nicht nur differenzierte Ausdrucksmöglichkeiten eröffnete, sondern auch eine schnellere und präzisere Kommunikation. Diese Sozialtechnik hat offenbar die Überlegenheit des Menschen begründet. Wenn diese Vermutung richtig ist, so bedingten sich die Verbesserung der Werkzeuge, die Möglichkeiten der sprachlichen Verständigung und das Wachsen des Neocortex und damit der kognitiven Prozesse gegenseitig.

Kommunikation durch Sprache aber ist gleichbedeutend mit Beeinflussung. Gegenseitige Beeinflussung hat bei der Jagd und bei der Verteidigung der Horde vermutlich mitgewirkt, so daß mehr Beute gemacht, mehr Nachwuchs aufgezogen und dadurch mehr Erfolg gegenüber den anderen Hominiden erzielt wurde. War schon der Homo erectus außer in Afrika auch in Europa und Asien zu finden, so breitete erst der Homo sapiens sich über die ganze Welt aus. Seit seinem Auftreten haben sich alle Entwicklungen beschleunigt. Die Erfindung der Schriftsprache im alten Sumer vor 6000 Jahren machte dann das Dokumentieren des Wissens unabhängig von einem menschlichen »Datenträger« möglich, also das, was Konrad Lorenz als »Vererbung erworbener Eigenschaften« bezeichnet.

Sprache und Denken

Der erwähnte Aufsatz von Heinrich von Kleist »Über die allmähliche Verfertigung der Gedanken beim Reden« bezeugt die schon frühe Erkenntnis, daß Sprechen und Denken zusammengehören wie Sprache und Denken. Sprache als »Denkzeug« des Menschen – das soll zum Ausdruck bringen, daß sie einerseits Werkzeug ist, andererseits durch das Denken gespeist wird. Wie genau aber hängen Sprache und Denken zusammen? In welcher Beziehung stehen sie zueinander? Sind Denken und Sprechen identisch? Oder ist das sprachliche Ausformulieren des Gedankens nur ein formaler Akt des Designs, der materiell nichts zum Gedanken beiträgt? Oder ist es vielleicht gar umgekehrt, daß erst die Sprache dem Gedanken die richtige Richtung gibt, ihn vervollständigt, indem sie ihn verändert?

Der Amerikaner Lee Whorf hat aufgrund seiner Untersuchungen von Indianersprachen die Hypothese formuliert, »daß das linguistische System nicht nur ein reproduktives Instrument zum Ausdruck von Gedanken (ist), sondern (es) formt selbst die Gedanken ...« Das bedeutete, daß die unterschiedlichen Grammatiken der einzelnen Sprachen einen Einfluß auf den Denkstil einer Sprachgemeinschaft hätten (Zimmer, 1988, S. 133 ff.). Diesen »Sprachdeterminismus« begründete Whorf unter anderem damit, daß die Hopi-Indianer keine Vokabeln für Zeiten hätten und daß ihr Denken auch ohne Zeitdefinitionen auskäme.

Whorfs Hypothese hat den wissenschaftlichen Diskurs lange beschäftigt. Zunächst stellte der Münsteraner Sprachwissenschaftler Helmut Gipper fest, daß die Hopi durchaus über Zeit ausdrückende, allerdings verschlüsselte Wörter verfügen. Insofern hatte sich Whorf also geirrt. Aber auch sonst war der Beweis brüchig, weil man nicht wußte, was Ursache und was Wirkung war. Die Wissenschaft suchte also nach einer Methode, um Denken und Sprechen unabhängig voneinander zu beobachten. Man hat dies durch Experimente mit der Farbwahrnehmung und der Benennung von Farben in unterschiedlichen Sprachen versucht. Schließlich fand man heraus, daß die durch ihre Wellenlänge definierten Farben ziemlich übereinstimmend in allen Sprachen strukturiert und bezeichnet werden. Es sind also nicht die Sprachen, die die Farbunterschiede »machen«, sondern die physikalischen Eigenschaften, die sich von der Farbwahrnehmung bis zur sprachlichen Bezeichnung durchsetzen.

Man nimmt heute allgemein an, daß Sprechen aus dem Denken entsteht. Das würde die Selbstbeobachtung bestätigen, daß es vorverbale Gedanken gibt. So wären denn die Worte Symbole für Konzepte, die sich der Geist aus den Kategorien gebildet hat. Diese Kategorien können ebenso biologische Klassen sein wie durch gemeinsame Merkmale gekennzeichnete Dinge. Sie können Ereignisse sein und Eigenschaften, Beziehungen oder Abstraktionen. Die Begriffsbildung ist also ein Denkakt, in dem den Kategorien Bedeutungen zugeordnet und dann mit Worten belegt werden (Zimmer, 1988, S. 143 ff.).

Ein weiterer Beweis dafür, daß das Denken nicht allein durch das Sprechen bestimmt wird, scheint die Schwierigkeit zu sein, bestimmte Sinneseindrücke exakt sprachlich zu formulieren. Wie etwas riecht oder schmeckt, ist nicht leicht und nur unter Zuhilfenahme von Vergleichen zu bezeichnen. »Das schmeckt nach Seife« oder »Das riecht angebrannt« sind Beispiele dafür. Auch sehr eindrucksvolle Bilder, die man in seiner Erinnerung bewahrt, sind schwer zu beschreiben, obwohl man sie vor seinem »geistigen Auge« bis in die Details »sieht«. Das Problem liegt darin, daß die Sprache einer zusätzlichen Kodierung bedarf, die zu den Sinneseindrücken hinzukommt. Man kann im übertragenen Sinne, und aus der Begriffswelt des Computers abgeleitet sagen, daß Bilder, Gerüche, Melodien »analog« sind, während die dazugehörigen sprachlichen Begriffe »digital« verarbeitet werden (Zimmer, 1988, S. 155 f.). Wörter, auch wenn sie ganz konkrete Dinge bezeichnen, befinden sich schon auf einer höheren Abstraktionsebene. Und bei der Schriftsprache kommt noch eine weitere Abstraktionsstufe hinzu. Wie oft erkennen wir einen Gegenstand, aber wir kommen nicht auf seinen Namen. Er »liegt uns auf der Zunge«. Zwischen Erkennen und Benennen befindet sich häufig eine Barriere. Vielleicht erklärt diese Erfahrung auch das Phänomen, daß Bilder als beweiskräftiger gelten: »Ein Bild sagt mehr als tausend Worte.« Bilder zu erkennen ist leichter und einfacher. Unterstreicht ein Redner seinen Vortrag mit Abbildungen, kann er sich einer höheren Beweiskraft seiner Worte sicher sein. Das spiegelt sich auch in der Beliebtheit der Bildmedien wider, angefangen von bebilderten Druckerzeugnissen bis hin zum Fernsehen.

Sprache scheint demnach ein praktikables und höchst mannigfaltiges Vehikel zu sein, Gedanken zum Ausdruck zu bringen. Gerade wer schreibt, macht ständig die Erfahrung, daß man den gleichen Gedanken syntaktisch unterschiedlich formulieren kann. Auch wenn wir gezwungen sind, einen soeben geäußerten Gedanken noch einmal auszusprechen, stellen wir häufig fest, daß wir ihn beim zweiten Mal nicht nur anders, sondern auch besser, das heißt auch unter Verwendung treffenderer Begriffe formuliert haben. Auch das Gedächtnis pflegt uns die Gedanken nicht in der genauen sprachlichen Form wiederzubringen. Es speichert normalerweise die Bedeutung, seltener die exakte Formulierung. Dennoch bleibt: Viele Gedanken sind zuerst nur diffus vorhanden, bevor sie durch sprachliche Formulierung Klarheit und Prägnanz erhalten. Unsere Kultur und die alltägliche Zivilisation bestehen auch nicht aus Gedanken allein, sondern aus dem, was nicht nur gedacht, sondern auch sprachlich formuliert und dann in Taten und Handlungen umgesetzt wurde. Ja, die Faszination großer Gedanken ist immer auch auf ihre sprachliche Form zurückzuführen.

Die Sprache hinter der Sprache

Linguisten haben sich lange mit der Frage beschäftigt, wie es kommt, daß sich selbst Sprachen aus den unterschiedlichsten Kulturkreisen übersetzen lassen. Schon früh vermutete man hinter den praktizierten Sprachen eine Ursprache, oder besser ein sprachliches Grundmuster, aus dem sich alle gesprochenen Sprachen ableiten lassen. Eine paradiesische Situation vor dem Turmbau zu Babel also, bevor Gott die Sprachen und damit das Denken verwirrte. In der Tat gibt es Grundstrukturen, die allen Sprachen eigen sind. Popper unterscheidet in Anlehnung an Bühlers Sprachtheorie vier Sprachfunktionen: die Ausdrucksfunktion, die Signalfunktion, die Darstellungsfunktion und die argumentative Funktion. In der Ausdrucksfunktion wird lediglich eine allgemeine Befindlichkeit zum Ausdruck gebracht, also Freude, Schmerz usw. In der Signalfunktion richtet der Sender an einen oder mehrere Empfänger eine symptomatische Botschaft, die Reaktionen nach sich ziehen soll. Das sind auch schon die Alarmrufe der Tiere. In der Darstellungsfunktion wird etwas mitgeteilt oder beschrieben. Diese Form macht den überwiegenden Teil der menschlichen Kommunikation aus. In der argumentativen Funktion, die in Bühlers ursprünglichem System nicht vorhanden ist, wird schließlich analog zum rationalen Denken kritisch argumentiert. Der Mensch beherrscht alle vier Funktionen, wenn auch die ersten beiden nach Popper nur noch eine untergeordnete Rolle spielen. Diese ersten beiden Funktionen sind nicht nur in der Kommunikation zwischen Tieren gebräuchlich, sondern werden auch zwischen Mensch und Tier benutzt, zum Beispiel zwischen Herr und Hund. Die beiden letzten Stufen sind ausschließlich der menschlichen Kommunikation vorbehalten (Popper/Eccles, 1982, S. 86 ff.).

Konrad Lorenz hat bei vielen Gelegenheiten hervorgehoben, daß Leben dann beginnt, »wenn eine molekulare Struktur die Fähigkeit erlangt, andere Moleküle dazu anzuleiten, ihresgleichen zu reproduzieren«. Manfred Eigen habe diese anleitende Information treffend als Instruktion bezeichnet (Lorenz, in: Peisl/

Mohler, 1979, S. 167). Biologische Instruktion steht also am Anfang des organischen Lebens, ein Akt der gezielten Beeinflussung, der Persuasion. Kennzeichen der Kommunikation in der Tierwelt ist dann schon die rückwirkende Information. Urform ist die soziale Induktion, zum Beispiel bei Wildgänsen: »Sehr deutlich wird die gleichstimmende Wirkung von Ausdrucksbewegungen beim Auffliegen von Wildgänsen. Wenn ein Individuum damit beginnt, seine Intention zum Wegfliegen durch bestimmte Bewegungsweisen kundzutun, so hängt das Ansteigen seiner Flugerregung unmittelbar von der Rückwirkung ab, die es durch die antwortenden Ausdrucksbewegungen der Schargenossen empfängt. Findet es ein Echo, zuerst bei einem, dann bei mehreren Artgenossen, so schwillt die Flugstimmung durch Eskalation des Widerhalls lawinenartig an ... Findet es dagegen mit seinen Ausdrucksbewegungen keinen Widerhall, so gerät auch seine eigene Flugstimmung ins Schwinden und klingt folgenlos ab« (ebd. S. 168). Nach diesem Modell der Rückkopplung in der Kommunikation findet auch menschliche Verständigung und damit Beeinflussung statt, nur steht hier an Stelle der Ausdrucksbewegung weitgehend die Sprache.

Ein weiterer Hinweis auf vererbte Strukturen oder Muster der Sprachfähigkeit ist der Bericht, den Ann Sullivan über ihre seit dem zweiten Lebensjahr blinde und gehörlose Schülerin Helen Keller geschrieben hat. Diese erlernte nicht nur über die Blindenschrift das Lesen, sondern entwickelte sich zu einer bedeutenden Schriftstellerin (Lorenz, 1977, S. 231 ff.). Zimmer erwähnt auch die Analysen der Kreolsprachen durch den Linguisten Derek Bickerton. Unter Kreolsprachen versteht man eine Reihe von Sprachen, die zwischen dem 16. und 19. Jahrhundert unter den Nachkommen der Sklaven in den Überseegebieten der europäischen Kolonialmächte entstanden. Diese Bevölkerung war bunt zusammengewürfelt aus den verschiedensten afrikanischen Stammesgebieten und Sprachregionen. Die Menschen konnten sich untereinander nur in einer Art Pidgin-Sprache unterhalten, die im Laufe der Zeit und unter den Nachkommen zu einem neuen Idiom, der Kreolsprache, gerann. Vor allem, wo Sklaven entflohen und in den Urwäldern Amerikas ein neues Dasein begannen, entwickelten sich diese Sprachen, in die von den ehemaligen Sklavenhaltern nur wenige Worte übernommen wurden. Bickerton stellte fest, daß auch in diesen Sprachen ein grammatikalisches Muster wirksam wurde, ohne das keine Sprache auskommt. »Bickerton glaubt wie Chomsky an die Existenz eines angeborenen, speziell-linguistischen Programms, das uns vorschreibt, wie unsere Grammatik beschaffen sein soll« (Zimmer, 1988, S. 99). Chomsky nimmt an, daß der Mensch über eine genetisch fixierte Kerngrammatik verfügt, die alle wesentlichen Regeln, wie sie in den meisten Sprachen auftreten, enthält. Diese Annahme ist freilich in neuester Zeit durch Untersuchungen an Kindern, die zur gleichen Zeit zwei Sprachen lernen, wieder in Frage gestellt worden, weil die Kinder offenbar eher über praktische Arbeitsprinzipien zum Verständnis der Sprache als über grammatikalische Grundmuster zu verfügen scheinen (Zimmer, 1988, S. 100 ff.).

Dennoch scheint Sprachfähigkeit genetisch programmiert zu sein; denn schon das Neugeborene lernt sehr schnell, zwischen Sprachlauten und anderen akustischen Reizen zu unterscheiden. Eine Disposition für die Sprache und das Sprechen ist offenbar schon vorhanden. Die menschliche Sprache ist, wie schon gesagt, evolutiv aus dem System der Informationsübermittlung des zentralen Nervensystems hervorgegangen. Sie hat ihren Ursprung, wie alles Organische, in jener ersten Entstehung einer Instruktion, mit der die Reproduktion von Sequenzen der Nukleinsäuren und damit organisches Leben einsetzte. So ist es auch nach zahllosen evolutionären Sprüngen kein Wunder, daß zahlreiche Parallelen existieren, auf die besonders Bernd Olaf Küppers aufmerksam macht: Reproduktion ist eines der Kennzeichen des organischen Lebens, und sie ist ohne den Einsatz von Information nicht denkbar. Die biologische Information, die in den Genen gespeichert wird und sowohl in der Morphogenese wie in der Vererbung wirksam wird, besitzt wie die menschliche Sprache einen pragmatischen und einen semantischen Aspekt. »Ein Lebewesen ist um so besser an seine Umweltbedingungen angepaßt (das heißt um so höherwertig in seinem semantischen Informationsgehalt), je genauer und schneller es bei gleichzeitig hoher Lebensdauer – seinen Informationsgehalt reproduziert« (Küppers, a. a. O., S. 252). So scheint die Annahme einer genetisch geprägten Sprachstruktur nicht aus der Luft gegriffen. Daß die Sprache des Menschen über die schnelle Ausbreitung des dokumentierten Wissens mit dem exzessiven Wachstum der Menschheit korreliert, ist offensichtlich. Halten wir fest: Am Anfang des organischen Lebens standen bereits Instruktionen, also Vorgänge, die einer persuasiven Beeinflussung gleichen. In den Grundstrukturen der sprachlichen Kommunikation und der damit möglichen Aneignung der Welt und ihrer ständigen Neuschöpfung spielen persuasive Vorgänge eine entscheidende Rolle. Beeinflussung und Sprache haben nicht nur oberflächlich miteinander zu tun, sie kommen offenbar auch aus einer gemeinsamen Wurzel.

Die Sprache der Beeinflussung

Der feste Glaube, daß man über die Sprache das Denken beherrschen kann, kommt besonders in Orwells »1984« zum Ausdruck. Da wird intensiv an der »Neusprache« gearbeitet, die das Ziel hat, »die Reichweite des Gedankens zu verkürzen.« »Zum Schluß werden wir Gedankenverbrechen buchstäblich unmöglich gemacht haben, da es keine Worte mehr gibt, in denen man sie ausdrücken könnte ... Mit jedem Jahr wird es weniger und immer weniger Worte geben, wird die Reichweite des Bewußtseins immer kleiner und kleiner werden ... Die Revolution ist vollzogen, wenn die Sprache geschaffen ist« (Orwell, a. a. O., S. 39). Ein nur schwacher Abglanz dieser Manipulation, aber immerhin ein denselben Tatbestand umschreibendes Wort findet sich im heutigen umgangssprachlichen Ausdruck »Sprachregelung«. Wenn sich jemand nach der »Sprachregelung« einer Institution erkundigt, so ist damit das offizielle Denken gemeint.

Basierend auf der Annahme, daß das Bewußtsein des Menschen durch die sprachliche Begriffsbildung zu beeinflussen sei, hat die kommunistische Partei der UdSSR ihre Geschichte mehrmals umschreiben lassen. Diese Grundannahme schlug sich auch in einem gezielten taktischen Wandel der Bedeutungen von allgemein benutzten Begriffen in der politischen Auseinandersetzung durch linke Gruppen in der Bundesrepublik nieder. So konnte es geschehen, daß Spätmarxisten penetrant die marxistisch-leninistischen Bedeutungen der Begriffe Demokratie, Freiheit, Frieden usw. verwendeten und damit jeden noch so minimalen Konsens mit anderen Gruppen blockierten. Freiheit war demnach die »Erkenntnis der objektiven Notwendigkeit und Anwendung und Ausnutzung der erkannten Notwendigkeit in der gesellschaftlichen Praxis« (Marxistisch-Leninistisches Wörterbuch der Philosophie). Oder zum Thema Frieden aus der gleichen Quelle: »Inhalt und Charakter des Friedens als Zustand ist historisch bedingt; d. h. entspricht stets einer historisch bestimmten ökonomischen Gesellschaftsform ... Der Frieden ist ein internationales Prinzip des Sozialismus und Kommunismus, von dem sich die kommunistischen und Arbeiterparteien in ihrer Politik leiten lassen« (ebd.). Sprache wird hier also als Mittel der Deformation, ja geradezu der Kommunikationsblockade benutzt.

Der Niedergang der Sprache in der Moderne wird von vielen Seiten diagnostiziert und aus unterschiedlichen Blickwinkeln interpretiert. Ivan Illich, der Kritiker der gegenwärtigen Bildungsmethoden, macht zum Beispiel auf die Analogie zwischen Nahrungs- und Spracherwerb aufmerksam. Auf beiden Gebieten sei die menschliche Autonomie weitgehend verlorengegangen. Selbst in den landwirtschaftlichen Lebensformen der dritten Welt würden auch Hauptnahrungsmittel kaum noch selbst erzeugt, sondern gekauft. Die Sprache, vormals durch das Kind langsam und autonom erlernt, werde mehr und mehr durch Lehrer, Pfarrer, Radio und Fernseher vorgegeben und damit genauso zur Ware wie die Lebensmittel. »Die als Freund-Sprache bezogene Umgangssprache, auch dann, wenn sie noch für Muttersprache gehalten wird, unterliegt wie alle Massenware der Mode, dem Design« (Illich in Peisl/Mohler, 1979, S. 328 ff.). Sprache sei heute weitgehend fremderzeugt, vorproduziert und damit ungeeignet, eigene Gedanken zum Ausdruck zu bringen.

Allan Bloom schildert in »The Closing Of The American Mind« die negativen Folgen der Abwendung vom Bücherlesen für die akademische Jugend in den Vereinigten Staaten. Neil Postman macht gar ein Ende der Sprachkultur in den vom Fernsehen beherrschten westlichen Ländern aus (»Wir amüsieren uns zu Tode«). Der große Unterschied zwischen einer im wesentlichen wortbestimmten und einer bildbestimmten Kultur bestehe im weitgehenden Rückgang der Rationalität und einer Überschwemmung des Denkens mit Unterhaltung. Auf das Ende der durch die Schriftsprache gekennzeichneten Kultur hatte schon Anfang der sechziger Jahre Marshall McLuhan in seinem Werk »Die Gutenberg-Galaxis« hingewiesen. Die Welt würde zwar durch die modernen Bildmedien und die Schnelligkeit der Nachrichtenübermittlung zu einem »globalen Dorf«; aber die Vielfalt der kulturellen Erscheinungen der Menschheit wandelten sich in ein spannungsloses Einheitsbewußtsein.

Selbst für die Techniken der Werbung fand Postman heraus, daß sie sich noch im 19. Jahrhundert entsprechend der im wesentlichen vernunftbetonten öffentlichen Diskussion angepaßt und argumentativ Waren oder Angebote beschrieben habe. Mit der neuen Reproduktionstechnik seien immer mehr Bilder in die Werbung eingedrungen, und der aussagende Text sei weitgehend durch Slogans, also durch bildhafte sprachliche Kürzel ersetzt worden (Postman, 1985, S. 77 ff.). Eine andere Kultur, die mit Hilfe des Bildes und mit bildhafter Sprache in erster Linie Emotionen weckt. Gibt es also die Sprache der Persuasion?

Literarisch ist die persuasive Rede höchst eindrucksvoll in der Ansprache des Marc Anton in Shakespeares »Julius Caesar« belegt. Hier wird durch die scheinbare Objektivität (»doch Brutus ist ein ehrenwerter Mann«) und die persönliche Zurschaustellung seiner Bescheidenheit (»Ich bin kein Redner, wie es Brutus ist, nur, wie ihr alle wißt, ein schlichter Mann...«) die Emotion für den ermordeten Caesar und gegen seine Mörder geweckt (»Ich zeig euch des geliebten Caesars Wunden, die armen stummen Munde, heiße die statt meiner reden...«). Die Rede enthält in der Tat alle Ingredienzien einer persuasiven und suggestiven

Beeinflussung. Und da sich der Stimmungswandel der Römer einseitig zugunsten Marc Antons auswirken soll und dieser auch die Gefahren eines Bürgerkriegs in Kauf nimmt, handelt es sich um eine klassische Manipulation. Hier ist Lay (a. a. O., S. 354 ff.) durchaus zuzustimmen.

Eine ähnliche, wenn auch nicht literarische, Berühmtheit hat die Rede des damaligen Propagandaministers Joseph Goebbels am 18. Februar 1943 im Berliner Sportpalast erlangt, in der er, wie Ohrenzeugen berichten, den Sportpalast in »einen Hexenkessel« verwandelte, indem er die Schicksalsfrage »Wollt ihr den totalen Krieg?« stellte. Auch bei dieser Rede war der Aufbau, also die kühl kalkulierte Dramaturgie, die ganz auf die Auslösung emotionaler Reaktionen gerichtet war, entscheidend für die Wirkung. Der großen Gefahr aus dem Osten (»Die Steppe rennt gegen das Abendland an«) wurde der Siegeswille der Deutschen entgegengestellt. Die Einheit des Volkswillens mit der Führung wurde beschworen (»Das Volk will schwerste Belastungen auf sich nehmen«). Dann folgte der emotionale Appell in zehn einzelne Fragen aufgeteilt (»Glaubt ihr an den Sieg ... Glaubt ihr an den Führer ... Wollt ihr dafür das Letzte geben ... Wollt ihr den totalen Krieg ...«). Alle Fragen konnten nur bejaht werden, sie waren klassische Suggestivfragen. Und wer zur ersten Frage »Ja« gesagt oder gebrüllt hatte, der brüllte auch weiterhin Zustimmung. Dieser Ausbruch einer Massenhysterie ist nicht ein Einzelfall und auf das Naziregime beschränkt. Er ist durchaus vergleichbar mit den Auftritten der Beatles oder anderer Rockgruppen in den sechziger und siebziger Jahren, die es vergleichsweise einfach hatten, da sie Emotionen mit Musik wecken konnten. Aber während die Beatles und andere den Zuhörern einen, wenn auch umstrittenen, Musikgenuß vermittelten, war die Goebbels-Rede ganz auf den Vorteil der Naziführer gerichtet und damit eine wahrhaft verbrecherische Manipulation.

Das Gegenteil zur Strategie und Dramaturgie der Goebbels-Rede war die Ansprache, die Winston Churchill am 13. Mai 1940 im britischen Parlament hielt, nachdem er mit der Regierungsbildung beauftragt worden war: »Ich möchte dem hohen Hause das sagen, was ich zuvor denen gesagt habe, die die neue Regierung bilden werden: Ich habe nichts anzubieten, außer Blut, Mühsal, Tränen und Schweiß.« Im folgenden verweist Churchill auf die einzige Alternative: Untergang Großbritanniens oder Sieg um jeden Preis. Auch Churchill endet mit einem Handlungsappell: »Kommt denn, laßt uns zusammen vorwärtsgehen mit vereinter Kraft.« Wegen der nüchternen, emotionslosen, aber realitätsnahen Darstellung der Situation und dem fast unterkühlten Aufruf zum Zusammenstehen ist diese Rede so berühmt geworden. Jedenfalls hat sie gewirkt, obwohl sie zwar beeinflussen wollte, aber geradezu das Gegenteil einer suggestiven Manipulation war (alle zitierten Reden bei Lay, a. a. O., S. 346 ff.).

Kann man aus diesen Beispielen eine Regelhaftigkeit für die persuasive Sprache ableiten? Fast alle bisherigen Theorien über die Abläufe persuasiver Kommunikation gehen ja von dem Modell aus, daß die Ratio des Empfängers einer Botschaft gezielt durch das Ansprechen von Gefühlen oder Instinkten ausgeschaltet würde. Die zitierten Ansprachen weisen jedoch nur zum Teil jene starken Emotionen auf, die zum Überfluten des kognitiven Apparates führen könnten. Offensichtlich ist das Evozieren von Emotionen nur eine von mehreren Möglichkeiten, eine persuasive Wirkung zu erzielen. Churchill jedenfalls war es möglich, auf dieses Mittel ganz oder fast ganz zu verzichten. Dies macht bereits deutlich, daß die persuasive Wirkung der Sprache sehr wesentlich situativ bedingt ist oder von der Einschätzung der Situation durch den Redner abhängt. Das bestärkt unsere Erfahrung, wie abhängig auch gute Redner von ihrem Publikum sind. Aber nicht nur die Zusammensetzung und Befindlichkeit des Publikums ist einer der wichtigen Parameter, sondern auch die allgemeine Situation, das Umfeld, die »Kulisse« und der Rahmen. Doch dazu später mehr.

Persuasion durch Sprache ist vor allem an der Grammatik dingfest zu machen. Haben wir nicht den Imperativ, mit dem eindeutig ein intendiertes Verhalten beim Kommunikationspartner durchgesetzt werden soll? Der Befehl, die Anordnung, das Gesetz sind die Urform jeder Persuasion. An Eindeutigkeit kann das Kommando des Militärs oder die klare Aufforderung des Gesetzeshüters kaum überboten werden. Sicher setzen sie Zuständigkeit, Kompetenz und vor allem Macht beim Sender voraus und sind dann doch auch wieder situationsgebunden. Aber das Wesen des sprachlichen Befehls in der Form des Imperativs ist eine absolute Größe in der Kommunikation. »Komm her!« oder »Geh weg!«, das klassische »Noli me tangere!« oder moderner »Langsam fahren!« und »Im Gleichschritt marsch!« sind mehr als verstehbar. Es sind unmißverständliche Signale der Persuasion. Im Normalfall folgen die so Angesprochenen der Anordnung, sie gehorchen als Soldaten dem Befehl des Vorgesetzten, als Ordensbrüder der Anordnung der Oberen oder als Verkehrsteilnehmer der Aufforderung des Polizisten. Aber was ist der Normalfall? Ist die Wirkung der Persuasion ausschließlich in der syntaktischen Form des Imperativs begründet? Trotz der scheinbar eindeutigen sprachlichen Situation müssen wir einschränkend feststellen, daß nicht die Sprache der bestimmende Wirkungsfaktor einer gezielten Beeinflussung ist, sondern die Beziehung der Kommunikationspartner zueinander, eine Beziehung, die vermutlich durch vorhergehende sprachliche Beeinflussung vorbereitet, ausgelöst oder festgelegt ist (so auch Zöchbauer, 1975). Befehlsgewalt setzt Macht und Untergebenheit voraus, Sprache ist selbst in der Form des Imperativs nur ein Auslöser. Denn bei gleichen Beziehungen der Partner könnte das persuasive Signal auch in einer anderen sprachlichen Form gegeben werden, es würde ebenso verstanden und befolgt. Bestes Beispiel ist das Behördendeutsch, das uns heute mit einer Umschreibung des Imperativs dennoch deutlich macht, was getan werden muß: »Der Abfall ist nur an den dafür vorgesehenen Stellen zu entsorgen.« Oder »Der Angeklagte hat sich bei Erscheinen des Gerichtes vom Platz zu erheben.« Widerspruch ist ausgeschlossen. Diese Form des unpersönlichen administrativen Infinitivs steht heute für den etwas antiquierten Imperativ. Die Wirkung ist die gleiche.

Noch deutlicher wird die Situation bei der Suche nach den subtileren sprachlichen Auslösern eines Beeinflussungsvorgangs. Hierfür gelten die Formen der Bitte und des Wunsches, auch des

Fragens als üblich. »Geben Sie mir, bitte, ...« oder »Würden Sie mir, bitte, ... geben?« oder »Darf ich Sie bitten, mir ... zu geben?« sind die geläufigen sprachlichen Formen des höflich geäußerten Wunsches. ihm wird im Normalfall entsprochen. Freilich sind auch noch andere Formen denkbar, die sich teilweise schon durchgesetzt haben. Die englische Form der Höflichkeit bei Tisch verlangt, daß man sich nicht vom Nachbarn direkt das nicht in Griffnähe Befindliche erbittet, sondern daß man den Nachbarn zum Beispiel zunächst fragt, ob er etwas Salz wünsche. Dieser wird den Wink, der Konvention entsprechend, verstehen, danken und das gewünschte Salzfaß dem Fragenden reichen. Persuasion auf Umwegen und durch Umschreibungen.

Wenn wir speziell die Wortwahl betrachten, so ist der Hinweis von Eibl-Eibesfeldt (1986, S. 68 ff.) auf die Forschungsergebnisse von S. Ertel über den Dogmatismus-Quotienten in der Sprache bemerkenswert. Ertel hat festgestellt, daß sich die Neigung des Menschen, im Wahrgenommenen Harmonien oder Gesetzmäßigkeiten zu entdecken, auch auf die Sprache ausdehnt. Dieser Prägnanzdruck führt zu der bemerkenswerten Erscheinung, daß sich besonders in der Sprache der Ideologen und Diktatoren die prägnanzstarken Ausdrücke häufen. Da ist kein Platz für dialektische Erörterungen, sondern die Gesetze der Welt und des geschichtlichen Geschehens werden apodiktisch deutlich gemacht. So das Kommunistische Manifest: »Die Geschichte aller bisherigen Gesellschaften ist die Geschichte von Klassenkämpfen.« Oder Hitler: »Sie werden uns weder militärisch besiegen noch wirtschaftlich vernichten oder gar seelisch zermürben. Unter keinen Umständen mehr werden sie irgendeine deutsche Kapitulation erleben.« Diese Ausdrucksweise entspricht einem hohen Dogmatismus-Quotienten, der übrigens von Emotionen aller Art mitbedingt wird. Wenn man berücksichtigt, daß der Mensch in Euphorie oder bei starker Angst leichter beeinflußbar ist, dürfte eine prägnanzstarke Sprache die Wirkung einer Persuasion verstärken. Auch in diesem Falle zeigt sich, daß mehrere interne und externe Faktoren zusammenwirken müssen, um persuasive Effekte zu bewirken und zu steigern.

Werfen wir noch einen Blick auf die Sprache der Werbung und die dort geläufigen Formen der Persuasion. Wir finden neben der imperativen Form »Holt Euch ...!« oder »Kommen Sie zum Winterschlußverkauf!« alle nur erdenklichen Formen der Aufforderung zum angestrebten Handeln. Es gibt aber auch den völligen Verzicht auf jede Art von Handlungsanweisung. Dann scheint der Absender der werblichen Botschaft der Überzeugung zu sein, daß das über das Angebot Ausgesagte einer direkten oder indirekten Aufforderung zur Aneignung nicht mehr bedarf, weil der Wunsch dazu bereits ausreichend geweckt sei. Jede sprachliche Form zwischen Imperativ und völligem Verzicht auf Handlungsaufforderung ist in der werblichen Persuasion heute geläufig und gebräuchlich.

Mackensen meint, daß die Sprache der Werbung durch Attribute wie das Gute, das Wertvolle, Echte und Wahre gekennzeichnet sei. Aber auch durch den Superlativ oder die »List des Komparativs« (a.a.O., S. 168 ff.). Allerdings kann man heute feststellen, daß die Verwendung besonders des Superlativs sehr nachgelassen hat. Aber sicher versucht die Werbung, wie Mackensen auch betont, durch Spiel mit Emotionen Spannungen zwischen Illusion und Wirklichkeit herzustellen, so daß deren Auflösung wie Trost und Rettung erscheinen müsse. Aber auch er findet keine besondere Grammatik der Werbung. Sprache scheint in der semantischen wie syntaktischen Ebene keine spezifischen Formen für die Aufgabe der Persuasion bereitzustellen. Alles steht für den Zweck der persuasiven Beeinflussung offen, alles ist möglich. Dies unterstreicht unsere Annahme, daß Persuasion ein natürlicher Vorgang ist, der keiner besonderen sprachlichen Instrumente bedarf.

Bisher haben wir mehr den Inhalt der sprachlichen Kommunikation berücksichtigt. Es gibt aber auch die »Beziehungsebene« der Sprache, wie sie Paul Watzlawick definiert hat. Dazu sind vor allem die phonetische Artikulation, also Lautstärke, Betonung, Sprachrhythmus und dergleichen zu zählen (vgl. dazu Kapitel 5). In der Sprechhandlung kann der Mensch seine Absichten deutlicher zum Ausdruck bringen als in der Schriftsprache. So finden wir schon in der Stimmlage manche Menschen überzeugender als andere. Von Margaret Thatcher wird berichtet, sie habe ihren Erfolg in der Partei und im Parlament nicht zuletzt einer Sprachschulung zu verdanken, bei der ihre ursprünglich etwas schrille Tonhöhe systematisch um einige Töne gesenkt wurde.

Eigene Beobachtungen bestätigen die Bedeutung der Tonhöhe beim Sprechen für die Überzeugungskraft. Menschen, die im Gespräch spontan, schnell und häufig auf hoher Tonlage artikulieren, pflegen bei Präsentationen vor dienstlichen Hierarchen ihre Stimme zu senken und die Geschwindigkeit zu vermindern. So gibt es ein typisches »Timbre der Bilanzbesprechungen«, bei dem die Kühle der Zahlen noch durch die Intonation der Vortragenden unterstrichen wird. Die »Atmosphäre« des sprachlichen Ausdrucks erlaubt es, wie uns gute Schauspieler und Redner beweisen, sowohl positive Emotionen zu wecken als auch Abscheu zu erzeugen.

Die Sprache der Persuasion ist im Inhaltlichen also an keine speziellen Vokabeln, Formen oder Konstruktionen gebunden, sie kann sich des ganzen Repertoires bedienen. Auf der Ebene des Atmosphärischen dagegen werden beim Sprechen akustische Besonderheiten als Instrumente der Beeinflussung eingesetzt, die Glaubwürdigkeit, Überzeugungskraft und Wahrhaftigkeit zum Ausdruck bringen oder den Charakter beziehungsweise die Intentionen des Sprechenden verdeutlichen. So erhält der Inhalt eines Textes durch die Intonation erst seine volle Bedeutung oder werden neutrale Inhalte durch die akustische Interpretation erst bewertbar. Wenn Sprache direkte Wirkungen auf den Erfolg einer Kommunikation haben soll, dann bedarf es vor allem des gezielten Einsatzes von akustischen Zusatzinstrumenten.

»Manipulation ist eine besondere Art, Sprache zu benutzen«, meint Lutz Mackensen, und er konkretisiert die Besonderheit, indem er hervorhebt, daß vom Manipulator Ziele angestrebt würden, »die dem Partner verborgen sind, verborgen bleiben sollen, oder doch bleiben können« (a. a. O., S. 208). Diese Definition von Manipulation durch Sprache erscheint mehr als vage. Mackensen stellt selbst die Unbestimmtheit der Wörter, ihre semantische Verschwommenheit heraus. So kann nach seiner Darlegung die Politik ständig »Affektnischen« nutzen und Alltagswörter für ihre Zwecke umfunktionieren. So sei das Wort »Entspannung« sehr plötzlich in aller Munde gewesen, obwohl es den Ost-West-Gegensatz fast leichtfertig verharmlost habe auf ein Problem, wie man am besten Spannungen dezimiere.

Wenn wir keine spezielle Sprache der Persuasion gefunden haben, so scheint das in einem gewissen Widerspruch zu den besonderen Vokabeln oder Redewendungen zu stehen, die von einigen Gruppen der Gesellschaft bevorzugt werden. Erleben wir nicht täglich um uns herum, wie Politiker – ob im direkten Wahlkampf oder bei einem Kurzstatement im Fernsehen – uns mit besonderen sprachlichen Mitteln zu beeinflussen versuchen? Und sind nicht die Zeitungen und Zeitschriften voller Nachrichten und voller Anzeigen, die sich zum großen Teil in einem besonderen »Jargon« bewegen, der sich von unserer alltäglichen Sprache deutlich abhebt? Der Eindruck ist richtig. Deshalb lohnt es sich, dem Phänomen noch etwas weiter nachzugehen.

Die Sprachen in der Sprache

Sprache ist lebendig, sie ist geschichtlich, und sie entwickelt sich unter dem Einfluß der geschichtlichen Ereignisse weiter. Wie die eingewanderten Hugenotten in Deutschland für einen Schub französischer Wörter in das damalige Deutsch sorgten, so wirkte sich die Westorientierung der Bundesrepublik in einer leider immer stärker werdenden Durchmischung des Deutschen mit Anglizismen aus. Daß hierbei auch die Fachbereichssprachen von Wissenschaftlern oder industriellen Produkten eine große Rolle spielten, sei ausdrücklich vermerkt. Günther Drosdowski hat kürzlich geäußert, daß diesem Vorgang im Westen kein ähnlich deutlicher Zuwachs an russischen Begriffen im Osten Deutschlands entsprochen hätte. Die Sprache der DDR sei weniger von russischen Vokabeln als von der Parteiadministration geprägt worden (Drosdowski, 1990).

Daß es *die* Sprache nicht gibt, sondern zahllose Sprachen in der Sprache, hat M. Wandruszka in die Formel gebracht: »Eine Sprache ist viele Sprachen« (zitiert nach H.-M. Gauger, »Gibt es eine Sprache der Moderne?« in H. Meier, »Zur Diagnose der Moderne«). Damit sind sicher zuerst die landsmannschaftlichen und regionalen Dialekte gemeint, die sich in allen europäischen Sprachen finden. Meistens ist der Mensch mit seiner Muttersprache bereits in einem solchen Dialekt aufgewachsen, so daß er zumindest eine Sprachfärbung sein ganzes Leben behält. Auf die Frage, welche Gruppe in Deutschland wohl das beste, sprich akzentfreieste, Deutsch spräche, wurde früher vielfach geantwortet: die Kinder von preußischen Beamten. Deren Väter wurden meistens alle drei oder vier Jahre quer durch Preußen versetzt. So mußten die Kinder sich schon ein neutrales Idiom angewöhnen, mit dem sie überall bestehen konnten.

Neben den Dialekten der einzelnen deutschen Stämme finden wir aber auch die berufs- oder gruppenspezifischen Fachsprachen. Viele Menschen sind nicht nur gezwungen, sondern beherrschen auch die Kunst, sich in mehreren dieser Fachsprachen zu äußern. Lehrer, Pfarrer, Journalisten und Politiker müssen zumindest oberflächlich die Fachterminologie wichtiger Berufe oder Gruppen kennen, wenn sie sich in diesen Kreisen verständlich machen wollen. Gerade von diesen Gruppenvertretern wird aber erwartet, daß sie sich möglichst in einer verstehbaren »Allgemeinsprache« äußern. Sollten die weit verbreiteten Kirchen-, Politik- und Partei- »Verdrossenheiten« nicht auch eine sprachliche Ursache haben?

Einige Fachvokabeln entwickelten sogar einen ausgeprägten Expansionsdrang. So werden Begriffe aus der Computerwelt, meist aus dem Amerikanischen stammende Wörter, heute auch in der Umgangssprache verwendet. Daß sich dabei auch Übersetzungsfehler einschleichen, ist verständlich. So wurde aus dem »personal computer«, also dem Arbeitsplatzrechner, ein »Personalcomputer«, der mit Personalverwaltung zwar auch zu tun haben kann, aber im wesentlichen ein dezentraler Rechner für den persönlichen Arbeitsplatz ist. Worte wie »digital« und »analog«,

»Adaption« und »kompatibel« gehen uns schon ganz flott von den Lippen und werden eigentlich überall verstanden.

Wer jedoch ein Ohr für modische Gruppensprachen hat, dem können so wunderschöne Entwicklungen wie die Sprache der Teenager (wer verstünde das Wort heute nicht?) nicht entgehen. Einst in den siebziger Jahren gab es die »Zahn«-Masche. Alle Mädchen waren Zähne, entweder ein »steiler Zahn«, also attraktiv oder der »Stamm-Zahn«, die feste Freundin. Der »Weisheits-Zahn« konnte ebenso die Mutter wie eine Tante oder Lehrerin sein. Ausrutscher aus diesem Repertoire gab es auch; so wußte jeder, daß mit einer »Wuchtbrumme« eine korpulente Frau gemeint war. Heute scheint man als Jugendlicher entweder »Spitze« sein und »affengeile« »Anmache« veranstalten zu müssen oder man wird schon sehr bald zu den »Gruftis« gezählt, jenen Alten also, die bereits am Rande des Grabes zu stehen scheinen. Was »in« ist und »out«, wird in den Massenmedien veröffentlicht. Man kann also als medieninformierter Zeitgenosse sicher sein, jeweils »up to date« zu sein und in seinem angemessenen Verhalten und Sich-äußern von der jeweils zuständigen Gruppe anerkannt zu werden.

Wer in Bonner politischen Kreisen »in« sein will, muß sich auch bestimmter Formulierungen bedienen. Ein Beamter sollte tunlichst nicht »ungeschützt« Stellungnahmen abgeben. Er wird nichts voraussetzen, sondern er »geht davon aus, daß...« Ein Thema »steht im Raum«, der Politiker »steht nicht zur Verfügung«, wenn er etwas ablehnt. Man »trägt« an seinen Vorgesetzten etwas »heran« und formuliert in Diskussionen höflich und unbestimmt »Ich würde sagen« oder in der Steigerungsform »Ich würde sagen dürfen«. So entwickeln sich in zahlreichen typischen Redewendungen eigene Verständigungsmuster unter »Insidern«, oft unter geradezu »luftdichtem« Abschluß von einer an weitem Verständnis interessierten Öffentlichkeit.

Auch die Werbung hat sich »sprachschöpferisch« betätigt. Viele gute Slogans sind daran zu erkennen, daß sie sich in der Umgangssprache durchgesetzt haben. Ein Zeichen dafür, daß sie einem weit verbreiteten Lebensgefühl entsprachen und dies sogar auf eine prägnante Formel brachten. »Der Duft der großen, weiten Welt« brachte die große Reisesehnsucht der Deutschen in den sechziger Jahren zum Ausdruck. »Mach mal Pause!« fand man nach der Hetzerei der Wiederaufbauphase angemessen. Ebenso wollte man sich »öfter mal was Neues« gönnen. Darüber hinaus waren bald nicht nur die Produkte, für die diese Formeln gefunden wurden, »hautfreundlich« und »pflegeleicht«. Diese Attribute wurden spontan auf gänzlich anderes übertragen. Pech für das Produkt und die Werbung, die einen allgemein verwendbaren Begriff geboren hatte. Und in wie starkem Maße auch gute Slogans zum Ausdruck des Spottes verwendet werden, wenn das Produkt nicht hält, was der Slogan verspricht, zeigte sich an dem »Alle reden vom Wetter, wir nicht« der Deutschen Bundesbahn.

Sprachen schaffen Wirklichkeiten. Da selbst die Kernbedeutung eines Begriffs, wie bereits erwähnt, keine absolute Größe ist, sondern vielen Einflußgrößen unterliegt, ist Sprache so offen für den Gebrauch in den unterschiedlichsten Situationen – und auch für den Mißbrauch. Sprache sei ein Machtinstrument der Herrschenden, sagen nicht nur die Spätmarxisten. Immer häufiger werden Menschen durch die Sprache »ausgegrenzt«, wenn eine Expertensprache zu speziell wird. In meiner Jugend haben wir des öfteren Experimente gemacht, indem wir in einer kleinen Gruppe ein neues Wort erfanden, es unter uns auch verwendeten, aber andere verspotteten, wenn sie zugaben, nicht zu wissen, was es bedeutete. So stand der Sommer 1938 ganz unter dem Stern des »Bilber«. Zur Verzweiflung der Nichteingeweihten wurde auch »gebilbert«, »entbilbert« und »verbilbert«. Dieser Unsinn hat einige Mitschüler ziemlich irritiert. Das ist es, was Mackensen meint, wenn er von der Bedrohung durch Modewörter spricht, die eine Gruppenzugehörigkeit signalisieren und dadurch Externe ausgrenzen (a. a. O., S. 89 ff.).

Die durch die offene Sprache geschaffenen Wirklichkeiten gewinnen paradoxerweise einen hohen Grad von Verbindlichkeit. Es gehört mehr dazu, als nur »in« zu sprechen. Man muß sich auch konform kleiden, die entsprechenden Kneipen oder Restaurants besuchen, die »Szene-Filme« sehen, die Kult-Bücher lesen, sogar seine Wohnung entsprechend einrichten, kurz, man muß die »Nonkonformistenuniform« tragen, wie ein Kabarettist der siebziger Jahre treffend formulierte. Es ist müßig, darüber zu rätseln, ob der Sprache bei solchen modernen, überwiegend städtischen Gruppierungen die Priorität zukommt. Sie spielt aber sicherlich zur Abgrenzung eine entscheidende Rolle. Sie drückt Lebensgefühle aus, macht sogenannte Werte sichtbar, auch soziale Schichten wie hierarchische Strukturen. Sie ist für die »Insider« das Verständigungs- und Harmonisierungsorgan, das, wenn auch oft nur eine vorübergehende und scheinbare, Sicherheit und »Zuflucht« vermittelt. Erich Fromm spricht von der »Flucht ins Konformistische« (a. a. O., S. 162 ff.). In diesen »Szenen« unterwirft sich der Mensch schnell und vollständig. Zwar wird er selbst selten den Eindruck haben, sich dem Druck oder der Anziehungskraft der »Szene« unterworfen zu haben. Aber sie hat in der Tat eine suggestive Wirkung, die das eigenständige Denken und Handeln behindert.

Sprache und Wahrheit

Daß mit der menschlichen Sprache auch die Unwahrheit, die Lüge, in die Umgangsformen gekommen sei, wird auch in neueren Veröffentlichungen behauptet (z. B. Reichholf, a. a. O., S. 168). Wir haben aber schon festgestellt, daß die Täuschung ein offenbar natürliches Phänomen ist, mit dem einige Tierarten ihr Überleben sichern. »Lüge und Täuschung sind wichtige Waffen im zwischenartlichen Verkehr«, sagt Irenäus Eibl-Eibesfeldt (1986, S. 635, siehe hierzu auch Kapitel 2). Die Lüge, also die Täuschung mit kommunikativen Mitteln, ist nicht vom Menschen erfunden worden. Sie wurde offenbar auch durch die Sprache nicht besonders gefördert. Wenn auch nach unserem heutigen Wissensstand nur der Mensch ein ausgesprochenes Vergnügen an einer Unterart der Unwahrheit, nämlich der Dichtung und hier besonders der Märchen, der Sagen und der direkten Lügenliteratur hat. Phantasievolle Dichtung ist strenggenommen nicht die Wahrheit, beschreibt Begebenheiten und Wesen, die fiktiv sind und fällt dennoch nicht unter die Verurteilung anderer Unwahrheiten. Damit wird eine Eigenschaft der »richtigen« Lüge deutlich: Sie darf sich nicht offensichtlich durchschauen lassen. Wenn alle wissen, daß der »Butt« von Günter Grass eine Erfindung ist, dann ist seine Geschichte höchst amüsant. Dem Dichter wird wegen seiner phantasievollen Erfindungsgabe hohe Anerkennung zuteil.

Erst wenn jemand versucht, sich durch eine Unwahrheit, die nicht durchschaubar ist, einen Vorteil zu verschaffen, ist die Lüge perfekt. Dann fällt dieses Verhalten unter die gesellschaftliche Verurteilung. Dabei ist Sprache sogar noch eher ein Mittel, um grobe Unwahrheiten zu durchschauen. In Bayern gehört es zum »Sport« der Einheimischen, Fremden die Lebensweise eines Fabeltieres, des »Wolpertingers«, vergleichbar dem »Butt« von Grass, in den kräftigsten Farben zu schildern. Manchmal wird auch zur Jagd auf dieses scheue Tier geblasen. Je mehr Eigenschaften diesem Wesen in den Schilderungen zugeordnet werden, desto eher wird deutlich, daß es das nicht geben kann. Aufgrund unseres Wissens und unserer Erfahrung kann uns hier niemand weismachen, es gäbe ein Tier mit Entenschnabel und Gehörn auf dem Kopf. Sprache kann sehr schnell diese Art Täuschung, die unserem Erfahrungsschatz widerspricht, entlarven, jedenfalls schneller als ein gefälschtes Bild.

Dennoch sind wir auch sprachlichen Unwahrheiten bis zu einem hohen Grade hilflos ausgeliefert. Lügen heißt nicht nur: bewußt falsche Informationen verbreiten. Es beginnt schon mit dem Verschweigen vollständiger Information. Wer beim Verkauf eines Grundstückes verschweigt, daß in der Nähe eine Autobahntrasse geplant ist, der täuscht seinen Vertragspartner. Wer beim Abschluß einer Versicherung vom Agenten nicht auf die Ausschlüsse aufmerksam gemacht wurde, kann rechtliche Schritte einleiten. Die Wahrheit ist immer die nach bestem Wissen vollständige Information. Teilwahrheiten können grobe Unwahrheiten sein. Wir erleben dies vor allem bei der Lektüre von Publikationen und beim Hören oder Sehen von Rundfunk- und Fernsehsendungen. Was der Redakteur einer Nachrichtensendung aus der Vielzahl des angebotenen Nachrichtenmaterials auswählt, ist häufig von eigenen individuellen Sichtweisen oder von Gruppennormen beeinflußt. So erhalten wir schon ein unterschiedliches Bild der Ereignisse durch unterschiedliche Auswahl der Schilderungen. Angenommen, die Auswahlkriterien sind objektiv, so lesen, sehen oder hören wir selbst, wie bereits geschildert, selektiv und belügen uns gewissermaßen selbst, indem wir bewußt Nachrichten nicht zur Kenntnis nehmen oder schnell wieder vergessen, die uns unangenehm sind. Daß auch Journalisten bewußt lügen, ja geradezu Meldungen erfinden, dafür gibt es genug Beispiele. Wolf Schneider hat einige davon aus seiner beruflichen Praxis zusammengetragen (Schneider, Hrsg., a. a. O.).

Diese Kategorien der Wahrheit oder Falschheit beziehen sich nach Karl Popper nur auf eine von vier Funktionen der Sprache, nämlich auf die deskriptive, die Darstellungsfunktion. Sie betreffen nicht die Ausdrucksfunktion, die etwas auslöst oder nicht. Auch nicht die Signalfunktion, die durch Wirksamkeit oder Unwirksamkeit gekennzeichnet ist. Und ebenfalls nicht die argumentative Funktion, die nach Gültigkeit oder Ungültigkeit bewertet wird (Popper/Eccles, a. a. O., S. 86 f.). Nur wenn ein Sachverhalt beschrieben wird, kann er entweder wahr oder falsch sein. Kann man eine solche Sachverhaltsbeschreibung nachprüfen, erweist sich, ob im Einzelfalle eine Lüge vorliegt oder nicht. Nur wenn Sachverhalte nicht oder nicht sogleich nachgeprüft werden können, kann die Lüge nicht oder erst später durchschaut werden. Popper meint, daß allein die Möglichkeit, die Unwahrheit zu sagen, das kritische und damit das argumentative Denken des Menschen gefördert und damit seine intellektuellen Fähigkeiten angeregt habe (ebd. S. 540 f.). Hier wird Lüge stark eingegrenzt; denn auch die im Tierreich verbreitete Täuschung durch falsche Signale darf man getrost als Lüge bezeichnen.

Im Sprachgebrauch wird auch die »Notlüge« abgegrenzt. Sie bezeichnet ein Verhalten, das nur begrenzt der gesellschaftlichen Ächtung unterliegt, das gewissermaßen verzeihlich ist. Dazu werden die Lügen zum Nutzen des Belogenen gezählt, zum Beispiel eines Kranken, dem versichert wird, daß er ganz gut aussehe.

Ebenfalls werden dazu die überkommenen Floskeln der Höflichkeit gerechnet, die zum Teil inhaltsleer sind oder ihre Bedeutung gewandelt haben. Auch die unbewußte Unwahrheit, die auf Unwissenheit beruht, wird heute weitgehend verziehen. Es sei denn, man wird als Gutachter in Anspruch genommen. Erst die Lüge zum uneingeschränkt eigenen Vorteil ist gesellschaftlich geächtet. Wer durch Lügen jeglicher Art sich einen Vorteil verschafft, gilt als verwerflich und nicht vertrauenswürdig. Sein Ansehen ist auf lange Zeit erheblich eingeschränkt. Auch vor Gericht wird einem einmalig des Meineids Überführten nur noch eingeschränkt Glauben geschenkt.

Bei der Lüge ist Sprache nicht gleich Sprache. Beim bewußten Aussprechen einer Lüge kann man zwar gewisse Körpersignale, wie niedergeschlagene Augen oder einen unruhigen Blick, fahrige Bewegungen mit den Händen usw. nicht unterdrücken. Sie zeigen aber nur dem Erfahrenen die Wahrscheinlichkeit, keineswegs die Gewißheit, einer Unwahrheit an. Der sogenannte Lügendetektor mißt schon exakter ein Ansteigen der Hautfeuchtigkeit an den Handflächen. Hierbei handelt es sich um einen Vorgang, der unbewußt abläuft, das heißt durch das autonome Nervensystem gesteuert wird, obwohl die Lüge selbst natürlich bewußt ist. Die schriftlich formulierte Lüge dagegen ist an körpersprachlichen Indizien nicht zu erkennen. Ihr Inhalt ist aber, da exakt dokumentiert, erheblich leichter nachzuprüfen. Wer sich also in Schriftform bewußt unwahr äußert, geht das höhere Risiko einer Entdeckung ein.

Nach herkömmlicher Meinung kommt Manipulation, aber auch Persuasion, häufig durch bewußten Einsatz von falschen Behauptungen zustande. Abgesehen davon, daß die Motivation dabei zu berücksichtigen ist, scheint diese Annahme aber übertrieben. Wer wie Uwe Barschel in der Öffentlichkeit angeklagt, mit dem Rücken an der Wand steht, vergreift sich in seiner Panik eher an der Wahrheit als jemand, der Herr der Situation ist. Denn wäre der Politiker Barschel nicht in Panik gewesen, hätte er wissen müssen, daß er in seiner Situation mit einem Ehrenwort seine politische Karriere selbst beendet.

Das Beispiel eignet sich zu einer Klärung des Phänomens: Täuschung und Lüge sind Verhaltensweisen, die nicht der Mensch erfunden hat. Sie scheinen eine gewisse Verbreitung auch im Tierreich zu haben. Als Instrumente nutzen sie sich aber ab. Wer bewußt lügt, verspricht sich einen Vorteil davon. Ist die langfristige Wahrscheinlichkeit der Entlarvung groß, muß er Nutzen und Schaden gegeneinander abwägen. Wird er einmal als Lügner ertappt, verliert er seine Glaubwürdigkeit und damit nahezu seine Kommunikationsfähigkeit. Damit gerät er ins Abseits in seiner sozialen Umwelt. Dieser Mechanismus verhindert offenbar weitgehend, daß von dem »natürlichen« Instrument der Täuschung und der Lüge mehr Gebrauch gemacht wird (s. dazu besonders: Sommer, 1992, S. 175 ff.). So ist es sicher plausibel, daß ein Unternehmer, der seine Produktwerbung auf Unwahrheiten aufbaut, höchstens mit einem kurzfristigen Geschäft rechnen kann. Er macht sich nach § 4 des Gesetzes gegen den unlauteren Wettbewerb (UWG) in Deutschland sogar strafbar, und seine Konkurrenten können ihn auf Unterlassung belangen. Auch Politiker werden sich im allgemeinen hüten, ihre Glaubwürdigkeit und damit ihre Existenz aufs Spiel zu setzen. Aber wie wir beobachten, gibt es Ausnahmen.

8

Aufbau und Wandel des Verhaltensrepertoires

Jäger: Wie er räuspert und wie er spuckt,
Das habt Ihr ihm glücklich abgeguckt.
Friedrich Schiller, »Wallensteins Lager«

In den letzten 50 Jahren haben Einzelwissenschaften einen fast explosionsartigen Zuwachs an Erkenntnissen über den Menschen erzeugt. Dazu zählen vor allem Evolutionsbiologie, die Verhaltenswissenschaften und Neurologie. »Nie erscheint aus diesen Untersuchungen der Mensch als die Tabula rasa der Empiristen, als der Spielball beliebiger dressierender Manipulationen extremer Behavioristen. Allerdings erscheint er dabei auch nie als ein Wesen genetischer Präformation und Determination. Er erscheint immer als ein Wesen, das von Natur aus recht spezifische Erwartungen an die Erfahrungswelt hat, ausgeprägte Bereitschaften und Kompetenzen, Erfahrungen aufzunehmen und nach teils autonomen, teils erlernten Regeln zu verarbeiten, ein Wesen mit machtvollen angeborenen Bedürfnissen nach bestimmten, vor allem sozialen, Erlebnissen und Entwicklungsbedingungen, besonders nach personalen Bindungen und zugleich auch nach exploratorischen Freiheiten.« So charakterisiert Hubert Markl die aktuellen Erkenntnisse der Wissenschaften (Markl, 1983, S. 36). Und er fährt fort: »Des Menschen Freiheit ist vorhersagbar – als Ungewißheit seines Handelns« (S. 46). Insofern ist der Mensch ganz das Ergebnis der Evolution, in der es keine Stagnation, keine dauerhafte Stabilisierung gibt. »Das Wichtigste ist der gebändigte, aber unaufhörliche Wandel in der Vermehrung. Leben ist neuerungssüchtig, da es sich nur durch Wandel einer sich ständig wandelnden Welt anpassen kann. Zugleich gefährdet es sich dadurch.

Aber es hätte sich wohl immer noch mehr durch Stagnation gefährdet« (S. 47).

Das Verhalten des Menschen als Gattung war offensichtlich sehr erfolgreich. Der Auftrag Gottes nach dem Buch Genesis: Seid fruchtbar und vermehrt euch, bevölkert die Erde, unterwerft sie euch ... wurde mehr als erfüllt. Vermutlich hat das exponentielle Wachstum der Menschheit in den letzten 200 Jahren besonders mit der Beschleunigung des Wandels zu tun, die durch die schnellere Informationsübertragung in Gang gesetzt wurde (siehe auch Chr. Vogel, »Von der Natur des Menschen in der Kultur« in Rössner 1986, S. 54 f.). Wenn wir uns hier mit dem Verhalten des Menschen näher befassen, steht außer seinen biologischen und kulturellen Wurzeln vor allem seine Flexibilität im Vordergrund der Betrachtung, die es ihm – bisher jedenfalls – ermöglicht hat, den evolutionären Wandel selbst zu beeinflussen und mit ihm fertig zu werden.

Die phylogenetische Ausstattung des Menschen

»Die biologische Evolution wie die Kulturgeschichte beruhen letztlich auf dem Erwerb, der Speicherung und Anreicherung sowie der selektiv-differenziellen Weitergabe von Information. Informationsfluß ist der rote Faden, der sich durch beide hindurchzieht und beide gestaltet« (Vogel, a. a. O., S. 50). Vielleicht erhellen die Unterschiede zwischen beiden Bereichen und die Gemeinsamkeiten das Wesen der menschlichen Kommunikation und der darauf basierenden Verhaltensmuster.

Unter den zahlreichen Bedeutungen des Begriffs »Verhalten« wollen wir hier die Gesamtheit der Aktivitäten des Menschen verstehen, wie sie sich aus den angeborenen Verhaltensmustern entwickeln und durch Lernen im weitesten Sinne zu einem Repertoire von Wissen und Können aufbauen, das Handlungen auslöst oder beeinflußt. Es umfaßt also beides, die angeborenen wie die erworbenen Handlungsmuster. Wir gehen somit davon aus, daß kognitive Prozesse ebenso das Verhalten beeinflussen wie die phylogenetisch geprägten, stammesgeschichtlich verursachten Aktivitäten. Handlungen beruhen auf Anweisungen, die aus Informationsspeichern abgerufen werden. Eibl-Eibesfeldt unterscheidet drei Arten von Informationsspeichern:

1. über den genetischen Code;
2. über das individuelle Gedächtnis;
3. der Mensch schließlich auch über Sprache, Schrift und elektronische Informationsspeicher, mit deren Hilfe er Kultur schafft (Eibl-Eibesfeldt, 1986, S. 36).

Wenn also von angeborenen Verhaltensweisen die Rede ist, dann entspringen sie dem genetischen Code. Sie sind meist durch Aufzuchtexperimente unter Erfahrungsentzug nachweisbar. Wenn das soeben geborene Gnu nach kurzer Zeit im Trab oder Galopp seiner Mutter nachläuft, sofern eine nahende Gefahr das erforderlich macht, ist das eine angeborene, also stammesgeschichtlich angepaßte Verhaltensform. Ebenso watschelt ein soeben geschlüpftes Entchen, auch wenn es von einer Henne ausgebrütet wurde, zum Wasser, schwimmt ohne Vorübung und seiht den Schlamm auf der Suche nach Nahrung durch den Schnabel. Viele Vögel beherrschen, selbst wenn sie in absoluter Stille aufwachsen, den genauen Gesang ihrer Art. Und Eichhörnchen machen, auch wenn sie in Käfigen aufgewachsen sind, auf dem glatten Boden alle Bewegungen, die zum Vergraben der Nahrung als Wintervorrat notwendig sind. Diese angeborenen Verhaltensweisen sind ein Potential, das dem Lebewesen zum Überleben und zur weiteren Reproduktion der Art mitgegeben wird.

Beim Menschen kann man an Neugeborenen vor allem den Hand- und Fußgreifreflex, die Fähigkeit zum koordinierten Kriechen und die Suchbewegung des Kopfes nach der Brustwarze der Mutter feststellen. Darüber hinaus gibt es eine ganze Reihe weiterer Reflexe, die teils sofort bei der Geburt verfügbar sind, teils erst nach einigen Monaten auftreten. Auch Ausdrucksbewegungen, wie Weinen oder Lächeln, gehören dazu. Sie werden auch an blind und taub geborenen Kindern beobachtet, die zunächst keine Gelegenheit zum Nachahmen oder Lernen haben können. Vor allem in der Wahrnehmung zeigt sich eine angeborene »Ordnungsliebe«, die es sehr bald dem Kind ermöglicht, Gestalten zu erkennen und wiederzuerkennen (vgl. dazu auch Kapitel 5). Diese Erwartung, in der Umwelt Ordnungen und Regelmäßigkeiten vorzufinden, wird als Tendenz zur Prägnanz bezeichnet. Sie ist die Vorbedingung zur Kategorisierung, das heißt zur Merkmalszuordnung.

Auch Emotionen, Triebe und Instinkte gehören, wie bereits in Kapitel 4 behandelt, zum phylogenetischen Bestand des Menschen. Triebe und Instinkte stehen ganz im Dienste der Arterhaltung, was bei der Sexualität besonders deutlich wird. Emotionen haben im wesentlichen eine soziale und kommunikative Funktion. Sie werden im menschlichen Handeln als Antriebe wirksam. Durch die Kortikalisation, also die Verlegung von Gehirnfunktionen in den Neocortex, und die Lateralisation, also die Spezialisierung der beiden Hemisphären, wurden schon bei den Säugetieren, vor allem aber beim Menschen die Voraussetzung dafür geschaffen, daß er seine Handlungen von den Antrieben abkoppelt, daß er zwischen Alternativen abwägt und auswählt. Dies begründet seine relative Freiheit.

Eine weitere stammesgeschichtliche Anpassung ist der angeborene Auslösemechanismus (AAM), der sowohl beim tierischen als auch beim menschlichen Sozialverhalten eine Rolle spielt. Der AAM bewirkt bei Tieren, daß auf einen bestimmten »Schlüsselreiz« ein ganz bestimmtes Verhalten »instinktiv« abläuft. Eine still sitzende Fliege erzeugt bei einem Frosch keinen Schlüsselreiz, selbst wenn sie sich in erreichbarer Entfernung befindet. Bewegt sie sich, Flügel putzend, oder fliegt sie auf, erzeugt sie einen visuellen Reiz, auf den der Frosch mit einer Folge von koordinierten Bewegungen reagiert, mit anderen Worten: er springt und schnappt nach der Fliege. Beim Menschen ist der Nachahmungstrieb schon verhältnismäßig früh zu beobachten. Säuglinge von wenigen Wochen ahmen die Grimassen von Erwachsenen nach, sie strecken die Zunge heraus, öffnen den Mund oder lächeln. Eine ähnliche, akustische Imitation kann auch durch entsprechende Reize, zum Beispiel Kinderweinen oder Kinderlachen, ausgelöst werden (Eibl-Eibesfeldt, 1986, S. 79 ff.).

Die angeborenen Auslösemechanismen führen zur Triebbefriedigung. Hat in einem bestimmten Zeitraum keine Triebbefriedigung stattgefunden, wird das Tier nach den Schlüsselreizen geradezu suchen. Die Ethologen nennen dieses Suchen »Appetenzverhalten«. Es ist die Grundlage auch der menschlichen Motivation. Haben wir Hunger, so suchen wir nach Nahrung. Sind wir gelangweilt, suchen wir nach Informationen. Neugier ist also angeborenes Appetenzverhalten. Dazu sind heute auch die chemischen Vorgänge bekannt, die beispielsweise bei Absinken des Blutzuckerspiegels zum Hungergefühl führen. Welche physiologischen Mechanismen zur Suche nach Informationen führen, weiß man noch nicht. Aber daß die menschliche Neugier eine angeborene Disposition zum Lernen ist, ergibt sich aus zahlreichen Experimenten.

In der Evolution ist eine immer stärkere Fähigkeit zum individuellen Erwerb von Information zu beobachten. In welcher Weise Tiere auch individuell lernen können, haben die Experimente der Behavioristen mit Tauben und Ratten bewiesen. Daß Affen – zum Beispiel Makaken – in der Lage sind, auch voneinander zu lernen, zeigte sich bei Beobachtungen von Rotgesichtmakaken in Japan. Die Forscher hatten Süßkartoffeln an den Strand gestreut. Um den Sand zu entfernen, entwickelte zunächst ein Tier die Technik, eine Kartoffel mit einer Hand ins Wasser zu halten und mit der anderen Hand abzuwischen. Innerhalb kurzer Zeit ahmten etwa 90 Prozent der Gruppe exakt diese Technik nach. Besonders Menschenaffen sind in der Lage, ihre Erfindungen an Mitglieder ihrer Horde weiterzugeben.

Der Mensch scheint in der Entwicklung zur Lernfähigkeit ein vorläufiger Endpunkt zu sein. Seine Fähigkeit, die durch Lernen gewonnene Information zu dokumentieren und sie unabhängig vom menschlichen Datenträger zu übermitteln, entspricht zwar stammesgeschichtlicher Anpassung, schafft aber eine neuartige Qualität sozialen Verhaltens. Das Erscheinen des Menschen, sagt Teilhard de Chardin, ist eine Mutation, die einerseits allen anderen Mutationen gleich ist, sich andererseits aber auch von allen anderen Mutationen unterscheidet (1981b, S. 67 ff.). Das Gehirn des Menschen hat bei seiner Geburt knapp ein Viertel des Volumens eines Erwachsenen, das des Schimpansen aber schon 40 Prozent, das eines Rhesusaffen sogar 65 Prozent. Der Mensch kommt also relativ unfertig auf die Welt. Die obere Grenze für Gewicht und Volumen ist anatomisch durch die Breite des Beckens der Frau gegeben. Somit hat die Evolution den Menschen so ausgestattet, daß er in der längsten Reifezeit lebender Wesen sein Gehirn ausentwickelt und die Fähigkeiten erlernt und erwirbt, die ihn kennzeichnen. Er ist das einzige Lebewesen, das weit bis ins Greisenalter hinein auf den Neuerwerb von Informationen programmiert ist. Seine angeborene Neugier ist der Grund dafür, daß der Mensch eine reizarme oder gar reizfreie Existenz nicht aushält und daß er fast bis zum Tode ein sich ewig Wandelnder, ein Werdender, wie Konrad Lorenz sagt, bleibt (Zimmer, 1982, S. 243).

Die Natur des Tieres besteht in einer weitgehenden Festlegung seines Verhaltensrepertoires für sein ganzes Leben und einer Lernfähigkeit in begrenztem Rahmen. Die Anpassung an Veränderungen der Umwelt kann nur auf dem langsamen Wege über die Mutationen und Ausleseprozesse erfolgen. Dagegen hat der Mensch neben seinen fest programmierten Verhaltensweisen drei bemerkenswerte Eigenschaften: Erstens die Fähigkeit, sich in seinem Verhalten von den festen Programmen der angeborenen Instinkte, Triebe und Emotionen abzukoppeln. Zweitens die angeborene Neugier, durch die er fast süchtig nach stets neuen Reizen, Informationen und Erkenntnissen ist. Und drittens die Fähigkeit, neue Informationen durch Abspeicherung und Vermittlung an andere Menschen und nachfolgende Generationen weiterzugeben. Er besitzt damit auch gegenüber höchstentwickelten Tieren sehr viel mehr Flexibilität und Kreativität. Darüber hinaus ist der Mensch nicht nur schneller in der Lage, sich Veränderungen seiner Umwelt anzupassen. Er verändert durch seine Aktivitäten stets auch die Umwelt, an die er sich dann erst erneut wieder anpassen muß, meist, indem er die Umwelt noch weiter verändert. Diese Fähigkeit des Menschen bringt jedoch die vornehmlich über Mutationen nur langsam anpassungsfähige Tierwelt zunehmend in Gefahr, wie wir an den erschreckenden Zahlen aussterbender Tierarten erkennen müssen. Wozu die Natur mit Hilfe evolutionärer Entwicklungen Jahrtausende brauchte, das verändert und vernichtet der Mensch mit Hilfe seiner Techniken in Jahrzehnten. Damit stellt sich für den Menschen heute erstmals die Frage, ob er mit seinen Fähigkeiten die Evolution unwirksam oder überflüssig macht. Daß dadurch die Gattung Mensch sich selbst in Frage stellt, diese höchst komplexe Einsicht beginnt am Ende des Jahrtausends eben erst zu dämmern.

Wir erkennen hier also, daß eine gängige Meinung über den Ablauf von persuasiven Beeinflussungen nicht richtig ist, die Meinung nämlich, daß bei bestimmten Schlüsselreizen eine vorprogrammierte Reaktion des Menschen nach dem Prinzip des angeborenen Auslösemechanismus (AAM) eintreten müßte. Schon bei Säugetieren gibt es die Fähigkeit, die unmittelbare Reaktion auf einen Schlüsselreiz zu unterbrechen. Der Mensch ist dazu besonders befähigt. Dieser erste Schritt zu einer Autonomie des Handelns kommt schon im kindlichen Spielen – übrigens auch junger Säugetiere – zum Ausdruck.

Ontogenese: Reifung, Prägung, spielendes Üben

Die individuelle Entwicklung des Gehirns von der Geburt bis zur vollen Reife (Ontogenese) unterstreicht die Erkenntnis, wie unreif der Mensch bei seiner Geburt noch ist. Während die Morphogenese des Gehirns, das heißt der Aufbau und die Struktur seiner wesentlichen Teile, bis zum Ende des dritten Monats der Schwangerschaft abgeschlossen ist, beginnt die Reifephase, also die Histogenese, des Gehirns mit dem 4. Monat und setzt sich zum Teil bis ins dritte Lebensjahrzehnt fort. In diesem Vorgang werden die einzelnen Organteile strukturell und funktional differenziert, werden die Nervenzellfortsätze (Dendriten) ausgebildet und teilweise vernetzt und die Lipidhüllen, eine Art Isolation, um die Nervenfasern angelegt. Die fetale Entwicklung des Gehirns verläuft also auch noch längere Zeit nach der Geburt. Besonders ist das Großhirn von dieser langen Reifephase betroffen. Erst in diese Reifeperiode fallen die weitaus meisten Verschaltungen der Neuronen über die synaptischen Verbindungen der Zellfortsätze, der Dendriten. In den ersten beiden Lebensjahren steigt das Gewicht des Gehirns um 350 Prozent, in den folgenden zehn Jahren nur noch um 35 Prozent (Aebli, in Roth, »Begabung und Lernen«, S. 174). Man nimmt an, daß auch die Zahl der Neuronen in der Reifephase noch bis auf 25 Milliarden zunimmt. Am stärksten wächst aber die Zahl der Verbindungen zwischen den Neuronen. Der Aufbau dieser Vernetzungen ist jedoch in starkem Maße von den Reizen aus der Umwelt abhängig. Das gilt besonders für die Sinnesleistungen und die darauf basierenden kognitiven Prozesse. Falls in einer kritischen Entwicklungsphase der Input an äußeren Wahrnehmungsreizen nicht eintrifft, unterbleibt die histogenetische Reifung, und die entsprechende Teilfunktion degeneriert und verharrt auf einer niederen Stufe. Die genetische Entwicklung stellt also eine Lernbereitschaft zur Verfügung, die durch die Umweltfaktoren aufgefüllt werden muß. Eine derartig enge Verschränkung von Umwelt und Lebewesen existiert nur beim Menschen (Oeser/Seitelberger, a. a. O., S. 65).

Daraus ergibt sich für den Menschen ein erheblicher Vorteil gegenüber dem bei der Geburt schon über fertige Verhaltensmuster verfügenden Tier: Die phylogenetisch nur allgemein angelegte Programmstruktur des Verhaltens kann im Laufe des Lebens durch individuellen Erwerb, also durch Lernen, spezialisiert und verändert werden. Das nennt Arnold Gehlen die »Weltoffenheit« des Menschen. Der Reifeprozeß des Gehirns ist geradezu auf die Reizeinwirkungen der Umwelt angewiesen. In diesem Sinne ist die Reifung des menschlichen Verhaltens ein unablässiger Lernvorgang, dem physiologisch das Schalten von synaptischen Verbindungen entspricht. Man weiß inzwischen, daß das Lernen auf der mehrfachen, verstärkten Erregung einzelner Synapsen und auf einer Rückmeldung der Erregung beruht. Während die Neurotransmitter, also die Botenstoffe zwischen den synaptischen Membranen, schon längere Zeit bekannt sind, haben mehrere US-amerikanische Forscher jetzt das gasförmige Stickstoffmonoxyd als Rückwärtsbotenstoff dieses Vernetzungsvorgangs ausgemacht (*Bild der Wissenschaft*, 4/92).

Wenngleich der Reifeprozeß des Gehirns etwa mit Eintritt in das dritte Lebensjahrzehnt abgeschlossen ist und sich substantielle Veränderungen danach nicht mehr ergeben, werden doch weiterhin ständig neue Verbindungen durch erweiterte Erkenntnisse oder Veränderungen der Umwelt hergestellt und alte stillgelegt. Bis ins Greisenalter können durch lernorientiertes Verhalten die natürlichen Prozesse des Alterns, die sich aus der Verringerung der Zahl der Nervenzellen ergeben, konterkariert werden. Aus dem Leistungsrückgang wird dann eher eine Leistungsänderung. Der Mensch hat also die Entwicklung seines Hirnpotentials und damit seines Verhaltensrepertoires, zumindest im Erwachsenenalter, selbst in der Hand. Setzt er sich bewußt ständig neuen Eindrücken, Ideen und Erkenntnissen aus, setzt er sich also auch mit Beeinflussungsversuchen stets aktiv auseinander, so wird das sein Gehirn trainieren und in einem hohen Grade stimulieren. Abgeschlossenheit von geistigen Prozessen oder von den Ereignissen der Umwelt erzeugt nicht nur die Enge des Unwissens, sondern auch eine greisenhafte Unflexibilität des Denkens.

Wie starr sich bestimmte Funktionen der angeborenen Ausstattung von Lebewesen auswirken, wird besonders deutlich an der von Konrad Lorenz erforschten und bezeichneten Erscheinung der Prägung. Wer jemals auf Bali die auf abgeernteten Reisfeldern weidenden Entenvölker beobachtet hat, kann diesen Effekt der Prägung leicht nachvollziehen. Ebenso wie dort die Enten dem Entenführer, oder, genauer, dem kleinen Fähnchen, das er mit sich herumträgt, folgen, so erkannten die Versuchs-Graugänse, die Konrad Lorenz benutzte, auch nur ihn als ihre Mutter an und folgten »auf dem Fuße«. Wenn nämlich Gänse oder Enten in einer kritischen Phase (bei Enten etwa 13 bis 16 Stunden nach dem Schlüpfen) ein bewegtes Objekt sehen, dem sie erstmalig folgen, so bleibt dieses Verhalten bis an ihr Lebensende irreversibel bestehen. Lorenz nutzte bekanntlich die Prägung für seine Untersuchungen des Sozialverhaltens der Graugänse. Auch bei anderen Tieren sind diese oder ähnliche Formen der Prägung beobachtet worden. Hunde können durch gezieltes Abpassen der kritischen Phase auf einen Menschen oder eine Familie geprägt werden und sind dann für ihr Leben kaum mehr von dieser Bindung zu befreien.

Die Prägung spielt auch beim Menschen eine entscheidende Rolle in den ersten Monaten und Jahren seiner Existenz zum Aufbau des Urvertrauens. Eibl-Eibesfeldt weist auf die Mangelerscheinungen hin, die in Heimen aufgewachsene Kinder ohne feste Bezugsperson zeigen. Sie entwickeln sich in ihren geistigen Leistungen schwächer, zeigen im Sozialverhalten Auffälligkeiten und sind insgesamt labiler in ihrer gesamten Entwicklung (Eibl-Eibesfeldt, 1986, S. 243 ff.). Im Alter von fünf Jahren entwickelt das Kind eine positive Identifizierung mit seinem eigenen Geschlecht, und in der Pubertät entsteht die Prägung auf das andere Geschlecht und seine äußeren Merkmale. Veränderungen im Hormonhaushalt oder besondere Ereignisse sexueller Art während dieser Phase können diese normale Prägung beeinflussen in Richtung auf Homosexualität oder auf Phobien. Über weitere Formen von Prägungen beim Menschen, zum Beispiel über Angsterregung, ist zwar nicht nur von Psychoanalytikern geschrieben worden. Offenbar haben sich diese Annahmen und Darstellungen aber bisher wissenschaftlich nicht als hieb- und stichfest erwiesen, weil die Grenze zwischen der irreversiblen Prägung und normalen Lernvorgängen anscheinend nicht exakt definiert werden kann.

Für menschliches Sozialverhalten spielt der Erwerb des Urvertrauens und damit der Bindungsmöglichkeit überhaupt eine entscheidende Rolle. Ohne diese grundlegende Prägung fällt es dem Menschen schwer, sich in Gemeinschaften einzufügen, Partnerschaften einzugehen, überhaupt kooperativ zu agieren. Auch Liebesbeziehungen und sexuelle Bindungen sind davon abhängig. Der Entzug der eindeutigen Bezugsperson und ihr Ersatz durch kollektive Aufzuchtmaßnahmen (wie im Kibbuz) erscheinen daher nach heutigen Erkenntnissen als ein schwerwiegender Eingriff in die Persönlichkeitsentwicklung der betroffenen Kinder. Über diese genannten Prägungen hinaus kann man für den Erwerb des

Verhaltensrepertoires andere mögliche, aber nicht nachgewiesene Formen von Prägungen vernachlässigen.

Für Tiere wie für Menschen sind das Neugierverhalten und das Spiel die ersten Formen des Lernens und damit auch der Aneignung eines Verhaltensrepertoires. Das Spiel ist im wesentlichen »freies Handeln«, sagt Huizinga. Es ist darum auch »überflüssig« (Homo Ludens, S. 16). Im Spiel, das verglichen mit anderen Tätigkeiten zunächst ziel- und zwecklos scheint, üben Tier und Mensch jedoch Fertigkeiten ein, die rudimentär angeboren sind. Wenn man junge Tiere bei ihren Spielen beobachtet, kann man feststellen, daß schon die später benötigten koordinierten Bewegungsabläufe zum Beispiel des Beutefangens und Totschüttelns geübt werden. Und beim Wettkampf miteinander werden die Posen und Taktiken der späteren Rivalitätskämpfe mit Wettbewerbern um die Weibchen trainiert. Auch unter Tieren werden die Regeln des Spiels beachtet: Dem Gegner werden nicht die Ohren angebissen, wie das in der Hitze des ernsthaften Gefechts vorkommen kann. Eibl-Eibesfeldt sieht darin einen Beweis dafür, daß auch im Tier bereits die Abkoppelung der Handlungen von angeborenen Trieben angelegt ist (1986, S. 116).

Das kindliche Spiel enthält neben dem Einüben von Bewegungsabläufen und der sozialen Komponente erster Partnerschaftsbeziehungen auch noch die Nachahmung der Lebenswelt der Erwachsenen. So werden die Rollen eingeübt, die sich dem Kind in seiner Umwelt darstellen: Mutter, Vater, Kind. Aber auch der Postbote oder der Kaufmann. Spielerisch erlernt das Kind seine Umwelt, die unterschiedlichen Funktionen und vor allem auch die Regeln des Zusammenlebens. Denn Kennzeichen des Spiels sind auch die festen Regeln, an die man sich halten muß. Ein Vorgriff auf die Ordnung der sozialen Bezüge im späteren »Ernst des Lebens«. Auch das Wettkampfverhalten wird eingeübt, das ja ebenso in der späteren Rivalität um Sexualpartner oder auch um soziale Anerkennung benötigt wird.

Das menschliche Gehirn ist ein »Überschußphänomen« (Erhard Oeser, a. a. O., S. 166 ff.). Es ist trotz ständiger konkreter Festlegungen von Wissen und Können und deren Abspeicherung stets offen für neue Erkenntnis- und Handlungsvarianten. Das aus der Sicht des Spielenden ziel- und zwecklose Spiel entspringt vielleicht diesem Überschußphänomen und wirkt auch, wie Huizinga darlegt, kulturschöpferisch. Es scheint fast so, als wäre das Spiel für das Verhalten, was der Traum für das Denken ist: das ständige Ausprobieren der Möglichkeiten, die sich durch die offene Programmstruktur des Gehirns als Potential ergeben, ohne die für das tägliche Denken und Handeln notwendige Gehirnleistung einzuschränken. Ein ständiges Austasten der Handlungsmöglichkeiten, die im Arbeitsleben nicht gebraucht werden, sich aber im Spiel als attraktiv erweisen. Vielleicht braucht der Mensch ein Mindestquantum an Spiel, um Handlungsoptionen offenzuhalten, die nicht ständig im realen Leben gebraucht werden.

Eric Berne hat in seinem Bestseller die »Spiele der Erwachsenen« auf Transaktionen zwischen den drei Ichs jedes Individuums zurückgeführt: das Eltern-Ich, das Erwachsenen-Ich und das Kindheits-Ich. Für den kritischen Beobachter mag nicht nur das soziale Spielen in der Freizeit, sondern auch das Spielen im Arbeitsleben bemerkenswert sein. Hier werden grundsätzlich andere Rollen gespielt als in der Freizeit. Aber die Rollen wechseln auch häufig von einem Augenblick zum anderen, je nach der Anwesenheit oder Abwesenheit von Hierarchen oder konkurrierenden Rollenträgern. Allerdings kann man zweifeln, ob der häufig blutige Ernst des Berufslebens trotz der Rollenspiele noch als »Spiel« bezeichnet werden kann, vor allem, wenn harter Wettbewerb, feste Regeln oder gar das Gefühl der Zwecklosigkeit häufig das Geschehen prägen.

Lebenslanges Lernen

Das Verhaltensrepertoire des Menschen entsteht mit zunehmendem Alter aus Vorgängen des Lernens. Selbst bei den durch die angeborenen Instinkte und Triebe bestimmten Handlungen der Nahrungsaufnahme und der Sexualität verfeinert der Mensch sein konkretes Verhalten durch erworbene Erfahrungen, wenn er nicht durch besondere Ereignisse im frühen Alter auf bestimmte Reize geprägt wurde und fixiert bleibt.

Voraussetzung für den Lernerfolg ist Intelligenz, also ein geistiges Leistungsvermögen des Gehirns zu kognitiven Aktivitäten oder anders gesagt: ein aktiver Verstand. Wie weit die Intelligenz angeboren ist, war in der Vergangenheit heftig umstritten. Es ist in unserem Zusammenhang müßig, darauf im einzelnen einzugehen. Heute scheint festzustehen, daß ein niedriger Intelligenzquotient durch systematische Reize aus der Umwelt und geplantes Lernen zu einer größeren Leistungssteigerung führen kann als eine hohe Veranlagung, die nicht ausreichend gefordert wurde. Das kulturelle Milieu, die familiäre Atmosphäre und die pädagogischen Standards von Kindergarten und Schule sind offensichtlich in der Lage, angeborene Nachteile weitgehend auszugleichen, wenn sie diese Möglichkeiten rechtzeitig erkennen und entsprechend nutzen.

Aufbauend auf der Reifung der Gehirnfunktionen vollzieht sich das kindliche Lernen in einzelnen Schüben, ohne daß es feste Altersgrenzen für die Leistungsfähigkeit gäbe. Etwa im Alter von einem Jahr beginnt der kleine Mensch zu gehen. Die ersten Zweiwörtersätze formuliert das Kind meist nicht vor dem 18. Monat. Jean Piaget hat die Stufen der lernenden Entwicklung des Kindes untersucht und systematisch geordnet. Er unterscheidet 5 Stufen: Die sensomotorische Stufe reicht bis zu 1½ oder 2 Jahren. Sie ist gekennzeichnet durch motorische Schemata, die nicht reversibel sind: saugen, werfen, schauen. In der zweiten, der voroperatorischen, von 2 bis 7 Jahren dauernden Stufe entwickeln sich bildliche Vorstellungen und Symbolisierungen durch Nachahmung, Spiel, Zeichnen und Sprache. Die dritte Stufe, die Piaget die konkretoperatorische Stufe nennt, reicht etwa von 7 bis 12 Jahren und bringt neben den konkreten Operationen auch eine Verfeinerung der Sprache und des Vorstellungsvermögens. Die vierte Stufe reicht von 11 bis 13 Jahren, Piaget nennt sie die Unterstufe der Organisation. Sie und die fünfte Stufe, in der Terminologie Piagets die Unterstufe der Leistungsfähigkeit, sind gekennzeichnet durch formale Operationen wie Deduktion, Permutation und Korrelation sowie durch die Fähigkeit der Abstraktion und der Verallgemeinerung. Bis etwa zum 15. Lebensjahr reicht somit diese Entwicklungsskala, die mit zum Teil sehr eigenständiger Terminologie bezeichnet ist.

Im gesamten Entwicklungsprozeß des Menschen werden nach Piaget zwei wesentliche Prozesse wirksam: die Assimilation oder Vereinnahmung von neuen Fakten und die darauf folgende Akkomodation, also die Angleichung. Hierbei werden die basalen Konzepte oder Handlungsschemata aufgrund der neuen Erfahrungen gewandelt. Entwicklung ist also nach Piaget ein Lernprozeß mit dem Ziel, praktische Handlungsschemata zu erwerben.

Wie wichtig eigene Aktivität für den Wissenserwerb bei Tieren ist, zeigte sich in einem Experiment von Held und Hein im Jahre 1963: »Kätzchen aus dem gleichen Wurf verbringen mehrere Stunden pro Tag in einer Anlage, die einem der Kätzchen fast vollständige Freiheit gewährt, um seine Umgebung aktiv zu explorieren, genau wie ein normales Kätzchen. Das andere wird passiv in einer Schaukel aufgehängt, die durch eine einfache mechanische Anordnung in allen Richtungen durch das explorierende Geschwisterchen bewegt wird, so daß der Schaukelpassagier dem gleichen Spiel visueller Eindrücke unterworfen ist, wie das aktive Kätzchen, doch nichts von dieser Aktivität wird durch den Passagier veranlaßt. Seine visuelle Welt wird ihm genauso verschafft, wie es für uns auf einem Fernsehschirm geschieht... Nach einigen Wochen zeigen Tests, daß das aktive Kätzchen gelernt hat, seine Gesichtsfelder dazu zu verwenden, ihm ein gültiges Bild der äußeren Welt für den Zweck der Bewegung, genau wie ein normales Kätzchen, zu vermitteln, während der Schaukelpassagier nichts gelernt hat« (Popper/Eccles, S. 485). Eccles zieht daraus und aus anderen Erkenntnissen den Schluß, daß »fortwährend aktive Exploration wesentlich ist, sogar wenn Erwachsene ihre bestehenden visuellen Unterscheidungsfähigkeiten behalten oder neue erlernen sollen.«

Was das Kind in seiner sozialen Umgebung, also meist in der Familie, lernt, bezieht sich nicht nur auf alle Vorgänge, die seine

Wirklichkeit »konstruieren«, und auf Sachwissen. Ein Kind, das auf einem Bauernhof aufwächst, kennt früher als ein Stadtkind eine Kuh oder ein Pferd, oder auch einen Traktor und einen Pflug. Aber jedes Kind lernt zur gleichen Zeit zahlreiche und unterschiedliche Fakten und Muster, zum Beispiel ethische Normen und Einstellungen, für die eine grundsätzliche Veranlagung angeboren sein muß. Es erwirbt zur gleichen Zeit die Fähigkeit, seine Körperbewegungen so zu koordinieren, daß es auf einem zweirädrigen Fahrrad fahren kann, und es lernt die Uhr kennen. Sein Weltbild wird weitgehend bestimmt von dem, was Eltern oder andere Gruppenangehörige vorleben und kommunikativ handelnd zeigen. Durch die Schule werden zusätzlich die kognitiven Fähigkeiten geübt, und die ersten Konflikte zwischen dem, was die Eltern wissen oder tun, und dem, was in der Schule gelehrt wird, entstehen. Früh lernt das Kind dadurch auch, daß gewisse Kenntnisse nur eine zeitliche Gültigkeit haben. Der die Kinder bringende Klapperstorch gehört eben nur einer Periode im Leben eines Kindes an wie die Märchen, die zuerst auch für wirklich gehalten werden. Das fördert die Fähigkeit, stets offen für neues Wissen zu sein.

Der Eintritt ins Berufsleben stellt weitere Anforderungen an den jungen Menschen. Hierbei sind es zunächst nur die Erfordernisse der Regeln, wie man konkret den theoretisch oder auch praktisch erlernten Beruf ausübt. Aber auch die Regeln der Hierarchie in der Arbeitswelt, die Besonderheiten des betrieblichen Machtgefüges und weiteres Know-how müssen in meist kurzer Zeit gelernt werden. Und wenn der Mensch, der sich dieser Arbeitswelt gut angepaßt hat und in seinem Beruf erfolgreich war, nach 40 Jahren in den Ruhestand geht, hat er wiederum neue Erfahrungen zu machen und sich einer neuen Situation anzupassen. Wie er das bewältigt, verweist auf den Grad der im Leben erworbenen Flexibilität.

Lernen ist im weitesten Sinne ein kommunikativer Vorgang, auch wenn er in der Kindheit auf Nachahmung oder Adaption der Verhaltensweisen von Vorbildern basiert. Selbst das latente Lernen von koordinierten Fertigkeiten, das fast nicht bewußt wird, zum Beispiel das Radfahren, führt über kognitive Prozesse zu bestimmten Verhaltensschemata. Persuasive Vorgänge werden aber, je älter der Mensch wird, von immer größerer Bedeutung. Die kulturelle und soziale Anpassung eines jungen Menschen an das Arbeits- und Berufsleben geschieht persuasiv durch die Vorgesetzten und die Arbeitskollegen. Die Gestaltung der Freizeit unterliegt nicht nur der eigenen Veranlagung oder einer eigenen Motivation, sondern auch den sozialen Beziehungen, die dabei eine Rolle spielen oder erst aufgebaut werden sollen. Dabei geht es nicht um ein individuelles Reservat, wie man meinen könnte, auch hier wird der soziale Druck durch Gruppen- oder Szeneverhalten und Mode immer stärker. Ja, selbst im individuellsten Bereich, der persönlichen Partnerschaft und der sexuellen Beziehungen, kann man sich Einflußnahmen durch veränderte Normen nicht entziehen. Wenn die APO (außerparlamentarische Opposition) des Jahres 1968 an den Universitäten es so direkt formulierte: »Wer zweimal mit derselben pennt, gehört schon zum Establishment«, so war das ein Signal für viele junge Menschen, ihre bisherigen Normvorstellungen von Partnerschaft zu überdenken, wollten sie nicht als hoffnungslos konservativ in ihren Kreisen gelten. Mit anderen Worten: persuasiver Druck auf das Verhalten wird in allen Lebensbereichen wirksam. Er wird nicht nur als unvermeidlich hingenommen, sondern dient offenbar weitgehend als willkommener Anreiz, sein Verhaltensrepertoire zu überprüfen und zu aktualisieren.

Wie schnell neue Einsichten sich in angepaßtes Verhalten in der Breite ändern können, zeigt die heutige Praxis der Abfallbeseitigung in den Haushalten. Noch Anfang der achtziger Jahre war das Bewußtsein von der Abfallawine, die auf uns zurollt, verhältnismäßig gering ausgeprägt, obwohl man in der Nähe aller großen Städte die Müllkippen gigantischen Ausmaßes sehen konnte. Heute kenne ich keine Bekannten oder Freunde mehr, die nicht in ihrem Haushalt sehr verantwortungsbewußt Papier, Kunststoffe, Metalle, Altbatterien und Medikamente sortieren und zum Teil sogar selbst zu den Entsorgungseinrichtungen bringen. Der soziale Druck war in diesem Falle nicht einmal besonders ausgeprägt; dennoch ist die Überzeugung, hier selbst gefordert zu sein, verhältnismäßig schnell gewachsen.

Man muß also noch gar nicht die Persuasion durch die klassischen Mittel der politischen Propaganda und der Wirtschaftswerbung heranziehen, um zu beweisen, daß wir uns ganz willig beeinflussen lassen, oder uns selbst beeinflussen, indem wir aktiv neue Informationen suchen. Es gehört offensichtlich zur Natur des Menschen, sich beeinflussen zu lassen, selbst wenn er bei weitem nicht allen persuasiven Einflüssen nachgibt. Aber das Beeinflußtwerden und das Sich-Beeinflussenlassen sind offenbar Grundmuster menschlicher Existenz.

Darüber hinaus bewegt sich der Mensch heute in einer Umwelt, die seit Jahrtausenden durch Menschen verändert worden ist. Seine kulturelle Umwelt erscheint nicht nur kaum mehr natürlich, sie ist zugleich stummer Zeuge von Beeinflussungen und Persuasionen vergangener Generationen. Wir können an den Kirchen des bayerischen Chiemgaues und der bürgerlichen Architektur entlang des Inns den italienischen Einfluß erkennen und damit die Zusammenhänge, die sich aus mannigfachen Beeinflussungsvorgängen ergeben haben. Der Mensch, der heute in dieser Welt aufwächst und sie sich erarbeitet, nimmt bereits die kulturelle Überformung der Natur durch die rund 2500 Generationen des Homo sapiens in sich auf. Er lernt die Welt als Ergebnis von Beeinflussungsvorgängen kennen und schickt sich an, seinen Teil zur kulturellen Veränderung seiner Umwelt mit denselben Mitteln zu leisten.

Wenn der Mensch derartig offen für Veränderungen und Beeinflussungen jeglicher Art ist, scheint das in einem Widerspruch zu dem bereits geschilderten gewohnheitsmäßigen (habituellen) Handeln zu stehen (vgl. auch Kapitel 3). Das habituelle Handeln, in dem wir komplizierte Handlungsabläufe nach einem eingeübten Schema automatisch ablaufen lassen, ist ja gewiß kein Zeichen von Offenheit für Veränderungen. Vor allem bei Konsum- und Kaufentscheidungen äußert sich die Gewohnheit häufig in hartnäckigem Festhalten an einmal beschlossenem Verhalten, sehr zum Ärger von innovationssüchtigen Marketing-Strategen.

So war die Einführung von Geschirrspülern in Deutschland lange Zeit durch die rollenspezifische Identifizierung der typischen Hausfrauen mit dem Handspülen behindert. Habituelles Handeln wirkt sich also besonders dann, wenn es psychisch verankert ist, als Bremse gegen Beeinflussungen aus. Das bedeutet, daß Menschen sich unterschiedlich fest in tradierte Rollen einbinden und sich damit für variante Handlungsmuster selbst blockieren.

Das Festhalten an eingeübten oder einmal praktizierten Verhaltensschemata ist früher als ethisch besonders positiv angesehen worden. Die »Nibelungentreue« nicht nur zu Personen, sondern auch zu Prinzipien oder Idealen galt als Charakterstärke und wurde durch besonderes Ansehen der Person belohnt. Wir haben allerdings auch erlebt, wie leicht diese Gesinnung und Haltung von den Nazi-Machthabern mißbraucht wurde. Dennoch erscheinen uns Persönlichkeiten mit dieser Eigenschaft auch heute noch als besonders berechenbar in ihrem Verhalten. Aber auch diese Personen lassen sich durch Anregungen beeinflussen, allerdings häufig nur auf Handlungsfeldern, die etwas weiter von ihren zentralen persönlichen Normen entfernt sind. Ihr Kennzeichen ist, daß sie jeweils genaue kausale Begründungen für ihr verändertes Verhalten angeben. Dabei wird ein externer Einfluß meist völlig verdrängt. Besonders diese »starken Persönlichkeiten« neigen dazu, jeglichen äußeren Einfluß auf sich zu verleugnen, als sei es gewissermaßen »ehrenrührig«, sich beeinflussen zu lassen. Wer als starker Raucher plötzlich das Rauchen aufgibt, findet meistens eine Reihe von Gründen für seine Einsicht und den ganz individuellen Entschluß. Daß persuasive Einflußnahme von Angehörigen, Ärzten oder anderen Personen mit dabei im Spiel war, geben die wenigsten zu. In unseren persönlichen Beziehungen zu anderen Menschen erwarten wir allerdings meistens weniger das Chaos des sich ständig wandelnden Verhaltensrepertoires, sondern mehr die Ordnung des steten Charakters. Die Treue der Angehörigen und die Beständigkeit von Freundschaften sind die aus dem Urvertrauen erwachsenen Grunderwartungen an soziale Beziehungen. Sie entsprechen wohl dem ebenfalls angeborenen Sicherheitsbedürfnis des Menschen.

Wir kommen hier wieder auf die Frage von Eccles und Popper zurück, wie sich in dem ständigen Wandel, dem wir unterworfen sind oder in den wir uns selbst einordnen, unsere eigene Identität bewahrt. Wie bleiben wir trotz der ständigen Aufnahme und Verarbeitung neuer Informationen und der Anpassung unseres Verhaltens an neue Muster immer noch wir selbst? Eccles nimmt einen individuellen Akt der Schöpfung an, bei dem das »selbstbewußte Ich« dem Bewußtsein eingepflanzt wird. Wer das nicht anerkennen mag, kann das Phänomen als eines der ungelösten Rätsel der Menschheit ansehen. Vielleicht kommt Thomas Mann der Deutung dieser Erscheinung nahe, wenn er Felix Krull nach dem Wechsel seiner Identität in den Marquis Venosta die folgenden Empfindungen haben läßt: »... die Veränderung und Erneuerung meines abgetragenen Ich überhaupt, daß ich den alten Adam hatte ausziehen und in einen anderen hatte schlüpfen können, dies eigentlich war es, was mich erfüllte und beglückte. Nur fiel mir auf, daß mit dem Existenzwechsel nicht allein köstliche Erfrischung, sondern auch eine gewisse Ausgeblasenheit meines Inneren verbunden war, insofern nämlich, als ich alle Erinnerungen, welche meinem ungültig gewordenen Dasein angehörten, aus meiner Seele zu verbannen hatte. Wie ich hier saß, hatte ich auf sie kein Anrecht mehr, – was gewiß kein Verlust war ...« Wir brauchen aber nicht das literarische Muster einer Identitätsveränderung zu bemühen. Schlüpfen doch Jahr für Jahr während des Karnevals Millionen Menschen in ein Kostüm oder hinter eine Maske, um einmal jemand ganz anderer sein zu können. Und da Maske und Verkleidung kein europäisches Reservat sind und sich in fast allen Kulturen finden, scheint die Neigung zu einer anderen oder neuen Existenz ein Indiz für ein tieferes Bedürfnis zu sein.

Vermutlich ist das Nachgeben auf persuasiven Druck aus der Umwelt ein altes Erbe der Menschheit. Zimmer macht darauf aufmerksam, daß die phylogenetische Ausstattung des Menschen heute noch weitgehend der Situation vor rund 35 000 Jahren entspricht, als sich der Homo sapiens als Jäger betätigte. Der Erfolg einer Horde oder Großfamilie bei der Jagd war von einer abgestimmten Strategie und Taktik abhängig, von einer Aufgabenteilung nicht nur der Geschlechter, sondern auch der Jungen und Alten. Die Kooperationsbereitschaft wurde besonders ausgeprägt. »Das Leben als Raubaffe bescherte dem werdenden Menschen sozusagen seine stammesgeschichtliche Sozialisation. Er lernte die Zusammenarbeit, und in der Zusammenarbeit lernte er das Lernen, die Fähigkeit, seine Überlebensprobleme durch gedankliches Kombinieren besser und besser zu lösen und die besten Lösungen irgendeines besonders befähigten oder vom Glück bedachten Individuums zu übernehmen und zum Allgemeingut zu machen« (Zimmer, 1982, S. 229). Das bedeutete vom Anfang der Menschheit an auch die gegenseitige gezielte und beabsichtigte Beeinflussung. Es ist also nicht nur die angeborene Neugier, die den Menschen nach immer neuen Informationsreizen suchen läßt und ihn daher auch offen für Beeinflussungen macht, sondern auch die stammesgeschichtliche Anpassung als »Raubaffe«, die Notwendigkeit, durch abgestimmtes Sozialverhalten sich in der Nische der damaligen Umwelt durchzusetzen. Vielleicht ist die Tatsache, daß wir genetisch noch nicht über den Stand jenes frühen Homo sapiens sapiens hinausgekommen sind, zu Zeiten der Moderne und Postmoderne weder allgemein bewußt noch sehr populär. Aber die Anforderungen unserer heutigen, weitgehend durch den Menschen selbst geschaffenen, also kulturellen Umwelt stimmen nicht mehr überein mit unserer natürlichen, vor zigtausend Jahren mutativ entstandenen grundsätzlichen Verhaltensausstattung. Das gilt vor allem auch für die Phänomene der Beeinflussung und der Persuasion, die einst zum Überleben des Individuums und der Art notwendig waren und heute häufig als ein unerträgliches Eindringen in die persönliche Sphäre des einzelnen interpretiert werden.

Ist Persuasion Herrschaftsausübung oder Aggression?

Eine Quelle für die Annahme, daß Persuasion stets Herrschaftsausübung oder auch Aggression bedeutet, könnte in unserer Zeit in der antiautoritären Erziehung zu finden sein. In den sechziger und siebziger Jahren bildete sich im weiteren Verlauf der Studentenbewegung und der »Neuen Linken« jene Bestrebung aus, die herkömmlichen Erziehungsmethoden grundsätzlich in Frage zu stellen. Sie wurden beschuldigt, den Menschen undemokratisch zur Unterwürfigkeit unter Autoritäten zu erziehen und damit autoritären Regimen Vorschub zu leisten. Das neue Menschenbild stellte dagegen den emanzipierten, keiner Autorität folgenden Menschen heraus. Seine Erziehung konnte mit den herkömmlichen pädagogischen Methoden angeblich nicht mehr gewährleistet werden. So wurden antiautoritäre Kindergärten und andere Einrichtungen gegründet, die vor allem den Zweck hatten, Kinder möglichst keinerlei Zwängen zu unterwerfen.

Woran diese permissive Erziehung inzwischen gescheitert ist, erklären Alexander und Margarete Mitscherlich aus der Sicht der Psychoanalyse: Im kindlichen Alter identifiziert sich das Kind stark mit dem Vater. Dessen Verhalten gilt als Maßstab für eigenes Verhalten. Diese uneingeschränkte Identifikation beginnt sich zu modifizieren, sobald das Kind eigene Erfahrungen mit Maßnahmen macht, die der Vater zum Besten des Kindes anordnet, die aber mit Verzicht verbunden sind. Die Eltern belohnen nun aber meistens den Gehorsam des Kindes mit zusätzlicher Zuwendung. So erlebt das Kind den Verzicht als etwas, das in der Folge die besondere Liebe der Eltern nach sich zieht. Verzicht auf Triebbefriedigung ist also ein normales Erlebnis, für das man durch die soziale Anerkennung im Familienkreise entschädigt wird. Das Verhältnis zur Autorität sei also immer durch eine gewisse Ambivalenz gekennzeichnet; denn an der elterlichen Autorität habe man gelernt, daß mit ihr sowohl triebbefriedigende als auch Verzichtshandlungen verbunden seien. Diese Erfahrung sei Teil des sozialen Lernens und führe auch zur Ausbildung der eigenen Identität (Mitscherlich, 1990, S. 362 ff.).

Danach hat die permissive Erziehung lediglich den Sozialisationsvorgang der davon betroffenen Kinder verzögert, weil die Erfahrung des Triebverzichts ja eines Tages doch gemacht werden muß.

In der Pubertät wechselt der junge Mensch die Werteinstellungen der familiären Umwelt gegen neue Idole und Autoritäten aus. Das geschah offenbar in der Vergangenheit in einem kurzen und fast revolutionären Aufbäumen gegen die alten Autoritäten und wurde häufig auch literarisch behandelt. Mitscherlich diagnostiziert eine Verlangsamung dieses Prozesses in der Gegenwart und führt sie zum Teil auf die Unsicherheit zurück, in der Eltern heute ihre Rolle erleben und entsprechend undeutlich die Erziehung ihrer Kinder führen. So ist der Absetzbewegung des pubertierenden Jugendlichen von den Vorbildern der Kindheit durch die Unsicherheit, mit der Eltern ihre Rolle praktizieren, zum Teil der Boden entzogen. Mit auf diesen Einbruch von Unsicherheit führt Mitscherlich den raschen Erfolg Hitlers zurück, der sich als neues Idol anbot und dem fast vorpubertär gefolgt wurde (S. 265).

Hier ist erneut die Frage angebracht, ob ein individueller Grad von Beeinflußbarkeit angeboren oder erworben wird. Darauf können auch die Lehre von den unterschiedlichen Temperamenten oder die Typologie nach Kretschmer oder Spranger keine eindeutige Antwort geben. In der Literatur finden sich keine Hinweise darauf, daß neben der phylogenetischen Anlage, sich beeinflussen zu lassen, eine erhöhte Suggestibilität angeboren sein könnte. In einigen Experimenten hat sich herausgestellt, daß Frauen allgemein eher Einflüssen nachgeben als Männer (Bergler/Six, 1979, S. 102.). Man findet darüber hinaus lediglich Hinweise auf unterschiedliche Persönlichkeitsstrukturen, die unterschiedliche Anfälligkeiten für persuasive Prozesse bedingen. So sollen, was plausibel erscheint, unsichere Personen mit einem geringen Selbstwertgefühl leichter beeinflußbar sein. Neben dem situativen Zustand, in dem sich eine Person befindet, ist doch wohl eine erhöhte Beeinflußbarkeit mehr das Ergebnis der Erziehung, der Bildung und der Umwelt. Dafür spricht ein Beispiel, das Löbsack erwähnt: Ralf Dahrendorf habe bei irgendeiner Gelegenheit von einer Untersuchung über das Verhalten von Gefangenen des Korea-Krieges gegenüber den Gegnern berichtet. Da habe man festgestellt, daß von den gefangenen Amerikanern jeder dritte mit den Nordkoreanern kooperiert habe, von den insgesamt 229 türkischen Soldaten jedoch keiner. Dahrendorf habe das als Beweis dafür angeführt, daß die Sozialfaktoren im weitesten Sinne, also Religion, Erziehung usw. bestimmend für die Suggestibilität seien (Löbsack, 1981, S. 90 ff., vgl. auch Mitscherlich, 1963, S. 160).

Es ist natürlich keine Frage, daß auch bei einem geringen Grad von Beeinflußbarkeit ein Mensch durch physische oder psychische Gewalteinwirkung zur Änderung seines Verhaltens, seiner Einstellungen usw. gebracht werden kann. Die »Gehirnwäsche« von Gefangenen, die sich diesen Maßnahmen nicht entziehen können, ist ein Beispiel für Persuasionen unter Gewalteinwirkung. Diese Praxis ist jedoch ein Sonderfall und so weit entfernt von den Gepflogenheiten des menschlichen Umgangs miteinander in allen Kulturkreisen, daß sie hier nicht weiter verfolgt werden soll.

Im normalen kommunikativen Prozeß ist die Glaubwürdigkeit eines Senders – unabhängig von der Glaubwürdigkeit einer Botschaft – ein entscheidendes Erfolgskriterium. Insofern kommt der Autorität einer Person in persuasiven Akten stets eine große Bedeutung zu. Eine bemerkenswerte Entwicklung unserer Zeit ist sicher die Vervielfachung von Autoritäten, vor allem der wissenschaftlichen, und ihre Relativierung. Es ist allgemein üblich geworden, den Wahrheitsgehalt eines wissenschaftlichen Gutachtens danach zu beurteilen, aus welcher ideologischen, politischen oder wirtschaftlichen Interessenrichtung es kommt. So haben sich zum Beispiel gewisse »Öko«-Institute den zweifelhaften Ruf erworben, jeder apokalyptischen Befürchtung durch ihre Stellungnahmen Vorschub zu leisten.

Autoritäten bieten sich heute genügend an. Sie finden in den Massenmedien verstärkendes Echo für ihre Aktivitäten. In der öffentlichen Diskussion werden sie fleißig zitiert. Sie haben unterschiedlichen Einfluß. Die Frage ihrer Vervielfachung ist darum auch die Frage nach ihrer Entstehung.

Autorität gilt heute in der Massenkommunikation (vgl. dazu Kapitel 9) als gleichbedeutend mit hoher Kompetenz in Sachfragen. Das bedeutet mehr als durchschnittliches Wissen oder besondere Kenntnisse auf eingegrenzten Gebieten. Autorität ist die Kompetenz des Experten, der deshalb so notwendig ist, weil die

Fülle des Wissens der Menschheit ins Unüberschaubare angewachsen ist. Bedarf der Politiker oder der Journalist, der Manager oder der Beamte des Expertenwissens, so finden wir auch im privaten Leben ähnliche Bedürfnisse, die unser Verhalten beeinflussen. Die Fachleute sprechen vom »Opinion leader«, dem Meinungsführer. Er hat meistens nur begrenzte Autorität. So wird von uns bei der Anschaffung eines Rasenmähers vor allem jener Nachbar zu Rate gezogen, der über einen sehr gepflegten Rasen verfügt. Und in der Frage, welches Restaurant für eine Familienfeier in Frage kommt, lassen wir uns von einem Gourmet unter unseren Bekannten beraten. Kompetenz in begrenzten Sektoren gilt heute meist als Autorität. Dagegen wird kaum nach »Verhaltensautoritäten« gefragt, nach Persönlichkeiten, deren gesamte Lebens- und Handlungsweise von vorbildhafter Autorität ist. Ein Kenn- und Warnzeichen unserer spezialisierten und nicht mehr ganzheitlichen Existenz.

Aus dem bisher Gesagten geht hervor, daß wir uns gern an Autoritäten orientieren, weil der einzelne in einer durch Wissensexplosion gekennzeichneten Gesellschaft kaum noch zur Orientierung fähig ist. Daß dagegen »Autoritarismus« als die Herrschaft einer Gruppe oder Person, die durch keine Kontrollmechanismen behindert wird, etwas völlig anderes bedeutet, wird wegen der Ähnlichkeit der Begriffe häufig übersehen. Wer sich gegen jegliche Autorität wendet oder sie ablehnt, verfällt einem unrealistischen Wunschdenken, wie der Utopie von der herrschaftsfreien Gesellschaft. Wer diesem Ideal nachstrebt, für den ist Persuasion ausschließlich ein Mittel der Herrschaftsausübung, um die eigene Machtposition zu stärken. Sie fällt dann eher unter die Definition Max Webers von der charismatischen Herrschaft, neben der rationalen und der traditionellen. Das Kennzeichen dieser charismatischen Herrschaft Webers ist aber gerade, daß sie ihre Macht zunächst aus den irrationalen Qualitäten einer Einzelpersönlichkeit gewinnt. Hierin lag jedoch für die »Neue Linke« die Schwäche dieser Definition; denn sie ist an die persönliche Wirkung gebunden. Dagegen versucht Herbert Marcuse, das ganze »System« der Massenkommunikation und industriellen Produktion als

Herrschaftsausübung zu kennzeichnen. Er entwirft in »Der eindimensionale Mensch« das Schreckensbild einer anonymen Macht, die persuasiv das gesellschaftliche und das individuelle Dasein bestimmt: »Die Leistungsfähigkeit des Systems macht die Individuen untauglich für die Erkenntnis, daß es keine Tatsachen enthält, die nicht die repressive Macht des Ganzen übermitteln« (a. a. O., S. 31). Mit dieser umfassenden und zugleich auch verschwommenen Auffassung von Herrschaftsausübung können wir für die Charakterisierung von Persuasion im einzelnen nicht viel anfangen. Übrigens besitzt Marcuses Ansatz in gewissem Sinne sogar totalitäre Züge. Das äußert sich in dem zum Teil unreflektierten absoluten Wahrheitsanspruch (hoher Dogmatismusquotient) und in der Annahme einer Verschwörung gegen die wahre und richtige Gesellschaftsstruktur.

Habermas hingegen begründet seine Utopie von der herrschaftsfreien Gesellschaft mit den unterschiedlichen Interessen, die den Wissenschaften zugrunde liegen: die erkenntnisleitenden Interessen der technischen Disziplinen, die mehr der instrumentellen Nutzbarmachung der Welt verpflichtet sind. Darüber hinaus sind die Interessen der hermeneutisch verfahrenden Wissenschaften an dem Herstellen eines Konsensus zwischen einander verstehenden Subjekten orientiert. Erst die emanzipatorische Theorie dient der Aufklärung des Menschen mit dem Ziel der Abschaffung der Herrschaft von Menschen über Menschen (Simon-Schaefer/Zimmerli, 1975, S. 123 f.). Entsprechend diesem emanzipatorischen Ziel unterscheidet Habermas vier grundsätzliche Arten von Handlungsmustern: Das teleologische Handeln, bei dem Ziele und Zwecke im Vordergrund stehen. Das normenregulierte Handeln, bei dem der einzelne Handelnde sozial verbindlichen Handlungsmustern folgt. Eine dritte Art ist das dramaturgische Handeln, bei dem sich der Handelnde im wesentlichen selbst darstellt. Und die vierte Art des Handelns ist nach Habermas schließlich das kommunikative Handeln, das durch Sprechakte geschieht und zum Ziel die Verständigung hat, den Konsens (Habermas, 1987, Bd. 1, S. 126 ff.). »Im kommunikativen Handeln sind die Beteiligten nicht primär am eigenen Erfolg orientiert; sie verfolgen ihre individuellen Ziele unter der Bedingung, daß sie ihre Handlungspläne auf der Grundlage gemeinsamer Situationsdefinitionen aufeinander abstimmen können« (a.a.O., S. 384). Den Gegensatz von Verständigung bezeichnet Habermas als »auf andere Einwirken«. Hier wird deutlich, daß nach Habermas nur kommunikatives Handeln herrschaftsfrei sein kann. Es erscheint zweifelhaft, ob diese Vorstellung einer nicht durch Eigeninteressen geleiteten und ganz auf Konsens gerichteten Kommunikation mehr als eine Utopie ist, die in philosophischen Seminaren diskutiert, aber in der Praxis des täglichen Lebens nicht vorgefunden oder erreicht werden kann (s.a. Simon-Schaefer/Zimmerli, a.a.O., S. 147 ff.). Das gilt besonders auch für jene Entscheidungsprozesse, die in Institutionen und Organisationen aller Art, also Firmen, Gewerkschaften, Kirchen, Verbänden usw. vorbereitet und getroffen werden. Selbst wenn die innere Verfassung und der gute Wille der Beteiligten auf konsensuale Entscheidungsfindung gerichtet sind, kann wegen der gebotenen Effizienz dieser Institutionen oft auf eine hierarchische Letztentscheidung nicht verzichtet werden (siehe hierzu auch Kirsch, a.a.O., S. 157 ff.). Diese wird von Mitarbeitern solcher Organisationen häufig auch geradezu erwartet.

Die Kritische Theorie liefert uns also einige kritische Anhaltspunkte für die herrschaftsausübende Funktion von persuasiven Handlungen. Sie kann jedoch keine realistischen Modelle vermitteln, wie überhaupt Beeinflussung ohne die Attraktivität und die Anziehungskraft zumindest der geistigen Kräfte einer Persönlichkeit oder auch einer Idee funktionieren kann. Persuasive Beeinflussung ist immer auch ein bewußter Einsatz von geistigen »Machtmitteln«, um zu dem intendierten Verhalten beim Adressaten zu kommen. Aber während gesellschaftliche oder politische Herrschaft durch entsprechende Institutionen kontrolliert und damit gebändigt werden kann, wirkt sich geistige Herrschaft unmittelbar auf die individuelle Informationsverarbeitung aus und kann nur dabei, d.h. durch die Mittel des Verstandes kontrolliert werden. Sofern Kommunikation öffentlich stattfindet, ist auch die Möglichkeit der diskursiven Erörterung und damit der

Kontrolle geistiger Machtausübung gegeben. Wettbewerb sei eines der wirksamsten »Entmachtungsinstrumente«, hat der Wirtschaftswissenschaftler Franz Böhm gesagt. Dies gilt sicher auch für die geistige Machtausübung. Jedenfalls können wir uns eine Welt ohne Herrschaftsstrukturen zwar wünschen, wir werden die Erfüllung aber realistischerweise auf eine jenseitige verschieben müssen.

Wenn wir die geistige Machtausübung aus dem menschlichen Zusammenleben und damit aus der Persuasion nicht eliminieren können, bleibt noch die Frage zu beantworten, inwieweit die individuellen Empfindungen mancher Menschen berechtigt sind, daß Persuasion aggressiv wirke, wie z. B. Ulrich Eicke meint. Vielleicht kann uns die Ethologie bei der Frage nach dem Aggressionsanteil der Persuasion eine Erklärung liefern. Aggressionshandlungen sind dem Menschen eigen, in welchem Maße angeboren, inwieweit erworben oder durch Frustrationen künstlich hervorgerufen, mag hier dahingestellt bleiben (vgl. auch Kapitel 4). Übereinstimmend stellen die unterschiedlichen Erklärungsversuche, ob von Nativisten, also den Anhängern der Lehre von der Bestimmung des Menschen durch Angeborenes, von Psychoanalytikern oder Lerntheoretikern, fest, daß Aggressionen sich beim Menschen zeit seines Lebens äußern. Der angeborene Teil der Aggression ist sicher auf das stammesgeschichtliche Erbe des Menschen als »Raubaffe« zurückzuführen. Deshalb unterscheidet die Wissenschaft auch zwischen außerartlicher und innerartlicher Aggression. Da der Mensch der Vorzeit seinen Lebensraum gegen nichtmenschliche Konkurrenten erst erobern mußte, ist die außerartliche Aggression zumindest erklärbar. Konrad Lorenz hat als erster darauf hingewiesen, daß auch die innerartliche Aggression beim Menschen wie im Tierreich keine rein negative Erscheinung ist, wie etwa der Todestrieb nach Freud (Lorenz, 1963).

Aggression oder aggressives Verhalten gehört zu einer Gruppe von Verhaltensweisen, die in der Ethologie als Feindsystem oder agonales System zusammengefaßt werden. Daher sollte man die Aggression immer gemeinsam mit Flucht oder Unterwerfung betrachten, die funktional eine Einheit bilden. Besonders bei den Aggressionsformen, die mittelbar einem anderen Zweck dienen, wird dieser Zusammenhang deutlich. So sind Rangkämpfe nicht allein durch aggressive Handlungen geprägt, sondern auch durch die Tatsache, daß der unterlegene Gegner Unterwerfungsgesten vollführt oder fluchtartig den Kampfplatz verläßt. Auch bei Menschen ist die Erringung einer ranghohen Position, wenn auch auf einem noch so unbedeutenden Gebiet, offenbar eine angeborene Neigung. Dabei spielt es zunächst keine Rolle, ob jemand den Vorsitz im örtlichen Kaninchenzüchterverein anstrebt oder Minister werden will. Dieses Bestreben basiert auf der Voraussetzung, daß dem Ranghohen in der Regel gefolgt wird. Autoritätsgehorsam ist der Preis, den der Sieger in Rangauseinandersetzungen gewinnt. Das Milgram-Experiment (siehe Kapitel 1) zeigte ja, wie ausgeprägt dieser Gehorsam gegenüber einer Autorität sein kann. Dennoch muß die andere Seite auch gesehen werden: Eine Rangordnung erleichtert die soziale Orientierung und trägt zu einer höheren Effizienz von Gesellschaften bei, und zwar von tierischen wie von menschlichen (Eibl-Eibesfeldt, 1986, S. 406 f.).

Mit gewissen Einschränkungen gelten die Gesetze der Rangkämpfe als Teil des agonalen Systems auch für jeden Wettbewerb, was die griechische Herkunft des Wortes »Agon« ja zum Ausdruck bringt. Besonders der kommunikative Wettbewerb zwischen Wirtschaftsunternehmen oder Anbietern auf dem Markt zeichnet sich durch Bemühungen aus, Kompetenz auf einem bestimmten Gebiet zu gewinnen. Der Formulierung einer Corporate Identity, also einer Firmenidentität, liegt meist die Festlegung einer konkreten höheren Kompetenz auf bestimmten Sektoren der Unternehmensaktivität als die der Konkurrenten zugrunde. Das kann analog zu den regionalen Kämpfen von Wettbewerbern um einen bestimmten Lebensraum interpretiert werden. Bis hin zur Produktwerbung sind im Wirtschaftswettbewerb Elemente von Rangkämpfen und damit auch sublimierte Formen der Aggressivität nachweisbar. Das werbende Unternehmen erstrebt mit seiner Darstellung eine ähnliche Autorität wie die der charismatischen Persönlichkeit, und damit (nach D. Goetze) das Besondere, das Überraschende, das Liebenswerte wie das Große, Bedeutende und die Dynamik (Eibl-Eibesfeldt, 1986, S. 405 f.). Denn die Glaubwürdigkeit einer Autorität – auch eines Unternehmens am Markt – beruht nicht nur auf rational erfaßbaren Eigenschaften, sondern auch auf emotionalen Qualitäten, die sich zum Beispiel in Symbolen ausdrücken: Der Mercedes-Stern vermittelt nicht nur die Assoziation zur Radnabe, sondern er besitzt nachweislich auch die emotionale Qualität des »guten Sterns«, unter dem man fährt.

Gewinnt eine Person oder Institution Autorität und damit erhöhte Glaubwürdigkeit, so ist dies, wie soeben ausgeführt, kaum ohne den Einsatz von agonalen und damit auch aggressiven Verhaltensweisen möglich. Dabei ist aber Persuasion keineswegs, wie viele Kulturkritiker meinen, mit Aggression gleichzusetzen. Denn das Kennzeichen aggressiver Handlungen ist ja das Zerstörerische, die Zielsetzung, den Gegner zu unterwerfen oder ihn in die Flucht zu schlagen. Persuasion dagegen ist auf einen Partner gerichtet, von dem man sich zukünftige Vorteile verspricht, sofern die Beeinflussung erfolgreich ist. Dagegen richtet sich Aggression im Wettkampf ja immer nur gegen den Wettbewerber: im Tierreich wie im menschlichen Privatleben gegen den Nebenbuhler, nicht jedoch gegen den Adressaten einer Botschaft, dessen Gunst man gewinnen will. Darum beweist die simplifizierende Forderung mancher Manager nach einer »aggressiven Werbung« nur allzu deutlich einen gravierenden Denkfehler: Wer seine möglichen Kunden aggressiv behandelt, kann sicher sein, daß er sie nicht gewinnen wird.

IV

Bedingungen der Beeinflussung

9

Wirkungsfaktoren der Massenkommunikation

> Macbeth: ... ein Märchen ist's,
> erzählt von einem Tollen,
> das nichts bedeutet.
> *William Shakespeare, »Macbeth«*

War unsere Betrachtungsweise bisher mehr funktional ausgerichtet und hat die organischen oder psychischen Zustände und Prozesse behandelt, die mit der Beeinflussung zusammenhängen, so wollen wir uns jetzt mehr mit den Bedingungen befassen, unter denen diese Prozesse ablaufen. Bisher haben auch vor allem die endogenen Instrumente und Abläufe der beeinflussenden Kommunikation im Vordergrund gestanden, also die Kommunikatoren und Rezipienten direkt betreffende geistig-seelische Zustände und die individuelle Informationsverarbeitung. Dabei mag schon deutlich geworden sein, wie komplex Abhängigkeiten und Bedingungen der beeinflussenden Kommunikation sind. Dies bezog sich in den vorangehenden Betrachtungen im wesentlichen auf die Vorgänge des direkten Informationsaustausches, also auf das persönliche Gespräch, den Diskurs und die individuelle Verarbeitung von Beeinflussungsversuchen. Darüber hinaus wirken noch andere Faktoren auf das Ergebnis der beeinflussenden Kommunikation ein.

In unserer heutigen Umwelt, die weitgehend durch Kultur geprägt ist, findet Kommunikation in erheblichem Umfang durch die Nutzung von Massenmedien statt. Dies hat zunächst zur Folge, daß wir im Gegensatz zu früheren Generationen nicht mehr unter einem Mangel an Informationen leiden, sondern eher unter einem meist unstrukturierten und damit unübersichtlichen Überangebot. Es ist aber nicht nur das Quantitative, das Probleme macht. Das Entstehen der Massenmedien hat nach Meinung vieler Kulturkritiker auch zu einer anderen Qualität der menschlichen Kommunikation geführt.

Schon Oswald Spengler hat die Presse als ein »Instrument der Kriegsführung« gekennzeichnet, das zu einer unheimlichen Waffe in den Händen dessen werden kann, der sie zu führen weiß. »Heute leben wir so widerstandslos unter der Wirkung dieser geistigen Artillerie, daß kaum jemand den inneren Abstand gewinnt, um sich das Ungeheuerliche dieses Schauspiels klarzumachen. Der Wille zur Macht in rein demokratischer Verkleidung hat sein Meisterstück damit vollendet, daß dem Freiheitsgefühl der Objekte mit der vollkommensten Knechtung, die es je gegeben hat, sogar noch geschmeichelt wird ... Die Demokratie hat das Buch aus dem Geistesleben der Volksmassen vollständig durch die Zeitung verdrängt« (a. a. O., S. 1138 f.). Die Kritik an den Massenmedien ist also nicht primär eine an den sogenannten elektronischen Medien. Sie bezog sich zunächst auf die Presse, die im wesentlichen als Herrschaftsinstrument angesehen wurde. Von daher ist es nicht weit bis zu der spätmarxistischen Auffassung, daß Massenmedien die »Manipulationsinstrumente« der Herrschenden seien.

Harry Pross führt das Phänomen auf die Abhängigkeit des Autors von dem Transporteur der Botschaft zurück: »Wer über die Transportmittel gebietet, bestimmt auch über den Produzenten« (a. a. O., S. 125). Er könne sogar das Produkt selbst verändern, der Produzent dagegen habe nicht die geringste Möglichkeit, irgend etwas an den Transportwegen zu ändern. Man konnte mit einer gewissen Berechtigung – aber auch nur eingeschränkt – in den sechziger Jahren, als es nur öffentlich-rechtlichen Rundfunk gab, von einer solchen Machtkonstellation zuungunsten von Autoren sprechen. Inzwischen ist aber auch hier der Wettbewerb eingekehrt, so daß nicht mehr nur der damals vielzitierte »innere Pluralismus« für eine Entmachtung sorgt. Doch stellen wir zunächst die Frage nach dem Wesen der Massenkommunikation.

Schon die quantitativen Größenordnungen der heutigen »Versorgung« der Bevölkerung mit Informationen durch die Medien sind beeindruckend. Allein die Tageszeitungen im Bereich der alten Bundesrepublik erreichten (laut ZAW-Bericht 1992) Ende 1991 eine verbreitete Auflage von über 29 Millionen Exemplaren. So müßte rein rechnerisch in jedem der 25,4 Millionen Haushalte mindestens eine Tageszeitung gelesen werden. Noch gewaltiger sind die Zahlen der Publikumszeitschriften: Sie erreichten eine Gesamtauflage von 133 Millionen Exemplaren. Danach würde im Durchschnitt jeder, der lesen kann, zwei Publikumszeitschriften pro Ausgabe beziehen. Und die Reichweitenzahlen der einzelnen Medien gehen in fast astronomische Größenordnungen: Frauenzeitschriften erreichen hochgerechnet über die verschiedenen Erscheinungsintervalle 147 Millionen Heftkontakte bei 25,8 Millionen Frauen, also 11,4 Ausgaben pro Frau. Selbst die Fachzeitschriften werden in einer Gesamtauflage von 23 Millionen Exemplaren verbreitet. Im statistischen Mittel würden danach auf jede der 1,1 Millionen Führungskräfte aus Wirtschaft und Verwaltung etwa 21 Titel entfallen. Die tatsächliche Nutzung ergab bei Befragungen aber nur 3,0 bis 3,5 Titel. Daraus ist zu schließen, daß viele Fachzeitschriften zwar verbreitet, aber nicht ausreichend von den Zielgruppen genutzt werden.

Auch der zeitliche Aufwand für die Nutzung der Medien ist außerordentlich hoch. So ist das Fernsehgerät, ohnehin in 96 Prozent der Haushalte vorhanden, im bundesdeutschen Durchschnitt täglich etwa 4 Stunden eingeschaltet. Selbst wenn nicht während der gesamten Einschaltdauer jemand aufmerksam hinschaut, bleibt dennoch ein enormer Zeitaufwand. Erwachsene geben auf Befragen an, täglich rund 2,7 Stunden fernzusehen, bei Haushalten mit Kabelanschluß sogar noch etwas mehr. Für die Nutzung von Zeitung, Rundfunk und Videofilmen darf man getrost noch eine weitere Stunde, wenn nicht mehr, dazurechnen. Die deutsche Bevölkerung wird also von Massenmedien nicht nur zahlenmäßig überschüttet, offenbar werden die meisten Medien auch weitgehend genutzt. Wenn man bedenkt, daß statistische Mittelwerte immer auch bedeuten, daß einige Menschen erheblich unter dem Durchschnitt der Nutzung liegen, andere aber erheblich darüber, so ist der amerikanische Spitzname »Couch Potato« für jene Kategorie von Menschen, die sich stundenlang vor der »Glotze« aufhalten, zugleich drastisch und realistisch.

Die kritische Auseinandersetzung mit dem Einfluß der Massenmedien auf den Lebensstil der modernen Menschen, auf Politik und Gesellschaft, hat sich in den letzten Jahrzehnten intensiviert. Das Phänomen der Massenmedien ist durch die Verbreitung des Rundfunks seit Mitte der zwanziger Jahre und des Fernsehens seit den fünfziger Jahren gesellschaftlich außerordentlich wirksam geworden. Man bedenke allein die Tatsache, daß ein Rundfunkhörer eine Sprache nicht unbedingt lesen und schreiben können muß, um sie dennoch zu verstehen und sich über das Radio zu informieren und vor allem unterhalten zu lassen. Wie wir an der Rockmusik unserer Tage erkennen können, ist zum Konsum einer solchen »Kulturleistung« nicht einmal die Kenntnis der englischen Sprache notwendig, obwohl sicher 90 Prozent der Rocksongs in Englisch dargeboten werden. Spätestens seit der weltweiten Berichterstattung über den Golfkrieg ist deutlich geworden, daß die gesamte Weltbevölkerung dieselben Bilder auf den Bildschirmen sehen kann, daß solche Nachrichten ebenso in das letzte Dorf auf dem indischen Subkontinent und nach Feuerland kommen wie in die Südsee. Die Welt wurde wegen der Nähe, in die die Menschen dadurch zu den Ereignissen am Golf gerieten, wie Marshall McLuhan schon vor Jahrzehnten prophezeite, zum »globalen Dorf«. Nicht ganz unbegründet kommt Neil Postman zu dem Schluß, daß mit der Verbreitung von Bildern durch Fotografie und Reproduktionstechnik das Ende der geschriebenen und zum Denken anregenden Sprachkultur eingeläutet worden sei. Neueste Studien der amerikanischen Buchverlage haben das erschreckende Ergebnis gebracht, daß 60 Prozent aller Haushalte in den Vereinigten Staaten während der Dauer eines Jahres kein einziges Buch gekauft hatten (*The Economist*, 29. Febr. 1992, S. 51).

Schon am Anfang dieser Medien gab es kräftige gesellschaftliche Impulse: Mit dem Entstehen der Massenpresse in England in der ersten Hälfte des 19. Jahrhunderts konnten immer mehr Leute sich aufgrund der üppiger fließenden Informationen ein Bild von den Ereignissen auf der Welt machen. Selbst wenn es auch nicht der eigenen unmittelbaren Erfahrung entsprang, so war es dennoch geeignet, Verständnis zu wecken, Entscheidungen zu erleichtern und an dem Meinungsbildungsprozeß der öffentlichen Angelegenheiten teilzunehmen.

So wird als wichtigstes Merkmal der Massenmedien ihre Öffentlichkeit angesehen. Bei der Massenpresse bestand und besteht die Voraussetzung, lesen zu können. Wer im letzten Jahrhundert dazu fähig war und sich auch finanziell in der Lage sah, Zeitungen zu kaufen, war dadurch imstande, die gesellschaftlichen, wirtschaftlichen und politischen Ereignisse mitzuverfolgen. Durch den Aufschwung der Massenpresse sind im eigentlichen Sinne auch die Öffentlichkeit, zumindest die öffentliche Meinung und die öffentliche Kritik, erst entstanden. Kein Zweifel, daß die Entwicklung der Demokratie von dieser neuen Öffentlichkeit, der damit verbundenen Verbreiterung der Basis mitentscheidender Bürger und einer faktisch zusätzlichen Kontrolle der Regierenden profitiert hat. Das ist schon daran abzulesen, daß die Rolle der Medien in Demokratien durch Wissenschaftler immer wieder neu und zum Teil kontrovers definiert worden ist (Geißler, 1973, S. 16 ff.).

Ein weiteres Merkmal von qualitativer Bedeutung ist die Tatsache, daß, bedingt durch die Technik der Massenproduktion, Kommunikator und Rezipient meist zeitlich aber immer räumlich auseinanderrücken. Der Leser einer Tageszeitung kennt die Verfasser der Beiträge normalerweise nicht. Im Gegensatz zur direkten Rede im Gespräch ist der Inhalt einer Nachricht nicht unmittelbar an eine berichtende Person gebunden. Massenkommunikation ist immer indirekt. Daraus folgt auch ein weiteres Kennzeichen, das sich besonders auf Beeinflussungsprozesse auswirkt: Während im persönlichen Gespräch der Rezipient immer dann, wenn er antwortet, zum Kommunikator wird und so ständig die

Rolle wechselt, ist dazu bei der Massenkommunikation kaum Gelegenheit. Das »Feedback«, also die Rückkopplung vom Rezipienten, ist zumindest stark eingeschränkt. Sie muß sich auf Leserbriefe an die Zeitung und auf Telefonanrufe nach Fernseh- und Rundfunksendungen beschränken. Massenkommunikation ist also im wesentlichen einseitig. Daran ändert auch die zunehmende kritische Auseinandersetzung der Medien untereinander nicht viel. Was übrigens einige Kulturkritiker zu dem Schluß veranlaßt, daß Massenkommunikation im echten Wortsinn keine Kommunikation ist.

Schließlich ist Massenkommunikation immer an ein allgemeines Publikum gerichtet, nicht an einzelne Gruppen oder durch bestimmte Merkmale gekennzeichnete Segmente der Bevölkerung. Maletzke spricht vom »dispersen« Publikum (1978, S. 28 ff.). Dies gilt natürlich auch dann, wenn eine Zeitschrift sich in mehreren Rubriken an unterschiedliche Untergruppen ihrer Leser wendet oder wenn ein Fernsehsender ein spezielles Kulturmagazin sendet, das wahrscheinlich nicht alle Zuschauer gleichermaßen anspricht. Im Prinzip ist die ganze Sendeveranstaltung so angelegt, daß jedermann daran partizipieren kann.

Für unseren Zusammenhang ist von entscheidender Bedeutung, daß Massenmedien fast keine Rückkopplung ermöglichen. Dies wirkt sich auch auf den »Konsum« eines solchen Mediums aus. Wir hatten im Kapitel 6 ausgeführt, daß der Mensch mit zwei gänzlich unterschiedlichen Methoden Informationen aufnimmt. Entweder befindet er sich (intentional) auf der Suche nach bestimmten Informationen, die er im Zusammenhang mit einer Tätigkeit braucht, oder er läßt sich von den auf ihn einströmenden Informationen mehr oder minder unterhalten oder erbauen. Wenn zwei dasselbe tun, ist es nur oberflächlich dasselbe. Wenn ein erholungsuchender Spaziergänger durch den Wald geht, hört er die Vögel, sieht er die Bäume in einer anderen Grundstimmung als zum Beispiel ein Förster oder Jäger. Letztere sind immer auf der Suche nach bestimmten Informationen über den Zustand des Waldes, den Wildbesatz usw.

Beim Konsum von Massenmedien kann man weitgehend davon ausgehen, daß die Rezipienten nicht alle ihre Kommunikationsbedürfnisse gleichermaßen befriedigen wollen, also zum Beispiel spezielle Informationen suchen, sondern sich mehr oder weniger unterhalten, erbauen oder amüsieren wollen. In dieser Situation der Entspannung wird vieles, was von dem Medium an Stoff zur Wahrnehmung angeboten wird, als nicht interessant oder langweilig verdrängt, das heißt vom Kurzzeitgedächtnis als nicht speicherungswürdig verworfen.

Aus einer von der Psychoanalyse geprägten Sicht haben die Massenmedien eine entscheidende Bedeutung bei der »Bewältigung« des Lebens (hierzu besonders Maletzke, S. 135 ff.). So kann man das intensive Sichversenken in ein Medium mit zwei unterschiedlichen psychischen Verhaltensweisen erklären: mit Identifikationen oder Ersatzbefriedigung. Kinder pflegen von einer bestimmten Altersstufe an ihre Bezugspersonen immer auch unter dem Gesichtspunkt zu betrachten, ob sie Vorbildfunktion übernehmen können, das heißt, ob sich das Kind mit ihnen weitgehend identifizieren kann. In dieser Phase wird ein Kind, vor allem wenn es im realen Leben und in seiner Umwelt wenig Anhaltspunkte für dieses Identifikationsbedürfnis findet, sich in den Massenmedien nach »Helden« umsehen. Wenn Knaben die Heldensagen der griechischen Mythologie oder der germanischen Überlieferung »verschlingen« und in ihren Spielen dann Siegfried oder Achilles verkörpern, ist das auch mit einem Verlangen nach Identifikation zu erklären. Dies ist freilich im allgemeinen eine vorübergehende Phase. Wenn solche Suche nach Identifikationsfiguren mit dem Älterwerden nicht abnimmt, wenn also ein Mensch nicht zu seiner eigenen Identität findet, wird er abhängig von Vorbildern aller Art bleiben, oft in modischem Wechsel. Er ist dann stärker »außengeleitet« und von dem Konsum der Medien geradezu abhängig.

Ein zweiter Grund für den intensiven »Gebrauch« von Massenmedien kann in einem Fluchtbedürfnis (Eskapismus) bestehen. In diesem Falle sucht der Mensch mit dem »Konsum« der Massenmedien eine Traumwelt auf, die ihn von den Bindungen, Einengungen und Verantwortungen der Realität befreien soll. In der Versenkung in einen Roman oder einen Film, im Konsum von Fernsehserien liegt nach dieser Deutung eine dem Rausch oder der Ekstase ähnliche Flucht aus der Realität vor. Diese Interpretation wird durch Untersuchungen an Jugendlichen gestützt, die sich durch überdurchschnittlichen Fernsehkonsum auszeichnen. Dabei stellte man fest, daß es sich überwiegend um Kinder handelt, denen in der Familie wenig Zuwendung zuteil wird, die besonders streng erzogen werden oder die weniger Kontakte zu Freunden haben.

In diesem Zusammenhang wurden von der Forschung übrigens auch Untersuchungen angestellt, wieweit Gewaltszenen im Fernsehen zu Nachahmungshandlungen führten. Dabei gab es keine signifikanten und übereinstimmenden Ergebnisse. Das legt den Schluß nahe, daß Gewaltszenen bei den jugendlichen Zuschauern sowohl zur Entladung aggressiver Antriebe führen können, aber auch zu deren Aktivierung (dazu besonders Bergler/Six, 1979, S. 221 ff.).

Massenmedien erfüllen nach dieser Interpretation offenbar ein natürliches Bedürfnis des Menschen einerseits nach Entlastung von den Zwängen des Alltags- oder Berufslebens und der Gestaltung von identifikationsfähigen Tagträumen, andererseits zur Erzeugung ebenso wie zur Abfuhr von Spannungszuständen. Auch Erwachsene, die sich besonders intensiv dem Fernsehen hingeben, sind häufig in ihrem Leben unbefriedigt, leiden unter sozialen Spannungen oder Kontaktarmut und haben eine geringe Eigeneinschätzung. Insofern sind nicht das Fernsehen und seine Inhalte Auslöser für besondere psychische Erscheinungen, sondern umgekehrt: Bei vorhandenen seelischen Dispositionen und Identifikationen mit traditionellen Rollen erfüllen Massenmedien mehr oder weniger das Bedürfnis nach Entlastung oder liefern im Freudschen Sinne eine »Ersatzbefriedigung«. Von den Medien selbst wird beansprucht, dem Leser oder Zuschauer auch »Lebenshilfe« für die Bewältigung der zahlreichen Probleme des immer komplizierter werdenden Alltags und in besonderen Krisensituationen zu liefern (Kaupp, S. 53 ff.).

Von den Kritikern, vor allem von der »Neuen Linken«, wurden

die geschilderten Funktionen der Massenmedien für den einzelnen stets als Manipulation bezeichnet. Detailliert sind in den sechziger Jahren von Theodor Adorno, Max Horkheimer, Herbert Marcuse und anderen im einzelnen die manipulativen Wirkungen der Medien dargestellt worden (siehe dazu besonders Geißler, 1973, S. 73 ff.). Dem individuellen Bedürfnis nach den Inhalten der Massenmedien wurde damals vor allem deren Rolle für die politische Meinungsbildung in einer Demokratie entgegengestellt. Die Defizite, die sich nach der Meinung der Kritiker vor allem bei den elektronischen Medien auftaten, haben lange die öffentliche Diskussion beschäftigt. Da die Kritiker jedoch weniger von empirischen Befunden über die Wirkung der Medien ausgehen konnten, sondern eher von sehr extremen Hypothesen über Demokratie, Kommunikation, Industriegesellschaft und Massenmedien, ist dieser Diskurs für unseren Zusammenhang von geringer Bedeutung.

Wie auch immer die allgemeinen Funktionen der Massenmedien zu bewerten sind, bisher konnte der pauschale Vorwurf der Manipulation oder einer Erhöhung der Suggestibilität empirisch nicht bestätigt werden (Bergler/Six, S. 102). So wären nun die einzelnen Medien und ihre spezifischen Wirkungselemente darauf zu untersuchen, ob sich Hinweise auf eine andere Qualität der Informationsverarbeitung oder der Beeinflußbarkeit der Rezipienten ergibt.

Wirkungselemente der Massenmedien

Die einzelnen Medien, die wir heute der Massenkommunikation zuordnen, sind außerordentlich unterschiedlich in ihren Wirkungselementen. Wir können den Film, den Rundfunk und das Fernsehen zu den transitorischen Medien zählen, die gesamten Druckerzeugnisse zu den statuarischen. Während das Anschauen eines Filmes ein einmaliges Ereignis in einem bestimmten Zeitraum ist, kann das Buch oder die Zeitung jederzeit gelesen werden, kann der Leser darin zurück- oder vorblättern, erhält sich das

Druckerzeugnis auch nach relativ langer Zeit zum nochmaligen Gebrauch. Das ist inzwischen auch bei Rundfunk und Fernsehen möglich, wenn man eine bestimmte Sendung auf einem Ton- oder Videoband festhält. Das Originalereignis einer Sendung ist jedoch immer noch an einen bestimmten Zeitraum gebunden.

Das gedruckte Wort, auf dem die Presse beruht, hat einen neuen kulturellen Abschnitt in der Geschichte der Menschheit markiert. Marshall McLuhan spricht von der »Gutenberg-Galaxis« und weist nach, wie dieses Medium auch das Denken beeinflußt hat. Mit dem Buchdruck sei im Gegensatz zu der mittelalterlichen Manuskript-Kultur die einseitige Inanspruchnahme des visuellen Systems beim Menschen erst in Gang gesetzt worden. Mittelalterliche Texte, vor allem die religiösen, seien noch laut vorgetragen oder gesungen worden. Dadurch sei das auditive System des Menschen mit seinem direkteren Zugang zum Emotionalen intensiver beansprucht worden. Im Sprechgesang komme auch der magische Charakter der alten Liturgien weitaus stärker zur Wirkung. Erst der Buchdruck mit beweglichen Lettern habe die Zahl der Stoffe über das Religiöse hinaus ausgeweitet, das individuelle Lesen ohne Intonation gefördert und damit letzten Endes auch zur Entwicklung des Individualismus beigetragen.

McLuhan behauptet sogar, daß der Inhalt der Botschaft, die die Medien übermitteln, zwar im Einzelfalle von Bedeutung sei, aber für die Entwicklung der Menschheit im allgemeinen sei das Medium selbst viel wichtiger: »Das Medium ist die Botschaft.« »Die Botschaft jedes Mediums oder jeder Technik ist die Veränderung des Maßstabs, Tempos oder Schemas, die es der Situation des Menschen bringt« (McLuhan, »Die magischen Kanäle«, S. 14). McLuhan unterscheidet »heiße« und »kühle« Medien, je nachdem, ob sie nur einen der Sinne bis zu einem gewissen Grad von Detailreichtum erweitern, oder mehrere. Das Telefon ist ein kühles oder detailarmes Medium, weil das Ohr nur eine dürftige Summe an Informationen bekommt. Daher verlangen kühle Medien auch ein höheres Maß an Vervollständigung durch den Menschen als heiße, wie zum Beispiel der Film. Daß McLuhan in diesem Zusammenhang das Fernsehen als ein kühles Medium einstuft im Gegensatz zum »heißen« Film, bleibt unverständlich. Der Grad von Detailreichtum dürfte sich bei beiden Medien nicht wesentlich unterscheiden. Auch die Notwendigkeit der persönlichen Vervollständigung ist bei beiden Medien kaum unterschiedlich. Außer der an verschiedenen Beispielen erläuterten Tatsache, daß Techniken oder Medien die menschlichen Sinne erweitern und damit den Lebensstil verändern, kann man den Theorien McLuhans für die praktische Beurteilung der Massenmedien im Hinblick auf ihre beeinflussenden Wirkungen nicht viel entnehmen. Sein allgemeiner Hinweis, daß die Menschheit durch die neuen elektronischen Medien und Allgegenwärtigkeit aller Ereignisse in der Welt stärker zusammengebunden würde nach der durch den Buchdruck erzeugten Individualisierung, mag plausibel erscheinen, wenn man das wachsende Verantwortungsbewußtsein der Menschheit für den Planeten Erde betrachtet. Aber da Druckerzeugnisse und die Presse sicher auch weiterhin ihre Wirkung ausüben, gibt es ein Gegengewicht gegen die Vereinheitlichungs- und Nivellierungstendenz, die zum Beispiel dem Fernsehen ohne Zweifel innewohnt.

Nützlich ist es, sich die Wirkungselemente der einzelnen Massenmedien zu vergegenwärtigen. Sie dienen im Prinzip der Kodierung von Botschaften in einer für jedes Medium typischen Weise und sind daher für die Beurteilung der Wirkung von Massenkommunikation wichtig. Wenn auch die gesamte Presse auf dem gedruckten Wort beruht, erweitert sich bei ihr die Palette der Kodierungsmöglichkeiten schon durch grafische Zeichnungen und noch mehr durch die Wiedergabe von Fotografien. Bilder in unterschiedlichem Umfang und Stil verändern das ursprüngliche Wesen der Presseorgane, wenn auch meist das gedruckte Wort die Basis bleibt. Noch eindeutiger ist der Tonträger oder der Rundfunk auf nur eine Kodierung, auf Klangereignisse, fixiert. »Als die Bilder laufen lernten«, entstand zunächst der Stummfilm, dann der Klangfilm. Das bewegte Bild, das später farbig wurde, kann, mit Originalgeräuschen kombiniert, dem Menschen heute schon ein sehr realistisches Abbild von der Wirklichkeit vermitteln, allerdings nur ausschnittweise. Daraus entsteht aber jene höchste

Stufe der Authentizität und damit der Glaubwürdigkeit, die auch durch die aktuelle Berichterstattung im Fernsehen erzeugt wird. Den Unterschied zwischen dem literarischen Buch und seiner filmischen Darstellung hat jeder schon einmal erfahren. Kann der Leser eines Buches seiner Phantasie erlauben, sich Lokalitäten und Distanzen, aber auch Menschentypen frei kompositiv vorzustellen, so hat er bei der filmischen Bearbeitung die Auslegung des Filmregisseurs zu übernehmen. Die Enttäuschungen, die Literaturverfilmungen trotz ungeheuren Aufwandes (wie bei der Filmfassung von M. Mitchells »Vom Winde verweht«) hervorrufen, beruhen auf dieser Diskrepanz zwischen eigenen Vorstellungen und den Auffassungen der Filmgestalter.

Nicht nur die unterschiedliche Aktivität der menschlichen Phantasie macht die Medien auch unterschiedlich wirksam, sondern auch die Kombination ihrer Kodierungselemente. Für den Lernerfolg auch in den Schulen wird heute die Multimedia-Methode bevorzugt, weil man in vielen Studien festgestellt hat, daß mehrere Darstellungsarten desselben Stoffes den Lernerfolg fördern. Also wird dem gedruckten Wort im Lehrbuch nicht nur das gesprochene des Lehrers hinzugefügt, sondern vor allem jede Art von Bildern: Zeichnungen und reproduzierte Fotos, aber auch Dias und Videos, die Anschauung vermitteln. Der additive Effekt wird in der Didaktik sehr hoch eingeschätzt, zumal die Aufmerksamkeit, die bei längerer Stoffdarbietung nachläßt, durch den Einsatz eines neuen Mediums leichter reaktiviert werden kann.

Die Frage, welche Medien stärker suggestiv wirken, läßt sich allgemein nicht beantworten. Es unterliegt keinem Zweifel, daß alle Medien, die den auditiven Kanal benutzen können, dadurch einen gewissen Vorteil haben, daß das Gehör des Menschen den schnellsten Zugang zu Emotionen hat. Aber prinzipiell läßt sich die Frage nur an einzelnen konkreten Beispielen im Zusammenhang mit der Wirkung der Massenbeeinflussung beantworten.

Massenmedien sind neben ihren medientypischen Kodierungselementen heute noch durch ein anderes Kennzeichen charakterisiert: durch den mehr oder minder hohen Anteil an Werbung. Dieser bestimmt in großem Umfang, wieviel redaktionelle

Information oder Unterhaltung ich als Käufer erhalte. In den Sommermonaten, wenn aus ziemlich irrationalen Gründen der Anzeigenstrom nahezu versiegt, erwerbe ich ein nur dünnes Heftchen für den gleichen Preis, mit dem ich das gleiche Journal, dann aber mindestens doppelt so umfangreich, etwa im Oktober kaufe. Das Anzeigenvolumen bestimmt also weitgehend den Umfang auch des redaktionellen Teils bei der Presse. Daher ist es nicht überraschend, daß bei Presseverlagen zwischen 40 und 80 Prozent der Erlöse aus dem Anzeigengeschäft stammen. Viele Verleger müssen sich daher von Kritikern die Frage gefallen lassen, ob sie die Zielsetzung ihres Hauses in erster Linie im Ökonomischen oder im Verbreiten von Informationen suchen.

In allen Medien ist heute jedenfalls das Umfeld der redaktionellen Teile durch die Werbung bestimmt. Davon sind nur einige Rundfunkkanäle ausgenommen. Werbung hat dabei den Charakter einer Zugabe, die in Kauf genommen wird. Meist ist der Erwerber einer Zeitschrift, der Rundfunkhörer und Fernsehzuschauer jedoch in erster Linie am redaktionellen Teil interessiert. Er würde aber, wenn er die Werbung nicht mitkaufte, nicht so preiswert an die Informationen oder an das Vergnügen an dem Medium kommen. Das legt den Schluß nahe, daß Konsumenten die Werbung als notwendiges Übel betrachten und sich entsprechend neutral bis ablehnend verhalten. Dies ist aber ein Trugschluß. Zahlreiche Untersuchungen haben immer wieder erwiesen, daß die Werbung eines Mediums heute als fester Bestandteil angesehen und ebenso interessiert aufgenommen wird wie die redaktionellen Teile. Daran können auch solche Erscheinungen wie das in den Vereinigten Staaten bekannte »Zapping«, das Umschalten in andere Fernsehkanäle, wenn Werbeblocks gesendet werden, nichts ändern. Viel hat zu dieser überraschend positiven Haltung gegenüber der Werbung die zunehmend witzige und unterhaltsame Gestaltung, vor allem von Werbefilmen und Fernsehspots, aber auch von Anzeigen, beigetragen. Damit kommt die persuasive Werbung, die eigentlich auf den intentional motivierten Rezipienten zielt, dem mehr auf Unterhaltung eingestellten Leser oder Zuschauer des redaktionellen Teils entgegen.

Die Probleme der Wirkung

Die nicht überschaubare Menge an empirischen Untersuchungen über die Wirkung von einzelnen Massenmedien kann zu der Annahme führen, daß die wesentlichen Wirkungsgesetze der Massenkommunikation bekannt seien. Dies ist keineswegs der Fall. Auch heute noch gibt es kaum übertragbare und zusammenfaßbare Ergebnisse über die Wirkungsweise der das moderne Leben mitprägenden Massenmedien. Teils weil die zahllosen Studien aus wissenschaftlichen Gründen an Einzelphänomenen orientiert sind, teils weil kommerzielle Auftraggeber sich bei Untersuchungen auch meist nur an einem kleinen Ausschnitt aus dem Ganzen interessieren. So stehen wir vor einem unübersehbaren Gebirge von Detailergebnissen aus der Kommunikationsforschung und vor ein paar interessanten Theorien, die zumeist auch schon einige Jahrzehnte alt sind. Aber eine nachvollziehbare Erklärung des gesamten Wirkungsgefüges der Massenkommunikation gibt es bisher nicht.

Die Probleme beginnen bereits bei der Frage nach der Definition von Wirkung. Klarheit besteht nur darüber, daß Wirkung beim Empfänger zu erheben ist. Ob wir aber Wirkungen im Verhalten meinen oder im Wissen, in den Meinungen oder Vorstellungen, im emotionalen Bereich oder gar in den Tiefendimensionen des Psychischen, ist fraglich und nur von Fall zu Fall zu entscheiden. Zunächst ist es zweckmäßig, zwischen direkten und indirekten Wirkungen zu unterscheiden. Aber selbst bei der Frage nach einem Einzelaspekt, zum Beispiel der direkten Wirkung der Wahlpropaganda, liegen zwar sehr interessante Teilstudien über den Einsatz der Massenmedien, wie bei der Wahl Nixons 1968, vor (Joe McGinniss, »The Selling of the President«). Sie lassen sich aber nicht verallgemeinern oder sinngemäß auf andere Einzelfälle übertragen. Für die Wirkung von Massenmedien auf das Verhalten wurden seit den dreißiger Jahren immer Beispiele herangezogen, die einmalig waren. Das bekannteste dieser Art war die Rundfunksendung eines Hörspiels »Der Krieg der Sterne« am 30. Oktober 1938, das so realistisch die Landung von Wesen aus dem Weltraum in den USA schilderte, daß eine Massenpanik ausbrach und Tausende fluchtartig die großen Städte verließen. Aber kann man daraus ernsthaft allgemeine Schlußfolgerungen auf die direkte Wirkung von Massenmedien auf das Verhalten ziehen?

Ein anderes Problem hat die Wirkungsforschung immer behindert: die nicht eingrenzbare Zurechnung auf *ein* Medium oder *ein* Ereignis. Denn bei jeder empirischen Erfassung von erfolgter Kommunikation »im Feld« stellte sich neben anderen Einflußfaktoren auch die Frage, ob eine signifikante Veränderung der Meinungsbildung oder von bestimmten Vorstellungen einem einzelnen Medium und seinen direkten Einflüssen zuzurechnen war, oder ob noch andere Einflüsse indirekter Art wirksam geworden waren.

So ergaben sich allein aus dem Zeitpunkt der Erhebung von Ergebnissen unterschiedliche Resultate. Das führte zur Entdeckung des »sleeper«-Effekts. Man stellte fest, daß kurze Zeit nach einem Beeinflussungsversuch die Meinungsänderung verhältnismäßig gering ausfiel, während sie Wochen und Monate später, trotz des einsetzenden Vergessens, höher lag. Man hat diesen Effekt damit zu erklären versucht, daß das Medium vielleicht eine nicht ausreichende Kompetenz in bezug auf den Inhalt der Botschaft gehabt habe und daß nach einiger Zeit der Ursprung der Botschaft vergessen, der Inhalt aber behalten worden war. Ein vergleichbares Beispiel für solche Effekte können wir in einigen (sicher nicht allen) Positionen der Grünen zum Umwelt- und Naturschutz erkennen. Vieles wurde inzwischen von anderen Parteien übernommen, offenbar ein Einfluß »in der Sache«, trotz beträchtlicher Unterschiede in den ideologischen Konzepten.

Solche Beispiele zeigen die Schwierigkeiten, direkte Wirkungen der Massenmedien zu erfassen. Der Einfluß zahlreicher Faktoren auf den Vorgang der unmittelbaren Einwirkung ist offenbar zu groß. So ergab sich aus einer Untersuchung über das Wählerverhalten bei den Präsidentschaftswahlen in den USA im Jahre 1940 ein Hinweis auf die indirekten Wirkungen der Massenkommunikation. Die Ergebnisse, die von Lazarsfeld, Berelson und Gaudet ausgewertet wurden, ließen den Schluß zu, daß neben einem geringen direkten Einfluß der damaligen Massenmedien mit zeitlicher Verzögerung ein indirekter Prozeß der Einwirkung und Beeinflussung stattgefunden haben müsse. Diese These ist später durch andere Untersuchungen bestätigt worden und stellt als »Diffusionstheorie« eine der wenigen allgemeinen Wirkungshypothesen der Kommunikationsforschung dar. Sie besagt in Kürze: Der Inhalt jeder Botschaft wird nur von einem kleinen Teil der Empfänger direkt verstanden und verarbeitet, von den sogenannten Innovatoren. Sie sind dadurch gekennzeichnet, daß sie das hohe Risiko einer neuen, von ihrer Gruppe noch nicht anerkannten Einstellung eingehen. Sie wirken danach in zahllosen Dialogen und Diskursen als »Opinion Leader« auf ihre Umwelt ein und bringen in argumentativer Form und unter Anreicherung der ursprünglichen Botschaft deren Inhalte unter das Volk. Dem »Meinungsführer« wurde dadurch eine Schlüsselrolle im Beeinflussungsprozeß durch die Massenmedien zuteil (siehe hierzu vor allem E. Katz in W. Schramm, S. 99 ff. und Silbermann/Krüger, 1973, S. 64 ff.). Die mehrstufige Verbreitung von Kommunikationsinhalten wurde damit ein gängiges Modell der Wirkungsforschung. Man kam zu Klassifizierungen der Beeinflußten wie »die frühen Übernehmer«, »die frühe Mehrheit«, »die späte Mehrheit« usw. Der Meinungsführer selbst war aber nie recht greifbar. Denn bei der Frage, welches Auto empfehlenswert wäre, war es eine andere Person als bei dem Problem, ob man einem bestimmten Präsidentschaftskandidaten trauen könne. Er wechselt von einem Bezugsrahmen zum anderen und kann auch heute von professionellen Werbeplanern nur selten soziografisch a priori definiert werden. Fast immer stellt sich erst hinterher heraus, welche Personen gegebenenfalls im Diffusionsprozeß meinungsbildend gewirkt haben.

Mit der Zuwendung der Kommunikationsforschung zum Diffusionsmodell war jedoch fast unbemerkt eine Absage an die direkten Einflußmöglichkeiten der Massenkommunikation erteilt worden. Diese wurden und werden zum Teil in Laborexperimenten weiter verfolgt, um konkurrierende und andere, indirekte Wirkungen möglichst zu eliminieren. Sie liefern aber auch nur

Einzelergebnisse, die zu verallgemeinern oft geradezu artistische Interpretationsleistungen erfordert. Vor allem können sie einen gravierenden Nachteil nicht vermeiden: Keine Kommunikation findet heute unter völliger Ausschaltung anderer Medien oder Nachrichten statt. Selbst bei verhältnismäßig großer Einstimmigkeit der Berichterstattung über bestimmte Themen gibt es mittelfristig fast immer auch Gegenpositionen – im realen Alltagsgeschehen, nicht dagegen im Labor (vgl. Bergler/Six, S. 114 ff.).

In der allgemeinen Bewertung der Wirkung von Massenkommunikation findet man je nach Standpunkt des Urteilenden recht pauschale Beurteilungen: den mehr funktionalistischen Ansatz, der davon ausgeht, daß die Medien im wesentlichen die Funktion erfüllen, die das Publikum von ihnen erwartet. Dagegen nimmt der linke oder spätmarxistische Ansatz, wie bereits geschildert, immer noch an, daß Massenkommunikation der Manipulation der Bevölkerung zum Nutzen der herrschenden Klassen oder des »Systems« diene. Bei den Funktionalisten also ein eher sanfter gegenseitiger Beeinflussungsvorgang zwischen Medien und Publikum, bei den Linken die Vorstellung von einem ziemlich groben Instrument der aktiven Verhaltens- und Meinungssteuerung (hierzu vor allem Silbermann/Krüger, 1973, S. 82 ff.). In diesem Spannungsfeld bewegt sich heute die Beurteilung der Wirkung von Massenkommunikation.

Von den Funktionalisten werden heute die Auswirkungen der Massenkommunikation auf die gesellschaftlichen Prozesse in den Vordergrund gerückt. Was sicher verdienstvoll ist im Hinblick auf zahlreiche Abhängigkeiten, die durch »Öffentlichkeit« geschaffen werden. Nicht nur die Klatschsucht der Menschen führt schließlich zu einer Presse, die mit Berichten über die persönlichen Verhältnisse von bemerkenswerten Personen offenbar ein emotionales Bedürfnis stillt. Auch weniger publizitätssüchtige Personen und Institutionen werden von den Medien von Zeit zu Zeit daran erinnert, daß die Öffentlichkeit an ihnen Anteil nimmt, weil sie etwas tun, was die Gemeinschaft berührt. Sei es, daß in einer Zeitung ein Bauherr kritisiert wird, weil er einige alte Bäume fällt, die ihm im Wege sind, oder ob ein anderer Mitbürger gelobt wird, weil er ein Grundstück für einen Kinderspielplatz zur Verfügung stellt. Die Öffentlichkeit hat sich ausgedehnt, und sie hat einen festen und sogar bedeutsamer werdenden Platz im demokratischen gesellschaftlichen Prozeß.

Dadurch ist die Frage nach der Mitwirkung der Medien bei der politischen Meinungsbildung in den letzten Jahrzehnten in den Vordergrund gerückt. Ihre direkte Wirkung wurde dabei zunächst weniger in den Möglichkeiten der abrupten Änderung von politischen Einstellungen gesehen. Man formulierte aufgrund der Analyse von Wahlergebnissen die »Verstärkungstheorie«, die besagt, daß die Medien und ihre Berichterstattung eher dazu beitragen, die in der Bevölkerung vorhandene Einstellung zu bestätigen und zu bekräftigen als sie zu ändern. Gefördert wurde diese Theorie durch zwei Entwicklungen: durch die Erkenntnis, daß die Mehrzahl der Wähler sich ohnehin langfristig festgelegt hat und sich nur eine Minderheit, die sogenannten Wechselwähler, von Fall zu Fall entscheidet. Weiterhin wurde Festingers Theorie von der »kognitiven Dissonanz« als plausibel angesehen. Danach versucht der Mensch, solche Informationen zu vermeiden, die seinem Weltbild nicht entsprechen und daher innere Dissonanzen hervorrufen könnten. Er will sich bestätigt sehen und nimmt daher selektiv vor allem Nachrichten auf, die seinen Einstellungen entsprechen. Hier spielt auch der Meinungsdruck eine Rolle, der von der jeweiligen Gruppe, der man sich verbunden fühlt, ausgeht. Das Integrationsbedürfnis ist so groß und die Furcht vor Isolation in der Gruppe so drückend, daß man sich häufig der Gruppenmeinung sogar wider besseres Wissen beugt, wie Salomon Asch schon 1951 experimentell nachwies.

Vor allem das Fernsehen erschwert aber das Vermeiden von solchen Informationen, die dem eigenen Weltbild zuwiderlaufen. Man kann zwar ein Programm auswählen; aber während einer Sendung nicht sofort reagieren. Selbst wenn man mit dem Inhalt einer Magazinsendung nicht einverstanden ist und ab- oder umschaltet, hat man doch schon einiges von dem aufgenommen, was man als ärgerlich empfindet. Hinzu kommt, daß das Fernsehen die höchste Glaubwürdigkeit auch in der politischen Berichterstattung zu vermitteln scheint, weil es das getreueste Abbild der Realität bietet. (»Das habe ich doch mit eigenen Augen gesehen.«) Dadurch kommt im politischen Meinungsbildungsprozeß der Selektion der Nachrichten durch den Redakteur eine entscheidende Bedeutung zu, worauf in Deutschland besonders Elisabeth Noelle-Neumann aufmerksam gemacht hat. Diese Selektion kann durch den Redakteur entsprechend seiner persönlichen Bewertung der unterschiedlichen Themen erfolgen. Sie kann aber auch ein bewußt und geplant eingesetztes Mittel der Public Relations sein, die Methode des »agenda setting«, der sich auch Politiker zunehmend bedienen: Wer eine Problematik »thematisiert«, das heißt in die Medien bringt, bestimmt damit zumindest, worüber diskutiert wird, meist auch noch, mit welchem Vorzeichen. Wir können heute allenthalben beobachten, wie politische Auseinandersetzungen nicht mehr primär in den Parlamenten oder Parteigremien geführt werden, sondern durch Interviews, in Pressekonferenzen oder mit anderen Stellungnahmen in den Medien. Diese haben dadurch natürlich eine erweiterte Öffentlichkeit und damit eine noch größere Bedeutung als »vierte Macht« in der Gesellschaft.

Massenmedien neigen durch die Orientierung am »dispersen« Publikum und durch ihre gestalterischen Eigengesetze unterschiedlich zur Vereinfachung komplexer politischer oder wirtschaftlicher Sachverhalte. Sie erschweren dadurch häufig die differenzierende Auseinandersetzung mit komplexen Zusammenhängen. Außerdem haben sie eine Tendenz zur Personalisierung, entsprechen der vor allem im Fernsehen gemachten Erfahrung, daß es nicht allein darauf ankommt, was man sagt, sondern auch, wer es sagt.

Mangels übertragbarer Ergebnisse der Medienforschung zu konkreten direkten Wirkungen im politischen Bereich werden heute vor allem die langfristigen Wirkungen der Massenmedien analysiert. Ähnlich verhält es sich mit der »Schweigespirale« von Elisabeth Noelle-Neumann. Hier handelt es sich um eine Theorie, die eine Erscheinung des allgemeinen Meinungsklimas beschreibt: Werden in den Medien zunehmend Themen und Verhaltensweisen beschrieben, die man mißbilligt, so schweigt man sich darüber aus. Frei nach Ludwig Wittgenstein: Worüber man nichts sagen kann, darüber muß man schweigen. So reden immer diejenigen lauter in der Öffentlichkeit, die den Eindruck haben, daß ihre Meinung gegenwärtig die Mehrheit hat, während diejenigen sich noch weniger artikulieren, die annehmen, sie befänden sich in der Minderheit. Dadurch kann es zu »schweigenden Mehrheiten« kommen, die sich bei Wahlen plötzlich in Überraschungen auswirken.

Man kann sich allerdings des Eindrucks nicht ganz erwehren, daß die Schweigespirale weniger eine allgemeine Theorie der politischen Massenkommunikationsforschung ist, als vielmehr eine Rechtfertigung der Meinungsforschung gegenüber der öffentlichen Kritik an deren Fehlprognosen vor Wahlen. Besonders in den letzten Jahren lagen Meinungsforscher mit ihren Prognosen schief: Ob in Deutschland bei den Landtagswahlen 1991/92, bei den englischen Unterhauswahlen im Sommer 1992 oder bei den Präsidentschaftswahlen in Österreich 1992: die Wahlprognosen wichen zum Teil erheblich von den wirklichen Ergebnissen ab. Dafür wurden im nachhinein zwar sehr plausible Gründe angeführt. Aber den Meinungsforschern weht der kalte Wind der Realitäten ins Gesicht. Man kann darüber streiten, ob dieses Desaster nicht auch mit den Methoden dieser Art von Kommunikationsforschung zusammenhängt, die sich damit als unzureichend erwiesen hätten. Aber ist es nicht auch ein Indiz dafür, daß es außerordentlich schwierig ist, überhaupt allgemeingültige Gesetzmäßigkeiten für die Wirkung der Massenkommunikation zu finden? Jedenfalls dürfte der 1955 von dem amerikanischen Kommunikationsforscher Bernard Berelson formulierte Satz auch heute noch weitgehend zutreffen: »Some kinds of communication on some kinds of issues, brought to the attention of some kinds of people under some kinds of conditions, have some kinds of effects« (zitiert von Maletzke, S. 214). (Bestimmte Kommunikationsarten über bestimmte Themen, die unter bestimmten Bedingungen der Aufmerksamkeit von bestimmten Leuten nahegebracht wurden, haben bestimmte Wirkungen).

Was heißt Massenbeeinflussung?

Wenn man von Massenkommunikation spricht, ist zunächst, wie bereits dargelegt, der rein quantitative Aspekt gemeint, daß im Gegensatz zur personalen Kommunikation, also dem Gespräch oder Dialog zwischen einzelnen oder Gruppen, hier ein Medium zwischen den Kommunikator und den Rezipienten geschaltet ist, wobei es sich um ein höchst »disperses Publikum« handelt. Dennoch hat diese zunächst wertfreie Auffassung auch eine Nebenbedeutung, die mit der Definition der »Massen« durch Sigmund Freud, Ortega y Gasset und andere in den zwanziger und dreißiger Jahren zusammenhängt (vgl. Kapitel 4). In deren Werken wurde der Versuch Le Bons von 1898 aufgegriffen, die Erscheinung der aufständischen Massen anläßlich der Französischen Revolution zu erklären. Massen waren dadurch gekennzeichnet, daß sie sich von den Eliten absetzten und ihnen nicht mehr folgten. Sie waren nach Ortega absolut unlenkbar (S. 67 f.). Andererseits konnte Herrschaft von jeher nur durch die öffentliche Meinung aufrechterhalten werden. Weil die neuen Massen aber von sich aus keine eigene Meinung haben, so muß eine in sie »hineingepreßt werden wie das Schmieröl in die Maschine« (S. 136).

Freuds Begriff von der Massenseele greift unmittelbar den Gedanken Darwins auf, der Mensch habe ursprünglich in der Gesellschaftsform der von einem starken Führer beherrschten »Urhorde« gelebt. So ist die moderne Form der Masse ein jeweils vorübergehendes Abtauchen in den psychischen Zustand der Urhorde mit der völligen Unterwerfung unter einen starken Führer, vergleichbar mit der Hypnose, die Freud auch eine »Masse zu zweit« nennt. In diesem Zustand verläßt der Mensch zeitweise seine psychische Einmaligkeit, die erworbene Eigenidentität, und gibt sie zugunsten der völligen Identifizierung mit dem Führer der Masse auf. Dieser Zustand ist bei Freud immer mit dem Auftreten eines charismatischen Führers verbunden. Aber jeder einzelne hat nach Freud in vielen Beziehungen Anteil an Massenseelen und den damit entstehenden Zuständen der verminderten Rationalität und der erhöhten Suggestibilität.

Es mag in diesem Zusammenhang nicht unlogisch erscheinen, daß einer der psychologischen Väter der modernen Werbung, Hans Domizlaff, in seinem erstmals 1942 erschienenen Buch »Brevier für Könige, massenpsychologisches Praktikum« eine Gebrauchsanweisung für einen solchen, von Freud vorausgesetzten Führer von Massen geliefert hat. Unter der Überschrift »Beeinflussung« schildert er den Unterschied zwischen der Massenpsyche und der Individualpsyche: »Individuen kann man mit Vernunftgründen gewinnen. Tiere und Großorganismen werden durch Dressurmittel beeinflußt« (S. 191). Der Großorganismus, den Domizlaff hier meint, kann ebenso eine große Firma wie ein Fußballverein oder eine Gewerkschaft sein. Sie unterliegen, wie er weiter ausführt, viel stärker den suggestiven Einflüssen der Seele eines »Königs« als irgendwelchen Erziehungsmitteln des Verstandes. Deshalb benötigt der König immer bestimmte Stilmittel der Beeinflussung, die aus seiner Persönlichkeit entwickelt werden müssen. »Argumentative Propaganda hat nur den Wert einer Verschleierung und der Beschwichtigung individueller Kritik« (S. 193). Grundgedanke für die Beeinflussung ist, daß jede Maßnahme der Werbung ein Stilträger der Persönlichkeit des Königs ist. Auch in seinem für die Praxis der Werbung wichtigeren Buch »Die Gewinnung des öffentlichen Vertrauens« hat Domizlaff den Stilgedanken für die Durchsetzung von Markenartikeln herausgearbeitet. Kein Zweifel, daß er damit den Führer der »Urhorde« Darwins und Freuds und die »Massenseele« reaktiviert und in eine wirtschaftliche Praxis zu überführen versucht hat.

Der Begriff der Massenbeeinflussung wurde also aus verschiedenen geistigen Quellen gespeist und hat als Theorie bis in die Praxis der Werbung, aber auch der Unternehmensführung gewirkt. In vieler Hinsicht beruhen auch heute noch die kulturkritischen Auseinandersetzungen mit den Massenmedien auf jenem Massenbegriff, wie er durch Philosophie, Psychologie und verwandte Gebiete geprägt und in Umlauf gebracht worden ist. Das trägt nicht eben zur Klarheit in der Debatte bei, zumal seit P. R. Hofstätters grundsätzlichen Ausführungen über die »Gruppendynamik« (Erstauflage 1957) die »Massen« sich in den meisten

Fällen als Gruppen entpuppen und seither psychologisch anders gesehen werden. Auch in der Praxis der Public Relations und der Werbung ist die »Zielgruppe« mehr in den Vordergrund der Planung gerückt und damit kleinere Gruppierungen von Menschen, die aufgrund ihrer individuellen Interessen und Bedürfnisse gemeinsame kommunikative Merkmale haben. Das »disperse Publikum« der Massenkommunikation wird also zur Zeit in immer greifbarere und ansprechbarere Zielgruppen der Beeinflussung zerlegt. Die Märkte sind für Marketingstrategen ebenso wie für politische Parteimanager erheblich stärker gegliedert. Sie bieten sich weniger homogen dar, sondern »differenziert« und machen die Massenbeeinflussung älteren Stils nicht mehr zu einem Schlüssel für kommunikativen Erfolg.

Wenn wir abschließend die Wirkungsmöglichkeiten der Massenmedien zusammenfassend erörtern, dann unter dem Aspekt, daß deren direkte Wirkung immer auf einer individuellen Verarbeitung beruht, daß aber die indirekten Einflüsse von der sozialen Verarbeitung der erhaltenen Informationen oder vom Einwirken personaler Beziehungen und Kommunikationen abhängen. Daß die Massenmedien bei der Bestätigung von Meinungen, Einstellungen und Verhaltensweisen eine Rolle spielen, scheint eindeutig erwiesen. Was uns jedoch interessiert, ist die Frage nach den Veränderungsmöglichkeiten bestehender Dispositionen.

Jedermann kennt Beispiele der direkten Massenbeeinflussung, wie sie durch ein transitorisches Ereignis ausgelöst wird. Man denke an ein mental homogenes Publikum, das im Konzertsaal oder Theater die Darbietung eines Kunstwerks erlebt. Zwar beruht die direkte Wirkung auf der physiologischen Verarbeitung der Eindrücke jedes einzelnen, dennoch kann sich eine bestimmte Stimmung der Anerkennung des Gebotenen »infektiös« verbreiten und zu einem Sturm der Begeisterung und einem überwältigenden Applaus hochschaukeln. Diese Wirkung einer künstlerischen Darbietung ist jedoch nicht die primäre Absicht des Künstlers. Er will zunächst keine Reaktion nahe einer Massenhysterie auslösen, sondern Erbauung oder Unterhaltung durch seine Leistung erreichen. Das muß auch nicht mit einer persuasiven Beeinflussung des Publikums gleichgesetzt werden. Außerdem setzt die geschilderte ansteckende Wirkung die persönliche Begegnung des Künstlers mit einem Publikum voraus. Sie ähnelt in gewisser Weise der von Lorenz geschilderten Infektion beim Auffliegen eines Vogelschwarms (siehe Kapitel 7). Demgegenüber springt schon beim gemeinsamen Genuß einer Opernaufführung im Fernsehen oder eines Musikstücks über die Stereoanlage der emotionale Funke seltener über. Die Erzeugung von Massenstimmungen gelingt also in der persönlichen Begegnung von Künstlern mit ihrem Publikum am besten, erheblich weniger über die Medien. Selbst bei sehr suggestiven, emotional stimulierenden Filmen im Fernsehen entsteht kaum eine kollektive Stimmung, jedenfalls weniger als bei der Vorführung im Kino. Schon weil die persönliche Verarbeitung eines solchen Ereignisses individuell unterschiedlich wirkt und auch situativ bestimmt wird. Die Medien bremsen offenbar die emotional stimulierende Wirkung der persönlichen Ausstrahlung.

Das deckt sich auch mit den Beobachtungen der Wirkung Hitlers auf die Massen. Die Voraussetzungen für Massensuggestionen waren bei den Reichsparteitagen mit dem Aufmarsch von Hunderttausenden mit militärischem Drill gegeben. Das Massenerlebnis des einzelnen, der als Individuum in der Menge völlig unterging, wurde durch theatralische Show-Effekte noch verstärkt. Hitlers Ansprachen konnten in solchem Rahmen ihre größte Wirkung entfalten, während weder die Kino-Wochenschau noch die Radioübertragung einer »Führerrede« diesen Effekt erreichten.

In diesem Zusammenhang ist Hofstätters Interpretation des Masseneffektes nützlich. Er weist darauf hin, daß große, straff organisierte Mengen von Menschen keine Massen sind. Denn schon nach Le Bon sind Massen ja durch ihre Unstrukturiertheit gekennzeichnet. Allerdings wird der Eindruck der Vermassung oder des Sich-Fühlens als Teil einer Masse auch in gut organisierten und strukturierten Institutionen auftreten, was dann auf eine psychologisch unbefriedigende Situation innerhalb der Gruppen schließen läßt (1990, S. 52 f.). Die Wirkung eines »Führers« in der Gruppe führt Hofstätter auf die Effekte der Projektion und der

Identifikation zurück. Schon Experimente in Kindergärten haben erwiesen, daß »Führer« sich durch besonders strenges Einhalten der Normen auszeichnen, die sich die Gruppe selbst gegeben hat. Führer werden also nur Personen, denen man zutraut, die Interessen der Gruppe besonders erfolgreich zu vertreten und die Probleme der Mitglieder zu lösen. Die Mitglieder einer Gruppe projezieren ihre ungelösten Fragen auf den Führer, von dem sie annehmen, daß er die Lösung schnell und überzeugend findet. Damit man zu dieser Annahme kommen kann, muß der Führer »sichtbar« sein, das heißt, etwas aus der Menge herausragen, aber damit man sich mit ihm identifizieren kann, darf er nicht zu fremdartig wirken (1990, S. 168 f.). Die Führerfigur scheint im Lichte dieser Interpretation immer als ein Vollstrecker dessen, was die Gruppe will, wobei offenbleibt, wieweit der Führer seiner Gruppe erfolgreich suggeriert, er sei der Vollstrecker ihres Willens.

Dabei besteht offenbar ein Unterschied zwischen der Erzeugung von Emotionen und Stimmungen und Erkenntnisprozessen. Wenn kognitive Prozesse in Gang gesetzt werden sollen oder können, wenn also individuelle Einsichten und Erkenntnisse zu einem bestimmten Verhalten führen sollen, sind die erzeugten Emotionen zwar gewiß als Aktivatoren zur Motivation wichtig. Sie können sich aber sowohl positiv im Sinne des Kommunikators als auch negativ durch das Phänomen der Reaktanz (siehe Kapitel 6) auswirken. Dies gilt auch für die Massenbeeinflussung durch die Massenmedien. Wie aus den Leserbriefen zu besonderen Kommentaren in der Presse oder zu Fernsehmagazinen hervorgeht, wird besonders die Emotionalität der Rezipienten, zumindest derer, die durch Stellungnahmen reagieren, stimuliert, jedoch fast nie einheitlich. Empörung, giftige Ironie, aber auch begeisterte Zustimmung werden artikuliert, seltener die rationale, argumentative Auseinandersetzung mit dem Thema. Die Massenmedien eignen sich offenbar nur zu bestimmten Teilen des Beeinflussungsvorgangs. Sie können, vermutlich aufgrund ihrer inneren Struktur, also im wesentlichen wegen der Anonymität oder der Distanz des Kommunikators, in der Breite kaum die einheitliche und vollständige Überzeugung bei den Rezipienten bewirken. Dafür spricht auch der in unterschiedlichsten Zusammenhängen ermittelte Tatbestand, daß der Glaubwürdigkeit des Kommunikators eine entscheidende Rolle bei einem Beeinflussungsvorgang, auch durch Medien, zukommt. Ein unglaubwürdiger Autor oder Moderator kann trotz hoher Aktualität und Glaubwürdigkeit der Botschaft Reaktanz auslösen und damit das Gegenteil einer geplanten Beeinflussung erreichen.

Luthe nimmt daher an, daß die Massenmedien nur »im Bereich der Stimulierung eine entscheidende Rolle zu spielen vermögen. Interpersonale Kommunikation macht demgegenüber die entscheidende Variable im Prozeß der Internalisierung aus« (S. 99 f.). Danach müssen die initiierenden Botschaften über die Massenmedien immer durch soziale Verarbeitungsvorgänge ergänzt werden. Ob das durch Meinungsführer wie nach der klassischen Annahme der Diffusionstheorie oder durch die Diskussion im Familien- oder Freundeskreis erfolgt, kann man dahingestellt sein lassen. Massenmedien allein schaffen jedenfalls nicht die vollständige Leistung der Massenbeeinflussung, die man ihnen nachsagt, vor allem nicht bei kognitiven Prozessen.

Das differenzierte Bild von der partiellen Rolle der Massenmedien in persuasiven Prozessen wird durch zahlreiche Beobachtungen verstärkt. Politiker benutzen Massenmedien immer häufiger zur Thematisierung von Fragen, die sie vorantreiben möchten und die sie danach erst in den offiziellen Gremien der Parteien, parlamentarischen Arbeitsgruppen oder Konferenzen diskutieren. Ähnlich wird schon häufig von Firmen oder Verbänden verfahren, wenn eine Innovation angekündigt wird, die für die Menschen unbequem ist, an die man sich erst gewöhnen muß oder die erst in einigen Jahren wirksam wird. So geschieht es mit den Plänen zur Reform des öffentlichen Gesundheitswesens beziehungsweise der Krankenkassen, so werden Öl- und Benzinpreiserhöhungen angekündigt oder Tarifkonflikte vorbereitet. Die entscheidenden Diskussionen finden erst später zwischen den betroffenen Fachleuten in den für die Beschlußfassung vorgesehenen Gremien statt, die Berichterstattung darüber trifft dann aber bereits auf den vorbereiteten Boden.

Auch die Werbung stellt sich zunehmend auf die Aufgabenteilung zwischen Massenmedien und personaler Kommunikation ein. Was in einer Anzeige oder einem Fernsehspot an Informationen geboten wird, ist meist sehr dürftig. Und das mit Recht; denn diese Werbemittel sollen nur den ersten Antoß dazu geben, sich mit den dargestellten Bedürfnisbefriedigungen zu beschäftigen. Weil die Marketingstrategen wissen, daß Massenmedien nicht mehr leisten können, als diesen ersten Impuls zu geben, befrachten sie die Anzeigen und Fernsehspots nicht mit Informationen, die erst in einer späteren Phase der konkreten personalen Begegnung mit dem Produkt beim Handel gefragt sind und wirken können. Wer das der Werbung zum Vorwurf macht, weiß meist nichts von den Wirkungsgesetzen der Massenmedien (dazu besonders Bergler, 1982, S. 250 ff.).

Bleibt noch die Frage nach der Manipulation durch Massenmedien. Wir haben festgestellt, daß eine erhöhte Suggestibilität das Kennzeichen von Massen ist, daß diese aber vor allem in der personalen Begegnung von Massen und Kommunikator entsteht. Weniger intensiv kann sie durch die Medien hervorgerufen werden. Außerdem wird durch suggestive Wirkungen mehr oder minder nur der emotionale Teil des komplexen kognitiven Apparates des Menschen stimuliert. Wenn ein wesentlicher Aspekt der Manipulation aber im Durchsetzen des persönlichen Vorteils des Kommunikators auch unter Inkaufnahme eines Nachteils für Rezipienten besteht, so ist die Öffentlichkeit des Mediums die stärkste Bremse für solche Verhaltensweisen. Diese können eigentlich immer nur unter Ausschluß der Öffentlichkeit praktiziert werden. Schließlich muß aber auch, wie wir gesehen haben, der emotionale Impuls, den eine über Medien vermittelte Botschaft erzeugt hat, möglichst durch personale Kommunikation ergänzt werden. Dabei kann der suggestive Erfolg durch das Wirken von rationalen Erwägungen wieder zunichte gemacht werden. So ist Manipulation allein durch Massenmedien noch weniger möglich als persuasive Beeinflussung.

10

Wirkungsfaktoren und Grenzen der Persuasion

Bertha: ... Kann der Blick nicht überzeugen,
überred't die Lippe nicht.
Franz Grillparzer, »Die Ahnfrau«

Bernhard Hassenstein hat in seinem Buch »Klugheit« die unterschiedlichen Möglichkeiten aufgelistet, nach denen Faktoren verschiedener Herkunft zu einem Ergebnis zusammenwirken. Es kann sich um den Vorgang der Summation handeln, bei dem die Faktoren sich aufaddieren zu einer Summe. Eine andere Möglichkeit ist die der Subtraktion, nach der die Faktoren eine Differenz bilden: Wir ernten nur soviel Kirschen vom Baum, wie die Subtraktion der durch Bestäubung entstandenen und der von den Staren gefressenen Kirschen ausmacht. Die dritte Möglichkeit ist die der Kooperation, nach der eine vorhandene Potenz nur dann wirksam wird, wenn ein Realisator vorhanden ist: Der Klaviervirtuose kann seine Fertigkeit nur unter Beweis stellen, wenn auch ein Instrument zur Verfügung steht. Begabung bedarf so, nach Hassenstein, immer auch der Förderung durch die Umwelt, also der Ausbildung (S. 107 ff.).

Dieses Denkmodell eignet sich auch für die Darstellung der Zusammenhänge zwischen der menschlichen Potenz der Beeinflussung oder des Beeinflußtwerdens und den Faktoren, die bei einer realen Beeinflussung wirksam werden. Wir hatten in den vorangegangenen Kapiteln die Natur des Menschen bei den Prozessen der Beeinflussung abgehandelt, seine angeborene Fähigkeit also, immer neue Informationen aufzunehmen, zu lernen und sich beeinflussen zu lassen. Jetzt werden wir die schon angedeuteten Bedingungen zusammenzufassen, die erfüllt sein müssen, um einen solchen Vorgang erfolgreich zu machen.

Die Wirkungsfaktoren der Persuasion

Es sind im wesentlichen die folgenden acht Wirkungsfaktoren, die den Vorgang der persuasiven Beeinflussung bestimmen:

1. Die Befindlichkeit des Rezipienten (Empfängers).
2. Das Image des Kommunikators (Senders).
3. Die Relevanz des Themas.
4. Der Inhalt der Botschaft.
5. Die Kodierung der Botschaft.
6. Die Wirkungsweise des Mediums.
7. Der Einfluß konkurrierender Botschaften.
8. Die soziale Verarbeitung der Botschaft.

Wir haben einige dieser Faktoren in den vorigen Kapiteln zum Teil schon kennengelernt. Nun soll zusammenfassend die Rolle der einzelnen Wirkungsfaktoren gewürdigt und ihr Beitrag zur persuasiven Beeinflussung dargestellt werden.

1. Die Befindlichkeit des Rezipienten ist schon beim Vorgang der Informationsaufnahme von größter Wichtigkeit. Wir hatten bereits in Kapitel 5 dargelegt, daß die Aufmerksamkeit darüber entscheidet, welche Informationen in das Bewußtsein aufgenommen und damit abgespeichert werden. Bestimmend wirkt sich dabei zunächst das Potential des Rezipienten aus, das heißt die angeborene und erworbene Intelligenz, die es ihm ermöglicht, eine Nachricht oder Botschaft zu dekodieren. Erst wenn das eigene Zeichenrepertoire ausreichend ist, um fremde Botschaften überhaupt zu verstehen, ist die Möglichkeit einer Beeinflussung gegeben. Wer keine chinesischen Schriftzeichen lesen kann, dem verschließt sich der Sinn auch der schönsten und größten Spruchbänder an den Mauern in Peking.

Darüber hinaus wirkt sich die jeweilige geistig-seelische Situation, in der sich ein Rezipient befindet, günstig oder ungünstig auf die Verarbeitung einer Botschaft aus. Ist er gerade in einer Phase, in der sein Neugierverhalten stark aktiviert ist? Sucht er geradezu nach bestimmten Informationen, oder nimmt er Nachrichten oder Reize nur auf, um sich unterhalten zu lassen? Sind seine emotionalen Antennen auf neue Reize ausgerichtet, oder ist er erschöpft und abgekämpft? In welchem Zustand der Beeinflußbarkeit befindet er sich? Da der Mensch keine vollständig angeborene Persönlichkeitsstruktur aufweist, die ihn besonders anfällig oder widerstandsfähig für Persuasionen macht, so kann es im Einzelfall erworbene Anfälligkeiten geben und Situationen, die den individuellen Grad der Suggestibilität steigern: bei großer Erschöpfung, im Streß oder in emotionaler Erregung.

Schließlich spielt auch die in der Sozialisation erworbene Wirklichkeit eine Rolle, mit all ihren Ausprägungen, wie eigenes Rollenverständnis, ethische Normen und Einstellungen oder Vorstellungen. Wer sich als ewiger Verlierer fühlt, kann sich kaum ausmalen, einmal den großen Preis im Lotto zu gewinnen. Die Vorstellungen vom »normalen« Verhalten von Politikern und Beamten werden die Aufnahme von Nachrichten über Bestechungsskandale bestimmen. So kann etwas für den einen eine Nachricht sein, weil unerwartet, für den anderen ist es alltäglich.

Nur diese wenigen Andeutungen der Befindlichkeiten, in denen Rezipienten zu der Zeit sein können, in der eine gezielt auf sie gerichtete Botschaft von ihnen wahrgenommen werden soll, mögen genügen, um hier die erste Hürde jeder Persuasion zu sehen. Was geschieht, wenn die Umstände ungünstig sind? Wie wir dargelegt haben, wirkt sich das Kurzzeitgedächtnis des Menschen so aus, daß nach wenigen Sekunden eine Nachricht, Botschaft oder ein Reiz als relevant angesehen und dann zur weiteren Bearbeitung ins mittelfristige Gedächtnis abgespeichert wird oder als irrelevant eingestuft und fallengelassen wird. Damit verschwindet die Information nahezu spurlos aus dem Kurzzeitspeicher.

Aus der jeweiligen Befindlichkeit des Rezipienten erwächst also entweder die für Beeinflussungen günstige Stimmung, die dazu verhilft, eine persuasive Botschaft aufzunehmen und weiterzuverarbeiten, oder eine ziemlich radikale Ablehnung, besser: ein Verwurf der Botschaft. Dies bedeutet, daß wir bei Persuasionsversuchen immer individuell reagieren, ob es sich um ein persönliches Gespräch oder eine Werbemaßnahme handelt. Wer bei der Wirkung von Massenmedien davon ausgeht, daß alle Zuschauer oder Leser in gleicher Weise reagieren, ignoriert den relativierenden Faktor der individuellen Befindlichkeit jedes einzelnen. Gewiß sind meistens viele Menschen in ähnlicher Weise gestimmt und nehmen daher auch Informationen in ähnlicher Weise wahr; aber die verbleibenden Unterschiede können verschiedene bis zu völlig gegensätzliche Reaktionen auslösen. *Den* Leser oder *den* Zuschauer gibt es in der Massenkommunikation nicht.

2. *Das Image des Kommunikators* (Senders) ist ein geistiges »Bild«. Es besteht aus den bereits mehrfach genannten Vorstellungen, die eine Person von anderen Personen oder Institutionen hat. Dabei spielt es zunächst keine Rolle, ob diese Vorstellungen mehr auf eigenen Erfahrungen und Erkenntnissen beruhen oder auf Nachrichten über das Objekt. In der Bildung von Vorstellungen ist der Mensch äußerst phantasievoll. Selbst wenn er keine eigenen Kenntnisse über eine Person hat und sie zum erstenmal sieht, meint er nach kurzer Zeit, qualitative Urteile über sie abgeben zu können. Reinhold Bergler (1976) hat ausführlich darüber berichtet, wie aus ersten optischen Eindrücken ganze Charakterstrukturen zusammengebastelt werden. Auch aus akustischen und sprachlichen Eindrücken macht der Mensch sich ein Bild von seinem Partner. Ob man will oder nicht, jeder hat bei den Menschen, die ihn kennen, sein Image, ein Bild, das stark vereinfacht ist und keineswegs der Selbsteinschätzung, dem Selbstbild, entsprechen muß. Auch über Institutionen haben Menschen Vorstellungen, sogar einschließlich Charaktereigenschaften, die man eigentlich nur Personen zuordnet. Aber Images haben bei aller Oberflächlichkeit den Vorteil, in Entscheidungssituationen schnell zur Hand zu sein.

In der Kommunikation ist das Image des Senders zunächst wichtig für den Grad seiner Glaubwürdigkeit. In der alltäglichen Kommunikation in der bekannten Umwelt haben die uns bekannten Menschen jeweils ihre individuell erworbene Glaubwürdigkeit. Einer »Ratschwachtel«, die immer das Gras wachsen hört und Gerüchte verbreitet, wird man kaum alles aufs Wort glauben. Dagegen wird jemand, der vorsichtig mit seinen Urteilen ist, schon erheblich höher in seiner Glaubwürdigkeit eingeschätzt. Man zieht auch in der persönlichen Begegnung mit Menschen, die man nicht kennt, aus äußeren Anzeichen und aus seinem Verhalten Schlüsse auf seine Vertrauenswürdigkeit. Schwierig wird es dagegen bei der Aufnahme von Nachrichten aus Medien, bei denen der Sender anonym und weit entfernt ist. Da hilft schon die Frage nach dem, was Habermas das »interessegeleitete« Verhalten nennt. So erscheint es uns als selbstverständlich, daß ein Verkäufer seine Ware nur lobt. Darum halten wir es für angebracht, doch noch einmal jemand anderen oder eine andere Informationsquelle zu Rate zu ziehen. Eine solche kritische Einstellung gegenüber dem Sender kann vor gefährlichen Folgen der Leichtgläubigkeit schützen.

Die Botschaft eines Senders wird also relativiert durch seine Glaubwürdigkeit. Im günstigsten Fall kann der schon erwähnte »sleeper-effect« diese Hürde überwinden: Man vergißt mit der Zeit die (unglaubwürdige) Quelle einer Nachricht und läßt sich dann von der Plausibilität des Inhalts der Botschaft überzeugen. Dennoch scheint besonders bei Massenmedien, und hier vor allem beim Fernsehen, der Trend zur Personalisierung von Sachfragen die Bedeutung der Glaubwürdigkeit des Senders zu unterstreichen. Zwischen »*Dem* glaub ich kein Wort« und »Wenn *der* das sagt, muß es stimmen« gibt es noch eine Menge von Schattierungen. Images modulieren auf den Inhalt einer Botschaft eine »Oberwelle« von zusätzlicher Gültigkeit oder verstärkter Fragwürdigkeit und beeinflussen so das Ergebnis der Persuasion. Wie das in der Wirtschaftswerbung benutzt wird, kann man an der manchmal bieder wirkenden »Testimonialwerbung« studieren: Irgendeine prominente Persönlichkeit präsentiert – meist natürlich gegen ein hohes Honorar – in Fernsehspots oder Anzeigen ein Produkt. Dabei versucht man die Glaubwürdigkeit des Prominenten auf das Produkt zu übertragen. Selbst wenn nur ein sehr vertrauenswürdig aussehender Herr mit freundlicher Miene und wohlgesetzten Worten ein bekanntes Waschmittel empfiehlt, erhofft man sich von seiner optischen Glaubwürdigkeit einen zusätzlichen Abglanz auf das Produkt. Umgekehrt kann ein Politiker über hervorragende Kenntnisse und Konzepte verfügen und dennoch nicht »telegen« sein, also bei Fernsehauftritten einen unsympathischen Eindruck hinterlassen. Bis zu einem gewissen Grade kann man das sichere Auftreten vor der Kamera lernen, trotzdem bleibt ein Rest nicht erklärbarer emotionaler Wirkung.

3. *Die Relevanz des Themas,* von dem eine Botschaft handelt, bezieht sich in erster Linie auf die individuelle Situation des Empfängers. Das kann auch seine Bedürfnisse betreffen. Wer mit Schrecken feststellt, daß ihm die Haare ausgehen, für den sind Haarwuchsmittelangebote relevant. Dagegen sind Traktorenangebote im Fernsehen (wie tatsächlich in den sechziger Jahren geschehen) nur für einen verschwindend geringen Teil der Zuschauer von Bedeutung. Die diskutierte Steuerbelastung für »Besserverdienende« interessiert keinen Altersrentner, dagegen belasten ihn Informationen über einen Anstieg der Inflationsrate erheblich.

Informationen, die die persönliche oder soziale Situation des Empfängers berühren, werden natürlich mit einer erhöhten Aufmerksamkeit aufgenommen und verarbeitet. Schon die Selektivität der Wahrnehmung sorgt dafür, daß bei der Zeitungslektüre relevante Informationen ins Bewußtsein dringen, unwichtige dagegen unterdrückt werden. Dabei kommt es stark auf die assoziative Phantasie des einzelnen an, die Zusammenhänge zwischen einer Meldung über die Schwäche des Dollars, einer anderen zum Ausmaß der Überproduktion der OPEC und dem Auffüllen des eigenen Ölvorrats zu erkennen.

Im politischen Bereich kann man besonders häufig im Wahlkampf beobachten, wie die Behandlung strategischer Themen plötzlich zugunsten kurzfristig aktueller Probleme vernachlässigt wird. Dies kann, wenn es sich um einen Skandal handelt, auch im wohlverstandenen Interesse der Öffentlichkeit sein. Es ist aber nicht immer in die freie Entscheidung der Politiker gestellt, Fragen von strategischer Bedeutung fallen zu lassen und sich statt dessen mit den Ruhestandsbezügen von Abgeordneten zu befassen, was den Neidkomplex bei den Wählern anspricht und die Erregung anheizt. Solche Themenwechsel werden auch den Politikern zum Teil aufgezwungen. Das regelmäßig erhobene Meinungsbarometer in der Bundesrepublik zeigt, daß die einst höchst aktuellen Probleme der Arbeitslosigkeit und des Umweltschutzes, die jahrelang an der Spitze der Skala der Aktualität standen, im Jahre 1992 durch die Zuwanderer- und Asylproblematik verdrängt worden sind. Damit haben Nachrichten zu diesem Themenkomplex zur Zeit höchste Aktualität und sind vor allem relevant für Arbeitnehmer, die ihre Arbeitsplätze durch den Zustrom Fremder bedroht sehen. Ob in solchen Fällen immer eine bewußte Thematisierung von irgendeiner interessierten Seite vorliegt, ist zu bezweifeln. Vielfach schaukeln sich berechtigtes Interesse von Journalisten am Aufdecken von Problemen und Sensationslust des Publikums gegenseitig hoch.

Ähnlich wie die Befindlichkeit der Rezipienten steuert die Relevanz eines Themas die Aufmerksamkeit und damit die Intensität, mit der es im Bewußtsein abgespeichert und verarbeitet wird. Besonders bei der persuasiven Kommunikation kann man immer wieder feststellen, daß mitunter weit an relevanten Problemen vorbeigeredet wird. Jahrelang haben Chemiefirmen in ihrer Firmenwerbung über alle möglichen Themen ihrer Forschung berichtet, nur nicht über das brennende Problem des Recycling von Kunststoffen. Und nach einem der größten Konzernzusammenschlüsse der Nachkriegszeit fand das betreffende Unternehmen in ganzseitigen Anzeigen nur dichterische Weisheiten, die es interpretierte, anstatt dem interessierten Publikum handfest das unternehmerische Konzept des neuen industriellen Großgebildes zu erklären. Auch wer seine potentielle Kundschaft ständig mit der Schlagzeile »Ihre Strategie ist falsch« anredet, spricht vermutlich nicht das aktuelle Informationsbedürfnis der Zielgruppe an. Man hat angesichts solcher Beispiele häufig den Eindruck, als würden bei solchen Kampagnen Fragen beantwortet, die niemand gestellt hat.

4. Der Inhalt der Botschaft ist das Kernstück jeder Persuasion. Er soll beim Empfänger einen kognitiven Prozeß auslösen und zu Resultaten in einer vom Sender beabsichtigten Richtung führen. Im weiteren Verlauf seiner Verarbeitung soll der Inhalt der Botschaft dann ein Verhalten auslösen, das so vom Sender gewünscht und geplant war. Der Inhalt einer Botschaft muß also zunächst verstehbar sein. Er sollte ohne Schwierigkeiten von jedem Angehörigen einer Zielgruppe zu entschlüsseln sein. Darüber hinaus muß er eine Nachricht sein, wie Küppers formuliert hat, so viel Erstmaligkeit wie möglich und so viel Bestätigung wie nötig enthalten (siehe auch Kapitel 6). Ist dieses Verhältnis unausgewogen, wirkt der Inhalt einer Botschaft höchst unterschiedlich: Wer zuviel Bestätigung bringt, langweilt sein Publikum. Wer zu viel Erstmaliges anbietet, wirkt häufig unverständlich.

Besonders wichtig ist der Inhalt einer Botschaft für Empfänger, die sich (intentional) auf der Suche nach Informationen befinden. Sie sind die Kernzielgruppe aller Werbekampagnen, die im Wettbewerb durch Kommunikation Produkte vorverkaufen wollen. Solche Leute erwarten klare Aussagen zu allen offenen Fragen, die sie zu einem bestimmten Produkt haben. Sie sind sozusagen lernbegierig und haben nur das Interesse, ohne Umschweife über ein Produkt oder eine Dienstleistung »aufgeklärt« zu werden. In Befragungen geben sie häufig an, zu wenig Informationen in Anzeigen, Fernsehspots oder anderen Werbemitteln gefunden zu haben. Jeder gestalterische Aufwand, der sie von ihrem Informationsinteresse ablenkt, ist ihnen zuwider. Wenn Bilder, Schlagzeilen oder Texte neben der lexikalischen Kernbedeutung noch viel atmosphärische Zusatzbedeutungen enthalten, erscheint ihnen das als Spielerei und als unseriös. Dies kann bei einer Gruppe, die an sachlicher Information interessiert ist, sogar zu einer Beeinträchtigung der Glaubwürdigkeit des Senders führen.

Ganz anders verhält es sich bei Menschen, die aus Langeweile oder um sich ein wenig abzulenken oder zu entspannen, fernsehen oder in Zeitschriften blättern. Sie sind von dem gleichen Neugierverhalten wie die intentionalen Informationssucher angetrieben, nur ist es gewissermaßen ohne konkretes Ziel. Sie lassen sich sozusagen im Strom der angebotenen Informationen treiben, bleiben einmal hier und ein andermal dort hängen. Für sie ist zunächst weniger der Inhalt einer Botschaft wichtig als vielmehr der Unterhaltungswert. Ihre Aufmerksamkeit läßt sich durch eine auffallende Gestaltung viel leichter einfangen und auf den Inhalt der Botschaft führen. Redaktionelle Beiträge eines

Mediums, die mit auffälligen Titeln oder Schlagzeilen versehen werden, finden in dieser Gruppe ihr Publikum. In der Werbung werden verstärkt atmosphärische Zusatzbedeutungen in Abbildungen oder Schlagzeilen verwendet, wo Problembewußtsein geschaffen oder latente Bedürfnisse bewußtgemacht werden sollen. In diesen Werbemitteln können Texte sich zwar auch mit dem lexikalischen Bedeutungskern des Inhalts beschäftigen, im Vordergrund steht jedoch die witzige oder intellektuelle Gestaltung, die den an Unterhaltung interessierten Zuschauer oder Leser ansprechen will. Man beachte in diesem Zusammenhang auch den redaktionellen Teil von Zeitungen: Im Berichtsteil wird meist sehr eindeutig der informationssuchende Leser befriedigt, im Kommentarteil oder im Feuilleton häufig der mehr an Unterhaltung und geistreicher Spielerei interessierte Leser.

5. *Die Kodierung der Botschaft* ist die gestalterische Umsetzung des Inhalts. Dazu können visuelle, akustische, sprachliche und andere Mittel eingesetzt werden, um das Ziel, das schnellstmögliche Verstehen der Botschaft, zu erreichen. Kombinationen aller dieser Mittel sind sehr beliebt. Aber angesichts immer größerer Sprachprobleme in gemischtsprachlichen Regionen oder bei Großereignissen mit internationalem Publikum wird häufig auf die exakte sprachliche Formulierung der Botschaft verzichtet. Dann bedient man sich der allgemeinverständlichen Kodierung durch Bildsymbole oder auch zusätzlicher Musikeffekte zum Beispiel im Film oder Fernsehspot. Aber auch dafür gilt die Voraussetzung, daß musikalische oder bildhafte Symbolik vom Publikum verstehbar sein muß. Was man bei einem sehr heterogenen Publikum aus unterschiedlichsten Kulturkreisen nicht immer voraussetzen kann.

Geht man davon aus, daß bei der Wahrnehmung die aufgenommenen Reize mit den gespeicherten Gestalten verglichen und danach rekonstruiert werden, so benötigt das Verstehen und Dekodieren schriftsprachlicher Signale, also das Lesen, sicher die längste Zeit. Schon aus diesem Grunde neigen professionelle Gestalter zu bildlichen Kodierungen, zumeist zu gemischten. Alle Medien, die zusätzlich auch noch akustische Reize ermöglichen, werden wegen der gleichzeitig über mehrere Sinnesorgane wirkenden Signale bevorzugt. Wenngleich die schriftsprachliche Formulierung der Botschaft die höchstmögliche Präzision bewirkt, können Bild oder Bild und Ton schneller den Bedeutungskern einer Botschaft verständlich machen.

Hinzu kommt, daß in den meisten Fällen eine Persuasion nicht nur direkt durch den Inhalt der Botschaft wirkt, sondern auch durch die »unthematische« Information der »Atmosphäre«. Sie ist in der Lage, kognitive Prozesse durch geweckte Emotionen nicht nur zu aktivieren, sondern auch positiv oder negativ zu färben. Dies ist auf dem Umweg über längere Texte zwar auch möglich, aber leichter über Bilder, Farben und vor allem Töne zu erreichen. Wir kennen aus Erfahrung die Rolle der Stimmlage für die Überzeugungskraft eines Redners und die dramatisierende Wirkung der Filmmusik. Die Kunst der Dramaturgie besteht darin, alle zur Verfügung stehenden Gestaltungsmittel einzusetzen, um die Kernbedeutung einer Szene für Verstand und Gefühl verstehbar zu machen. Nichts anderes machen professionelle Gestalter von persuasiven Botschaften.

Dabei wird jeweils eine von mehreren Gestaltungsmöglichkeiten ausgewählt. Vielfach werden Bild und Ton als Analogie zur Handlung oder zur textlichen Aussage eingesetzt: Da untermalen bekannte Mozart-Motive eine Werbeaussage zu Mozart-Kugeln. Oder es werden symbolhafte Elemente zur Untermalung eingesetzt: die naturbelassene Alpenlandschaft und einige Jodler im Hintergrund für eine Milchschokolade. Mitunter wird auch nach dem Motto: »ein Teil für das Ganze« verfahren. So signalisiert der Autoschlüssel neben dem Bierglas den vorsichtigen Autofahrer, der alkoholfreies Bier trinkt. Um Aufmerksamkeit zu erzeugen, wird oft die Verfremdung bekannter Motive verwendet: So durfte Leonardos Mona Lisa schon für die verschiedensten Produkte werben. Alle diese Möglichkeiten bergen in sich noch Varianten, um zusätzlich emotionale Atmosphäre ins Bild oder in den Fernsehspot zu bringen.

Gestaltung dient dem ganzheitlichen (hermeneutischen) »Begreifen« der Botschaft. Sie soll das rein verstandesmäßige Verstehen ergänzen. Darin lauert aber auch die Gefahr der »Übergestaltung«, einer gestalterischen Intellektualisierung der Botschaft, die das Begreifen sogar erschweren kann. Immer wenn jemand mit einer Werbung nichts anfangen kann, weil er nicht versteht, was gemeint ist, deutet das auf eine solche Übergestaltung hin, bei der die Phantasie mit dem »Kreativen« durchgegangen ist und die Botschaft eher verfremdet als verdeutlicht hat. Ähnliche Erscheinungen kann man auch beim gesprochenen Wort eloquenter Politiker oder anderer Redner beobachten: Hinter einer ausgefeilten Rhetorik verbirgt sich manchmal das inhaltliche Nichts.

Gegenüber der Werbung, die für die Kodierung ihrer Botschaften das ganze Register der Gestaltungsmöglichkeiten einsetzt, wirken die politische Propaganda und andere persuasive Maßnahmen relativ farblos. Während Werbung in immer stärkerem Umfang auch amüsant und witzig ist und selbst die unangesprochenen Leser, Hörer oder Zuschauer erheitert, ist das redaktionelle Umfeld der Werbung häufig penetrant einfallslos. Die politische Propaganda verharrt zu sehr in überholten Vorstellungen von der Wirkung der Schlagworte. Da sind die überdimensionierten Porträts der Wahlkandidaten im Straßenbild wenigstens noch menschlich. Nur in Ansätzen findet man in den letzten Jahren auch Plakate, Anzeigen oder Fernsehspots, die das gestalterische Niveau der Wirtschaftswerbung erreichen. Dabei geht es in der Politik doch meistens um Wichtigeres als in der Produktwerbung.

6. *Die Wirkungsweise des Mediums* hängt im wesentlichen von seiner quantitativen Reichweite und von seinen qualitativen Wirkungselementen ab. Fernsehen oder Film können sowohl Sprache, und zwar gesprochene, und farbige, bewegte Bilder sowie den originalgetreuen Ton ganzer Sinfonieorchester bieten. Dagegen hat es eine Tageszeitung mit ihren relativ bilderarmen, vornehmlich schwarz-weißen, schriftsprachlich geprägten Mitteln verhältnismäßig schwer. Daß sie sich dennoch gegenüber Funk und Fernsehen behauptet hat, liegt vermutlich daran, daß dieses Medium eine andere Aufgabe hat. In der Nutzung ergänzen sich Fernsehen und Tageszeitung mehr als sie konkurrieren. Dagegen werden von den zunehmenden Fernsehkanälen über

Kabel und Satelliten die früheren Illustrierten, also die Bilderblätter, eher betroffen als die überwiegend verbalen Zeitungen. Zumal die Illustrierten durch die seit einem Jahrzehnt wachsende Flut von Hobby- und anderen Spezialzeitschriften zusätzlich attackiert werden. Offenbar wünscht die Mehrheit sich neben dem Aktuellen und Unterhaltenden, aber immer auch Flüchtigen von Funk und Fernsehen deutlich differenzierte Medien, mit deren Hilfe man sich differenziertere Urteile verschaffen kann.

Die jeweiligen Wirkungselemente der Medien formen die persuasiven Botschaften und begrenzen sie zugleich. Ein aktuelles Beispiel mag das verdeutlichen: Der österreichische Rundfunk (ORF) hat bereits sehr früh im Sommer 1992 mit seiner Hilfsaktion »Nachbar in Not« für die drangsalierte Bevölkerung in Bosnien/Herzegowina begonnen. Ihm standen zur Begründung alle medialen Wirkungselemente des Fernsehens und des Funks zur Verfügung. Die Berichte der Reporter des ORF in den Nachrichtensendungen zeigten den Zuschauern hautnah das Elend der Menschen in den vom Krieg heimgesuchten Regionen. Entsprechend hoch war und ist auch das Echo auf diese Aufforderung zur Mithilfe. Dagegen wirken die schriftlichen Appelle des Roten Kreuzes und der kirchlichen Organisationen in der Bundesrepublik in derselben Angelegenheit bläßlich und trocken. Gegen das Optimum filmischer Wirkungselemente ist auch mit farbigsten Wortreportagen kaum anzukommen.

Dennoch: So hoch die Aktualität und die Beweiskraft des Fernsehens ist, es haftet den transitorischen Medien doch auch ein Hauch von »Flüchtigkeit« an. Bei den Sendungen zur politischen Meinungsbildung, also den höchst realen Fernsehdiskussionen, wirkt die Sache, um die es geht, häufig nebensächlich. Das Spiel der politischen Akteure, ihre Art zu formulieren, ihre Einwürfe auf Ausführungen des Gegners, die Art, wie sie sich Wort und Gehör verschaffen, scheinen im Vordergrund zu stehen. Es kommt vielmehr darauf an, so oft und so lange wie möglich zu reden, als die überzeugendsten Argumente zu haben. Dagegen kann eine Diskussion in einer Zeitung oder in einem Nachrichtenmagazin in viel stärkerem Maße kognitiv wirken und zumindest kritische

Nachdenklichkeit, wenn nicht Meinungsänderung verursachen. Neben der Überlegenheit der Zeitungen in der regionalen Berichterstattung ist es vor allem die Möglichkeit, sich mit ihrer Hilfe einen kognitiv erarbeiteten Standpunkt zu verschaffen, was die Zeitung gegenüber dem wachsenden Angebot konkurrierender Medien bestehen läßt. Daß dabei auch in Anzeigen die Form der redaktionellen Berichterstattung gewählt wird, wie zur Zeit von der Elektrizitätswirtschaft, ist ein Beweis dafür, wie stark die Zeitung als Medium gewertet wird, das kognitive Prozesse in Gang zu setzen vermag.

7. Der Einfluß konkurrierender Botschaften auf die Wirkung einer persuasiven Beeinflussung ist nicht zu unterschätzen. Bei jeder Persuasion, die ja eine Änderung der Meinung oder des Verhaltens anstrebt, kommen die ersten konkurrierenden Botschaften aus dem eigenen Inneren des Empfängers. Vor allem von den bisherigen Gepflogenheiten, von den ethischen Normen, die man verinnerlicht hatte, und von bisher als gültig angesehenen Erkenntnissen. Wir haben das Phänomen der »kognitiven Dissonanz« behandelt, das sogar dazu führt, Nachrichten zu meiden, die im Gegensatz zu bisherigen Überzeugungen stehen (siehe auch Kapitel 9). Die konkurrierenden Botschaften aus dem eigenen Inneren, also aus dem Gedächtnis, werden assoziativ bei jeder Nachricht aktiviert, die ein bestimmtes Maß an Erstmaligkeit überschreitet. Damit beginnt der Prozeß des Abwägens und Nachdenkens, die Bewertung des Neuen und der Beschluß zu einer neuen gedanklichen Position, zu einer verhaltenswirksamen Erkenntnis.

In unseren westlichen Demokratien kann man davon ausgehen, daß zu jeder Persuasion sich auch ein thematischer Wettbewerber artikuliert. Wenn ein SPD-Politiker eine Stellungnahme zur Asylfrage abgibt, so kann man damit rechnen, daß sich in Kürze auch jemand aus dem Unionslager, von der FDP und von den Grünen dazu meldet. Wer in einer Werbung ein Produkt oder eine Leistung anbietet, ist kaum allein auf seinem Markt. Fast immer gibt es Wettbewerber, die zu den bekanntgegebenen Stärken des Werbenden zumindest indirekt etwas sagen können. Im Rahmen des geregelten Wettbewerbs darf man annehmen, daß einem außer dem Für auch das Wider in irgendeiner Weise zugänglich gemacht wird. Monopolstellungen sind selten geworden. Mitunter hat man bei gewissen Werbekampagnen sogar den Eindruck, daß Anzeigen sich weniger an die möglichen Verbraucher oder Nutzer der Produkte als an die Adresse der Konkurrenz richten.

Aber im Wettbewerb gegeneinander stehen nicht nur die Kühlschränke der Firmen A, B, C und D, sondern auch die Kühlschränke mit den neuen Gardinen, das Auto mit der Urlaubsreise, der Fotoapparat mit dem neuen Anstrich für die Küche. Die persuasiven Angebote treffen meist auf eine noch größere Zahl von Wünschen, aber auf begrenzte finanzielle Realisierungsmöglichkeiten. Da heißt es, sich zu entscheiden. Auch wenn einem Wähler die Programme zweier Parteien oder Politiker plausibel erscheinen, so hat er dennoch nur eine Stimme zu vergeben. Persuasionen schweben also nicht frei im Raum, sondern sind immer auch der individuellen Bewertung gegenüber konkurrierenden Botschaften ausgesetzt, die ähnlich starke Beachtung gefunden haben. Diese reale Situation ist es, die den Kommunikationsforschern, sofern sie Laborexperimente bevorzugen, oft Kopfschmerzen bereitet; denn es hat sich als ungewöhnlich schwierig herausgestellt, solche realen Entscheidungssituationen zu simulieren. Dagegen kann die Feldforschung zwar feststellen, was geschehen ist; aber die Verursachung durch einzelne Kampagnen kann kaum exakt bestimmt werden.

8. Die soziale Verarbeitung der Botschaft ist ein nicht auf die Massenkommunikation beschränktes Phänomen. Das »Rattern der Konversationsmaschine«, wie P. Berger und T. Luckmann sagen, vermag dem Menschen im täglichen Gespräch mit Angehörigen, Nachbarn und Freunden seine Wirklichkeit zu bestätigen oder zu modifizieren (vgl. auch Kapitel 3). Personale Kommunikation ist für den Menschen lebensnotwendig, wie wir festgestellt hatten. Das Sprechen über neue Pläne und Erfahrungen ist imstande, die Gedanken zu klären und Handlungsalternativen schärfer herauszuarbeiten. So werden auch persuasive Botschaften, vor allem wenn ihre Befolgung zunächst nicht ganz überschaubare Konsequenzen hat, häufig im Kreise von Angehörigen und Freunden erörtert. Darüber hinaus erscheint die Rolle des »Opinion Leader« im Kommunikationsprozeß aufgrund eigener Erfahrungen sehr plausibel. Vermutlich weil erfahrungsgemäß die Diskussionen im Freundeskreis bisweilen auch lebhaft und heftig werden, gilt in »besseren« Kreisen, vor allem in England, die Regel, daß tunlichst die Themen Politik, Religion und Sex aus Unterhaltungen ausgespart werden sollten, um Konflikte zu vermeiden. Eine Diskussion über neue künstlerische Ereignisse, über Veröffentlichungen, neue Restaurants oder Kneipen, über Freizeitaktivitäten und auch über neue Produkte und die Werbung dafür ist dagegen überall üblich.

Das Instrument der Sprache ist beim Homo sapiens so stark entwickelt worden, weil sich selektiv diejenigen durchsetzten, die durch sprachunterstützte Kooperation in der Großfamilie oder Horde bessere Ergebnisse bei der Jagd und bei der Verteidigung ihres Lebensraumes erzielten (vgl. Kapitel 7). So scheint das Sprechen über alles phylogenetisch ein altes Erbe zu sein, das sich im Palavern in primitiven Kulturen noch bewahrt hat. Darin kommt mehr die Sozialfunktion der Sprache zum Ausdruck, die jedenfalls älter ist als die rein kommunikative Funktion, das heißt die Übermittlung von Erkenntnissen. Was in einem bayerischen Sprichwort sehr plastisch zum Ausdruck kommt: »Man sagt ja nix, man red't ja nur!«

Vor allem vor Entscheidungsprozessen spielt die Kommunikation eine große Rolle. Das gilt nicht nur für institutionelle Entscheidungen, sondern schon für den privaten und individuellen Bereich. Dabei werden in einer Familie die individuellen Interessen oder Bedürfnisse der Familienmitglieder artikuliert, etwa der Art, daß der geplante Ort einer Ferienreise den Kindern zuwenig Abwechslung verspricht oder daß das vom Vater gewünschte Auto der Mutter für ihre Einkäufe unpraktisch erscheint. Ebenso wird man sich bei neuen Produkten zuerst häufig der Erfahrungen anderer Menschen bedienen. Dabei geht es nicht nur um den für erstrebenswert gehaltenen Konsens innerhalb der Gruppe, sondern auch um das Ansammeln konkreten Wissens. Es wirken sich in diesem Prozeß aber auch Machtstrukturen aus, wie W. Kirsch (a. a. O., S. 173 f.) deutlich macht.

Wer gezielt beeinflussen will, muß also mit zusätzlichen Kommunikationsprozessen rechnen, in denen seine Botschaft im besten Falle ergänzt und vervollständigt wird, in denen aber auch eine Modifizierung bis hin zur völligen Umkehrung stattfinden kann. Daher wird in immer stärkerem Umfang von Werbeleuten die »mehrstufige« Kommunikation geplant, bei der besonders der Diffusion der Botschaft in einer für das persönliche Gespräch geeigneten Form große Bedeutung zugemessen wird.

Die Steuerbarkeit der Wirkungsfaktoren

Die oben beschriebenen Wirkungsfaktoren sind sicher nicht vollständig. Man könnte noch eine Reihe weiterer Faktoren aufzählen, die auf Prozesse der persuasiven Beeinflussung einwirken. Dazu sind vor allem die Zugehörigkeit zu soziologischen Gruppen mit ihren Normen und das allgemeine volkswirtschaftliche Aufwand-Niveau der persuasiven Maßnahmen zu zählen. Dennoch dürften sie die ohnehin schon komplizierten Vorgänge nicht besser erklären, eher noch schwerer durchschaubar machen. Es ist offensichtlich, daß bei der Abhängigkeit der Persuasion allein von diesen acht Faktoren der Grad der Wahrscheinlichkeit, daß eine Meinungs- oder Verhaltensänderung bei einem Empfänger genau entsprechend der Zielsetzung des Senders eintritt, nicht besonders hoch sein dürfte. Im günstigsten Falle müßten alle acht Faktoren optimal gestaltet sein. Dann könnte man damit rechnen, daß eine Persuasion in aller Regel im beabsichtigten Sinne stattfindet.

Schon bei oberflächlicher Bewertung dieser acht Faktoren fällt aber auf, daß nur einige von außen, also vom Sender, steuerbar sind, andere dagegen ihren Ursprung in den individuellen Zuständen des zu Beeinflussenden haben. Sie entziehen sich daher in unterschiedlichem Ausmaß der Einwirkung des Senders. Wenn aber der Sender nicht den gesamten Prozeß entsprechend seinen Absichten steuern kann, dann kann von einer Regelhaftigkeit des Vorgangs nach den Absichten des Senders kaum gesprochen werden.

In vollem Umfang sind nur drei der acht Wirkungsfaktoren vom Sender zu steuern: der Inhalt der Botschaft, ihre Kodierung, also die Gestaltung und durch entsprechende Auswahl die Wirkungsgesetze der Medien. Auf diesen Gebieten kann der Sender praktisch die Rahmenbedingungen gestalten, mit denen er den Ablauf und das Ergebnis des Prozesses beeinflußt. Weitere Faktoren sind seiner Steuerung mittelbar zugänglich. So kann er sein eigenes Image, vor allem seine Glaubwürdigkeit dadurch beeinflussen, daß er versucht, regelmäßig und immer wahrheitsgemäß zu kommunizieren, um negative Eindrücke möglichst zu vermeiden. Aber kann er sicher sein, daß aus einem bösen Gerücht, das vollkommen falsch ist, keine Beeinträchtigung seines Images erwächst? Es dürfte klar sein, daß bei allem Bemühen um ein positives Bild in der Öffentlichkeit jeder Mensch auch Ansätze zu negativen Eindruckswerten bei bestimmten Zielgruppen aufweist. Images können nicht nur positiv bei allen Angehörigen einer Zielgruppe sein.

Ähnlich verhält es sich mit der Relevanz eines Themas. Selbst wer ständig richtig analysiert, was bei bestimmten Zielgruppen aktuell und wichtig ist, und wer auch mit seiner Botschaft zum richtigen Zeitpunkt in die Öffentlichkeit geht, kann nicht verhindern, daß andere Themen plötzlich eine erheblich höhere Brisanz und damit Aufmerksamkeit erlangen und seine Botschaften damit abwerten. Das wird dann plötzlich »alter Schnee« oder die »Zeitung von gestern«. Selbst eine heute so akute Problematik wie die Asylfrage kann durch ein anderes Ereignis überholt werden. Niemand kann dafür garantieren, daß ein Thema morgen und übermorgen noch die gleiche Relevanz hat. Wer im Hochsommer Speiseeis anbietet, kann von hoher Beachtung seiner Botschaft wegen der situativen Relevanz ausgehen. Das ist schlagartig anders, wenn es im Juli den üblichen Kälteeinbruch gibt. So kann der Sender nicht ständig auf die Relevanz seiner Botschaft vertrauen.

Schließlich dürfte sich auch die genaue Planung der sozialen Verarbeitung einer Botschaft als problematisch erweisen. Sicher kann man für diesen Prozeß auch entsprechende Informationsmittel schaffen, die ganz auf die personale Informationsverarbeitung abgestimmt sind. Dennoch kann keine Vorsorge die spontanen Entwicklungen der Diskussionen in kleinen Gruppen steuern. Man berücksichtigt zwar schon in der Werbung für technische Güter auch den Informationsbedarf der mitentscheidenden oder der entscheidungsvorbereitenden Mitarbeiter eines Betriebes, aber auch hier kann von einer Sicherstellung eines geregelten Ablaufes dieses Vorgangs im Sinne des Senders kaum gesprochen werden.

Zwei der acht Faktoren entziehen sich jedoch gänzlich der Steuerung durch den Sender: die (situative) Befindlichkeit des Empfängers und die auf ihn einwirkenden konkurrierenden Botschaften. Beide sind aber geeignet, wie dargelegt wurde, entweder schon die Aufnahme der Botschaft erheblich zu aktivieren oder zu beeinträchtigen oder aber ihre Verarbeitung zurückzustellen und sogar zu verhindern. Beide Faktoren wirken mitbestimmend für die Einleitung einer Persuasion und für die endgültige Bewertung einer Botschaft. Hier wird sicher eingewendet, daß durch die Gestaltung (Kodierung) der Botschaft schon Möglichkeiten bestehen, Aufmerksamkeit und Interesse zu wecken und somit eine ungünstige Gestimmtheit des Empfängers zu überspielen. Das kann man im Falle der auf Unterhaltung gestimmten Rezipienten vielleicht annehmen, bei den intentional Informationen Suchenden gilt dies keineswegs. Sie werden durch aufmerksamkeitsstarke Gestaltung oft abgeschreckt. Eher kann die Wiederholung der gleichen Botschaft die Unsicherheiten der individuellen Befindlichkeit der Rezipienten überwinden helfen.

Wenn von den acht erläuterten Wirkungsfaktoren nur drei ganz sicher steuerbar sind, drei weitere bedingt steuerbar und die restlichen zwei kaum beeinflußbar, so kommt man zu dem Schluß, daß der Erfolg persuasiver Maßnahmen keineswegs exakt programmierbar ist, selbst wenn dies von interessierter Seite immer wieder behauptet wird. Auch der massenhafte Einsatz von Werbemitteln ändert an dieser Erkenntnis wenig. Auch nicht die offenste Informationspolitik eines Politikers oder eines Industrieunternehmens. Die am Geschäft mit der Werbung Interessierten versuchen, die allgemeinen Risiken persuasiver Beeinflussungskampagnen herunterzuspielen. Journalisten haben meistens ein hohes Berufsethos, das ihnen den Blick auf die Zweifel an der Wirksamkeit ihrer Tätigkeit verstellt (siehe dazu vor allem Donsbach, a. a. O., S. 277 ff.). Am naivsten reagieren heute immer noch Politiker auf solche Erkenntnisse. Das ist allein daran abzulesen, daß aus fast allen Lagern mit steter Regelmäßigkeit die gleichen Gesetzesentwürfe zur Einschränkung von Werbung kommen. In dem fast mechanistischen Glauben, daß man dadurch das Rauchen oder das übermäßige Trinken einschränken könnte. Wo doch erwiesen ist, daß besonders bei diesen in Veranlagung und tiefen Seelenschichten verankerten Verhaltensweisen jeder Versuch äußerer Einflußnahme auf besonders harten Widerstand stößt (vgl. dazu besonders Bergler, 1979).

Die Risiken persuasiver Maßnahmen sind nicht aus der Welt zu schaffen. So versuchen professionelle Praktiker zumindest in der Werbung, die Risiken zu minimieren, die sich dadurch ergeben, daß mehrere der Wirkungsfaktoren negativ wirken und damit den Erfolg in Frage stellen können. Da 1992 in der Bundesrepublik allein für die Werbung in Medien 31 Milliarden DM aufgewendet wurden, handelt es sich um einen erheblichen Wirtschaftsfaktor. Bei einzelnen Unternehmen, wie auf dem Konsumgütersektor, können Fehlinvestitionen in Marketing und Werbung sehr bald zu krisenhaften Erscheinungen führen. Versuche, die aufgezeigten Risiken wenig wirksamer Werbung zu begrenzen, werden auf den verschiedensten Gebieten unternommen. Dabei spielt die Kommunikationsforschung eine entscheidende Rolle. Die Erforschung des Images eines Unternehmens hat methodisch schon einen hohen Stand, so daß sich jeder Werbungtreibende und die meisten Politiker und Institutionen einen Überblick darüber verschaffen können, auf welchen ihrer Betätigungsfelder sie eine ausreichende Glaubwürdigkeit für welche Art von Botschaften haben (hierzu besonders Bergler, 1982, S. 141 ff.). Eine ganze Reihe von ständig wiederholten Befragungen (Standarduntersuchungen) gibt Aufschluß über die allgemeine Relevanz von Themen für die Bevölkerung oder die Einschätzung einzelner Politiker. Durch Tests vor dem Einsatz von Werbemitteln kann festgestellt werden, ob die Gestaltung (Kodierung der Botschaft) den Inhalt richtig wiedergibt, ihn auch besser verständlich macht. Im nachhinein ist ebenfalls durch Befragungen feststellbar, welche Reaktionen durch die Maßnahmen ausgelöst wurden und wie diese mit den gesetzten Zielen übereinstimmen. Solche Erkenntnisse gehen dann in die Planung von Folgemaßnahmen ein.

Auch diese und andere Versuche, die Risiken persuasiver Werbemaßnahmen zu mindern, ändern nichts an der Tatsache, daß man trotz der in Kapitel 9 beschriebenen Vielfalt der Einzelergebnisse der Kommunikationsforschung von einer Regelhaftigkeit und Vorhersagbarkeit auf diesem Gebiet (noch) weit entfernt ist. Das erscheint auch plausibel, wenn man sich die neurophysiologischen Vorgänge der Informationsverarbeitung und die evolutionäre Entwicklung des Menschen vergegenwärtigt. Dennoch stoßen Erkenntnisse über die Unsicherheiten persuasiver Vorgänge bei Wissenschaftlern, Beamten, Politikern und anderen Intellektuellen immer wieder auf erhebliche Zweifel. Es herrscht besonders in diesen Gruppen noch ein mechanistisches Weltbild vor, nach dem auf einen entsprechend starken »Input« in die Maschine der menschlichen Informationsverarbeitung auch ein analoges Ergebnis, der »Output«, erfolgen müsse. Nur für Unternehmer ist das Risiko auch bei der persuasiven Beeinflussung keine Überraschung. Lebt doch der Unternehmer ohnehin in einer Welt der Unsicherheiten: Ob der Dollarkurs seinen Export noch mehr erschwert oder ein wichtiger Kunde wegen Zahlungsschwierigkeiten ausfällt, ob Konkurrenten überraschend ein besseres Erzeugnis herausbringen oder die Produktion durch Maschinenschaden unterbrochen werden muß, solche Ereignisse gehören zu seinem täglichen Leben. Gewiß tendiert auch der Unternehmer dazu, das ständig drohende Chaos abzuwenden und mehr Ordnung und Sicherheit in seine Aktivitäten zu bringen. Aber Risiko heißt für ihn auch Gestaltungsspielraum und die Chance, zu gewinnen. Es ist bemerkenswert, welche mentalen Unterschiede zwischen Berufsgruppen besonders auch in der Frage der Berechenbarkeit persuasiver Maßnahmen bestehen.

Wir tun also gut daran, bei Berichten über wunderbare Kommunikationserfolge oder gar über Rezepte für die Gestaltung von garantiert wirksamen persuasiven Kampagnen skeptisch zu sein. Sicher haben professionelle Public-Relations- und Werbeleute für jeden Einzelfall das bessere Instrumentarium zur Hand und bieten damit eher die Wahrscheinlichkeit erfolgreicher Maßnahmen als Selbsternannte oder Amateure. Seit man allgemein lesen und schreiben kann, darf sich jeder mit seinen Mitteln persuasiv betätigen. Jeder wirbt um Sympathie, Vertrauen und Zuwendung. Man wirbt um einen Partner, man bewirbt sich um eine Aufgabe oder eine Arbeitsstelle, man wirbt auch um die Stimmen der Wähler. Aber das berufsmäßige Beeinflussen setzt doch eine Menge an Kenntnissen aus der Psychologie, den Kommunikationswissenschaften und – wie wir gesehen haben – anderen Disziplinen voraus, so daß die »Bordmittel« eines durchschnittlich Gebildeten dafür kaum ausreichen. Daß Frau und Herr Jedermann gerade zu diesem Thema aber klare und feste Vorstellungen haben, die sich dann häufig als Stereotype, als vereinfachte Vorurteile erweisen, hängt sicher mit der Eigenbetätigung aktiver Beeinflussung zusammen. Die wirklichen Probleme des Phänomens Persuasion sind aber dem ernsthaft Interessierten um so schwerer zugänglich, je mehr er seine Vorurteile auf diesem Gebiet durch immer neue Eigenerfahrungen ergänzt.

Schlußbetrachtungen

Homo sapiens persuasus et persuadens – der stets beeinflußte und beeinflussende Mensch

Faust: Geheimnisvoll am lichten Tag,
Läßt sich Natur des Schleiers nicht berauben,
Und was sie deinem Geist nicht offenbaren mag,
Das zwingst du ihr nicht ab mit Hebeln und mit
Schrauben.
Johann Wolfgang von Goethe, »Faust I«

»Der Mensch entsteht durch Kommunikation. Er ist das Resultat kommunizierender Kräfte. Verbindung, Vermittlung, Verständigung, Verkehr machen das individuelle Leben möglich.« Mit diesen Sätzen beginnt Harry Pross seine »Publizistik. Thesen zu einem Grundkolloquium«. Einige Zeilen weiter sagt er: »Selbstbestimmung und Fremdbestimmung machen den Menschen aus. Er steht nicht ›der Welt‹ gegenüber, sondern ist der Ort, in dem Selbst- und Fremdbestimmung kommunizieren. Er wird verstanden als Medium differenter Kräfte.« Der Mensch als Medium differenter Kräfte – das scheint nach dem bisher Ermittelten in der Tat eine Formel zu sein, mit der die Phänomene der Beeinflussung wesensmäßig erfaßt werden können. Im menschlichen System begegnen sich ständig die Antriebe der Selbstbestimmung und die Impulse der Fremdbestimmung. Sie ringen miteinander im Wettbewerb. Manchmal siegen die Kräfte der Selbstbestimmung, ein andermal die Fremdimpulse, die dann durch Überzeugung oder Internalisierung zu einem Teil der Selbstbestimmung werden.

Es gehört offenbar zur Natur des Menschen, mit genetischen Instruktionen auf die Welt zu kommen, von denen die eine die Anlage zur »Weltoffenheit« (Gehlen) ist, zur ständigen Aufnahme und Verarbeitung von Informationen, die andere die zum Vergessen. Informationsaufnahme und Abspeicherung im Gedächtnis ist schon ein Beeinflussungsvorgang, wenn auch qualitativ anders als die Befolgung einer Persuasion oder gar eines Befehls. Sobald der neugeborene Mensch beginnt, seine Umwelt wahrzunehmen, erarbeitet er sich seine Wirklichkeit mit Hilfe des übermächtigen Neugiertriebs. Das »Neugierwesen« Mensch (Lorenz) beginnt sein Leben nicht nur mit den körperlichen Funktionen des Stoffwechsels, sondern auch durch ständigen »Informationswechsel« (Tembrock), der bis zum Tode anhält. So ist er in jeder Situation, in jeder Minute seines Lebens immer ein schon Beeinflußter. Da er vieles von seinen Erfahrungen durch geplante Erziehungsmaßnahmen anderer und durch Lernen erworben hat, ist er auch immer schon ein Überzeugter, ein Homo persuasus.

Was ist Persuasion? In Kapitel 2 wurde sie definiert als eine beabsichtigte und zielgerichtete Beeinflussung, im Gegensatz zu Beeinflussungsvorgängen, die nicht beabsichtigt und zielgerichtet sind, aber dennoch zu einer Veränderung von Meinungen, Vorstellungen oder Verhalten führen. Beeinflussung ist also die von außen eingeleitete Änderung eines Zustandes. Sie geschieht in drei Stufen: in der Aufnahme einer Information, in der kognitiven Erarbeitung oder Änderung einer Erkenntnis, Meinung oder Vorstellung und schließlich in einer Änderung des Verhaltens oder eines Verhaltensmusters. Werden diese drei Stufen der Beeinflussung durch eine beabsichtigte Aktivität verursacht, handelt es sich um Persuasion. Sie liegt auch schon vor, wenn die zusätzliche Information zu einer Bestätigung einer Meinung oder eines Verhaltensmusters beiträgt. Sie vermittelt in diesen Fällen einen höheren Grad an Entscheidungssicherheit.

Unter Information ist jedes wahrnehmbare Ereignis zu verstehen, unabhängig davon, ob es sich um ein natürliches oder vom Menschen hervorgebrachtes, also kulturelles, handelt. Damit etwas zum Ereignis wird, muß es sich als Figur von einem Grund abheben. Kulturelle Ereignisse haben immer eine Bedeutung, die der Autor in die Information hineingearbeitet hat. Ob der Wahrnehmende die Bedeutung entschlüsselt (dekodiert) und versteht, hängt davon ab, ob die verwendeten Zeichen für die Bedeutung allgemeinverbindlich sind, das heißt von beiden, vom Autor der

Information und vom Wahrnehmenden, in gleicher Weise gedeutet werden. Informationen, die mit persuasiver Absicht gesendet werden, enthalten neben der »lexikalischen« Kernbedeutung auch atmosphärische Informationen, Symbole und Signale: Ein Grenzpfahl zeigt nicht nur einen Besitzanspruch an, sondern auch die Macht des Besitzers und die Warnung an Unbefugte vor dem Eindringen in fremdes Gebiet.

Das Verstehen der gesamten Bedeutung einer Information ist ein bewußter, kognitiver Akt, der nach der Rekonstruktion des Wahrgenommenen durch den Einsatz des Gedächtnisses, der Assoziation und den Vergleich mit abgespeicherten Gestaltmustern die Bedeutung erarbeitet. Dabei werden auch die jeder Information immanenten Emotionen offenbar, und es werden assoziativ individuelle Gefühle geweckt oder Triebe und Instinkte angesprochen. Das Ergebnis, die Erkenntnis, wird spontan oder mit Verzögerung in Handlungen wirksam.

Stereotype Erklärungen der Persuasion

Persuasive Beeinflussung ist auf verschiedene Weise beschrieben und erklärt worden. In einem kurzgefaßten Überblick soll noch einmal zusammengefaßt werden, warum aufgrund der vorliegenden und geschilderten Forschungsergebnisse aus unterschiedlichen Wissenschaftsgebieten einige der bisherigen Erklärungsversuche als überholt angesehen werden müssen und damit auch die daraus gezogenen Schlußfolgerungen als nicht mehr gültig einzustufen sind:

1. Beim Menschen finden in der Regel keine automatischen Instinkthandlungen nach dem *Reiz-Reaktions-Muster* statt. Dieser Vorgang ist im Tierreich weit verbreitet, kann aber auch schon bei spielenden Säugetieren unterbrochen werden. Der angeborene Auslösemechanismus (AAM) findet beim Menschen nur noch in Situationen höchster existentieller Gefährdung oder in ähnlichen Ausnahmesituationen statt. Die Zecke dagegen kann mehrere Wochen oder Monate ohne Nahrungsaufnahme auf ihrem

Blatt sitzen. Sie ist ausschließlich darauf programmiert, daß sich ein Warmblüter in erreichbarer Nähe unter ihr befindet. Nur dann läßt sie sich fallen und beginnt, sich in die Haut des Lebewesens einzubohren. Instinkthandlungen nach dem Reiz-Reaktions-Muster sind also angeboren und gehören zum phylogenetischen Erbe der Gattung oder Art. Sie stellen die auf eine spezielle Umwelt bezogenen, höchst angepaßten Verhaltensweisen dar. Beim Menschen ist bei plötzlicher körperlicher Bedrohung das unwillkürliche Heben der Hände vor das Gesicht zu beobachten. Es ist ein Überrest solcher Reiz-Reaktions-Muster aus dem tierischen Erbe. Schon bei Gewährung einer gewissen Zeitspanne wird der Mensch diesen ersten Handlungsimpuls beenden und sich wieder mit gewohnter Gestik auch einer Bedrohung gegenüber verhalten.

Die Ethologie hat uns an zahlreichen Beispielen die Beweise erbracht, daß sich der Mensch von seinen Emotionen und Instinkten »abkoppeln« (Eibl-Eibesfeldt) kann und damit fähig ist, persuasiven Reizen seiner Instinkte keine fest programmierte Reaktion folgen zu lassen. Die Folgen von Instinktreizen beim Menschen lösen im vegetativen Nervensystem zwar meßbare physiologische Reaktionen aus, aber in seinem durch Informationen gesteuerten Gesamtverhalten folgen solchen Reizen in der Regel bewußte und kognitive Vorgänge. Persuasionserklärungen nach dem Muster des Reiz-Reaktions-Automatismus aus dem Tierreich muß man also als überholt ansehen, auch weil beim Menschen meist ausgeprägte Eigeninitiative, Motivation oder Intention schon die Wahrnehmungen steuern. Automatisch erscheinendes Verhalten des Menschen, das häufig mit Reiz-Reaktions-Mustern verwechselt wird, ist nichts anderes als habituelles, gewohnheitsmäßiges Handeln, das auf einer verminderten Bewußtseinsstufe stattfindet und der »Ökonomie« bewußten Handelns dient: Es ist ökonomischer, bei bereits gelernten und vollständig beherrschten Bewegungsabläufen oder kognitiven Vorgängen nach dem Handlungsmuster vorzugehen, als stets mit höchster Wachheit und Aufmerksamkeit, also höchstmöglicher Bewußtseinstufe zu entscheiden und zu handeln.

2. Daraus ergibt sich, daß die »*Konditionierung*« des Menschen, analog den Pawlowschen Hunden mit Hilfe des »bedingten Reflexes«, nur unter bestimmten Bedingungen möglich ist. Der bedingte Reflex ist eine dieser automatischen Reaktionen auf Reize, nur daß in diesem Falle an den natürlichen (unbedingten) Reiz ein zweiter (bedingter) gekoppelt wurde, den das Versuchstier gelernt hat: Bei Pawlow war es das Klingelzeichen, das stets mit der Futterverabreichung verbunden wurde. Nach einer gewissen Zeit der ständigen Wiederholung floß der Speichel der Hunde (unbedingter Reflex) auch schon allein beim Klingelzeichen, ohne daß es notwendig geworden wäre, den Hunden auch Futter zu reichen (bedingter Reflex). Besonders die Behavioristen haben in zahlreichen Experimenten an Tieren dieses Phänomen weiterverfolgt und zu einer Lerntheorie ausgebaut, nach der positive Sekundärreize oder »Verstärkungen« den Lernerfolg verbessern oder gar erst garantieren (vgl. Einleitung und Kapitel 1).

An der begrenzten Möglichkeit, auch Menschen mit Hilfe solcher Methoden zu dressieren, ist nicht zu zweifeln. Allerdings gelingt das nur, wenn man sie besonderen Situationen aussetzt. So sind halbverhungerte Gefangene einer »Gehirnwäsche« sicher noch mehr ausgeliefert, wenn man diese mit der Verabreichung von Nahrung verbindet. Auch im Labor und unter strenger Isolierung lassen sich Lernerfolge durch Konditionierung erreichen. Wenn die besonderen Bedingungen aber nicht aufrechtzuerhalten sind, vor allem unter dem Einfluß konkurrierender Informationen, treten normalerweise kognitive Prozesse an die Stelle der belohnungsabhängigen Lernreaktionen. Zur Praxis mancher religiöser Sekten gehört es daher auch, neue Mitglieder möglichst bald zu isolieren und sie in Weltabgeschiedenheit einer Spezialbehandlung zur Erhöhung ihrer Beeinflußbarkeit auszusetzen.

Der Versuch, normale persuasive Vorgänge mit Konditionierung zu erklären, reduziert den Menschen auf ein Lebewesen, das im wesentlichen mit seinem Stammhirn »denkt«, in dem automatische Reflexe ausgelöst werden. Das Stammhirn, der älteste Gehirnteil des Menschen, wird von manchen Wissenschaftlern auch als »Reptilienhirn« bezeichnet, weil es in der Evolution erstmals bei den Reptilien aufgetreten ist. Die anatomische Entwicklung des Neocortex ist an die Entstehung der Säugetiere, der Menschenaffen, später der Hominiden und vor allem des Homo sapiens sapiens gekoppelt. Sie hat durch zusätzliche Entwicklungen wie die Kortikalisierung und die Lateralisierung die höheren Gehirnleistungen beim Menschen, wie Bewußtsein, Phantasie, Intelligenz, Sprache und Denken in die Zukunft hervorgebracht.

3. *Gefühle und Instinkte* sind keine Alternative zur Ratio, zum Verstand, sondern dessen Ergänzung. Alle kognitiven Akte beinhalten auch Gefühle und können auch Instinkte oder Gefühle aktivieren. Physiologisch ist erwiesen, daß Emotionen zunächst neutrale, aber meßbare Vorgänge im vegetativen Nervensystem hervorrufen, wie verstärkte Durchblutung bestimmter Hautpartien oder erhöhte Feuchte der Handflächen. Die anfangs neutralen Emotionen erhalten über die Verbindungen des Mittelhirns (Limbisches System) zum Neocortex erst ihre konkrete Ausprägung: Sie werden dann erst angenehme oder unangenehme Empfindungen, also Wut, Angst oder Lust usw. Emotionen, die durch Wahrnehmung geweckt werden, vermögen Denkvorgänge zu aktivieren (Kroeber-Riel). Sie geben den Ergebnissen der kognitiven Akte auch Farbe und Bedeutung, und sie werden im Gedächtnis abgespeichert.

Da jede Persuasion, sofern sie wahrgenommen wird, einen kognitiven Akt auslöst, spielen Emotionen immer mit. Sie werden entweder durch eingehende Informationen ausgelöst oder durch die Assoziation mit bereits gemachten Erfahrungen an die neue Erkenntnis angekoppelt. Das von Laien befürchtete Überfluten des Verstandes mit Gefühlen wird beim gesunden Menschen physiologisch durch die ständigen Verbindungen des Mittelhirns mit dem Neocortex verhindert. Daß uns dennoch in manchen Situationen Gefühle zu »überwältigen« scheinen, entspricht häufig einem psychischen Bedürfnis in besonderen Situationen und ist ein zeitlich begrenzter Vorgang.

Das scheint auch darauf hinzudeuten, daß die unterschiedliche individuelle Beeinflußbarkeit (Suggestibilität) mehr von der jeweiligen Situation abhängt und weniger von einer angeborenen oder erworbenen Disposition. Suggestion zum Zweck der Hypnose bedarf der vertrauensvollen psychischen Selbstöffnung des Patienten. Versuchte Suggestionen bei persuasiven Vorgängen stoßen bei Rezipienten besonders in Angstsituationen auf erhöhte Aufnahmebereitschaft. Massensuggestionen sind ebenfalls durch Angstgefühle erklärbar, aber auch durch emotionale »Infektion« und häufig auf das Charisma einer starken Persönlichkeit zurückzuführen, auf das sich die Aufmerksamkeit und eine gewisse Problemlösungserwartung fokussieren. Eine Bereitschaft des oder der Rezipienten, suggestiv beeinflußt zu werden, ist offenbar immer notwendig. In ausweglos erscheinenden Situationen kann die Absicht, sich beeinflussen zu lassen und sich damit einer Autorität zu unterwerfen, als Rettungsanker erscheinen (E. Fromm).

4. Ebensowenig wie vom Funktionieren der rein emotionalen Suggestion im täglichen Leben kann man von dem Gegenteil, der *vollständig rationalen Information* ausgehen: Nicht nur sind Gefühle immer im Spiel, Informationen stammen auch vielfach von einem Autor. Von Menschen erzeugte Informationen liegen selbst den »Outputs« komplizierter Computerprogramme zugrunde. »Es gibt keine objektive Information in dem Sinne, daß sie von der geistigen Individualität ihres Produzenten frei wäre« (Pross, a. a. O., S. 121). Jede Information, sofern sie kultureller Art ist, enthält schon subjektive Bedeutungsanteile ihres Erzeugers. Darüber hinaus wird sie individuell verarbeitet und erhält die subjektiven Erfahrungsanteile, die der Empfänger durch Assoziation, Gestalterkennung und bewußten Vergleich mit der neuen Erkenntnis verbindet. Denn alles Neue muß, wie wir erkannt hatten, immer einen Anteil an »Bestätigung« (Küppers), also an Bekanntem enthalten, wenn es überhaupt verstanden werden soll.

Wer eine strenge Unterscheidung zwischen (positiver) objektiver und (negativer) subjektiver Information zu machen versucht, kann sich nicht auf wissenschaftliche Erkenntnisse stützen. Die von zahlreichen Interessengruppen vorgetragene Forderung nach mehr objektiver Information basiert auf dem Aberglauben, daß die absolute Wahrheit dem Menschen zugänglich sei. Die Ergebnisse zahlreicher Untersuchungen beweisen im Gegensatz dazu, daß Informationen bereitwilliger aufgenommen werden, wenn sie von einer glaubwürdigen Person stammen, die echte Autorität genießt. Je subjektiver Informationen dargeboten werden, desto besser werden sie verarbeitet.

5. Es ist ein ebenso gängiges Vorurteil, daß *Aufmerksamkeitserregung und Wiederholung* den Erfolg einer persuasiven Beeinflussung bestimmen. Nicht die Vielzahl und auch nicht die Stärke von Reizen bestimmen darüber, ob eine Information beim Empfänger über das Kurzzeitgedächtnis hinauskommt und verarbeitet wird, sondern die thematische oder situative Relevanz. Die Selektivität unserer Wahrnehmung bewahrt uns vor einer Überlastung unseres Bewußtseins, des Denkapparates und des Gedächtnisses. Dabei ist es von entscheidender Bedeutung, ob sich der Mensch in einer Phase der intentionalen Informationssuche befindet oder sich unterhalten und zerstreuen lassen will. Selbst in der Phase körperlicher und geistiger Erschöpfung gibt es immer noch eine offensichtlich lustvolle Informationsaufnahme, wenn man sich zum Beispiel durch Musik, einen Film oder ein Fernsehprogramm nur unterhalten lassen will.

Starke Reize und häufige Wiederholung der gleichen Reize setzen keine automatische Verarbeitung der gebotenen Information in Richtung auf das Persuasionsziel in Gang. Sie können im Verbund mit überraschenden Gestaltungen einen eigenen Unterhaltungswert erlangen und insofern wirken. Dies kann dazu führen, daß einzelne Gestaltungselemente als bemerkenswert abgespeichert werden, nicht aber die eigentliche Botschaft.

Die vielzitierte Informationsflut kann physiologisch bei gesunden Menschen nicht zu einer Überlastung und Deformation ihres kognitiven Vermögens führen, weil die angebotenen Reize (etwa 10^9 bis 10^{11} Bit/sec) zuverlässig auf das Verarbeitungsvolumen des Bewußtseins (etwa 15–20 Bit/sec) reduziert werden. Wohl aber kann diese ständige Reduktion der Reize beim Wahrnehmen eine körperliche Ermüdung und Erschöpfung und damit ein Nachlassen der Aufmerksamkeit bewirken.

6. *Persuasion durch subliminale Reize*, also durch Wahrnehmung unterhalb der Wahrnehmungsgrenze, ist nach heutigem Kenntnisstand physiologisch nicht beweisbar. Je intensiver man sich mit diesem Phänomen beschäftigt, desto unwahrscheinlicher erscheint es. Die Kürze mancher visuellen Reize, die angeblich in Experimenten geboten wurden (0,0003 Sekunden), macht es zweifelhaft, ob sie überhaupt zu erzeugen sind und ob die Probanden sie als Ereignis identifizieren, geschweige denn etwas erkennen konnten. Längere Reize, die etwa 0,3 Sekunden dauern, können mit großer Wahrscheinlichkeit identifiziert werden. Dann sind sie auch bewußt wahrnehmbar.

Vor allem muß man bei der von den Experimentatoren meist gewählten Einblendung von Worten davon ausgehen, daß die Dekodierung des jeweiligen Wortes durch die Sprachzentren im Gehirn zusätzliche Zeit beansprucht. Dieser Vorgang kann nicht abgelaufen sein, wenn die Probanden angeblich nichts bemerkt haben. Physiologisch kann aber nur über die (bewußte) Dekodierung des Wortes eine gerichtete Emotion und damit eine (bewußte) Reaktion ausgelöst werden. Bei der Darbietung von Bildern oder grafischen Symbolen wäre der Zeitaufwand niedriger, der für eine Auslösung von Gefühlen nötig wäre.

Die physiologisch einzige Erklärung des Phänomens subliminaler Wahrnehmung liegt in einem Ansprechen des vegetativen Nervensystems. Dann wären jedoch körperliche Reaktionen völlig zufällig und neutral. Sie wären nicht nur unbewußt, sondern stünden auch in keinem kausalen Zusammenhang mit den Inhalten der gebotenen Reize. Es handelte sich dabei um Zufallserscheinungen, die durch nicht beobachtete zusätzliche Umweltreize ausgelöst worden sein könnten. Es bleiben also Zweifel an den Berichten über die experimentellen Befunde, die nach dem heutigen Stand der Forschung nicht erklärbar und meist auch nicht nachvollziehbar sind. Sie sind als Theorien im naturwissenschaftlichen Verständnis aber auch nicht gesichert. Bezeichnend ist vor allem auch der Umstand, daß bisher keine praktischen Anwendungen des experimentellen Phänomens registriert wurden. Das beweist, daß Professionelle der Persuasion sich mehr von der auf kognitiven (bewußten) Prozessen aufbauenden Beeinflussung versprechen.

7. *Manipulation* ist, wie wir festgestellt hatten, keine Frage einer besonderen Technik und auch kein isoliertes Phänomen der Massenkommunikation. Sie ist im wesentlichen dadurch gekennzeichnet, daß sie nur dem Manipulierenden Vorteile bringt und dem Rezipienten häufig Nachteile oder Verluste. Sie beinhaltet zwar auch die Planung und die Absicht der Persuasion und meist auch die Technik der Suggestion, ist aber dadurch nicht schon hinreichend definiert.

Keineswegs können die allgemeinen Wirkungen der Massenmedien in den westlichen Demokratien mit den Massenmanipulationen gleichgesetzt werden, wie sie in den sozialistischen Regimen gehandhabt wurden, was aber Konrad Lorenz in seinem kulturkritischen Essay »Die acht Todsünden der zivilisierten Menschheit« tat (vgl. Einleitung). Es ist bemerkenswert, daß besonders Intellektuelle so wenig Gelassenheit gegenüber vielleicht störenden oder unbequemen Erscheinungen in den westlichen Demokratien aufbringen. Dabei muß schon dem oberflächlichen Betrachter der politischen Entwicklungen, wozu man Konrad Lorenz gewiß nicht zählen kann, klar sein, daß sich im sozialistischen System alles der einen Staatsideologie unterzuordnen hatte und daher in der Tat alle Veröffentlichungen nur Variationen eines Themas waren. Dagegen in einer Wettbewerbsgesellschaft von einheitlichen Manipulationen durch »die Großproduzenten« zu sprechen, zeugt von undifferenziertem Denken. Aber in dieser Frage befand sich Konrad Lorenz in »guter«, naturwissenschaftlicher Gesellschaft: Auch Fritjof Capra führt in seiner »Wendezeit« im Abschnitt über die Krise der Wirtschaftswissenschaften beständig die gesellschaftliche Übermacht der multinationalen Konzerne an und begründet sie mit der verschwenderischen und manipulierenden Werbung. Schließlich meint auch Neil Postman in seinem »Technopol«, die Gesellschaft würde durch »nutzlose« Information überflutet und dadurch im Interesse der technisch-industriellen Machthaber entmündigt, wobei offen bleibt, wer über den Nutzen von Informationen befindet.

Wer Manipulation so pauschal versteht, kann nur ein gestörtes Verhältnis zur Wirklichkeit haben. Die Annahme, daß undurchschaubare, finstere Mächte am Werke sind, deutet individuell auf ein Nichtbewältigen einer immer komplexer werdenden Realität hin. Solche Verschwörungstheorien sind aber deswegen nicht auf die leichte Schulter zu nehmen, weil sie am Anfang totalitärer Bewegungen dieses Jahrhunderts standen. Man kann nur hoffen, daß Konrad Lorenz nicht von einer neuen antidemokratischen Ideologie zum Kronzeugen gemacht wird.

Öffentliche Manipulation wird im westlichen demokratischen System weitgehend durch Meinungsvielfalt verhindert. Diese wird in der Bundesrepublik Deutschland durch mehrere Instrumente gewährleistet: durch die grundgesetzlich garantierte Meinungsfreiheit (Art. 5 GG), durch Landespressegesetze sowie durch die Aufrechterhaltung des Wettbewerbs mit Hilfe der Fusionskontrolle seitens des Bundeskartellamtes. Private Manipulation, sofern sie von Wirtschaftsunternehmen versucht wird, unterliegt strengen Gesetzen (UWG, GWB). Außerdem hat der Gesetzgeber die Frist zum Widerruf zum Beispiel von Haustürgeschäften so bemessen, daß nach einem Abschluß noch genügend Zeit zur vernünftigen Überlegung und zum Widerruf bleibt. Unterstellungen einer oder mehrerer Verschwörungen zwischen allen Warenproduzenten und/oder allen Medien entbehren jeder realistischen Grundlage. Eher werden zur Zeit die Konflikte zwischen der Wirtschaft und den Medien schärfer, weil sich Unternehmer oder Firmen durch Journalisten nicht fair behandelt fühlen. Die Zahl der gerichtlich verfügten Richtigstellungen in Zeitschriften nimmt offensichtlich zu.

Homo persuadens – der beeinflussende Mensch

Der stets beeinflußte Mensch ist immer auch ein aktiver Beeinflusser. Sobald er morgens die Augen aufschlägt und mit den Menschen, mit denen er zusammenlebt, kommuniziert, beginnt er zu beeinflussen. Die Persuasion selbst in einer Frage, wer denn wohl das Frühstück vorbereite, ist unüberhörbar. Das setzt sich auf dem Weg zur Arbeit fort, wo man sich mit fremden Menschen abstimmen muß, wer nun als erster in den Bus steigt oder sich einen Sitzplatz sichern kann. Während der Berufstätigkeit kann ohne das Sich-gegenseitig-Beeinflussen keine Kooperation stattfinden. Beim Gespräch mit Freunden oder in der Familie entstehen Ideen für gemeinsame Aktionen, die durch Diskussion Gestalt gewinnen, wobei oft die Zögernden durch Persuasion überzeugt werden. Auch die Entscheidung, ob und welches Fernsehprogramm eingeschaltet wird, ist eine Abstimmungsfrage und unterliegt daher gegenseitigen Persuasionsversuchen. Erst wo keine Persuasion mehr stattfindet, wo der Mensch wirklich völlig autonom über sein Leben entscheidet, ist zugleich auch ein Zustand völliger Isolierung erreicht.

Mit anderen Worten: Das tägliche Leben ist ohne die kleinen Akte der gegenseitigen Persuasion nicht denkbar. Ein großer Teil aller Kommunikation ist auf die Beeinflussung anderer gerichtet. So befindet sich der Mensch nicht nur ständig in einem Zustand des Beeinflußt-und-Überzeugtwerdens von etwas, sondern auch aktiv in der Rolle des Beeinflussers und Überzeugers. Er wird sich dessen, weil es so selbstverständlich ist, nicht mehr bewußt. Aber wenn er sich kritisch selbst beobachtet, wird er feststellen, wie er zum Bewältigen des täglichen Lebens auf das persuasive Überzeugen anderer geradezu angewiesen ist.

Diese persuasive Kommunikation findet im wesentlichen im persönlichen Dialog statt, auch wenn dazu das Telefon benutzt wird. Dabei steht als Ziel nicht immer nur das Funktionieren der sozialen Beziehungen im Vordergrund, also wenn man beispielsweise pflichtgemäß mit der Schwiegermutter telefoniert, sondern vielfach auch das individuelle Interesse des Beeinflussers. In jeder Bitte und in vielen Fragen stecken auch Versuche persuasiver Beeinflussung. Viele Beispiele belegen, daß man keineswegs vom Altruismus bei der täglichen Beeinflussung anderer ausgehen kann. Das Überzeugen eines anderen wird allerdings einfacher, wenn man damit argumentieren kann, daß ihm selbst eher auch ein Vorteil, gewiß aber kein Nachteil entstehen kann. Kurz, die uns fast unbewußte tägliche Persuasion anderer Menschen findet permanent statt, sie dient auch dann der sozialen Kooperation, wenn sie nicht altruistisch ist.

Es ist nicht unwichtig, sich das bewußtzumachen, weil wir damit einen natürlicheren Ausgangspunkt für die Beurteilung der professionellen Persuasion bekommen, der wir ständig ausgesetzt sind. Wird diese in einer persönlichen Form durchgeführt, so sind wir dem Charme und der Überzeugungskraft eines begabten und geübten Politikers oder Verkäufers manchmal wie »ausgeliefert«. Die persönliche Autorität, das Charisma vermögen, wie schon dargelegt, den sachlichen Inhalt einer Botschaft zu verstärken, ja sogar zu verändern. Wir glauben einem Menschen mehr als einer anonymen Botschaft, mag sie logisch auch noch so schlüssig sein.

Professionelle Beeinflusser, die gezwungen sind, durch die Massenmedien zu überzeugen, gewinnen dadurch zwar meist ein größeres Publikum, sie verlieren aber teilweise den Vorteil der persönlichen Ausstrahlung. Dabei hat es der Politiker noch leicht, sofern er in einem Interview selbst auftritt. Den größeren Nachteil haben jene, die eine abstrakte Sachproblematik, wie die Zusammenhänge des europäischen Währungssystems, im Funk oder Fernsehen behandeln müssen oder Produkte und Dienstleistungen anzubieten haben. Sie sind gezwungen, durch sehr viel Kreativität, Phantasie und optische sowie akustische Beweise die Nachteile wettzumachen, die Massenmedien gegenüber der personalen Kommunikation haben, also vor allem die Anonymität des Senders (siehe Kapitel 9).

Auch wenn wir im Überzeugen anderer eine tägliche Routine haben und keine Amateure mehr sind, so ist die professionelle Persuasion schon durch die besonderen Wirkungsbedingungen der Massenmedien »eine andere Liga« als die tägliche Persuasion im Umgang mit Partnern, Freunden und Verwandten. Professionelle Persuasion ist eine Kunst, zumindest eine Kunstfertigkeit, die heute auch wesentlich auf Wissenschaft beruht. Um das beurteilen zu können, braucht man sich nur ins Gedächtnis zu rufen, daß von den acht wichtigsten Wirkungsfaktoren der persuasiven

Kommunikation nur drei direkt und weitere drei indirekt und damit nur eingeschränkt vom Sender zu steuern sind (siehe Kapitel 10). Der Profi der Persuasion muß also versuchen, die Einwirkung der unbeeinflußbaren Faktoren möglichst geringzuhalten und dafür die von ihm steuerbaren Faktoren so zu optimieren, daß sie ein Höchstmaß an Wirkung erzeugen. Dabei kann sich der Kommunikationsprofi keineswegs darauf beschränken, möglichst einfallsreich schöne, bunte Bilder zu machen.

Seine Arbeit beginnt meist mit einer mühevollen Analyse des Kommunikationsmarktes, auf dem er seine Botschaft plazieren will. Was sagen die Konkurrenten in welchen Medien, mit welchem Aufwand und mit welchen Argumenten? Wo gibt es eine Nische oder Lücke, in der er mit seiner Botschaft noch einen profilierten Eindruck machen kann? Vor allem: Was erwartet denn der Käufer von dem Produkt oder der Leistung? Das leitet über zu einer sehr diffizilen Analyse und Definition der eigentlichen, durch Medien erreichbaren Zielgruppen. Wie sind diese Zielgruppen altersmäßig, einkommensmäßig und in ihrem sozialen Verhalten, also in ihrem Konsum von Massenmedien, strukturiert? Was kann man bei ihnen durch mediale Ansprache erreichen? Kann man darauf aufbauen, daß die Grundnutzen des Produktes schon bekannt sind, oder muß man damit überhaupt erst anfangen? Bestehen gegen die Herstellerfirma oder gegen das Produkt irgendwelche Vorbehalte? Mit welcher Motivation würde man das Produkt kaufen, die betreffende Partei wählen? Ist es eher eine mentalitätsmäßige, schon tradierte Zuneigung (Mercedes-Käufer, SPD-Wähler) oder eine jeweils neue kognitive Entscheidung, die bei der jeweiligen Produktgattung von der Zielgruppe wirksam wird? Welche Teilziele kann man mit welchem Medium erreichen? Welche Stadien der endgültigen Entscheidungsfindung muß man mit welchen Mitteln und mit welchen Argumenten zu beeinflussen versuchen?

Fragen über Fragen, die erst beantwortet sein müssen, bevor der Grafiker den ersten Strich zu einer Skizze zieht, der Fotograf seine Kamera lädt. In all diesen Fragen kann sich der Kommunikationsprofi durch Wirtschaftsstatistiken und soziologische sowie psychologische Untersuchungen Rat und Hilfe holen. Aber er muß für eine erfolgversprechende Kommunikationsleistung vor allem eigene gedankliche Vorarbeit leisten, ehe mit der Gestaltung und Formulierung von Werbemitteln wie Fernsehspots, Plakaten und Anzeigen begonnen werden kann. Und er muß meist auch selbst darüber befinden, ob das erarbeitete Konzept hinreichend für Entscheidungen ist, die heute fast immer Größenordnungen von Millionen Mark betreffen. Ob es sich um die Einführung einer neuen Fertigsuppe in den Markt handelt, um das »Verkaufen« schlechter Bilanzzahlen an Wirtschaftsjournalisten oder um die Basiswerbung einer Partei im Wahlkampf: die Aufgabe, wirksam mit Hilfe der Massenmedien Botschaften an die Adressaten zu bringen, ist ein höchst risikoreiches Geschäft (vor allem für Agenturen) und eine Tätigkeit, die viel Phantasie, Erfahrung und Bildung verlangt. Sie wird in der Öffentlichkeit meist unterschätzt. Was aber viele junge Leute nicht davon abhält, diesen zweifellos interessanten und lebendigen Beruf zu wählen. Einen Beruf, der nicht einmal die Erfolgserlebnisse eines Handwerkers an einem geglückten Werkstück vermittelt, sondern eher einen heute vielfach unüblichen Streß mit den Abhängigkeiten von launischen oder eigensinnigen Auftraggebern verbindet. Wer das auf sich nimmt, ist in seiner Mentalität weder ein »Aussteiger« noch ein Beamter, sondern eher Idealist, auch wenn er sich häufig nicht so benimmt.

Persuasion und Freiheit

Nach landläufiger Meinung dient Persuasion der Fremdbestimmung des Menschen. Sie schränkt also seine Freiheit ein. Dagegen wird Selbstbestimmung als Ausdruck seiner Freiheit angesehen. In der Philosophie des Abendlandes ist der Freiheitsbegriff seit den alten Griechen immer wieder kontrovers diskutiert worden. Freiheit unterscheidet man spätestens seit Immanuel Kant in ihrer negativen Definition als Ungebundenheit an das Angeborene, also die Triebe und Instinkte, und in ihrer positiven Definition als Autonomie, also das freie Wollen. Im Gegensatz dazu nehmen die Deterministen, so auch die Behavioristen, eine feste Bindung des Menschen an angeborene Instinkte oder erworbene Verhaltensmuster an. Die Freiheit des Menschen glauben manche Hirnforscher heute schon neurologisch beweisen zu können. E. Oeser hält sie für »das Ergebnis eines aktiven Informationsverarbeitungsprozesses« (1988, S. 126). Durch die evolutionäre Verlegung von Leistungen aus der Peripherie (der Sinneswahrnehmung) in das Zentrum (den Neocortex) sei der Mensch in der Lage, frei Theorien über Modelle der Welt zu bilden, die weit über seine Sinneserfahrungen hinausgingen. In der Tat entspricht das auch dem normalen menschlichen Selbstverständnis: Er fühlt sich frei, frei *von* Bindungen und frei *für* Entscheidungen zumindest zwischen Alternativen.

Die menschliche Freiheit als Ungebundenheit schließt auch ein, sich von Suggestionen oder druckvollen Persuasionen nicht beeindrucken zu lassen. Als Freiheit für Entscheidungen kann sie sich aber auch einer Persuasion öffnen. Wir haben festgestellt, daß es in der normalen menschlichen Kommunikation keine Tricks oder heimliche Methoden, keine Hintertürchen über das Unbewußte zur freien Entscheidung gibt. Der gesunde Mensch hat in Normalsituationen die bewußte freie Wahl und die Entscheidung, einem persuasiven Beeinflussungsversuch nachzugeben oder sich ihm zu verschließen. Es liegt an ihm selbst und nicht an einer anonymen Macht außerhalb seines Selbst, wie er auf Persuasionen reagiert. Wenn man falsch gehandelt hat, gilt die Entschuldigung nicht, man sei »manipuliert« worden. Obwohl es gewiß bequem ist, sich ein Hintertürchen zur Fremdbestimmung offenzuhalten, die einem die Verantwortung für sein eigenes Handeln abnimmt. Der »Manipulationsnotstand« kann zur Entlastung nicht anerkannt werden, weder im Einzelfall, noch in Massensituationen. Nur wo Gewalt angedroht oder angewendet wird oder in anderen Extremsituationen kann der Mensch seine freie Entscheidungsfähigkeit für oder gegen einen persuasiven Beeinflussungsversuch verlieren. Es ist sicher schwer, solche Lagen genau zu definieren; aber daß sie äußerst selten eintreten, ist gewiß.

Woran liegt es, daß in unserem Jahrhundert die kommunistische und die nazistische Massenbeeinflussung zum Teil über Jahrzehnte hinweg erfolgreich waren? Erich Fromm hat in seiner psychoanalytischen Deutung des Phänomens die masochistische Selbstaufgabe des Individuums als Versuch interpretiert, die »Last der Freiheit« und damit seine Isolierung und den Zwang zur individuellen Entscheidung loszuwerden (a. a. O., S. 134 ff.). Könnte nicht auch einer der Gründe, neben vielen anderen, in der verbreiteten Überzeugung liegen, der Mensch sei durch gewisse Techniken der Beeinflussung quasi willenlos den Zielen bestimmter Mächte unterwerfbar? Wer das lange genug glaubt, unterliegt sicher eines Tages der Autosuggestion und unterwirft sich freiwillig. Wenn wie in Rußland über Jahrhunderte ein autoritäres Regime die Überzeugung aufrechterhält, Herrschaft in dieser Form sei gottgewollt, dann ist ein kommunistisches Regime mit zentralistischer Machtausübung nur die Fortsetzung der gewohnten Verhältnisse mit anderen ideologischen Vorzeichen. Eine straffe Herrschaft in Verbindung mit dem Glauben, daß die Herrschenden ohnehin die Möglichkeit haben, den einzelnen mit geheimen Mitteln zu manipulieren, muß zu Resignation und zu einer Unterordnungsmentalität führen. Zum freien Bürger, der sich als autonome Person fühlt, gehört die Überzeugung seiner Freiheit und seiner Verantwortung für sich selbst. So gesehen wäre es notwendig, dem blinden Glauben an die angeblich unheimlich-heimlichen Techniken der Persuasion, Suggestion und Manipulation eine Aufklärung über die wahren Zusammenhänge der Natur und Kultur der Beeinflussung entgegenzusetzen. Diese Art von Emanzipation könnte die Immunität gegen Massensuggestionen verstärken.

Aufgrund der vorliegenden Erkenntnisse aus den unterschiedlichen Wissenschaften muß man den Schluß ziehen, daß es notwendig ist, die allgemeinen Vorbehalte gegenüber jeglicher Art von Beeinflussung abzubauen und die stereotypen Vorstellungen über Manipulation und Beeinflussung durch konkretes Wissen zu ersetzen. Persuasion ist eine natürliche menschliche Sozialtechnik. Daß wir alle täglich selbst gezielt beeinflussen, ist der beste Beweis dafür. Daß Persuasion nicht »besser« ist, wenn sie der Bildung, Erziehung und dem Seelenheil von Menschen dient, sagt uns schon der gesunde Menschenverstand. Dann kann sie im Umkehrschluß auch nicht moralisch »schlechter« eingestuft werden, wenn sie von Professionellen aus Politik, Wirtschaft und Medien ausgeübt wird. Sie gehört wie die sprachliche Kommunikation zum menschlichen Zusammenleben. Dafür spricht, daß die Kultur, von der wir heute umgeben sind, in großer Fülle geronnene Zeugnisse früherer Persuasionen enthält. Die Landschaft, die Häuser und Gärten, die Bücher, die technischen Erzeugnisse, mit denen wir wie selbstverständlich umgehen, sind aus persuasiven Aktivitäten von Menschen entstanden und haben wiederum andere beeinflußt. Jedes Ding, das von Menschen geschaffen ist, weist zurück auf das Denken und Streben der Urheber und weist voraus auf das, was seine Nachfolger davon übernehmen, was sie verändern oder verbessern, ob beabsichtigt oder nicht.

Welche Rolle Beeinflussung und Persuasion in der menschlichen Gesellschaft spielen, soll an dem von Konrad Lorenz beschriebenen Gleichgewicht zwischen Varianz fördernden und Invarianz sichernden Verhaltensweisen verdeutlicht werden. Lorenz meint, daß eine Reihe von menschlichen Aktivitäten das Bleibende, Nichtwandelbare bewahren helfen. Dazu zählt er nicht nur das schon erwähnte gewohnheitsmäßige Handeln, sondern vor allem auch die Nachahmung von Vorbildern und alle Arten von Ritualisierungen. Dagegen sind das angeborene Neugierverhalten des Menschen und das Neuerungsstreben der Jugend in allen Kulturen geeignet, die kulturelle Invarianz abzubauen. Beide Aktivitäten sind notwendig, um die Kultur langfristig weiterzuentwickeln (Lorenz, 1977, S. 246 ff.). Persuasive Beeinflussung ist das Gegenstück des angeborenen Neugierverhaltens. Sie dient auch dazu, Neues anzuregen und durchzusetzen, und damit ist sie ein Instrument der kulturellen Weiterentwicklung. »Arbeit an der Kultur«, sagt Friedrich Nietzsche, »ist Arbeit an der Umschaffung der Überzeugungen.« Oder umgekehrt: »Wer nicht durch verschiedene Überzeugungen hindurchgegangen ist, sondern in dem Glauben hängenbleibt, in dessen Netz er sich zuerst verfing, ist unter allen Umständen eben wegen dieser Unwandelbarkeit ein Vertreter zurückgebliebener Kulturen« (a. a. O., S. 351).

Unter diesem Aspekt muß man unsere gegenwärtige Kultur und ihre Probleme darauf untersuchen, wo persuasive Beeinflussung zur Lösung und weiteren Entwicklung beitragen könnte. Es gibt in jeder Gesellschaft und in jeder Kultur Aufgaben, die sich nur durch persuasive Kommunikation lösen lassen. Das gilt besonders für Demokratien und vor allem in schwierigen Zeiten.

Beginnen wir mit dem Aufflammen von Gewalt im wiedervereinigten Deutschland, vor allem unter Jugendlichen. Erinnern wir uns, was A. Mitscherlich über die Unsicherheit sagte, die heute viele Eltern dazu führt, ihre Rolle bei der Erziehung ihrer Kinder nicht mehr wahrzunehmen (siehe Kapitel 8). Daß Jugend immer wieder die Denkgewohnheiten und Handlungsmuster der älteren Generation kritisch überprüft und neue findet, ist Naturgesetz. Wo aber die Jugend in einer »vaterlosen« Gesellschaft aufwächst, wo graue Eminenzen wie »die Partei« oder »geheime Verführer« keine Autorität bieten, wo nur noch abstrakte moralische Forderungen von Institutionen gestellt werden, können Rebellion und Gewaltbereitschaft schon als Provokation leicht entstehen. Aber wird die diffuse Atmosphäre, in der Jugendliche aufwachsen, nicht auch durch eine Schule verstärkt, in der mannigfache Wissensgebiete wie in einer Unterhaltungssendung des Fernsehens angeboten werden: für jeden etwas, ohne daß sinnstiftende Zusammenhänge und humane Grundwerte als sichere Basis für das Leben und Zusammenleben vermittelt würden? Bieten nicht auch die Kirchen mit ihrem Festhalten an Dogmen der Vergangenheit nicht nur keine Orientierung für das Leben in modernen Gesellschaften, sondern erzeugen erst die Widerstände gegen ihre moralischen Ansprüche?

In dieser Situation können nur Persönlichkeiten, die allgemeine Werte lebend verkörpern und sie auch persuasiv lehren, Autorität und Vorbild für die Jugend sein. An ihnen kann sich aber auch konkrete Kritik und fruchtbare Auseinandersetzung entzünden. Nicht liberalistische Unbestimmtheit hilft den jungen Menschen weiter, sondern bewußtes, profiliertes Handeln aus einer geistigen Überzeugung heraus, die Sinn vermittelt und das eigenständige Denken anregt.

Ein anderes Problem, die Manipulation durch Politiker, wird, wie die Meinungsforschung ermittelt hat (siehe Einleitung), als besonders unmoralisch empfunden. Die Befragten haben ein Gefühl der Hilflosigkeit gegenüber den Manipulationen der politisch Mächtigen. Diese Befindlichkeit einer Mehrheit der erwachsenen Bevölkerung in der Bundesrepublik wird auch, aber eher beschönigend, als »Politikverdrossenheit« bezeichnet. Das entspricht bei weitem nicht mehr dem Modell des mündigen Bürgers, der autonome Entscheidungen trifft und sie durch »seine« Abgeordneten parlamentarisch in konkrete Politik umsetzen läßt. Diese erschreckende Bilanz muß man ziehen, obwohl wir eines der fortschrittlichsten demokratischen Systeme und eine ebenso liberale wie stabilitätssichernde Verfassung haben. Hat man über der juridischen Sicherung der Rechte des einzelnen die Notwendigkeit vergessen, Demokratie lebendig erlebbar zu gestalten? Hat man Perfektion der Gesetzgebung und Effizienz der Exekutive über den Prozeß der politischen Meinungsbildung gestellt? Politische Basisarbeit findet neben den Parteien nicht mehr statt. Politiker sind Spezialisten und haben in der Mehrzahl ihren früheren Beruf aufgegeben. Die Distanz zum Wähler wächst, nicht allein wegen der spürbaren materiellen Egoismen von Abgeordneten, sondern auch wegen des geistigen Abstands der Berufspolitiker von den Alltagssorgen ihrer Wähler. Wähler und Bürger überlassen oft resignierend weitgehend »ihren« Repräsentanten die politische Gestaltung des Gemeinwesens.

Was wir aber als Bürger einer der verfassungsmäßig besten Demokratien dieser Welt täglich erleben, ist einerseits politische Hilflosigkeit gegenüber solchen Phänomenen wie Mißbrauch des liberalen Asylrechts und Ausbruch von Gewalt gegen Ausländer und andererseits leichtfertiges Verkleinern der Probleme der Wiedervereinigung. Diese Erscheinungen beweisen die vergrößerte Distanz unserer gegenwärtigen Politiker von der Basis, ja sogar Mißtrauen gegenüber den Meinungen und Haltungen der Bürger. Man könnte geneigt sein, dem plebiszitären Instrument der direkten Volksabstimmung das Wort zu reden, hätte man nicht aus der Schweiz die Erfahrung, daß die Beteiligung des »Volkes« dort meist auch gering ist. Es liegt vermutlich bei uns auch weniger am fehlenden Instumentarium, als an der mangelnden Kommunikation. Wenn Politiker sich wenig um Meinungen der Bürger kümmern, ist das allerdings nur eine Seite der Medaille. Daß das Wahlvolk sich zwischen den Wahlterminen meist der Stimme enthält, ist mindestens genauso bedauerlich. Was uns fehlt, ist die gegenseitige persuasive Kommunikation im direkten Dialog, von oben nach unten ebenso wie von unten nach oben. Aus Versuchen der gegenseitigen Beeinflussung können Einsichten und Kompromisse entstehen, die die Politik auf breiter Basis tragen und das derzeitige ungewisse Unbehagen abbauen helfen.

Eine weitere, nach dem Zusammenbruch des sowjetischen Imperiums überraschende Erscheinung ist das Aufflammen der alten nationalistischen Emotionen in ganz Osteuropa. Was niemand mehr für möglich gehalten hat, ist eingetreten: Osteuropa befindet sich geistig wieder im Zustand der heterogenen Kräfte zu Zeiten der Donaumonarchie und des späten Zarenreiches. Das beweist, wie wenig die von den Sowjets erzwungenen Grenzziehungen oder die Willkürherrschaft des Titoismus die wahren Probleme des Zusammenlebens unterschiedlicher Nationalitäten und Religionen lösen konnten. Es war ein trügerischer Waffenstillstand, der ausschließlich auf den Bajonetten der Herrschenden balancierte und kein geistig erarbeiteter, auf Vernunft und Toleranz basierender Frieden. Das Vakuum, in dem sich die unvorstellbaren Metzeleien einer plötzlich losgelassenen Soldateska im ehemaligen Jugoslawien abspielen, ist nicht allein aus dem Fehlen der einigenden Zentralmacht entstanden, sondern aus seit Jahrzehnten unterdrückten geistigen Prozessen der Auseinandersetzung mit den Eigenarten der zusammenlebenden Nationalitäten und Religionen. Mit jedem Tag, an dem der Krieg dort andauert, wird die Wahrscheinlichkeit eines dauerhaften Friedens in dieser Region geringer. Aber wenn man nicht resignieren will, bleibt nur die Hoffnung, daß in diesem Raum Autoritäten wachsen, die wie Gandhi in Indien Toleranz verkörpern, vorleben und persuasiv verbreiten. Das geistige Vakuum kann nur durch neue Ideen, charismatische Persönlichkeiten und bewußte Einflußnahme aufgefüllt werden. Es ist ein fundamentaler Irrtum, anzunehmen, das Gute würde sich von selbst verbreiten, also quasi »herumschweigen«. Auch Toleranz und Kooperationsbereitschaft bedürfen der Persuasion zu ihrer Durchsetzung.

Wenn wir persuasive Beeinflussung als ein normales soziales Instrument auffassen, das unter anderen geeignet ist, unserer Kultur zu neuen Impulsen zu verhelfen, dann sehen wir große Aufgaben vor uns. War Persuasion schon an der Wiege der Menschheit eine Notwendigkeit, als die umgebende Natur noch viel stärker das Überleben des Menschen bestimmte, um wieviel dringlicher muß sie uns heute erscheinen, wo der Mensch fast ausschließlich von selbstgemachter Kultur umgeben ist, behaftet mit den geronnenen Persuasionen der vergangenen Generationen und all ihren Irrtümern. Denn wir können auch das nicht abschütteln, was uns aus dem natürlichen menschlichen Erbe an ungeheuerlichen Exzessen des Bösen bis heute immer wieder begegnet: weder den Holocaust der Nazi-Deutschen an den Juden, noch die Folterungen ihrer politischen Feinde durch die sowjetischen Russen oder jetzt die ethnischen Haßausbrüche im ehemaligen Jugoslawien. Angesichts solcher Ereignisse wird es daher immer auch unbegreiflich bleiben, was der Mensch eigentlich ist.

Lassen wir dazu am Schluß Herder sprechen: »Die Waage des Guten und Bösen, des Falschen und Wahren hängt in ihm (dem Menschen): er kann forschen, er soll wählen ... Er kann dem trüglichsten Irrtum Schein geben und ein freiwillig Betrogener werden ... Wie es also mit der getäuschten Vernunft ging, geht's auch mit der mißbrauchten oder gefesselten Freiheit; sie ist bei den meisten das Verhältnis der Kräfte und Triebe, wie Bequemlichkeit oder Gewohnheit sie festgestellt haben. Selten blickt der Mensch über diese hinaus und kann oft, wenn niedrige Triebe ihn fesseln und abscheuliche Gewohnheiten ihn binden, ärger als ein Tier werden. Indessen ist er auch seiner Freiheit nach und selbst im ärgsten Mißbrauch derselben ein König. Er darf doch wählen ...« (a. a. O.).

Nachwort

In den 37 Jahren meines Berufslebens war ich als Mitarbeiter eines Großunternehmens fast ausschließlich mit den praktischen Fragen der Marktkommunikation und des Design befaßt. Darüber hinaus machte es das Gewicht der Firma im internationalen Geschäft notwendig, Erfahrungen, Gesichtspunkte und strategische Überlegungen auch in Verbänden zu Gehör zu bringen. Die gesellschaftspolitische Zuspitzung der Diskussion um die Rolle der Industrie und ihrer kommunikativen Instrumente in den siebziger Jahren verlangte, sich mit dem eigenen Tun reflexiv auseinanderzusetzen und in der öffentlichen Diskussion Stellung zu beziehen. Dabei war es meistens nicht möglich, die eigenen Argumente auf eine hieb- und stichfeste wissenschaftliche Basis zu stellen. Deshalb wurde den Stellungnahmen der Vertreter der Wirtschaft häufig ein gewisses »Theoriedefizit« bescheinigt.

Daneben gab und gibt es zum Thema der »Manipulation« und der Beeinflussung wie in kaum einer anderen Frage unserer gesellschaftlichen Dynamik derartig viele und so festgefügte Vorstellungen, daß es selbst für einen aktiven Teilnehmer an Diskussionsrunden, Podiumsgesprächen usw. schwer war, sich immer wieder auf die mit größter Überzeugungskraft vorgebrachten Stereotype einzustellen.

Aus diesen Erlebnissen erwuchs der Wunsch, einen eigenen Beitrag zu dem immer aktuellen öffentlichen Diskurs um Beeinflussung, Überzeugung, Verführung oder Manipulation zu leisten und dabei nicht in die Unart der meisten und lautesten Diskussionsteilnehmer zu verfallen, nämlich die Sache aus dem Blickwinkel nur einer Wissenschaft oder eines Faches zu betrachten. Worauf es besonders in unserer Zeit der häufig stark vereinzelten Betrachtungsweisen ankommt, ist die Herstellung von Zusammenhängen, die Freilegung von Wurzeln und die hermeneutische Zusammenschau menschlichen Handelns. Dabei erschien es mir wichtig, neben den vorherrschenden psychologischen und soziologischen Betrachtungsweisen vor allem das stammesgeschichtliche Erbe des Menschen, aber auch die Erkenntnisse der Biologie und der Neurologie zum Abklären der beeinflussenden Kommunikation heranzuziehen. Wobei natürlich die praktischen Erfahrungen des Berufslebens tunlichst zur Illustration des wissenschaftlichen Unterbaues verwendet werden sollten. Insofern ist diese Arbeit eine Fortsetzung des Berufes mit anderen Mitteln.

Dem Unternehmen, der Siemens AG, habe ich zu danken für eine von außen vielfach nicht für möglich gehaltene liberale Arbeitsatmosphäre und für die Freiräume, vor allem durch Mitarbeit in externen Verbänden und Institutionen, übergeordnete und politische Gesichtspunkte zu erarbeiten und den eigenen Horizont zu erweitern. Des weiteren sei hier eine Einrichtung erwähnt, die es mir ermöglichte, immer den Puls der mir seit dem Studium vertrauten und werten Wissenschaftswelt zu spüren: die Carl-Friedrich-von-Siemens-Stiftung in Nymphenburg mit ihren Geschäftsführern Armin Mohler und Heinrich Meier. Sie haben mit ihren Veranstaltungen bewirkt, daß der Impuls zu einer vertieften Beschäftigung mit »meinem« Thema immer reaktiviert wurde. Schließlich bedanke ich mich bei Hans Rössner, der mir seit Jahren viele und wertvolle Anregungen brachte, mich stets ermunterte, dieses Buch zu schreiben, und der dann diese Arbeit mit soviel Verständnis kritisch begleitet und gefördert hat.

April 1993 Dankwart Rost

Literaturverzeichnis

Aebli, H. (1980) Denken: das Ordnen des Tuns, 2 Bände. Stuttgart, Klett-Cotta.

Arens, K. (1973) Manipulation. Berlin, Volker Spieß.

Baddeley, A. (1986) So denkt der Mensch. München, Droemer Knaur.

Bateson, G. (1987) Geist und Natur. Eine notwendige Einheit. Frankfurt am Main, Suhrkamp.

Beck, U. (1988) Gegengifte. Die organisierte Unverantwortlichkeit. Frankfurt am Main, Suhrkamp.

Benesch, H., Schmandt, W. (1979) Manipulation – und wie man ihr entkommt. Stuttgart, Deutsche Verlags-Anstalt.

Berger, P. L., Luckmann, T. (1990) Die gesellschaftliche Konstruktion der Wirklichkeit. Frankfurt am Main, S. Fischer.

Bergler, R. (1963) Psychologie des Marken- und Firmenbildes. Göttingen, Vandenhoeck & Ruprecht.

Bergler, R. (Hrsg.) (1972) Marktpsychologie. Bern/Stuttgart/Wien, Huber.

Bergler, R. (1976) Vorurteile – erkennen, verstehen, korrigieren. Köln, Deutscher Instituts-Verlag.

Bergler, R. (1979) Zigarettenwerbung und Zigarettenkonsum. Eine psychologische Studie. Bern/Stuttgart/Wien, Huber.

Bergler, R. (1982) Psychologie in Wirtschaft und Gesellschaft – Defizite, Diagnosen, Orientierungshilfen. Köln, Deutscher Institutsverlag.

Bergler, R., Six, U. (1979) Psychologie des Fernsehens. Bern/Stuttgart/Wien, Huber.

Berne, E. (1967) Spiele der Erwachsenen. Psychologie der menschlichen Beziehungen. Reinbek bei Hamburg, Rowohlt.

Bertaux, P. (1963) Mutation der Menschheit. Diagnosen und Prognosen. Frankfurt am Main, S. Fischer.

Blomeyer, R. (1983) Die Spiele der Analytiker. Freud, Jung und die Analyse. Olten, Walter.

Brand, H. W. (1978) Die Legende von den »geheimen Verführern«. Weinheim/Basel, Beltz.

Brezinka, W. (1977) Grenzen der Erziehung; in: Schicksal? Grenzen der Machbarkeit. München, dtv.

Burckhardt, J. (1978) Weltgeschichtliche Betrachtungen. Stuttgart, Kröner.

Capra, F. (1985) Wendezeit, Bausteine für ein neues Weltbild. Bern/München/Wien, Scherz.
Capra, F. (1990) Das neue Denken. Bern/München/Wien, Scherz.
Chardin, T. de (1981a) Der Mensch im Kosmos. München, Beck.
Chardin, T. de (1981b) Die Entstehung des Menschen. München, Beck.
Chorover, St. L. (1982) Die Zurichtung des Menschen. Von der Verhaltenssteuerung durch die Wissenschaften. Frankfurt/New York, Campus.
Creutzfeldt, O. (1981) Bewußtsein und Selbstbewußtsein als neurophysiologisches Problem der Philosophie, in: Reproduktion des Menschen. Frankfurt/Berlin/Wien, Ullstein.
Creutzfeldt, O. (1981) Philosophische Probleme der Neurophysiologie; in: Rössner, H. (Hrsg.), Rückblick in die Zukunft. Berlin, Severin und Siedler.
Creutzfeldt, O. D. (1983) Cortex Cerebri – Leistung, strukturelle und funktionelle Organisation der Hirnrinde. Berlin/Heidelberg/New York, Springer.
Der Spiegel (1989) Verwirrendes Puzzle. Warum überrollen Gefühle so oft den Verstand? Der Spiegel, 37/1989, Hamburg.
Dichter, E. (1961) Strategie im Reich der Wünsche. Düsseldorf, Econ.
Domizlaff, H. (1968) Brevier für Könige. Massenpsychologisches Praktikum. Hamburg, Institut für Markentechnik.
Donsbach, W. (1982) Legitimationsprobleme des Journalismus. Freiburg/München, Alber.
Dorsch, F. (Hrsg.) (1982) Psychologisches Wörterbuch. Bern/Stuttgart/Wien, Huber.
Drosdowski, G. (1990) Deutsch – Sprache in einem geteilten Land. Mannheim/Wien/Zürich, Dudenverlag.
Dürr, H. P., Zimmerli, W. Ch. (Hrsg.) (1989) Geist und Natur. Über den Widerspruch zwischen naturwissenschaftlicher Erkenntnis und philosophischer Welterfahrung. Bern/München/Wien, Scherz.
Eccles, J. C. (1989) Die Evolution des Gehirns – die Erschaffung des Selbst. München, Piper.
Eibl-Eibesfeldt, I. (1972) Liebe und Haß. Zur Naturgeschichte elementarer Verhaltensweisen. München/Zürich, Piper.
Eibl-Eibesfeldt, I. (1986) Die Biologie des menschlichen Verhaltens. Grundriß der Humanethologie. München, Piper.
Eibl-Eibesfeldt, I. (1987) Grundriß der vergleichenden Verhaltensforschung. München/Zürich, Piper.
Eicke, D. (Hrsg.) (1982) Tiefenpsychologie. Sigmund Freud – Leben, Werk und Wirkung. Kindlers Psychologie des XX. Jahrhunderts. Weinheim/Basel, Beltz.
Eicke, U. (1991) Die Werbelawine. Angriff auf unser Bewußtsein. München, Knesebeck & Schuler.
Eigen, M. (1988) Perspektiven der Wissenschaft, jenseits von Ideologien und Wunschdenken. Stuttgart, Deutsche Verlags-Anstalt.

Eysenck, H. J. (1973) Die Experimentiergesellschaft. Soziale Innovationen durch angewandte Psychologie. Hamburg, Rowohlt.
Eysenck, H. J. (1975) Vererbung, Intelligenz und Erziehung. Stuttgart, Seewald.
Eysenck, H. J. (1977) Die biologische Grundlage des sozialen Verhaltens, in: Schicksal? Grenzen der Machbarkeit. München, dtv.
Eysenck, H. J. (1985) Sind die Eltern schuld? Von der Verantwortung für die Fehler unserer Kinder; in: Psychologie, Psychologismus, Psychologisierung. München, Oldenbourg.
Fest, J. (1991) Der zerstörte Traum. Vom Ende des utopischen Zeitalters. Berlin, Siedler.
Franke, H. W. (1964) Der manipulierte Mensch. Wiesbaden, F. A. Brockhaus.
Fremuth, W. (Hrsg.) (1988) Das manipulierte Leben. Köln, Kölner Volksblatt.
Freud, S. (1989) Massenpsychologie und Ich-Analyse. Frankfurt am Main, Fischer Taschenbuch.
Freud, S. (1960) Das Unbewußte. Schriften zur Psychoanalyse. Frankfurt am Main, S. Fischer.
Freud, S. (1990) Abriß der Psychoanalyse. Das Unbehagen in der Kultur. Frankfurt am Main, S. Fischer.
Fromm, E. (1983) Die Furcht vor der Freiheit. Stuttgart, Deutsche Verlags-Anstalt.
Furth, H. G. (1976) Intelligenz und Erkennen. Die Grundlagen der genetischen Erkenntnistheorie Piagets. Frankfurt, Suhrkamp Taschenbuch.
Gamm, H. J. (1990) Führung und Verführung. Pädagogik des Nationalsozialismus. München, Paul List.
Gehlen, A. (1974) Der Mensch, seine Natur und seine Stellung in der Welt. Frankfurt am Main, Athenaion.
Geißler, R. (1973) Massenmedien, Basiskommunikation und Demokratie. Tübingen, Mohr (Paul Siebeck).
Gheorghiu, V. A., Netter, P., Eysenck, H. J., Rosenthal, R. (Hrsg.) (1989) Suggestion and Suggestibility. Berlin/Heidelberg, Springer.
Gierer, A. (1985) Die Physik, das Leben und die Seele. München, Piper.
Gitt, W. (1989) Information – die dritte Grundgröße neben Materie und Energie, Siemens-Zeitschrift, Heft 4/1989. Berlin und München, Siemens AG.
Glotz, P., Langenbucher, W. R. (1969) Der mißachtete Leser. Zur Kritik der deutschen Presse. Köln/Berlin, Kiepenheuer & Witsch.
Gumin, H., Meier, H. (Hrsg.) (1989) Die Zeit. Dauer und Augenblick. Veröffentlichungen der Carl-Friedrich-von-Siemens-Stiftung. München, Piper.
Gumin, H., Mohler, A. (Hrsg.) (1985) Psychologie, Psychologisierung, Psychologismus. Schriften der Carl-Friedrich-von-Siemens-Stiftung, Bd. 9. München, Oldenbourg.
Gutjahr, G. (1974) Markt- und Werbepsychologie. Heidelberg, Sauer.
Haaf, G. (1989) Kommunikation. Geo – Wissen Nr. 2. Hamburg, Gruner & Jahr.

Habermas, J. (1988) Theorie des kommunikativen Handelns. Frankfurt am Main, Suhrkamp.

Haken, H., Haken-Krell, M. (1992) Erfolgsgeheimnisse der Wahrnehmung – Synergetik als Schlüssel zum Gehirn. Stuttgart, Deutsche Verlags-Anstalt.

Halliday, T. R., Slater, P. J. B. (Hrsg.) (1983) Communication. Animal Behaviour, Vol. 2. Oxford/London, Blackwell Scientific Publications.

Haseloff, O. W., Jorswieck, E. (1971) Psychologie des Lernens. Methoden, Ergebnisse, Anwendungen. Berlin, de Gruyter.

Hassenstein, B. (1981) Begabung und Intelligenz. Bemerkungen zu zwei anthropologischen Schlüsselbegriffen; in: Reproduktion des Menschen. Frankfurt/Berlin/Wien, Ullstein.

Hassenstein, B. (1988) Klugheit. Bausteine zu einer Naturgeschichte der Intelligenz. Stuttgart, Deutsche Verlags-Anstalt.

Heisenberg, W. (1971) Der Teil und das Ganze. Gespräche im Umkreis der Atomphysik. München, Piper.

Heller, E. (1984) Wie Werbung wirkt: Theorien und Tatsachen. Frankfurt am Main, S. Fischer.

Herder, J. G. (1989) Ideen zur Philosophie der Geschichte der Menschheit; in: J. G. Herder: Werke, Bd. 6. Frankfurt am Main, Deutscher Klassiker Verlag.

Hoffmann, J. (1983) Das aktive Gedächtnis. Psychologische Experimente und Theorien zur menschlichen Gedächnistätigkeit. Berlin/Heidelberg/New York, Springer.

Hofstadter, D. R., Dennett, D. C. (Hrsg.) (1992) Einsicht ins Ich. Fantasien und Reflexionen über Selbst und Seele. Stuttgart, dtv, Klett-Cotta.

Hofstätter, P. R. (1990) Gruppendynamik. Kritik der Massenpsychologie. Reinbek bei Hamburg, Rowohlt.

Hofstätter, P. R. (1984) Psychologie zwischen Kenntnis und Kult. Schriften der Carl-Friedrich-von-Siemens-Stiftung. München, Oldenbourg.

Hoppenkamps, H. (1977) Information oder Manipulation. Tübingen, Niemeyer.

Hugo-Becker, A., Becker, H. (1992) Psychologisches Konfliktmanagement. Menschenkenntnis, Konfliktfähigkeit, Kooperation. München, dtv.

Huizinga, J. (1956) Homo Ludens. Vom Ursprung der Kultur im Spiel. Reinbek bei Hamburg, Rowohlt.

Hundhausen, C. (1975) Propaganda. Grundlagen-Prinzipien-Materialien-Quellen. Essen, Girardet.

Irle, M. (1975) Lehrbuch der Sozialpsychologie. Göttingen/Toronto/Zürich, Verlag für Psychologie Dr. C. J. Hogrefe.

Jonas, H. (1979) Das Prinzip Verantwortung. Frankfurt am Main, Insel.

Jünger, E. (1990) Annäherungen. Drogen und Rausch. München, dtv.

Katz, E., Lazarsfeld, P., (1962) Persönlicher Einfluß und Meinungsbildung. München, Oldenbourg.

Kaupp, P. (1971) Die schlimmen Illustrierten. Massenmedien und die Kritik ihrer Kritiker. Düsseldorf/Wien, Econ.
Kemper, W. (1955) Der Traum und seine Be-Deutung. Hamburg, Rowohlt.
Kiener, F. (1983) Das Wort als Waffe. Göttingen, Vandenhoeck & Ruprecht.
Kirsch, W. (1988) Die Handhabung von Entscheidungsproblemen. Einführung in die Theorie der Entscheidungsprozesse. München, Kirsch.
Koestler, A. (1989) Der Mensch – Irrläufer der Evolution. Frankfurt am Main, S. Fischer.
Kroeber-Riel, W. (1975) Konsumentenverhalten. München, Vahlen.
Küppers, B. O. (1986) Der Ursprung biologischer Information. Zur Naturphilosophie der Lebensentstehung. München/Zürich, Piper.
Kuhlenbeck, H. (1986) Gehirn, Bewußtsein und Wirklichkeit. Darmstadt, Steinkopff.
Kuhn, T. S. (1976) Die Struktur wissenschaftlicher Revolutionen. Frankfurt am Main, Suhrkamp.
Lay, R. (1980) Manipulation durch die Sprache. Reinbek bei Hamburg, Rowohlt.
Lengert, J. (1973) Die Zukunftsgesellschaften von gestern. Utopische Experimente des 19. Jahrhunderts in den USA. Dissertation. München.
Lenin, W. I. (1989) Ausgewählte Schriften, Bd. 1. Materialismus und Empiriokritizismus. Berlin, Dietz.
Leroi-Gourhan, A. (1984) Hand und Wort. Die Evolution von Technik, Sprache und Kunst. Frankfurt am Main, Suhrkamp.
Löbsack, T. (1981) Die manipulierte Seele. München, dtv.
Löwith, K. (1950) Von Hegel zu Nietzsche. Stuttgart, W. Kohlhammer.
Lorenz, K. (1963) Das sogenannte Böse. Zur Naturgeschichte der Aggression. Wien, Borotha-Schoeler.
Lorenz, K. (1968) Über tierisches und menschliches Verhalten. Aus dem Werdegang der Verhaltenslehre. München, Piper.
Lorenz, K. (1973) Die acht Todsünden der zivilisierten Menschheit. München, Piper.
Lorenz, K. (1977) Die Rückseite des Spiegels. Versuch einer Naturgeschichte menschlichen Erkennens. München, Piper.
Lorenz, K. (1983) Der Abbau des Menschlichen. München, Piper.
Loye, D. (1986) Gehirn, Geist und Vision, das Potential unseres Bewußtseins, die Zukunft vorauszusehen und zu gestalten. Basel, Sphinx.
Luthe, H. O. (1968) Interpersonale Kommunikation und Beeinflussung. Stuttgart, Ferdinand Enke.
Mackensen, L. (1973) Verführung durch Sprache. München, List.
Maletzke, G. (1978) Psychologie der Massenkommunikation. Hamburg, Hans-Bredow-Institut.
Marcuse, H. (1965) Kultur und Gesellschaft. Frankfurt am Main, Suhrkamp.
Marcuse, H. (1970) Der eindimensionale Mensch. Neuwied und Berlin, Luchterhand.

Markl, H. (Hrsg.) (1983) Natur und Geschichte. Schriften der Carl-Friedrich-von-Siemens-Stiftung, Bd. 7. München/Wien, Oldenbourg.
Marquard, O. (1977) Ende des Schicksals?, in: Schicksal? – Grenzen der Machbarkeit. München, dtv.
Maturana, H. R., Varela, F. J. (1987) Der Baum der Erkenntnis. Die biologischen Wurzeln des menschlichen Erkennens. Bern/München, Scherz.
McLuhan, M. (1962) Die Gutenberg-Galaxis. Düsseldorf/Wien, Econ.
McLuhan, M. (1968) Die magischen Kanäle. Düsseldorf/Wien, Econ.
Meier, H. (Hrsg.) (1988) Die Herausforderung der Evolutionsbiologie. Veröffentlichungen der Carl-Friedrich-von-Siemens-Stiftung. München/Zürich, Piper.
Meier, H. (Hrsg.) (1990) Zur Diagnose der Moderne. Veröffentlichungen der Carl-Friedrich-von- Siemens-Stiftung. München, Piper.
Mitscherlich, A. (1963) Auf dem Weg zur vaterlosen Gesellschaft. Ideen zur Sozialpsychologie. München, Piper.
Mitscherlich, A. und M. (1967, 1990) Die Unfähigkeit zu trauern. Grundlagen kollektiven Verhaltens. Leipzig, Reclam (in Lizenz von Piper, München).
Moscovici, S. (1980) Bewußte und unbewußte Einflüsse in der Kommunikation; in: in Medias res, Preis für Kommunikationsforschung. München, Burda.
Nietzsche, F. (1980) Menschliches, Allzumenschliches. Ein Buch für freie Geister. München, Nymphenburger.
Noelle-Neumann, E. (1989) Öffentliche Meinung. Die Entdeckung der Schweigespirale. Frankfurt am Main/Berlin, Ullstein.
Noelle-Neumann, E., Schulz, W., Wilke, J. (Hrsg.) (1990) Fischer Lexikon Publizistik Massenkommunikation. Frankfurt am Main, Fischer Taschenbuch.
Oeser, E., Seitelberger, F. (1988) Gehirn, Bewußtsein und Erkenntnis. Dimensionen der modernen Biologie, Bd. 2. Darmstadt, Wissenschaftliche Buchgesellschaft.
Ortega y Gasset, J. (1989) Der Aufstand der Massen. Stuttgart, Deutsche Verlags-Anstalt.
Orwell, G. (1950) Neunzehnhundertvierundachtzig. Zürich, Diana-Verlag.
Packard, V. (1964) Die große Verschwendung. Frankfurt/Hamburg, S. Fischer.
Packard, V. (1969) Die geheimen Verführer. Düsseldorf/Wien, Econ.
Palm, G. (1988) Assoziatives Gedächtnis und Gehirntheorie. Spektrum der Wissenschaft, Juni 1988. Heidelberg, Spektrum der Wissenschaft.
Peisl, A., Mohler, A., (Hrsg.) (1979) Der Mensch und seine Sprache. Schriften der Carl-Friedrich-von-Siemens-Stiftung, Bd. 1. Frankfurt/Berlin/Wien, Ullstein.
Pekrun, R. (1988) Emotion, Motivation und Persönlichkeit. Fortschritte der psychologischen Forschung. München und Weinheim, Psychologie Verlags Union.
Penrose, R. (1991) Computerdenken: die Debatte um künstliche Intelligenz.

Bewußtsein und die Gesetze der Physik. Heidelberg, Spektrum der Wissenschaft.
Penzias, A. (1991) Phantasie und Information – Verständnis für unsere High-Tech-Welt. Stuttgart, Deutsche Verlags-Anstalt.
Pöppel, E. (1982) Lust und Schmerz. Grundlagen menschlichen Erlebens und Verhaltens. Berlin, Severin und Siedler.
Pöppel, E. (1985) Grenzen des Bewußtseins. Über Wirklichkeit und Welterfahrung. Stuttgart, Deutsche Verlags-Antstalt.
Popper, K. R. (1984) Auf der Suche nach einer besseren Welt. Vorträge und Aufsätze aus dreißig Jahren. München, Piper.
Popper, K. R., Eccles, J. C. (1982) Das Ich und sein Gehirn. München, Piper.
Portmann, A. (1970) Entläßt die Natur den Menschen? München, Piper.
Postman, N. (1985) Wir amüsieren uns zu Tode. Urteilsbildung im Zeitalter der Unterhaltungsindustrie. Frankfurt am Main, S. Fischer.
Postman, N. (1991) Das Technopol. Die Macht der Technologien und die Entmündigung der Gesellschaft. Frankfurt am Main, S. Fischer.
Pross, H. (1970) Publizistik. Thesen zu einem Grundkolloqium. Neuwied und Berlin, Luchterhand.
Raffée, H., Sauter, B., Silberer, G. (1973) Theorie der kognitiven Dissonanz und Konsumgütermarketing. Wiesbaden, Gabler.
Reichholf, J. H. (1992) Das Rätsel der Menschwerdung. Die Entstehung des Menschen im Wechselspiel mit der Natur. Stuttgart, Deutsche Verlags-Anstalt.
Riegas, V., Vetter, C., (Hrsg.) (1990) Zur Biologie der Kognition. Ein Gespräch mit H. R. Maturana und Beiträge zur Diskussion seines Werkes. Frankfurt am Main, Suhrkamp.
Rieppel, O., (1992) Unterwegs zum Anfang. Geschichte und Konsequenzen der Evolutionstheorie. München, dtv.
Riesman, D. (1958) Die einsame Masse. Hamburg, Rowohlt.
Rössner, H. (Hrsg.) (1981) Rückblick in die Zukunft. Beiträge zur Lage in den achtziger Jahren. Berlin, Severin und Siedler.
Rössner, H. (Hrsg.) (1986) Der ganze Mensch. Aspekte einer pragmatischen Anthropologie. München, dtv.
Rosenstiel, L. v., Neumann, P. (1991) Einführung in die Markt- und Werbepsychologie. Darmstadt, Wissenschaftliche Buchgesellschaft.
Rost, W. (1990) Emotionen. Elixiere des Lebens. Berlin/Heidelberg, Springer.
Roth, H. (Hrsg.) (1971) Begabung und Lernen. Ergebnisse und Folgerungen neuer Forschungen. Gutachten und Studien der Bildungskommission, Bd. 4. Stuttgart, Klett.
Rousseau, J. J. (1990) Diskurs über die Ungleichheit, Edition Meier. Paderborn/München/Wien/Zürich, Schöningh.
Sagan, C. (1977) Die Drachen von Eden. Das Wunder der menschlichen Intelligenz. München/Zürich, Droemer Knaur.

Schäfer, B., Petermann, F. (Hrsg.) (1988) Vorurteile und Einstellungen. Sozialpsychologische Beiträge zum Problem sozialer Orientierung. Festschrift für Reinhold Bergler. Köln, Deutscher Instituts-Verlag.
Schmidt, S. J. (Hrsg.) (1991) Der Diskurs des radikalen Konstruktivismus. Frankfurt am Main, Suhrkamp.
Schneider, W. (Hrsg.) (1984) Unsere tägliche Desinformation. Wie die Massenmedien uns in die Irre führen. Hamburg, Gruner + Jahr.
Schramm, W. (Hrsg.) (1973) Grundfragen der Kommunikationsforschung. München, Juventa.
Schulz, R. (1972) Kaufentscheidungsprozesse des Konsumenten. Wiesbaden, Gabler.
Schwartz, St. (1991) Wie Pawlow auf den Hund kam . . .: Die 15 klassischen Experimente der Psychologie. Psychologie heute. Weinheim/Basel, Beltz.
Silbermann, A., Krüger, U. M. (1973) Soziologie der Massenkommunikation. Stuttgart, Kohlhammer.
Simon-Schaefer, R., Zimmerli, W. Ch. (1975) Theorie zwischen Kritik und Praxis. Jürgen Habermas und die Frankfurter Schule. Stuttgart-Bad Cannstatt, Friedrich Frommann.
Skinner, B. F. (1988) Futurum Zwei (»Walden Two«). Die Vision einer aggressionsfreien Gesellschaft. Reinbek bei Hamburg, Rowohlt.
Sommer, V. (1992) Lob der Lüge. Täuschung und Selbstbetrug bei Tier und Mensch. München, Beck.
Spektrum der Wissenschaft (Hrsg.) (1986) Wahrnehmung und visuelles System. Heidelberg, Spektrum der Wissenschaft.
Spektrum der Wissenschaft (Hrsg.) (1988) Biologie des Sozialverhaltens: Kommunikation, Kooperation und Konflikt. Heidelberg, Spektrum der Wissenschaft.
Spengler, O. (1981) Der Untergang des Abendlandes. München, Beck.
Springer, S. P., Deutsch, G. (1987) Linkes – rechtes Gehirn. Funktionelle Asymmetrien. Heidelberg, Spektrum der Wissenschaft.
Steinbuch, K. (1966) Die informierte Gesellschaft. Geschichte und Zukunft der Nachrichtentechnik. Stuttgart, Deutsche Verlags-Anstalt.
Steinbuch, K. (1989) Die desinformierte Gesellschaft: Für eine zweite Aufklärung. Herford, Busse Seewald.
Steiner, G. (1990) Von realer Gegenwart. Hat unser Sprechen Inhalt? München/Wien, Hanser.
Stone, L. (1973) Die psychoanalytische Situation. Frankfurt am Main, S. Fischer.
Tembrock, G. (1980) Grundriß der Verhaltenswissenschaften. Stuttgart/New York, Gustav Fischer.
Vogel, F. (1981) Vererbung und Psyche. Der Weg vom Vorurteil zur Wissenschaft, in: Reproduktion des Menschen. Frankfurt/Berlin/Wien, Ullstein.

Watzlawick, P. (1976) Wie wirklich ist die Wirklichkeit? Wahn – Täuschung – Verstehen. München, Piper.
Weber, M. (1920) Gesammelte Aufsätze zur Religionssoziologie. Tübingen, Mohr (P. Siebeck).
Wiener, N. (1952) Mensch und Menschmaschine. Kybernetik und Gesellschaft. Frankfurt am Main, Alfred Metzner.
Wilber, K. (1987) Das Spektrum des Bewußtseins. Bern/München/Wien, Scherz.
ZAW, Zentralverband der deutschen Werbewirtschaft (Hrsg.) (1992) Werbung in Deutschland 1992. Bonn, ZAW.
Zimmer, D. E. (1982) Unsere erste Natur. Die biologischen Ursprünge des menschlichen Verhaltens. Frankfurt/Berlin/Wien, Ullstein.
Zimmer, D. E. (1986) Tiefenschwindel. Die endlose und beendbare Psychoanalyse. Reinbek bei Hamburg, Rowohlt.
Zimmer, D. E. (1988) So kommt der Mensch zur Sprache. Zürich, Haffmans.
Zöchbauer, F. (1975) Manipulation und Macht. Hamm, Hoheneck.
Zoll, R. (Hrsg.) (1976) Manipulation der Meinungsbildung. Kritik, Bd. 4. Opladen, Westdeutscher Verlag.

Personenregister

Sachregister

Bildnachweis

Seite 58: Illustration von Fritz Wendler aus »Das Rätsel der Menschwerdung. Die Entstehung des Menschen im Wechselspiel mit der Natur« von Josef H. Reichholf. Stuttgart 1990, Deutsche Verlags-Anstalt. © 1990 Deutscher Taschenbuch Verlag, München.

Seite 63 und 100: aus »Das Ich und sein Gehirn« von Karl R. Popper und John C. Eccles. © R. Piper & Co. Verlag, München 1982.

Seite 114: aus »Die Erfolgsgeheimnisse der Wahrnehmung« von Hermann Haken und Maria Haken-Krell. Stuttgart 1992, Deutsche Verlags-Anstalt; nach »Das Gehirn« von Richard F. Thompson. Heidelberg 1990, Spektrum der Wissenschaft.